UN LUOGO FREDDO E OSCURO

UN LUOGO FREDDO E OSCURO

GIUSTIZIA FREDDA

TONI ANDERSON

Traduzione di
KATIA RABACCHI

ALTRI LIBRI DI TONI ANDERSON IN ITALIANO

Giustizia Fredda (Cold Justice)

Un Luogo Freddo e Oscuro (Libro 1)

Caccia Fredda (Libro 2)

La Luce Fredda Del Giorno (Libro 3)

A Mary T, mia amatissima amica.
E no, non è un libro sulla Guinness.

PROLOGO

Lindsey Keeble canticchiava la canzone trasmessa alla radio, tentando di fingere di non aver paura del buio. Era l'una di notte e odiava guidare lungo quel tratto solitario di statale tra Greenville e Boden. La pioggia minacciava di trasformarsi in neve. Il vento soffiava con così tanta violenza che i maestosi alberi che torreggiavano su di lei facevano convergere nervosamente l'auto verso la striscia al centro della strada. Le ruote posteriori scivolarono sull'asfalto e Lindsey rallentò; non avrebbe rischiato di distruggere la sua preziosa macchinina per nulla al mondo.

Faceva il turno serale in una stazione di servizio di Boden. Di solito era un posto abbastanza tranquillo e lei riusciva a studiare un po' tra un cliente e l'altro. Quella sera, invece, tutti volevano fare provviste in vista della possibile bufera invernale in arrivo anzitempo. Sembrava che non avessero mai visto la neve prima di allora.

Un lampeggiare di luci rosse nello specchietto retrovisore le provocò un tuffo al cuore. *Accidenti!*

Non stava correndo troppo – non poteva permettersi una multa – e non beveva alcol. Mise fuori la freccia per segnalare che avrebbe accostato e si fermò a lato della strada. Si comportava in modo responsabile, perché voleva una vita che andasse oltre quella piccola cittadina di provincia in cui era nata. Non era una contadinotta. Voleva viaggiare e vedere il mondo – Parigi, la Grecia, magari le piramidi se l'ansia si fosse placata. Sbirciò attraverso il finestrino tempestato di nevischio mentre un SUV nero accostava subito dietro di lei.

Una figura alta e scura si avvicinò al suo veicolo. Un distintivo della polizia a forma di scudo dorato batté contro il vetro. Quando Lindsey tirò giù il finestrino, una folata di aria gelida e umida invase l'abitacolo, costringendola a stringersi nella propria giacca mentre veniva colpita dalla pioggia.

«Patente e libretto» tuonò una voce gutturale con il tono autoritario tipico dei poliziotti. L'uomo indossava un impermeabile scuro sopra i vestiti neri. La pistola che portava al fianco scintillava alla luce dei fari del suo veicolo. Lindsey non riconobbe il suo volto, ma del resto non riusciva a vedere bene i suoi lineamenti con la pioggia ghiacciata che le entrava negli occhi.

«Di che cosa si tratta?» chiese, con i denti che battevano. Prese i documenti dal cruscotto e dalla borsetta, e glieli porse. Poi le sue mani tornarono a stringere la plastica rigida del volante mentre aspettava. «Non stavo superando il limite.»

«È stata diramata un'allerta per il furto di una Neon rossa, quindi ho pensato di dare un'occhiata.»

«Beh, questa è la *mia* macchina e non ho commesso alcuna infrazione.» Conosceva i suoi diritti. «Non ha alcuna ragione per fermarmi.»

«Stava guidando in modo pericoloso.» La voce dell'uomo si era fatta più profonda e arrabbiata. Lindsey sussultò. *Mai far incazzare un poliziotto.* «In più, uno dei fanali posteriori è rotto. Questa è una valida ragione.»

La preoccupazione di Lindsey fu sostituita dall'irritazione. Si slacciò la cintura di sicurezza e sistemò il cambio in modalità parcheggio. Era rimasta fregata l'anno prima, quando un'altra macchina le aveva rifatto la fiancata in un parcheggio e l'autista aveva poi dato la colpa a lei davanti all'assicurazione. «Era a posto quando sono uscita per andare al lavoro questo pomeriggio. E nel frattempo non ho urtato nulla.» *Dannazione.*

«Vada a dare un'occhiata.» Il poliziotto fece un passo indietro. Aveva un bel viso, nonostante la linea severa della bocca e gli occhi che apparivano ancora più severi. Forse avrebbe potuto convincerlo a non farle la multa. Non che l'arte della persuasione fosse il suo forte. Suo padre poteva sistemarle il fanale la mattina seguente, ma se avesse dovuto anche pagare una multa, ogni ora di lavoro di quella giornata sarebbe stata vana.

Si tirò su il cappuccio dell'impermeabile e scese dall'auto. I fari del suv l'abbagliarono mentre percorreva quei pochi passi. Si schermò la vista con la mano e s'acciglò. «Non vedo niente…»

Un'ondata di fuoco le attraversò la schiena. Il dolore esplose in una scarica di agonia acuta che la pervase dalla punta delle orecchie fino allo spazio tra le dita dei piedi. Non aveva mai provato niente di simile. Il sudore le imperlò la pelle, scontrandosi con il nevischio mentre lei entrava in collisione con l'asfalto. Mani rudi l'afferrarono per la vita e la sollevarono per aria. Lindsey non riusciva a controllare le proprie braccia né le gambe. Fu spostata contro il fianco dell'uomo, dove qualcosa di rigido le si conficcò nello stomaco. Lottò contro il bisogno di vomitare, anche mentre la sua mente turbinava.

Impiegò un attimo a dare un senso a ciò che stava succedendo.

Quell'uomo non era un poliziotto.

Ancora stordita dal TASER, non riusciva ad avere abbastanza presa per dargli un calcio, ma si dimenò contro le sue ginocchia, cercando di dargli una gomitata nelle palle. Il tentativo non sortì alcun effetto e Lindsey fu scaricata tra le fredde pareti del baule del SUV. Venne colpita ancora con il TASER finché non le sembrò che le interiora le uscissero dal corpo e la vescica non si svuotò involontariamente.

Il mondo vacillò e si ritrovò sdraiata sulla pancia, la faccia premuta contro uno sporco materassino di gomma, le mani tese dietro la schiena, mentre qualcosa di metallico le mordeva la pelle di un polso, e poi dell'altro. Manette. *Oh, Dio.* Era ammanettata.

Un dolore pungente le attraversò il petto: se non si fosse calmata, sarebbe morta per un attacco di cuore.

Il rumore lacerante di uno strappo risuonò nell'oscurità. L'uomo la girò sulla schiena e le schiaffò un pezzo di nastro adesivo sulla bocca. Le si aggrovigliò ai capelli e le avrebbe fatto un male boia quando l'avrebbe tolto.

Qualcosa le diceva che quella era l'ultima delle sue preoccupazioni.

Non aveva motivo di rapirla, a meno che non volesse farle del male. O *ucciderla*.

Rendersene conto fece fermare tutto. Ogni movimento. Ogni respiro convulso. Il cuore le batteva all'impazzata e sentì la bile bruciarle la gola, mentre guardava dentro quegli occhi freddi e spietati. Con un grugnito, l'uomo chiuse lo sportello, facendola sprofondare in una vasta oscurità logorante. La pioggia picchiettava sul metallo intorno a lei come un tamburo nefasto. Aveva paura del buio. Aveva paura dei mostri. Si sentiva umiliata dalla fredda umidità tra le sue gambe. Com'era possibile che questo fosse accaduto a lei? Un attimo prima stava guidando verso casa, e un attimo dopo...

Dov'era il suo telefono?

Tentò di rotolare su se stessa per sentirne la presenza nelle tasche. Merda. Era ancora nella sua borsetta, sul sedile del passeggero in macchina. Si udì il rumore di uno schianto tra gli alberi. Lindsey chiuse gli occhi contro il panico che aumentava. Si era liberato della sua auto. Un groppo in gola delle dimensioni di un elefante minacciò di soffocarla. Si era fatta un culo enorme per permettersi quella macchina, ma le sue finanze e la sua affidabilità creditizia sarebbero state irrilevanti, se non fosse sopravvissuta. Quell'uomo aveva intenzione di farle del male. Strisciò all'indietro, in modo che le dita potessero armeggiare con la serratura, ma non trovò nulla e il pannello sopra di lei non cedette minimamente nemmeno quando lo calciò. *Come osa quest'uomo farmi questo?* Come osava trattarla come se fosse *niente*? Voleva ribellarsi e inveire contro quell'ingiustizia, ma quando il SUV si mise in moto, fu immobilizzata dalla paura. Per tutta la vita, aveva lottato per migliorare le cose, aveva combattuto per avere un futuro e ora quest'uomo, questo *bastardo*, voleva strapparle tutto. Non era giusto. Doveva esserci una via d'uscita. Doveva esserci un modo per sopravvivere.

Non voleva morire. Soprattutto, non voleva morire nell'oscurità, con un uomo che aveva due occhi freddi come la morte. Le lacrime le traboccarono dagli occhi. Non era giusto. Non era affatto giusto.

1

———

Era quasi mezzanotte e Alex Parker sedeva al buio.

Edgar Paul Meacher se n'era andato tre ore prima alla guida del furgoncino bianco che utilizzava esclusivamente per un unico scopo. Avrebbe scambiato le targhe lungo qualche stradina solitaria, prima di proseguire nella sua piccola battuta di caccia personale.

Alex aveva ispezionato il casolare e trovato abbastanza prove che confermavano che quel tizio era il loro uomo, ma nient'altro che potesse interessarlo. La sua sedia era nell'ombra, posizionata in direzione della porta. Il rumore di un motore rombò nel vialetto. Non era nervoso. Aveva smesso di essere nervoso dal suo primo incarico nel duemilacinque.

Il casolare si trovava a circa due chilometri dalla cittadina di Fleet, in North Carolina; i muri erano impregnati dell'odore di zolfo di cavoli andati a male, proveniente dai campi che circondavano la proprietà. Nessun vicino nei dintorni che potesse assistere ai party selvaggi che si tenevano nella residenza di Meacher. E nessun passante che potesse sentire le urla. La cosa andava bene anche per Alex.

Picchiettò il dito contro il freddo metallo della sua semiautomatica SIG SAUER P229 dotata di canna filettata 9mm e silenziatore, ascoltò il suono di una porta che si chiudeva e di un'altra che si apriva. Un grugnito da sforzo, come se qualcosa di pesante venisse trascinato e sollevato.

La porta sul retro si aprì. Alex puntò la pistola, pronto a metter fine a tutto ciò in quel preciso istante. Ma Meacher proseguì dritto verso il seminterrato, accecato dall'eccitazione di scartare quell'ultimo regalo avvolto in una vecchia coperta sporca.

Alex si alzò in piedi. Avanzò silenziosamente sui pavimenti secolari dell'edificio e scivolò lungo le scale come un fantasma.

Il seminterrato era buio e polveroso, il vago odore di decomposizione aleggiava nell'aria. Classico covo da serial killer. Un'unica lampadina illuminava l'angolo in cui era sistemata una brandina, comoda e confortevole, tranne che per lo spesso telo di plastica che l'avvolgeva. Il pavimento e le pareti erano dipinte di grigio, con alcuni sprazzi di vernice color ruggine. Solo che non si trattava di vernice. Era sangue. Il sangue di vittime che avevano dai diciannove ai trentacinque anni. Donne la cui unica colpa era di essere entrate nel campo visivo di Meacher. Dieci erano quelle di cui l'FBI era a conoscenza; molte di più quelle di cui le autorità non sapevano niente. Non ancora.

C'era un canale di scolo posizionato in modo strategico in mezzo al pavimento. Un secchio, un tubo di gomma e alcuni grossi flaconi di candeggina, ovviamente acquistati all'ingrosso. Diversi rotoli di plastica erano appoggiati alle pareti e pile di nastro adesivo erano ammassate di fianco alla caldaia. Esperto e pragmatico, questo tizio era un professionista nell'uccidere.

Come Alex.

Meacher era impegnato ad assicurare la sua ultima vittima al letto. Le manette erano in bella mostra, pronte all'uso e in attesa della prossima fortunata destinataria. Il pezzo di merda – un insegnante di matematica del liceo locale – di solito teneva le donne in vita per circa una settimana, prima di mettere fine alla loro agonia.

Alex allontanò dalla mente il pensiero delle vittime passate. Ormai erano morte e sepolte, e pensare a loro non faceva che aggiungere altri incubi a quelli con cui già conviveva.

Meacher fece scattare le manette, richiudendole strettamente intorno ai polsi della donna: il rumore metallico risuonò forte nella quiete mortale del seminterrato. Il fatto che fosse immobilizzata era perfetto per Alex, così lasciò che Meacher terminasse l'opera. Non voleva che lei avesse la possibilità di muoversi. Non voleva che finisse nella linea di tiro.

L'uomo non si voltò mai, non distolse mai lo sguardo dalla brunetta. Si sarebbe potuto pensare che una persona abituata a dare la caccia a una preda potesse percepire la presenza di un altro predatore nella propria tana.

È ovvio che non sia così.

Meacher si leccò le labbra e strappò la camicetta della donna. I bottoni tintinnarono spargendosi sul pavimento. La repulsione di Alex nei confronti dell'uomo cresceva ad ogni atto deprecabile che questi commetteva.

«Edgar» sussurrò dolcemente.

Meacher si voltò; le sue labbra formarono un cerchio per la sorpresa quando intravide Alex sulle scale. L'uomo non ebbe il tempo di scappare o combattere mentre Alex gli disegnava un altro cerchio tra agli occhi. Doppio colpo. Il cosiddetto "Rapitore" crollò a terra, troppo morto per dissanguarsi.

Nonostante il silenziatore, il rumore dello sparo fece pulsare le orecchie di Alex, ma lui ignorò il fastidio. Soffriva di emicranie da quando era finito in una prigione del Marocco, ma era stato fortunato a uscirne vivo e aveva cominciato a considerare quei mal di testa come parte della sua pena. *Questa* era l'altra parte.

Raccolse entrambi i bossoli con un fazzoletto e li ripose in un astuccio di silicone che si era fatto costruire su misura. Rimosse il silenziatore e fece scivolare la SIG nella fondina a spalla. Poi si diresse verso il punto in cui l'ultima vittima del Rapitore giaceva legata alla brandina. La testa della donna ciondolava da una parte all'altra mentre gli effetti della ketamina, la droga scelta da Meacher per i rapimenti, andavano dissipandosi. Per quanto Alex volesse toglierle le manette e liberarla, la vibrazione che sentì nella tasca gli disse che era ora di andarsene. I cavalieri dalla splendente armatura stavano per fare irruzione nel seminterrato.

Le toccò i capelli e le parlò con dolcezza. «I federali stanno arrivando. Andrà tutto bene.» Un attimo dopo era fuori dal casolare, dissolto nell'oscurità mentre alcuni veicoli procedevano a forte velocità nelle strade circostanti.

Una volta, l'FBI aveva stimato che ci fossero all'incirca duecentocinquanta serial killer attivi negli Stati Uniti in ogni momento. Il lavoro di Alex era di ridurre quel numero, un bastardo assassino alla volta.

———

L'agente speciale dell'FBI Mallory Rooney si accovacciò tra i suoi colleghi e gli agenti delle forze dell'ordine tenendo la Glock 22 d'ordinanza contro la coscia – colpo in canna, dito lontano dal grilletto. Aveva il TASER allacciato alla cintura e la Glock 21 di riserva fissata alla caviglia. Il pesante giubbotto antiproiettile la riparava un po' dal freddo di novembre e l'adrenalina faceva il resto. La testa le pulsava a causa di una precedente colluttazione, ma un paio di compresse di un antidolorifico potente e un trucco esperto avevano mascherato il problema abbastanza da permetterle di unirsi alla squadra. Col cavolo che si sarebbe persa tutto questo perché un teppistello di una gang aveva pensato bene di colpirla in faccia.

La SWAT era impegnata a Charlotte in un altro salvataggio di ostaggi, dove la situazione stava precipitando velocemente. Se avesse detto che la cosa le dispiaceva, sarebbe stata una bugia, dato che ora aveva l'opportunità di partecipare in prima persona all'operazione. C'erano alcuni agenti con grandissima esperienza e con loro poliziotti della zona. Gli uomini dello sceriffo presidiavano il perimetro.

Era l'unica agente al primo incarico nella squadra. Due umiliazioni in un giorno solo avrebbero potuto essere un record per una recluta.

Il sudore le gocciolava lungo la schiena in una striscia fredda. Il cuore prese a martellarle nel petto, ma continuò a respirare regolarmente, costringendo così le pulsazioni a calmarsi. Si era esercitata per questo tipo di situazione almeno un milione di volte; aveva anche spaccato diversi culi giocando a Hogan's Alley. Ma dare la caccia a un serial killer che aveva macellato almeno una decina di donne non le permetteva di scacciare del tutto quel piccolo brivido di paura che teneva i suoi nervi tesi. Di certo non avrebbe mostrato agli altri agenti quella debolezza. O la fiera determinazione che le scorreva nelle vene di acciuffare questo tizio, qualunque fosse il prezzo personale da pagare.

Fingiti disinvolta. Porta a termine il lavoro.

Si sfregò furtivamente il palmo sinistro sulla gamba dei pantaloni neri, tutti i sensi in allerta per ciò che stava succedendo dietro le porte del casolare dimesso. Era così vicina all'agente che le stava davanti che poteva sentire l'odore del detersivo della sua biancheria. Il suo migliore amico e mentore, l'Agente Speciale Lucas Randall, si rannicchiò dietro di lei. Doveva aver avvertito l'odore dell'inquietudine che nessun deodorante riusciva a coprire. Altri quattro agenti delle forze dell'ordine imitarono i loro movimenti di fronte all'edificio.

Avevano studiato le planimetrie e conoscevano la struttura base del casolare. Lei e Lucas si sarebbero occupati del seminterrato, mentre due poliziotti locali coprivano le controporte. Le porte esterne e le serrature erano un bel casino ma, nel caso, avevano un agente con un ariete pronto a sfondarle.

Mallory non si mosse. Invece, si concentrò. Stavano aspettando il segnale per entrare nella casa del sospetto serial killer, Edgar P. Meacher. Soprannominato il "Rapitore" dai media, quest'uomo era riuscito a sfuggire alle autorità per quattro lunghi anni, aggredendo le vittime non solo per strada, ma anche nelle loro case, instillando il terrore nel cuore di ogni donna del North e South Carolina e degli stati limitrofi.

Mallory capiva quella paura viscerale meglio della maggior parte della gente. Vi aveva convissuto ogni giorno negli ultimi diciotto anni. Tutta la sua vita ruotava intorno alla domanda: perché qualcuno aveva preso sua sorella e non lei? Cos'era a determinare che una persona fosse una preda e un'altra fosse al sicuro? I cattivi come sceglievano le loro vittime?

Ma in quel momento non aveva tempo di pensarci.

L'Unità di Analisi Comportamentale del Bureau – che faceva parte del Centro Nazionale per l'Analisi dei Crimini Violenti – con base a Quantico, in Virginia, aveva sviluppato un sofisticato profilo del Rapitore. Questo tizio, Meacher, vi corrispondeva perfettamente.

Una soffiata anonima era arrivata tramite una telefonata ai loro uffici, proprio nel momento in cui Mallory aveva terminato di compilare il rapporto riguardo agli arresti della mattina. Un cittadino l'aveva informata che l'uomo che stavano cercando era un certo Edgar Paul Meacher di Fleet, in North Carolina. Ciò non significava che Meacher *fosse* il loro uomo, ma una donna che corrispondeva al profilo delle vittime ideali di quel Soggetto Ignoto era stata rapita poco prima e loro non avevano certo il tempo di starsene seduti a discutere su quale fosse il miglior approccio all'azione. Sarebbero entrati. Non avevano scelta.

Le dita di Mallory strinsero la presa sulla pistola.

Attraverso la radio, l'Agente Speciale Supervisore Petra Danbridge diede loro l'ordine di entrare. Un'ondata di adrenalina prese a scorrerle nelle vene. L'agente preposto sfondò la porta con l'ariete e dopo il forte schianto tutti irruppero all'interno. La velocità era essenziale, dato che l'opzione segretezza era stata bruciata quando avevano sfondato la porta.

Mallory e Lucas presero le scale che portavano al seminterrato. Il sudore le imperlava la fronte, nonostante l'aria fredda che risaliva dalla tromba delle scale. Avvertì l'odore del sangue e una debole eco di morte. Si preparò mentalmente per ciò che l'attendeva. E nonostante tutto, rimase comunque scioccata.

Meacher giaceva in una piccola pozza del suo stesso sangue. Nessun'arma in vista.

«Soggetto a terra, nel seminterrato!» urlò lei. Sopra le loro teste, il rumore forte di passi, mentre la casa veniva perquisita in maniera sistematica.

Lei e Lucas si avvicinarono cautamente alla figura prona che mostrava un foro di proiettile grosso come una moneta da un centesimo proprio in mezzo agli occhi. Mallory osservò ancora più da vicino. In realtà i fori di proiettile erano *due*, così vicini l'uno all'altro da essere quasi indistinguibili. Chiunque avesse ucciso quell'uomo, o era stato molto fortunato, oppure era un cecchino con le palle.

Tenne la pistola puntata contro il sospettato, mentre Lucas si chinava verso Meacher e controllava se ci fossero pulsazioni. Lo sguardo di Mallory si spostò brevemente sulla vittima, che giaceva del tutto immobile sul letto. Era Janelle Ebert, la donna di cui era stata denunciata la scomparsa.

Era viva, o erano arrivati troppo tardi?

«È morto» confermò Lucas.

Mallory raggiunse immediatamente la donna e le toccò il collo con due dita, cercando segni di vita. Un'enorme ondata di sollievo la investì quando sentì la pelle calda e il battito forte alla base della gola. «È viva. Non vedo alcuna ferita evidente.» La sua voce si spezzò e lei incespicò nei suoi stessi incubi. *Ricacciali via, Mal.* Osservò le manette. «È anche ammanettata. Chi diavolo ha sparato a Meacher?»

Tornarono in stato di massima allerta e lei e Lucas si mossero in tandem per mettere in sicurezza il resto del seminterrato. Non era grande. C'era un enorme freezer verticale: Mallory avrebbe potuto aspettare anche tutta la vita per ispezionare quel coso. Sulla destra, alcuni scalini portavano alle controporte. C'era anche un piccolo stanzino ricavato nell'angolo, con la porta ben chiusa. Una caldaia si mise in moto all'improvviso, facendoli sobbalzare entrambi. Lei e Lucas si scambiarono un'occhiata, annuirono in una specie di conversazione silenziosa e si posizionarono su ciascun lato della porta che dava sullo stanzino. Lucas abbassò la maniglia e tirò verso l'esterno. Mallory entrò furtivamente, ma non c'era nessuno là dentro.

C'erano invece talmente tante fotografie appiccicate alla parete che anche senza la donna ammanettata al letto, Mallory non avrebbe avuto dubbi sul fatto che Meacher fosse il loro Soggetto Ignoto. *Gesù Santo.* Una sensazione di soffocamento le risalì alla gola, ma si sforzò di scacciarla. Anche se si era ripetuta di non farlo, esaminò rapidamente le foto alla ricerca di una sorella che non vedeva da diciotto anni. Poi si costrinse a fermarsi. Aveva altre cose di cui occuparsi prima.

L'Agente Speciale Supervisore Danbridge scese le scale; gli stivali della donna erano armi letali, ma almeno Mal sapeva sempre dove fosse il suo capo.

«Libero» urlò Lucas.

«Fate venire qui i paramedici» gridò la Danbridge dietro di sé, scavalcando il cadavere di Meacher e raggiungendo Mallory e Lucas, intenti a osservare quella che doveva essere stata la stanza dei trofei di Meacher. «Non ho sentito alcuno sparo.»

«Era già morto quando siamo arrivati qui.» Lucas sembrava deluso mentre riponeva la pistola nella fondina. «Il che è un vero peccato, perché avrei tanto voluto sbatterlo in galera.»

La donna sul letto gemette e Mallory attraversò la stanza per raggiungerla, riponendo a sua volta la pistola, anche se quello scantinato raccapricciante le faceva accapponare la pelle. «Dove sono i paramedici? Posso toglierle queste manette?»

La Danbridge sembrò irritata, ma annuì, poi disse: «Aspetta!» Tirò fuori il suo cellulare e scattò una serie di foto alla donna, alle manette e ai punti in cui letto e corpo si toccavano. Meacher era un serial killer ed era palese che fosse stato ucciso. Questa era una scena del crimine sotto molti aspetti, ma la sicurezza e il benessere delle vittime vive avevano sempre la precedenza.

«Pensi che avesse un complice che ci ha fatto una soffiata e poi lo ha ammazzato?» domandò Lucas.

«Meacher è morto da pochi minuti. Si sente ancora l'odore

della polvere da sparo.» Mallory annusò l'aria. «Sarebbe stato un bel rischio farci la soffiata appena prima di ucciderlo.»

«Organizzerò dei posti di blocco e una squadra di ricerca.» La Danbridge parlò velocemente alla radio.

«Qualcuno potrebbe aver incastrato Meacher per far ricadere la colpa su di lui» ipotizzò Lucas.

«Forse.» Mallory fece una smorfia. «Ma niente nel profilo suggeriva che Meacher avesse un complice e quelle immagini,» indicò con il pollice il punto alle sue spalle, «mostrano un unico soggetto maschile in azione. Dovremmo vedere se ci sono dei video. È impossibile che si soddisfacesse con le sole fotografie.»

I paramedici arrivarono sulla scena, affrettandosi lungo gli scalini di legno. La Danbridge li fece allontanare dal corpo di Meacher. «Non preoccupatevi di lui.» Alta e bionda, l'Agente Speciale Supervisore Danbridge incarnava la parola ambizione con l'aggiunta di un tocco di bastardaggine. Mallory nutriva un grande rispetto per il suo capo come agente, ma sul lato personale mancava di empatia. Niente carinerie o chiacchiere tra donne nei bagni femminili dell'ufficio. «Toccate qualcosa oltre alla donna sul letto e vi farò rapporto.»

Già. Simpatica e carina come una tarantola.

Entrambi i paramedici alzarono gli occhi al cielo, mentre Mallory aprì le manette usando le chiavi che Meacher aveva lasciato di proposito vicino al letto, ma fuori dalla portata della vittima, giusto per tormentarla. La donna cominciò a lamentarsi, poi batté le palpebre e aggrottò le sopracciglia confusa.

«Va tutto bene, signorina. Può dirmi il suo nome?» chiese il paramedico mentre si preparava a provarle la pressione.

«Dove sono? Ho avuto un incidente?» La sua voce era roca. «Quell'uomo ha detto che sarebbe andato tutto bene. Ha detto che i federali stavano arrivando. Perché l'FBI dovrebbe essere qui?» Chiuse gli occhi e si massaggiò la fronte.

«Stia ferma» l'ammonì il paramedico.

«Mi gira la testa. Dio, non ho bevuto tanto.»

«Chi le ha detto che l'FBI stava arrivando?» chiese Mallory, scambiandosi un'occhiata con Lucas. Il problema della ketamina era che poteva causare vivide allucinazioni e spesso non solo rendeva le testimonianze in tribunale inammissibili, ma faceva sembrare i testimoni stessi fuori di testa. Tuttavia, al momento non avevano nient'altro da cui partire. Forse la donna avrebbe ricordato qualche dettaglio della persona che aveva sparato a Meacher. «Lo ha guardato in faccia per caso?»

«Un ragazzo davvero carino. A meno che non stessi sognando.» I suoi occhi marrone scuro si strinsero, tentando di mettere a fuoco il volto di Mallory. «Siete dell'FBI? Cos'è successo? Dove mi trovo?»

Ma prima che Mal potesse rispondere, la donna intravide il cadavere di Meacher che giaceva sul pavimento e sembrò rendersi improvvisamente conto della sua camicetta strappata e del fruscio della plastica sotto di sé. Si alzò per metà a sedere, guardò intorno nel seminterrato freddo e umido e prese a singhiozzare. Poi a urlare.

———

Sette ore dopo, Mallory si trovava nel parcheggio immerso nell'ombra sul retro dell'ospedale, sorseggiando un caffè troppo caldo e sperando che l'Agente Supervisore Danbridge rispondesse al telefono. I suoi piedi erano diventati insensibili; le dita blocchi di ghiaccio intorpiditi. Rinunciando a chiamare il capo, si rimise il telefono in tasca e si infilò l'altra mano sotto l'ascella. Il giorno precedente avrebbe dovuto prendere con sé un cappotto da mettere sopra il completo giacca e pantaloni di lana nero prima di lasciare il dipartimento, ma era troppo eccitata perché le venisse in mente. Un duro strato di ghiaccio ricopriva il terreno: era un freddo incredibile per il North Carolina, pur essendo novembre.

La Danbridge aveva assegnato a Mallory il compito di accompagnare la vittima all'ospedale e ottenere una dichiarazione. Se il "presunto" serial killer fosse stato ancora a piede libero, un agente di basso rango come lei non avrebbe mai ottenuto quel lavoro. Mal sospirò. Erano le tre del mattino quando il medico aveva finito di esaminare le ferite di Janelle Ebert e di raccogliere le prove dai suoi vestiti e dal suo corpo. Poi la povera donna aveva chiesto di poter riposare un po', e Mallory si era ritrovata a camminare avanti e indietro per il corridoio. Infine, Mallory aveva ottenuto una dichiarazione che non diceva loro nulla che non sapessero già. Janelle era andata in un bar a bere qualcosa e Meacher l'aveva sequestrata dal parcheggio male illuminato. La donna non ricordava nulla di quanto successo tra il momento in cui era uscita dal bar e quello in cui si era svegliata in quel seminterrato.

La denuncia di scomparsa era stata fatta da una sua amica che avrebbe dovuto dormire da Janelle e che si era preoccupata quando quest'ultima non era rincasata. Quando l'amica era tornata al bar e aveva visto l'auto di Janelle ancora nel parcheggio, senza che però vi fosse alcuna traccia della donna, aveva chiamato la polizia.

Ora Janelle dormiva serenamente con un poliziotto di guardia davanti alla sua stanza, messo lì più a proteggerla dalla stampa che da un possibile aggressore. Se la persona che aveva ucciso Meacher avesse voluto Janelle Ebert morta, avrebbe avuto ampie possibilità di azione il giorno precedente.

Janelle era una donna molto fortunata.

Mallory voleva andarsene. Voleva aiutare nella perquisizione della casa degli orrori e capire esattamente chi fossero le vittime di Edgar Meacher. Ma aveva bisogno di quel lavoro e far incazzare il suo capo era in cima alla lista di cose da non fare se voleva tenerselo. Prese un altro sorso di caffè bollente, poi osservò il respiro gelare mentre le usciva dalla bocca. Il sole stava sorgendo a est, trasformando il grigio del crepuscolo nel pallido rosa e malva dell'alba.

Quella vista la fece fermare.

La sua gemella Payton amava guardare il sole sorgere sopra i boschi che circondavano la loro casa in West Virginia. A quei tempi, Mallory si arrabbiava quando veniva svegliata dal canto degli uccellini, ma ora lo trovava stranamente rassicurante, un'altra fragile connessione con la sorella che aveva perso. Qualunque cosa accadesse, il sole sorgeva sempre. E lo avrebbe fatto sempre, finché il sistema solare non avesse deciso di implodere e portare con sé questa galassia. Il che le ricordò quanto lei stessa fosse solo un puntino minuscolo nell'universo.

Fino a quel momento, i suoi colleghi avevano trovato le fotografie di dodici vittime, tra cui addirittura un'ex alunna di Meacher, ma nessun accenno a qualcuno che assomigliasse alla sua gemella.

Payton aveva nove anni quando era scomparsa senza lasciare traccia dalla cameretta che dividevano nella casa in West Virginia. Mallory non aveva pensato davvero di trovare qualche indizio su di lei in casa di Meacher, ma dentro di sé c'era sempre quel piccolo barlume di speranza che un giorno lei e i suoi genitori avrebbero potuto "chiudere" quella storia. Il gran numero di mostri che aveva incontrato da quando aveva cominciato a lavorare per l'FBI la sconvolgeva.

Udì un rumore di passi che si avvicinavano. Un uomo procedeva a passo lento nella sua direzione.

Si voltò verso di lui, tracciando mentalmente la mappa di ciò che aveva intorno. Anche se era molto presto, c'erano troppe persone in giro e troppe telecamere di sicurezza perché quell'uomo rappresentasse una vera minaccia, ma la mano destra di Mallory si avvicinò comunque alla sua arma. Considerando il grosso cappotto di lana dell'uomo, le dita macchiate di nicotina e gli occhi acuti, capì subito cosa volesse.

Lui tirò fuori un pacchetto di sigarette. «Posso offrirgliene una?»

«Grazie ma non fumo.»

«È dell'FBI?» Doveva aver valutato che il contatore di cazzate di Mallory fosse decisamente nella zona rossa e aver deciso di essere diretto. Ogni tanto una piccola grazia. «Sa niente di tutta questa storia del serial killer?»

«È un giornalista?»

«Charlie Fernier. The Post.» Le offrì la mano, che lei ignorò in modo esplicito.

Mallory riprese a sorseggiare il caffè e si pulì la bocca col dorso della mano. Quando c'era di mezzo la stampa, il silenzio era il suo migliore amico.

«Ehi, ma non ci conosciamo?» L'uomo abbassò il mento in modo da avere una visuale migliore del volto di lei, soffermandosi con lo sguardo sui suoi occhi, che durante la notte si erano fatti più scuri fino a formare una graziosa orbita cerchiata di blu. «Ha un aspetto davvero familiare.»

Mallory rimase dov'era, anche se avrebbe voluto scappare. Sentì il petto diventarle di ghiaccio. Quella vecchia, familiare sensazione di spaccatura che provava ogni volta che qualcuno la riconosceva per via della campagna annuale promossa da sua madre affinché la scomparsa della sua gemella rimanesse sotto i riflettori. Chi aveva bisogno di un software per l'invecchiamento progressivo quando aveva a portata di mano una replica identica?

Be', non quest'anno. Non aveva più voglia di far finta che Payton potesse essere ancora viva e di dare un brivido di eccitazione al suo rapitore ogni volta che implorava per avere delle informazioni. Voleva vedere *lui* implorare, chiedere pietà mentre gli teneva la Glock puntata alla testa. Quell'immagine la fece risvegliare di colpo dalle sue fantasticherie. Troppo caffè; troppo poco sonno.

«No. Non ci conosciamo.»

«È sicura, Agente Speciale…?»

Lei cominciò ad allontanarsi. «Sono sicura, Mr Fernier.»

«Ehi!» La voce dell'uomo riverberò attraverso i vetri e il cemento dell'ospedale dietro di loro. «Lei è quella ragazza,» ogni muscolo nel corpo di Mallory si tese, «quella la cui gemella fu rapita tanti anni fa.»

«Non so di cosa stia parlando.» Sua madre doveva rispondere di *molte* cose.

«Ne verrà fuori un bel titolo: "Figlia del Senatore cerca ancora giustizia dopo tutti questi anni".»

Mallory sollevò il dito medio in aria senza nemmeno voltarsi e udì una forte risata mascolina dietro di sé. La sua vita era più di un titolo sul giornale. Salì in macchina dopo aver gettato il bicchiere di caffè nella spazzatura, sbirciò nello specchietto e vide il reporter allontanarsi. Era probabile che stesse architettando il modo migliore per parlare del suo coinvolgimento in questo caso. Mise in moto la macchina e uscì in retromarcia dal posteggio. Quando la storia sarebbe uscita sui giornali, avrebbero raccontato che aveva ceduto a un esaurimento nervoso, o che aveva fatto fuori Meacher in un combattimento corpo a corpo e salvato la vita di Janelle. Ottimo modo per far incazzare i tuoi colleghi e influenzare la gente. Come se la sua vita non fosse già abbastanza complicata.

Prendendo una decisione esecutiva, voltò a destra, uscì dal parcheggio e si diresse verso il casolare. Il suo telefono squillò. Era il capo. Mallory alzò gli occhi al cielo.

«Dove sei?»

«All'ospedale.»

«Non hai ancora finito lì?»

Mallory si morse la lingua per non dare una rispostaccia. «Ho appena finito. Janelle sta dormendo e io ho le prove chiuse nel baule.» I vestiti. Il kit stupro. Anche se non c'era alcuna traccia di aggressione.

«Ha detto qualcosa della persona che ha sparato a Meacher?»

«Che aveva dei begli occhi e che pensa le abbia toccato i capelli.»

«Peccato che non abbiano ancora inventato un test del DNA tanto sensibile.»

«Trovato qualcosa nel casolare?»

«Abbastanza materiale fotografico da far pensare che Meacher abbia ucciso almeno dodici donne. Abbiamo scoperto il nascondiglio segreto dove teneva i video. Probabilmente ci sono altre vittime.»

Mallory si preparò. «Vuole che dia una mano a visionarli?»

«L'Unità di Analisi Comportamentale sta inviando due agenti per aiutare nella raccolta delle prove e in particolare vuole che controlliamo video e fotografie per cercare collegamenti tra omicidi irrisolti.»

Il che significava che il compito di Mallory, in quanto agente con meno esperienza, sarebbe stato limitato a portare il caffè. Ma ne sarebbe valsa la pena per ascoltare i loro ragionamenti.

«Voglio che torni al dipartimento e cominci a rintracciare quell'informatore anonimo.»

«Cosa?» disse Mal con una smorfia. Maledizione. Sembrava una bambina piagnucolosa, ma l'informatore non l'avrebbe portata all'assassino di sua sorella.

«Qualcuno sospettava che Meacher fosse il Rapitore da prima di noi. Scommetterei che la stessa persona gli ha infilato un proiettile nel cranio. Che fosse un complice o un membro della comunità oltraggiato, voglio che sia portato davanti alla giustizia.» La Danbridge le attaccò il telefono in faccia.

Mallory gettò il cellulare sul sedile di fianco a lei. *Fantastico. Proprio fantastico.* Tutti gli altri avrebbero dissezionato la mente di un serial killer. A *lei* toccava rintracciare una telefonata.

2

───────

All'esterno del Dipartimento dell'FBI di Charlotte, un lampione ricoperto di neve illuminava il marciapiede. «Cosa vuol dire che non riesci a rintracciarla?» Mallory giocherellò con il piccolo anello al suo orecchio mentre guardava fuori dalla finestra. «Pensavo potessi rintracciare qualunque cosa.»

«Non questo.» Mike Tanner era specializzato in sistemi di comunicazione. Era un tipo super gentile e tutti al Bureau cercavano di sfruttare quella sua qualità. Ex-militare, aveva aiutato a progettare alcuni dei software che utilizzavano il riconoscimento vocale per intercettare le telefonate di presunti terroristi durante la guerra in Iraq. «Il tuo informatore anonimo ha fatto rimbalzare il segnale attraverso vari server *e* ha utilizzato un cellulare usa e getta, che da quel momento è stato spento e disattivato. Forse potrei dirti da dove è stata fatta la chiamata se dedicassi i prossimi sei mesi solo a questo. Sfortunatamente, il mio capo ha altre idee.»

Tenendo la cornetta appoggiata alla spalla, Mallory controllò la posta elettronica. «Che mi dici dell'analisi vocale?»

«La voce è stata camuffata con un dispositivo elettronico.»

«Quindi non hai niente?»

«Più precisamente, *tu* non hai niente.»

«HaHa. *Grazie*, Mike» disse lei con tanto sarcasmo che lui scoppiò a ridere.

«È sempre un piacere, Mal.»

Mallory riattaccò il telefono mentre Lucas Randall entrava nella stanza. I capelli neri gli stavano dritti in testa e la mascella era oscurata dalla barba di un giorno. Era un tipo attraente e lei era a conoscenza dei pettegolezzi sul fatto che segretamente fossero una coppia. Non era vero. Erano amici da anni. Lui era sempre stato come un fratello maggiore.

«Che succede?» chiese Mallory.

«Briefing in sala conferenze tra quindici minuti. Saranno presenti due pezzi grossi dell'Unità di Analisi Comportamentale.» Puntò il dito contro di lei. «La Danbridge si è incazzata nel vedere una tua apparizione sul sito del *Post*.»

Lei fece una smorfia. «Come se l'avessi pianificato. Un giornalista mi ha messo con le spalle al muro all'ospedale, mi ha riconosciuta per via del circo mediatico che mia madre mette su ogni anno e si è buttato sulla storia. Credimi, *non* sto cercando nessun tipo di attenzione.» Si alzò in piedi, si stirò la schiena e seguì Lucas verso la sua scrivania. Gli altri colleghi stavano setacciando la residenza di Meacher senza sosta da diciotto ore, mentre lei continuava a girare a vuoto, senza concludere niente. La forma rigida delle labbra di Lucas e il peso che gli incurvava le spalle suggerivano che stava pagando il prezzo di quella giornata. «Brutte notizie?» chiese lei.

Mallory era nell'FBI solo da ventidue mesi ed era ancora in prova, ma aveva già visto cose che si sarebbe portata nella tomba. Per quanto volesse partecipare alle indagini sul caso Meacher, sapeva che avere a che fare con simili malvagità prima o poi presentava il conto. Una cosa era guardare fotografie della scena del crimine; cosa ben diversa era trovarsi nel covo di un serial killer, e scoprire vittime.

«Siamo a quota quindici donne.» La voce di Lucas era roca. I cerchi scuri intorno agli occhi davano una connotazione esausta alla sua espressione lugubre. Rispose alla sua domanda silenziosa scuotendo la testa. «Non ho visto bambine e nessuna ragazza che assomigliasse a Payton.»

Mallory si sentì lacerata tra delusione e sollievo.

«Aveva altri trofei personali nella sua camera. Chiunque abbia sparato a quel figlio di puttana, ha fatto un favore al mondo.» La scintilla di un'emozione incontrollata gli attraversò il viso. Poi lo nascose dietro sei anni di esperienza sul campo e assunse l'espressione neutra del poliziotto. «Sentirai tutti i dettagli durante il briefing.» Si massaggiò la nuca. «Fammi prendere un caffè, poi andiamo insieme.» Lucas rimase impietrito quando uno sconosciuto con indosso la targhetta per i visitatori e un portatile in mano attraversò la soglia del suo ufficio. «Alex? Ma che…?»

«Non sei venuto alla riunione, stronzo.» L'espressione dell'uomo era feroce. «Ho pensato che ti avrei dato la caccia e ti avrei costretto a pagarmi una birra.» Il suo sguardo sfrecciò verso di lei. «Ma sembra che non sia il momento giusto.»

«Era oggi?» Lucas si colpì la fronte con il palmo della mano. «Gesù, hai ragione. Sono uno stronzo.»

«Quello l'abbiamo già appurato.» L'uomo, Alex, sorrise e Mallory fu investita da un'intensa esplosione di "bello da morire".

La risposta strappò un sorriso riluttante a Lucas. «Che tu ci creda o no, Mal, questo è un mio caro amico, Alex Parker. Gli ho chiesto di partecipare a un briefing del Gruppo Informativo sul Controspionaggio organizzato da me, così avrebbe potuto parlarci di alcune delle ultime misure di sicurezza per il web che si stanno sviluppando nel settore privato. Dirige una sua impresa nel Distretto di Columbia e svolge molti incarichi governativi. Siamo stati insieme in Afghanistan.» Il suo sguardo tornò a posarsi su Alex. «Immagino che la riunione sia andata avanti senza di me.»

Alex annuì. «Siamo riusciti in qualche modo a cavarcela senza la tua determinante intelligenza.»

«E poi sono *io* lo stronzo.» Lucas sorrise. «Questa è l'Agente Speciale Mallory Rooney.»

Lo sconosciuto le offrì una mano abbronzata e dall'aspetto

forte. La sua pelle era calda, le dita ferme mentre stringevano le sue.

«Piacere di conoscerla, Agente Rooney.» Quel suo sorriso autoironico era micidiale. Come lo erano i capelli castano chiaro corti e scarmigliati e la barba di qualche giorno sulle guance.

Nonostante il completo da sartoria, era chiaro che i potenti membri di quel comitato non lo intimidivano abbastanza da indurlo a radersi. Il contrasto attirò la sua attenzione. Quest'uomo era diverso dal personale delle forze dell'ordine e dai personaggi politici che Mallory incontrava di solito. C'era qualcosa di riservato e misurato in lui che non si sposava bene con l'intelligenza acuta che vedeva nei suoi occhi e con i muscoli tonici che riempivano quel vestito. Tutto ciò la intrigava. Era molto tempo che qualcuno non l'affascinava da un punto di vista personale.

«Lavora nella sicurezza?» gli chiese.

«Per mantenere i segreti industriali, o almeno ci provo. Non è esattamente come affrontare il rischio ogni giorno come fate voi.»

Lucas si sedette sulla propria scrivania disordinata. «Parla quello che porta una Croce di guerra al valore militare.»

Un lampo di vulnerabilità brillò negli occhi di ardesia. «Mi sono trovato in un conflitto a fuoco e sono riuscito a non farmi ammazzare. Ho avuto fortuna.» Ora i suoi occhi non rivelavano più nulla, tutte le emozioni si erano nascoste. «È meglio che vi lasci al vostro lavoro. La strada è lunga per Washington.»

Il capo entrò nell'ufficio e Mallory s'irrigidì. La Danbridge rivolse ad Alex un'occhiata frettolosa, che si trasformò in puro apprezzamento femminile quando gli rivolse un secondo sguardo più attento.

«Agente Speciale Randall, ho bisogno di parlarle.» Poi ritornò nel suo ufficio, i tacchi che picchiettavano sul pavimento.

Lucas imprecò a denti stretti. «Alex, ti sono debitore, amico. Mi farò sentire. Puoi accompagnarlo all'uscita, Mal?»

«Certo» rispose lei. Quanto più a lungo poteva evitare il capo, tanto meglio era. I due uomini si strinsero la mano e si salutarono.

«Conosco la strada» disse Alex con un tono di voce basso.

«Nessun problema. Ho bisogno di sgranchirmi un po' le gambe.»

Gli occhi dell'uomo si fiondarono sugli stivali di Mallory per poi risalire, il tocco lieve del suo sguardo aveva in sé quasi la stessa intimità di un contatto fisico. Il frammento di un'emozione sconosciuta sbocciò dentro di lei, appena riconoscibile dopo tutto il tempo che era passato. Attrazione.

Dicendosi che non stava deliberatamente prolungando il loro tempo insieme, imboccò le scale mentre guidava l'uomo verso l'uscita. Era più alto di quanto avesse pensato a una prima occhiata. Lei, con gli stivali senza tacco, arrivava poco sotto il metro e settantacinque e lui la superava di dieci-dodici centimetri. Si accigliò. A guardarlo da una certa distanza di fianco a Lucas, avrebbe detto che era di media altezza e che era di aspetto *normale*. Da vicino, quando si potevano osservare appieno quegli arguti occhi grigi e quel volto mascolino dalle proporzioni perfette, era davvero sexy. Per fortuna, le descrizioni fornite dai testimoni oculari non erano sempre attendibili. E non aveva nemmeno la fede.

Prestare attenzione ai dettagli era il suo lavoro.

Nonostante mantenesse una certa distanza tra loro, era del tutto consapevole della presenza di lui al suo fianco. Quando si trovarono all'esterno, davanti all'edificio di cemento bianco a cinque piani, lui si voltò e le chiese: «Posso invitarla fuori a cena qualche volta?»

«Non esco con nessuno.» La risposta uscì automaticamente prima che collegasse il cervello. Cavolo.

Ci fu una lunga pausa mentre quei bellissimi occhi la scrutarono in volto, soffermandosi sul livido che si era procurata il giorno prima. Non discusse e non tentò di farle cambiare idea.

«È stato un piacere conoscerla, Agente Speciale Rooney.» Detto ciò, si allontanò.

Mallory strinse le mani a pugno. Dannazione, perché aveva detto di no?

Perché lei non usciva con nessuno.

Osservò Alex Parker salire sulla sua auto, una bassa vettura sportiva, e sollevare una mano prima di allontanarsi. La sua macchina scomparve e lei si sentì invadere da un familiare senso di perdita. Strinse la mascella, si voltò e tornò al lavoro.

———

Alex si allontanò alla guida della sua auto, cercando di non pensare al perché Mallory Rooney non uscisse con nessuno. La vista di lei nello specchietto retrovisore gli provocò una stretta al petto. Sembrava un peccato che una persona così giovane e bella come lei si isolasse in quel modo. Non che lui avrebbe fatto qualcosa in più del portarla a cena – *continua pure a crederci, bello* – ma la scintilla dell'attrazione era stata istantanea e inaspettata.

Ciò che rendeva la cosa davvero ironica era che anche lui non usciva mai con nessuna. E non gli piacevano le sorprese.

La neve non si era attaccata; i fiocchi scivolavano sull'asfalto come batuffoli e si accumulavano insieme alla sporcizia nel canale di scolo. Il lato oscuro della sua vita gli pesava. Non gli piaceva mentire, non gli piaceva uccidere. Non gli piaceva la morte. Ma non aveva scelta. Qualora il suo debito fosse stato pagato, si sarebbe lasciato tutto alle spalle e si sarebbe ricostruito una vita di cui andare fiero. Nel frattempo, il suo contratto prevedeva altri cinquecentoquarantadue giorni di servizio e lui non aveva alcun diritto di pensare alle belle donne con tristi occhi ambrati. Il suo telefono squillò; prese la chiamata, grato per quella distrazione. Il lavoro lo teneva occupato. Troppo occupato per i rimpianti.

———

Mallory tornò nell'edificio e andò diretta nella sala conferenze.

Due tipi in completo scuro e dallo sguardo serio sedevano a un'estremità del tavolo, vicino all'Agente Speciale a capo del Dipartimento di Charlotte. Questi la scrutò da sopra gli occhiali e lei rispose con un debole sorriso. Maledetto reporter.

«Chi sono quelli?» sussurrò a Lucas mentre gli si sedeva accanto.

«Agenti Speciali Supervisori Hanrahan e Frazer dell'Unità di Analisi Comportamentale.»

Questi tizi erano due leggende nel Bureau. Hanrahan era un uomo dai capelli grigi con lineamenti duri sul viso abbronzato. Aveva interrogato criminali seriali in ogni Stato dell'unione e scritto un libro sul profiling di quei bastardi deviati. Mallory si era sempre chiesta quanto una persona potesse esporsi davanti a certi soggetti senza che parte della propria moralità venisse intaccata. Frazer era molto più giovane, con lucidi capelli biondi, gelidi occhi blu e una bellezza alla Ryan Gosling, se si amava il genere. Era una specie di rock star nelle cerchie dell'FBI. In Afghanistan, aveva scovato un serial killer che usava la guerra per nascondere i propri crimini. Dopodiché, aveva inchiodato una vedova nera arrivata al marito numero quattro, che caso aveva voluto si trattasse del miliardario Robin Greenburg, proprietario di agenzie mediatiche in tutto il mondo. Inutile dire che Frazer non riceveva mai pubblicità negativa dalla stampa. Tirato a lucido e perfetto, il solo guardarlo le dava sui nervi.

L'immagine di Alex Parker le balenò nella mente e desiderò non avergli detto di no. C'era un che di rude nel suo aspetto che l'attraeva. Ma quando era entrata all'Accademia, non aveva avuto tempo per frequentare ragazzi, e non aveva tempo neanche ora. Tamburellò le dita sul tavolo di legno, irritata e frustrata per il fatto di non avere una vita al di fuori del lavoro.

L'Agente Speciale Supervisore Danbridge fece il suo ingresso sui suoi stivali neri col tacco, gettandosi i lunghi capelli biondi dietro le spalle. Lanciò un'occhiata fulminante a Mallory che le fece venir voglia di divincolarsi dalla sedia. Ma rimase immobile. La Danbridge sembrava molto più tesa del solito, nonostante si fosse presa il tempo di cambiarsi e indossare un tailleur pulito. Lo sguardo di Mallory si spostò sui due uomini per capire cosa stava succedendo. *Ovvio.* La Danbridge si era candidata per un posto a Quantico e sperava di fare colpo su questi tizi per essere accettata. La bocca di Mallory divenne secca, perché non aveva nulla da dire che avrebbe messo in buona luce il suo capo.

La Danbridge diede inizio alla riunione e riassunse quanto accaduto la notte precedente.

«Come avete fatto a restringere il cerchio intorno a Meacher?» chiese l'Agente Speciale Hanrahan. Aveva una voce piacevole. Pacata ma calda.

«Abbiamo avuto una soffiata su Meacher ieri pomeriggio alle sei e un quarto.»

«L'ha ricevuta lei personalmente?» chiese Hanrahan.

La Danbridge indicò Mallory.

Lei deglutì. «*Ehm.* La chiamata è arrivata in ufficio e io ho risposto.» *Dio… ma veramente, Mallory? Sei davvero riuscita a rispondere al telefono tutto da sola?*

«Lei è?» domandò Hanrahan.

«Agente Speciale Rooney, signore.»

«L'ho vista al notiziario.»

Si udì il rumore di una risatina soffocata alle sue spalle. Mallory rimase immobile, nonostante l'impulso di voltarsi e rivolgere un'occhiataccia a chi aveva riso. Hanrahan la stava scrutando, l'intelligenza arguta brillava nelle profondità dei suoi occhi blu. *Maledizione.* Odiava essere al centro dell'attenzione o essere fatta oggetto della curiosità altrui. Quello sguardo limpido le diceva che quell'uomo sapeva tutto di lei, dal suo albero genealogico al suo numero di scarpe. Avrebbe voluto sprofondare. Sfortunatamente, il suo potere di rendersi invisibile l'aveva tradita.

«In un giorno normale, chiunque avrebbe annotato l'informazione perché venisse presa in considerazione il giorno seguente. Perché non l'ha fatto?»

Perché non ho una vita. «Ho iniziato a scavare un po' nel background di Meacher e mi sono resa conto che corrispondeva alla perfezione al profilo stilato dalla vostra unità, signore. Così ho riferito l'informazione all'Agente Speciale Supervisore Danbridge,» gli occhi del suo capo brillarono con approvazione, perché *sì*, entrambe lavoravano fino a tardi quasi tutte le sere e nei weekend e ora tutti lo sapevano, «e poi abbiamo ricevuto una chiamata dalla polizia di stato, preoccupata perché il Rapitore aveva preso un'altra vittima.»

La Danbridge la interruppe. Grazie a Dio. «Ho riferito l'informazione all'Agente Speciale Capo e ci siamo mossi immediatamente.»

Il sollievo per il fatto che un feroce assassino non fosse più in circolazione era evidente sui volti di tutti i presenti.

«A che punto sei con l'identificazione dell'informatore anonimo?» le chiese la Danbridge.

Accidenti. «La chiamata è stata fatta da un cellulare non rintracciabile e la voce è stata alterata elettronicamente. È un vicolo cieco.»

L'Agente Speciale Hanrahan incontrò lo sguardo di Mallory. Se avesse dato loro qualcosa di utile, ora avrebbe potuto sorridergli, ma il suo contributo era stato pari a zero.

Le labbra della Danbridge s'irrigidirono. «Continua a lavorarci. Non lasciare che quei fanatici del reparto informatico gettino la spugna.»

«Sì, signora.» Mallory voleva essere coinvolta nelle indagini su Meacher, non indagare su una soffiata anonima, ma mascherò la propria frustrazione.

L'agente Danbridge proseguì con il briefing. «Abbiamo trovato prove fotografiche di quel che sembra essere Meacher che tortura quindici donne diverse. Confrontando quelle fotografie con le immagini di donne scomparse o assassinate, utilizzando il programma di analisi facciale preliminare portato dall'Unità di Analisi Comportamentale, siamo quasi certi che i resti di almeno dieci di quelle donne siano stati recuperati.» Il che significava che mancavano ancora all'appello cinque vittime, presumibilmente morte.

«Abbiamo alcune squadre di agenti che stanno raccogliendo il DNA dal casolare e domani invieremo lì i cani da cadavere alla ricerca di possibili corpi sepolti nella proprietà. Inseriremo i campioni di DNA nella banca dati del CODIS. Il nostro lavoro proseguirà finché non avremo identificato ogni donna presente in quelle fotografie e in quei video.» Le nocche delle mani del capo si fecero bianche. «Meacher aveva quarantaquattro anni e crediamo uccidesse sin da quando ne aveva una ventina o poco più. Di nuovo questa convinzione si basa sul materiale fotografico e i dettagli devono essere verificati. Sappiamo che si è trasferito almeno quattro volte negli ultimi vent'anni e occorre ispezionare ciascuna delle proprietà in cui è vissuto per cercare potenziali prove.»

Come non *aumentare il valore del proprio immobile.*

La Danbridge stava giungendo alla conclusione. «Nonostante non ci sia alcuna azione penale per Meacher, dobbiamo assicurarci che la scena venga processata con la massima attenzione, così potremo trovare il suo assassino e permettere alle famiglie di avere un po' di pace.» Gli occhi della donna brillarono. «La morte di Meacher viene considerata un omicidio. L'Agente Speciale Randall sarà l'ufficiale di riferimento per l'indagine.»

Lo sguardo di Mallory si fiondò su Lucas. Lui le strizzò l'occhio. Era probabile che l'informatore anonimo e l'assassino fossero legati in qualche modo, quindi, se tutto andava bene, ciò significava che lei avrebbe potuto aiutarlo, una volta finito di far incazzare tutti i tecnici informatici che conosceva.

La riunione terminò e Mallory sgattaiolò fuori dietro a Lucas e tornò al lavoro. Era novembre e incombeva l'anniversario del rapimento di sua sorella e così anche la richiesta annuale di sua madre di posare per delle fotografie.

Non quest'anno.

Payton era morta. E Mallory finalmente lo aveva accettato. Forse era per via di quella cosa tra gemelli, ma per anni, dopo il rapimento, aveva continuato a percepire la presenza di sua sorella da qualche parte là fuori. Ora non c'era altro che un vuoto gelido.

Ma cercare di spiegare quel fenomeno a sua madre era impossibile. *Da non pensarci neanche.*

Quando tornò alla sua scrivania, trovò un messaggio di Mike Tanner che diceva di essere riuscito a circoscrivere la chiamata alla costa orientale degli Stati Uniti. Un vero colpo di genio, dato che milioni di persone vivevano lì. Mallory aveva controllato diversi dispositivi che camuffavano elettronicamente la voce, ma non era in grado di stabilire quale fosse stato usato, e secondo Mike, non lo sarebbe stata nemmeno la NASA.

Mallory si adagiò sulla sedia. Chi aveva sparato a Meacher aveva colpito lo *stesso* esatto punto due volte e su un bersaglio mobile. Un gran bel tiro. Inoltre, non aveva lasciato tracce, nessun bossolo. Sembrava quasi che questo tizio fosse un cecchino professionista.

Era assurdo, giusto?

Aggrottò le sopracciglia e aprì il VICAP. Inserì "presunto assassino" e "nove millimetri" e le uscirono diverse migliaia di risultati. Si passò una mano sul volto. *Okay.* Digitò "presunto assassino trovato morto". Ancora tantissimi risultati. Esplorò più a fondo alcuni dei file: riguardavano suicidio e morte accidentale. Maledizione. Si stropicciò gli occhi. "Morte sospetta", "presunto assassino trovato morto".

Ancora tanti risultati, ma gestibili. Andò alla macchina del caffè e si riempì un'altra tazza. L'ufficio era in fermento, nonostante la maggior parte degli agenti non avesse toccato il letto la notte precedente. Cercando di reprimere uno sbadiglio, si trascinò stancamente verso il suo computer e dopo aver tirato fuori il taccuino, esaminò ogni registrazione, cercando analogie con Meacher.

Hmm. Lo scorso aprile, un predatore sessuale seriale era stato trovato nel suo appartamento con un paio di proiettili uguali vicino al cervello. I poliziotti non avevano idea di chi l'avesse ucciso, ma *dopo* che l'uomo era morto, avevano ricevuto una soffiata anonima che suggeriva loro che si trattasse di uno stupratore a cui stavano dando la caccia.

Bingo.

Esaminò altri trenta casi, nei quali presunti criminali erano morti per overdose di metanfetamine o erano stati uccisi da gang rivali. Non era quello che stava cercando. Poi trovò un altro caso simile a quello di Meacher. Un sospetto pedofilo. Un nove millimetri in mezzo agli occhi. Soffiata anonima.

Mallory si raddrizzò.

Merda.

Uno sbadiglio la investì e le fece contorcere il volto. Sapeva che era ora di andare a casa, o sarebbe svenuta per la stanchezza. Okay, non c'era alcuna prova solida e ogni caso era abbastanza diverso da non far scattare l'allarme, ma…

«Agente Rooney.» Era l'Agente Speciale Supervisore Danbridge con il cappotto appoggiato al braccio.

Mallory sussultò. L'ufficio era completamente buio, fatta eccezione per la sua scrivania.

«Fai sembrare tutti noi degli scansafatiche. Vai a casa.»

«Sì, signora.» Con gli occhi che si chiudevano, digitò un'ultima parola nel motore di ricerca, "vigilante", mentre s'infilava il cappotto e la sciarpa. Il file era enorme, così s'inoltrò i risultati alla sua email. «Buonanotte, capo.»

Attraversò il portone principale dell'edificio, uscendo nella notte costellata di stelle, e si ritrovò a ricordare la sfumatura esatta negli occhi di Alex Parker mentre le chiedeva di uscire a cena. Contrasse le labbra. Aveva rovinato tutto.

Le stelle divennero sfocate per via delle lacrime. «Mi dispiace, Pay. Maledizione, mi dispiace così tanto.»

3

L e quattro del mattino erano un orario solitario; l'oscurità assumeva un senso di vuoto. Gli alberi scricchiolavano e si spaccavano al brusco calare delle temperature. La brezza gelida graffiava la pelle esposta come una pietra pomice, provocando un leggero rossore. Una leggera spolverata di neve rendeva tutto più luminoso, più freddo. Più solitario.

L'uomo si sistemò meglio il passamontagna sul viso, uscì dal suo suv e controllò che non ci fosse nessuno nei paraggi. Si infilò i guanti e si soffiò sulle mani per scaldare la pelle gelida. Sbarazzarsi di un corpo era più difficile di quanto la maggior parte della gente potesse pensare. Era fisicamente in forma, eppure anche lui aveva qualche problema a tirar fuori una donna adulta dal bagagliaio della macchina e a trasportarla a peso morto per una certa distanza.

Il sacco per cadaveri rendeva difficile avere una buona presa, ma con un po' di fatica riuscì a issarsi il corpo su una spalla. Chiuse lo sportello senza far rumore, raccolse la torcia e s'incamminò verso l'area boschiva.

Dall'escursione dell'estate precedente, si ricordava di un posto a circa duecentocinquanta metri dai percorsi ufficiali. Era improbabile che la donna venisse trovata prima della primavera e il posto era sufficientemente vicino al fiumiciattolo perché gli animali del bosco s'imbattessero nel corpo e contribuissero a distruggere qualunque prova potesse essere rimasta. E per quanto fosse stato attento, non era così ingenuo da credere che non ci fosse nulla che avrebbe collegato la donna a lui.

Avrebbe voluto seppellirla, ma il terreno era duro come cemento. Doveva accontentarsi.

Lasciò silenziosamente il sentiero, lo scricchiolio dei suoi passi sui detriti che ricoprivano il terreno riecheggiava nel bosco. Trovò il punto che aveva selezionato e si voltò, scrutando i dintorni con la torcia per escogitare il modo migliore per nascondere il corpo. C'era un terrapieno eroso su cui torreggiava un enorme acero. Lo raggiunse lentamente e gettò a terra il pesante sacco, sollevato di essersi liberato di quel peso, dopodiché cominciò a roteare le spalle per alleviare il dolore.

Gli ci volle un momento per afferrare saldamente la cerniera con le mani guantate, poi fece rotolare la donna fuori dal sacco come un giocattolo rotto. Fatta eccezione per i lividi, appariva pallida contro la neve. La prese per i polsi e la tirò su fino alla parete del terrapieno. I capelli della donna si trascinarono sulla terra, le foglie s'impigliavano tra le ciocche nere.

Lei era stata un errore.

I suoi capelli erano della giusta tonalità, ma gli occhi erano color fango piuttosto che color whiskey. La linea della mascella era troppo squadrata. Le mani troppo grandi. La bocca troppo volgare e arcigna. Aveva finito per provare repulsione. Le raddrizzò le gambe e le spostò le mani per coprirle i peli pubici. Aveva bruciato i suoi vestiti e strofinato il corpo con il disinfettante.

Avvertiva delle leggere palpitazioni nel petto. Un peso che gli condizionava il respiro. Aveva pensato che potesse essere quella giusta, ma non lo era. Toccò le iniziali incise sopra il cuore della donna e fu investito dal rimpianto e dalla solitudine. Strinse le mani a pugno.

Lei non sarebbe dovuta morire. Lui non avrebbe dovuto perderla. *Non era giusto.*

Il respiro uscì tremante dal suo petto e gli venne voglia di sbattere il pugno contro qualcosa. Adocchiò i lineamenti gonfi della ragazza e distolse lo sguardo. Era stata un errore, ma lui non poteva smettere di cercare finché non avesse trovato una sostituta. Si alzò in piedi, calciò alcune foglie sul corpo, nascondendolo da occhi indiscreti e togliendolo dalla propria vista. Tra qualche ora, la neve l'avrebbe ricoperta e quando sarebbe arrivata la primavera, il ruscello che ribolliva pigramente alle sue spalle avrebbe allagato quell'area e spazzato via il corpo come spazzatura. Raccolse il sacco da cadavere, scrutò velocemente l'area per assicurarsi di non essersi lasciato nulla alle spalle e s'incamminò per tornare alla propria auto. Quindici minuti in tutto.

L'aria gelida gli bruciava i polmoni e l'uomo rabbrividì nella sua giacca di montone. Salì sul suv e lo mise in moto, sparando al massimo il riscaldamento. Portare qualcuno così vicino a casa per certi versi implicava dei rischi, ma per altri era un'idea brillante che avrebbe potuto depistare le indagini. E non aveva bisogno di continuare a uccidere… solo finché non avesse trovato quella giusta. Non si era reso conto che sarebbe stato così difficile.

Sai dove trovare quella giusta…

Si strinse una mano sopra il cranio e piegò automaticamente le ginocchia verso lo stomaco, mentre cercava di controllare il suv.

Non poteva farlo.

Aveva senso però.

No, no!

Eppure, i lineamenti di Mallory Rooney si sovrapponevano a quelli dell'ultima vittima. Quante altre donne dovevano morire a causa di quell'ostinata e malriposta lealtà verso la famiglia?

Si sentì rimescolare fin nelle viscere. Se avesse continuato così, avrebbe finito per essere scoperto. Le sue dita si strinsero alla pelle del volante e lui si raddrizzò sul sedile. Col cavolo che l'avrebbero preso. Col cavolo.

———

Alex in piedi sul gradino più alto del Lincoln Memorial osservava la gente confluire verso il monumento dedicato alla Seconda Guerra Mondiale, dove stava per aver luogo la cerimonia mattutina per la Giornata del Veterano. Era tornato dal North Carolina la scorsa notte. Avrebbe dovuto essere a letto a dormire, invece era lì.

Il tintinnio dei finimenti di un cavallo della polizia risuonò nell'ampio spazio aperto. Uomini anziani, molti su sedie a rotelle o dotati di bastone per camminare, venivano aiutati da parenti e amici per assistere alla deposizione delle corone ai piedi del monumento, in fondo alla Reflecting Pool.

Ripensò a quando da bambino, a fianco del nonno che aveva pilotato bombardieri sulla Germania, si era chiesto perché se ne stessero fuori in una fredda mattina di novembre, con indosso i vestiti della festa. Si ricordò di come aveva fatto scivolare la mano in quella del nonno e la sensazione di sicurezza da cui si era sentito avvolgere in quel momento.

Una sensazione di calore gli formicolò nel palmo della mano. Le sue dita si arricciarono.

Questo era il motivo per cui partecipava alla cerimonia ogni anno. Per onorare i morti. Per implorare il loro perdono. Mentre i minuti sembravano scorrere a passo di marcia, si avvertiva un ronzio di ossequioso silenzio. Un'energia di forte orgoglio, che era allo stesso tempo carica di emozione e silenziosamente stoica. Lo faceva sentire fiero di essere americano. Nonostante il suo tradimento idiosincrasico, amava ancora il proprio paese.

La *Reveille* rieccheggiò attraverso la nebbia che avvolgeva il prato curato in modo impeccabile e gli eleganti edifici in marmo. Le note penetranti del corno gli risuonarono nelle ossa, facendolo vibrare dentro come una corda di violino. Il suo mento si alzò, le spalle si irrigidirono, le dita fremettero per fare il saluto. Ma lui non era degno.

Il suo lavoro nell'ombra era un luogo freddo e oscuro.

Il telefono gli vibrò in tasca.

Gli era stata tolta ogni possibilità di scelta quando aveva fallito la sua ultima missione, e aveva deluso il suo paese, così avanzò lentamente attraverso la folla, allontanandosi dal solenne tributo ai compagni caduti. Se non avesse fatto quell'accordo, ora starebbe ancora marcendo in una prigione nordafricana insieme a tutti gli altri vermi. Accostò il telefono all'orecchio.

«Ho bisogno di vederti nel tuo ufficio.» *Jane Sanders*. La tirapiedi del suo capo.

Alex chiuse la comunicazione e chiamò un taxi. Dieci minuti dopo, si trovava di fronte al vecchio edificio di pietra arenaria in Woodley Park, su cui era apposta una piccola targa d'ottone di fianco alla porta d'ingresso con la scritta «CRAMER, PARKER & GRAY. CONSULENTI PER LA SICUREZZA» incisa in piccole lettere maiuscole. C'era poco movimento per strada. Era mattina presto di una giornata festiva. Nessuno lo aveva seguito.

Jane scese dall'auto e salì i gradini dietro di lui. Non si parlarono.

Alex girò la chiave nella serratura e aprì la porta. L'edificio aveva il consueto aspetto di una normale attività commerciale: il bancone della reception, una fila di sedie dall'aria poco comoda e un basso tavolino da caffè – con su poggiate riviste patinate – erano collocati in modo ordinato nella stanza. Nonostante non fossero la tipica impresa aperta tutti i giorni dalle nove alle cinque, lui e i suoi soci – Haley Cramer e Dermot Gray – gestivano una legittima società di sicurezza e prevenzione del crimine che li aveva resi ricchi. I tre erano migliori amici fin dai tempi del MIT.

Haley e Dermot sapevano che lui gli nascondeva delle cose. Sapevano che era stato in carcere in Marocco e che aveva lottato duramente per il proprio rilascio. Ma di certo non sospettavano che Alex svolgesse un'attività part-time per il governo. Che era esattamente il senso di essere un agente sotto copertura.

Benvenuti nel lato oscuro.

Disinserì l'allarme e aprì la porta del suo ufficio, facendo cenno a Jane di precederlo all'interno. La donna trasalì al rumore della serratura che scattava dietro di loro. L'ufficio di Alex era insonorizzato e veniva setacciato alla ricerca di cimici prima e dopo ogni appuntamento. Non che lui avesse a che fare con molti clienti, giusto quelli sufficienti a far sembrare che si guadagnasse il salario in modo tradizionale. Ovvero quello che non implicava il sangue.

Accese il disturbatore di frequenze come precauzione che utilizzava solo quando l'edificio era vuoto. Anche Jane Sanders aveva un altro impiego, ma era il loro lavoro con il Progetto Portale il motivo per cui si erano incontrati.

"Progetto Portale" suonava così innocuo, come fosse il nome di un parco comunale o di un'impresa edile. Invece, facevano del loro meglio per mostrare ai serial killer e ai pedofili il cancello per l'inferno. Il progetto coinvolgeva persone ricche e molto potenti appartenenti alle più alte sfere governative. Persone pericolose. Persone senza scrupoli. Persone che avrebbero avuto un gran bel po' da perdere, se le cose fossero andate per il verso sbagliato. Quel lavoro era più segreto ed elusivo di qualunque altro omicidio internazionale avesse mai portato a termine ma, da un punto di vista morale, gli attuali obiettivi gli causavano meno problemi di quelli del passato. Il fatto che avesse comunque un problema con tutta quella storia era il motivo per cui il suo impegno prevedeva un limite di tempo.

Come sempre, Jane non riuscì a sostenere il suo sguardo per più di una frazione di secondo. Sapere che lui era un assassino professionista la rendeva nervosa, anche se l'unica donna cui Alex avesse mai sparato aveva una bomba nascosta sotto i vestiti. Non era stato necessario alcun ordine diretto.

Alex non disse una parola. Si limitò ad accomodarsi sulla sedia dietro la scrivania. Mimetizzarsi come un camaleonte era una delle cose che gli riusciva meglio e avrebbe mentito affermando di non divertirsi a irritare quella donna. Avevano circa la stessa età e quello era tutto ciò che li accomunava. Lei era bionda e carina e tirata a lucido come una tipica Barbie di Washington. Se aveva un cervello autonomo, questo era ben nascosto dalla fitta agenda del loro capo comune. Lo guardava con la coda dell'occhio, nello stesso modo in cui si guarda un leone in teoria domato: con molta, molta cautela.

Se ne stava in piedi nel suo tailleur nero da sartoria, con lo sguardo rivolto oltre le tende dai ricami vecchio stile, così bella che Alex si chiese come mai non si sentisse minimamente attratto da lei.

Un tocco della mano di Mallory Rooney, e la sua pelle ne era rimasta elettrizzata, il cuore aveva preso a battere come quello di un adolescente. Ovviamente, *lei* non sapeva nulla di quello che Alex faceva davvero per il governo e l'aveva respinto comunque. Donna intelligente.

«Qualche problema?» chiese Jane.

Ancora una volta, lui non disse nulla. Lei non era un suo superiore e lo faceva incazzare quando si atteggiava come tale. Era complice nella morte di queste persone proprio come lui, ma non si sporcava mai le mani. Non erano amici. Non erano compagni d'armi. Avrebbe scommesso due dita della sua mano sinistra che non aveva neanche mai visto un cadavere e perché questo gli desse così fastidio, non sapeva dirlo.

«Hai trovato qualcosa…?»

Aspettò che lei lo guardasse dritto negli occhi. Scosse la testa.

Lei si schiarì la voce. «Immagino tu sia arrabbiato perché l'altra notte ce l'abbiamo fatta per un pelo con i tempi.»

Alex inarcò un sopracciglio. Aveva dovuto quasi fare un numero da prestigiatore per sparire senza essere visto da casa di Meacher. Non che si fosse preoccupato davvero. Il Bureau seguiva sempre la procedura, mentre l'Agenzia lavorava al meglio facendo strappi alle regole. E non che Alex lavorasse ancora per la CIA; a dirla tutta, sulla carta non l'aveva mai fatto. Ma si aspettava che questa nuova organizzazione rispettasse l'accordo, parte di cui consisteva nel fornire informazioni riservate sui movimenti esatti di determinati membri delle forze dell'ordine. In tempi consoni.

«La mia fonte mi ha riferito che ci sono stati problemi tecnici...»

«Hanno fatto una stronzata.» Se accidentalmente, o di proposito, non lo sapeva. «Se affondo, vi trascino tutti con me. Non dimenticarlo.» Questo era l'unico modo che aveva per assicurarsi di non farsi fottere da quelle persone. Aveva imparato la lezione nel modo più doloroso.

Le mani della donna tremarono leggermente sull'orlo della sua giacca, il primo segno fisico di nervosismo che aveva visto in lei. «Hanno detto che c'era una sorta di zona morta.» Il suo sguardo turbato incontrò quello di Alex.

Altro silenzio, che serviva a protrarre il disagio. Quello di lei.

«Chi ha fatto la soffiata agli sbirri?»

«Non lo so...»

«Qualcuno li ha chiamati *prima* che avessi finito il lavoro.»

Gli occhi della donna si spalancarono, colmi di terrore e lui si sentì vecchio di mille anni.

Tra la soffiata anticipata riguardo all'identità di Meacher, e l'allarme in ritardo sul fatto che la polizia stesse arrivando, per poco l'operazione non era stata compromessa. Alex si strofinò il viso con le mani. Era esausto e non aveva voglia di gestire la paranoia di Jane, oltre alla sua. «Lascia perdere. Me ne occuperò io.»

Impaziente di andarsene, Jane aprì una cartellina e ne estrasse un fascicolo. Stava quasi per porgerglielo, ma poi cambiò idea e lo fece scivolare sulla scrivania in legno di ciliegio.

La paura era una cosa buona.

La paura teneva le persone a una certa distanza, che era esattamente dove Alex voleva che stessero. Per qualche ragione, gli tornò di nuovo in mente Mallory Rooney, con i suoi capelli corti e scuri come le piume di un corvo e gli scintillanti occhi ambrati. Non aveva senso mentire a se stesso: non gli sarebbe dispiaciuto se ci fosse stata un pochino meno distanza tra sé e quel particolare agente federale.

«Hanno trovato un altro corpo» disse Jane Sanders senza preamboli.

«Dove?»

«In un'area boschiva isolata in Virginia, vicino al confine con il West Virginia. L'ha trovata una coppia che era uscita a passeggio con il cane. L'assassino si è dato da fare per nascondere il corpo.» L'eccitazione vibrava sommessamente nella sua voce. «Non credo si aspettasse che la vittima venisse trovata prima della prossima primavera.»

Alex si alzò in piedi e aprì il fascicolo. Abbassò lo sguardo sulle fotografie a colori di un'altra morte senza senso. Oltre a eliminare i serial killer, stavano anche cercando di risolvere un caso rimasto irrisolto. Prese in mano una foto. Si accigliò. «Il collegamento è piuttosto debole, non pensi?»

Le spalle esili della donna si alzarono e si abbassarono con falsa sicurezza, come se non fosse terrorizzata dal trovarsi nella stessa stanza con lui. Perché *lui* era la cosa più spaventosa che conosceva. Irritato, sorrise. Forse aveva ragione. Era più pericoloso dei mostri a cui davano la caccia.

Alex esaminò la fotografia. Questo particolare assassino di solito lasciava i corpi all'aperto, in canali di scolo in zone isolate. Perché questa vittima era diversa? O forse era semplicemente la prima volta che la polizia trovava un cadavere che lui – o lei – aveva nascosto in quel modo? Impossibile dirlo con certezza.

«Possiamo avere accesso ai rapporti di polizia e medico legale?» Non era uno psicologo, ma capiva gli assassini meglio della maggior parte della gente. Non ne condivideva l'eccitazione e l'ossessione, ma senza dubbio comprendeva i meccanismi che vi erano dietro, e i meccanismi erano quelli che di solito portavano questi tizi a commettere errori. Proprio come nel caso di Meacher, nel quale il profilo stilato dall'FBI, combinato ai tabulati telefonici del suo cellulare, avevano fatto sì che quest'ultimo ricevesse finalmente la giusta punizione.

«Non immediatamente, a meno che qualcuno non li hackeri, ma la polizia locale ha cominciato a fare ricerche sul VICAP. Non ci vorrà molto perché trovino un collegamento con gli altri corpi. I federali piomberanno sul caso molto presto.»

Gli occhi di Alex si fissarono sulla mappa degli Stati Uniti appesa al muro. Le indagini della polizia scientifica richiedevano tempo. Trovare un assassino richiedeva tempo. «Ho altri appuntamenti che richiedono un'attenzione più urgente...»

«Il capo è molto insistente...»

«È comunque un'ipotesi davvero improbabile.»

«Dopo tutti questi anni, *tutto* è improbabile.»

Alex nascose la propria reazione guardando fuori dalla finestra. Non erano i fantasmi delle persone che aveva ucciso a tenerlo sveglio la notte. Era la devastazione delle famiglie che si era lasciato alle spalle. Aveva sempre seguito gli ordini. Sempre, fino a quell'ultima missione disastrosa quando era stato sul punto di spezzare il collo a un trafficante di armi internazionale. Poi, la figlia dodicenne dell'uomo era entrata nella stanza e Alex era rimasto impietrito. Un assassino migliore li avrebbe uccisi entrambi, ma lui non c'era riuscito. Li aveva lasciati vivere e se n'era andato.

Aveva avuto molto tempo per rimuginare su quella decisione.

Ciò che lo turbava di più era che neppure adesso sarebbe riuscito a ucciderlo davanti alla figlia. Neanche dopo che il bastardo si era preso la sua personale vendetta nella prigione in Marocco. Forse Alex se l'era meritato.

Jane raccolse le proprie cose in fretta. Era ovvio che fosse impaziente di allontanarsi da lui. «C'è un'altra cosa.» La donna abbassò la voce a poco più di un sussurro. «Qualcuno coinvolto nell'indagine su Meacher ha cominciato a ficcare il naso.»

Era stata sempre una questione di tempo.

«Dobbiamo adeguare alcune delle nostre pratiche.» Un po' più suicidi assistiti e un po' meno uso di forza letale. «Devi informare gli altri.»

Il leggero sussulto della donna lo fece accigliare. Pensava davvero che lui non sapesse degli altri due assassini professionisti che il Progetto Portale aveva reclutato per quest'operazione? Alex sperava solo che non fossero incasinati mentalmente come lo era lui. «Chi sta ficcanasando?» Avrebbe messo sotto controllo la loro email e il cellulare.

«Sono sorpresa che tu non lo sappia già.» C'era un che di pungente nel tono di Jane che quasi lo fece sorridere. «Il capo vuole che tu tenga d'occhio la situazione da vicino.» Fece un'altra pausa, ma ci sarebbe voluto molto più di un silenzio ben studiato per scalfirlo. «La persona che sta facendo ricerche è l'Agente Speciale Mallory Rooney, del Dipartimento dell'FBI di Charlotte.» Senza dire un'altra parola, la donna uscì dalla stanza, come se non gli avesse appena sganciato una bomba davanti agli occhi.

4

I capelli di Mallory erano bagnati dopo la doccia di cinque minuti che aveva fatto di corsa, e le orecchie le bruciavano per il freddo, mentre s'affrettava nel gelo del mattino ed entrava nell'edificio. Il giorno prima aveva lavorato da casa, rannicchiata davanti al camino. Normale routine per una festività federale. Prese le scale per raggiungere il proprio piano, sentendo nel suo passo una carica di energia che recentemente le era venuta a mancare. Quella mattina, non solo era riuscita a dormire in maniera decente e a correre per quattro chilometri, ma era anche certa che ci fosse un vigilante, là fuori, che prendeva di mira i criminali violenti. Forse era una cosa buona, ma per lo più, Mallory credeva nel sistema giudiziario. Doveva farlo.

Entrò spingendo la porta e vide un gruppo di persone che stazionavano fuori dall'ufficio del capo. Ricevette sguardi preoccupati, che subito dopo si allontanarono da lei. Aggrottò la fronte. Aveva pensato che tutta la faccenda del *Post* fosse ormai superata, nonostante una nuova versione dell'articolo fosse stata rielaborata e avesse raggiunto l'edizione stampata. Alzò gli occhi al cielo e s'incamminò verso la sua scrivania, appoggiò le borse e fece per dirigersi verso la scrivania di Lucas, ma lui non era ancora arrivato. Sarebbe stato l'agente di riferimento per quell'indagine, e se la teoria di Mal era corretta, poteva trattarsi di una cosa grossa.

«Agente Speciale Rooney.» La voce dell'Agente Speciale Supervisore Danbridge rombò come un tuono dalla sua porta. «Nel mio ufficio.»

Mallory credeva si fossero lasciate in buoni rapporti lunedì sera. Cos'era successo per mettere fine alla tregua? Si chiuse la porta alle spalle. «Signora?»

«Sai che avevo fatto domanda per quel posto nell'Unità di Analisi Comportamentale a Quantico?»

«Ha ottenuto il lavoro?» Mallory sorrise, fuochi d'artificio e immagini di ragazze che facevano la ruota si affollarono nella sua mente, mentre la sua vocina interna cantava *Alleluia*! «Congratulazioni!»

Gli occhi blu della Danbridge lampeggiarono in due fessure di rabbia. Mallory fece un passo indietro.

«No, non ho ottenuto il lavoro.» L'Agente Speciale Supervisore le spinse un foglio di carta in mano. «L'hai avuto *tu*.»

Mallory rimase a bocca aperta. «Cosa?» Prese il foglio e lo esaminò. La stavano trasferendo a Quantico? Cercò di ridare la lettera alla Danbridge, ma questa si rifiutò di prenderla. «Non può essere. Deve trattarsi di un errore.»

Il capo afferrò il bordo della scrivania, come per trattenersi fisicamente. La sua voce aveva oltrepassato le mura dell'ufficio e Mallory poteva sentire l'interesse dei suoi colleghi attraverso le pareti come frecce sulla sua carne.

«Un errore l'hanno fatto di sicuro. Non è possibile che tu sia la persona più qualificata ad aver presentato domanda. Non sei nient'altro che una che si è ritirata da Harvard...»

«No» la corresse Mallory. «Non ho abbandonato gli studi, signora.» Non aveva fatto nulla di sbagliato e poteva sistemare la situazione. «Ho ottenuto la laurea in legge prima di entrare nel Bureau.»

«Beh,» la Danbridge praticamente sibilò, «sappiamo entrambe

che non è la tua laurea in legge ad averti fatto ottenere una posizione nell'Unità di Analisi Comportamentale.»

«Deve esserci un errore. Non ho neanche…»

«Non c'è nessun errore! Li ho chiamati per avere conferma. L'hai avuto tu. *Tu* hai ottenuto il lavoro migliore in tutto l'FBI, cazzo.» La Danbridge si avvicinò, i muscoli della mascella che lavoravano freneticamente. «L'hai avuto perché tua madre è senatrice al Capitol Hill…»

«Mia madre non ha alcuna voce in capitolo nel Bureau» ribatté Mallory a denti stretti. Doveva esserci stato un errore amministrativo.

«Non dovrebbe averne, questo è poco ma sicuro.» Le labbra della Danbridge si incurvarono e il rossetto rosso sangue ne accentuò la smorfia. «Non ti aspettare che tua madre ti salvi il culo quando avrai bisogno di copertura.» Profonde increspature comparvero alle estremità dei suoi occhi. La sua voce era bassa e cattiva. «Ho molti amici a Quantico.»

Cos'era, una minaccia? Mallory girò i tacchi e tornò lentamente alla sua scrivania. Chiamò Quantico e non ottenne altro che un laconico resoconto su quei nuovi ordini e un rifiuto assoluto di farla parlare con qualcuno di grado superiore. Il trasferimento aveva effetto immediato. Inviò un SMS a Lucas, dicendogli che doveva parlargli al più presto, ma lui non rispose. Un senso di fallimento la avvolse come un velo freddo e bagnato.

Scrivere l'ultimo dei suoi rapporti e liberare la scrivania dalle sue cose le occupò quasi tutta la giornata. Due scatoloni e tre borse di plastica piene di effetti personali erano tutto ciò che le rimaneva del tempo trascorso a Charlotte. Con l'aggiunta di alcuni membri di gang di strada ora al sicuro dietro le sbarre, e un serial killer morto, ricordò a se stessa. Pensò a Janelle Ebert mentre trasportava le sue cose fuori dalla porta principale e oltre gli alberi aggrediti dal gelo. Forse un giorno Mallory avrebbe guardato indietro al tempo trascorso qui e avrebbe saputo di aver fatto la differenza. Lasciò cadere gli scatoloni nel portabagagli e chiuse lo sportello. In quel momento, si sentiva come una marionetta appesa ai fili. L'FBI sceglieva la musica, lei si limitava a danzare.

———

Alex imprecò nel passare davanti alla piccola casa a due piani di Mallory Rooney, situata nei sobborghi di Clanton Park. Di solito la donna non tornava dal lavoro prima di tarda sera, eppure eccola lì, carica di scatoloni, che attraversava trafelata la porta d'ingresso. Quel cambiamento nella sua routine aveva rovinato i piani di Alex. Ora doveva farsi venire un'altra idea.

Parcheggiò un paio di isolati più avanti e si avvicinò alla casa attraverso il bosco che delimitava la proprietà. Salì su una quercia nodosa, e ringraziò di aver indossato i guanti. I muscoli gli bruciavano per lo sforzo, poi riuscì a issare una gamba su un ramo a circa quattro metri e mezzo di altezza e a mettervisi a cavalcioni, guadagnando così la visuale sul cortile ombreggiato oltre la staccionata. C'era un piccolo capanno e un rettangolo d'erba tagliata di fresco. La casa dei vicini a sud era buia; quelli a nord sembrava stessero guardando la TV: le immagini lampeggiavano attraverso le tende come flash di una macchina fotografica. Una luce proveniente dalla cucina di Mallory filtrò all'esterno. Poi comparì lei, mentre abbassava la tapparella della cucina. Aveva i lineamenti tirati e stanchi. Alex si chiese come fosse stata la sua giornata e quale tipo di donna sceglieva di combattere il crimine quando poteva permettersi di vivere nel lusso.

Il vento fruscì attraverso i rami intorno a lui, facendo cigolare l'albero in una gentile protesta per il suo peso. Doveva andarsene. L'idea di intrufolarsi in casa sua mentre dormiva non lo allettava affatto. Non voleva spaventarla a morte, nel caso si fosse svegliata, e se per qualunque ragione lo avesse visto in faccia, avrebbe potuto identificarlo. E allora sì che sarebbe stato fottuto.

Mallory Rooney rappresentava una complicazione di cui non

aveva bisogno. Dopo la sua conversazione con Jane Sanders, si era fatto scrupolo di scoprire qualunque cosa ci fosse da sapere sull'agente speciale e l'attrazione iniziale che aveva provato era aumentata di una tacca. Gli piacevano le donne intelligenti.

Una luce si accese al piano superiore. Stava per saltare a terra e andarsene, quando un'ombra si staccò dal capannone nel giardino. Alex si paralizzò mentre l'ombra prese un piede di porco e lo inserì nella serratura della porta sul retro, forzandola. Il debole scricchiolio era appena udibile dal punto in cui lui era appostato.

Esitò, mentre la figura entrava in casa. *Merda*. Rimase dov'era. Entrare sarebbe stato un enorme rischio. Si trovava in un castello di carte che poteva collassare con un'unica mossa sbagliata.

I suoi occhi scrutarono la finestra del piano di sopra. Mallory aveva sentito l'uomo intrufolarsi in casa sua? Aveva un'arma a portata di mano? Era pronta ad affrontare il bastardo? Probabile.

Ma se non lo fosse stata?

Se si fosse liberata dell'arma e si fosse messa ad ascoltare musica o a guardare la tv? E se il tizio l'avesse colta di sorpresa aggredendola? Allora cosa sarebbe successo?

Saltò giù dall'albero e si abbassò il passamontagna sul viso. Scavalcò il recinto e attraversò di fretta il giardino, prima di insinuarsi nell'abitazione senza far rumore.

La prima cosa che notò fu il suono dell'acqua che scorreva nei tubi. O Mallory stava riempiendo la vasca per fare il bagno, oppure era sotto la doccia. Vulnerabile. Ignara.

Alex mise all'opera tutti i suoi sensi per localizzare l'intruso. Chiunque fosse, sapeva che c'era una donna in casa ed era entrato comunque. I peli del collo gli si rizzarono sotto la lana del berretto. La scala cigolò. Alex gli concesse qualche secondo prima di seguire il rumore. Estrasse un coltello dallo stivale e scivolò nel salotto. Aveva lasciato la pistola M1911 che portava abitualmente con sé nella fondina. Sarebbe stata troppo rumorosa e troppo letale per risolvere quel problema. Non voleva essere trovato lì, soprattutto armato. Non voleva uccidere nessuno senza l'autorizzazione del Progetto Portale. Ma non poteva semplicemente abbandonare una donna che sapeva essere in pericolo.

Avanzando rapido attraverso la casa e su per le scale, si accostò con grande cautela alla soglia della camera padronale e sbirciò all'interno. E come previsto, l'uomo – alto, snello e vestito di nero dalla testa ai piedi come Alex – era dritto fuori dalla porta del bagno. Nessun segno evidente di armi, anche se s'intuiva che ci fosse qualcosa nelle tasche rigonfie della sua giacca nera e Alex aveva qualche dubbio che si trattasse dei biscotti degli scout. Nessun segno di Mallory, quindi presumibilmente si trovava dall'altra parte della porta. Era una buona cosa. L'unico punto positivo di quel dannato fiasco totale.

Ora Alex doveva tirar fuori lo stronzo da lì senza che Mallory si accorgesse di aver avuto in casa ospiti non invitati. L'intruso poggiò la mano sulla maniglia della porta. Fu allora che Alex notò i guanti chirurgici. Sentì l'odio montargli nelle viscere per il fatto che l'uomo avesse intenzione di far del male a una donna e perché con ogni probabilità l'aveva già fatto prima. Questo tizio era il genere di criminale che il Progetto Portale stava cercando di eliminare, ma non spettava ad Alex scegliere gli obiettivi. Lui si limitava a eseguire gli ordini.

Muovendosi rapidamente, Alex puntò il coltello alla gola dell'aspirante aggressore prima che questi potesse aprire la porta. Gli occhi dietro il passamontagna si spalancarono, poi luccicarono. Alex usò la mano sinistra per far cenno all'uomo di dirigersi al piano di sotto.

Tutto sarebbe andato alla perfezione, se il tizio non avesse deciso di tentare la fuga. Lanciò il gomito in alto, verso la faccia di Alex, ma questi lo schivò. Nemmeno lui intendeva lasciare tracce di DNA. Il tizio aveva un piccolo vantaggio e lo usò per cercare di girarsi su se stesso e imprigionare Alex in una stretta da orso. Lui si divincolò da quella presa e, quasi danzando sui talloni, si spostò fuori dalla portata dell'uomo, facendo roteare il bordo affilato della sua lama in un arco davanti a sé. Si trovarono uno di fronte all'altro in un'impasse.

Si udì il *click* della porta. Ed eccola lì Mallory, avvolta in un asciugamano blu e in posizione di tiro con una Glock 21 stretta fra due mani. Se lo avesse visto in faccia, la sua vita sarebbe finita. Alex intascò il coltello. Prima che lei potesse reagire, le afferrò il polso facendole perdere la presa sulla pistola. Un colpo si conficcò nel muro, il rinculo colpì le loro mani ancora unite, poi lui riuscì a sfilarle l'arma e la spinse lontano. Con la coda dell'occhio, Alex vide l'altro stronzo darsela a gambe. Cinque secondi dopo, la porta d'ingresso si aprì con violenza e l'uomo sparì.

Maledizione. La serata non era proprio andata secondo i piani. Se l'avessero catturato lì, sarebbe stato etichettato come un ladro, un guardone, magari anche uno stupratore. La reputazione della sua impresa sarebbe stata danneggiata, i suoi amici si sarebbero sentiti traditi. Era il motivo per cui insisteva sempre nel vedere le prove dei crimini di un potenziale obiettivo, prima di farlo fuori. Le prove circostanziali non erano sufficienti.

Gli occhi di Mallory erano due enormi pozzi ambrati. Vi era paura al loro interno, ma anche rabbia e, francamente, non poteva biasimarla. Alex indietreggiò verso la finestra e la spalancò, staccò la zanzariera con una mano sola e la lanciò sul letto.

«Che cosa credi di fare?» La sua voce era roca.

Alex non osò parlare. Le voci scavavano a fondo nell'inconscio delle persone e non poteva rischiare di essere identificato. E col cavolo che avrebbe rischiato di trovarsi in un conflitto a fuoco con l'Agente Speciale Mallory Rooney. Puntò la pistola verso il pavimento e si arrampicò sul davanzale della finestra.

Lei incrociò le braccia sul petto. Le labbra tirate. Gli occhi stretti in due fessure. «Siamo al secondo piano.» *Stronzo* sembrava sottinteso.

Lui gettò la Glock di Mallory dietro di sé sul prato e si calò per quanto possibile, prima di lasciarsi cadere per i restanti tre metri. Le mani di lei tentarono di afferrarlo, ma era arrivata troppo tardi. Quando toccò terra, Alex si lasciò rotolare come aveva fatto durante i salti con il paracadute e balzò in piedi, senza alcuna ferita. Mallory gli urlò di fermarsi, ma lui se n'era già andato.

Venti secondi più tardi, si era già inoltrato nel fitto del bosco e correva come un levriero, mentre i rami gli sferzavano il volto. Si strappò il passamontagna e il maglione di lana nero, scoprendo una camicia e una cravatta. Smise di correre quando raggiunse il marciapiede e s'incamminò lentamente verso la macchina che aveva preso a noleggio. Entrò nell'auto e ammucchiò i vestiti sotto il sedile del passeggero; l'aspetto di un uomo qualunque che tornava a casa dopo il lavoro.

Fece un giro veloce lungo le strade e i vicoli circostanti alla ricerca dell'intruso, ma non vide nessuno. Interrompendo la ricerca, tornò verso l'aeroporto, dove conosceva un pilota che l'avrebbe portato ovunque avesse voluto senza domande né tantomeno documenti. Continuò a cercare di scrollarsi dalla mente l'immagine di Mallory Rooney avvolta in un asciugamano con la pistola puntata, sola e coraggiosa contro il mondo, ma non ci riuscì.

Se lei avesse scoperto chi era, gli avrebbe puntato contro quella pistola sul serio. E lui avrebbe dovuto decidere cosa fare in merito.

———

L'Unità di Analisi Comportamentale non era più nascosta nelle oscure profondità del seminterrato, ma aveva la propria base in un ufficio ampio e funzionale, completo degli onnipresenti cubicoli grigi. Mallory si diresse verso la reception, sentendosi una truffatrice. Aveva fatto i bagagli il giorno prima, mentre la porta sul retro di casa sua veniva sostituita da un modello più robusto e le veniva installato un sistema d'allarme. Poi aveva guidato fino a Washington. Non c'erano state novità sui due aggressori e la polizia scientifica locale non aveva trovato alcuna impronta da verificare nel sistema. I furti negli appartamenti non erano cosa rara in una delle città più in rapida espansione degli Stati Uniti, ma quello che era insolito – anche se già successo – era la presenza di due criminali con indosso un passamontagna. Poiché lei era un'agente federale, i detective e i tecnici della scientifica erano stati particolarmente scrupolosi, ma non era stato rubato nulla e, grazie a Dio, il tizio che era saltato giù dalla finestra aveva lasciato lì la sua pistola. Mallory si sentiva ancora bruciare in viso dall'umiliazione di esser stata disarmata con tanta facilità.

Era stata in procinto di entrare nella doccia quando aveva visto delle ombre muoversi da sotto la porta. Per fortuna, aveva ancora addosso la pistola di riserva, perché l'arma principale si trovava nel cassetto al piano di sotto, dove la teneva regolarmente. Non voleva pensare a cosa sarebbe successo se i due uomini non fossero andati nel panico quando li aveva affrontati, e non fossero fuggiti. Scacciò quel pensiero dalla mente. L'addestramento e la consapevolezza della situazione l'avevano tenuta al sicuro, e preoccuparsi di ciò che sarebbe potuto succedere non giovava a nessuno.

Una ditta di traslochi stava andando a inscatolare tutti i suoi effetti personali. Per il momento, aveva portato con sé solo lo stretto necessario: vestiti, articoli per l'igiene personale, il computer e i dossier riguardanti sua sorella. Si era trasferita nell'appartamento che suo padre possedeva a Washington e vi sarebbe rimasta finché non avesse capito se l'incarico sarebbe stato permanente. Il tragitto per andare al lavoro era di quarantacinque minuti, cosa che per lei andava bene. Suo padre trascorreva la maggior parte del tempo lavorando come giudice federale in West Virginia e aveva comprato l'appartamento nei primi tempi della separazione dalla madre di Mallory, quando i due facevano ancora finta di essere una coppia. Ora lo teneva per quando sarebbe andato in pensione.

Insicura davanti alla scrivania della reception a Quantico, Mallory notò il numero di sguardi incuriositi che stava ricevendo. Si morse il labbro, immaginando che tutti in quella stanza avessero letto nel linguaggio del suo corpo che era completamente terrorizzata e dovette ammettere che era la verità. Fece un passo esitante verso la scrivania di un'impiegata.

«Agente Speciale Rooney.» Quel secco richiamo proveniente da un punto alle sue spalle la fece girare su se stessa, la borsa a tracolla stretta al petto. L'Agente Speciale Supervisore dai capelli argentati, Hanrahan, s'incamminò verso di lei, con il volto severo e modi non proprio accoglienti. Sentì un tonfo al cuore.

«Mi segua.»

Mallory s'incamminò dietro di lui, obbediente come un cagnolino al guinzaglio. Sua madre le aveva giurato in tutti i modi di non aver sfruttato alcun legame politico per farle avere quel lavoro, ma lei non riusciva a pensare a nient'altro che desse senso alla situazione. Quindi non si era sentita minimamente in colpa quando aveva rifiutato di prendere parte al circo mediatico programmato per quell'anno e aveva perfino rifiutato l'invito a cena di sua madre per la sera. Il dispiacere che provava per il fatto di non trascorrere con lei quel particolare anniversario era bilanciato da una rabbia sorda che le ribolliva dentro. Odiava essere manipolata.

Seguì l'Agente Speciale Supervisore Hanrahan lungo il corridoio anonimo che portava al suo ufficio. Se tutto andava bene, forse avrebbe potuto convincerlo a cambiare idea e affidare l'incarico a qualcuno di più meritevole.

L'ufficio era stipato di mensole, un'ampia scrivania, due sedie e due computer con grossi monitor. La finestra s'affacciava sul parcheggio confinante con il bosco da cui partiva il percorso di guerra che l'aveva messa in ginocchio in più di un'occasione.

«Chiuda la porta e si sieda.»

Fece come le era stato detto, accavallando e scavallando le gambe, per poi tornare a riaccavallarle.

«Cristo, si rilassi. Mi sta facendo girare la testa.» Hanrahan distolse lo sguardo dalle sue gambe, ma non era lussuria quella che brillava nei suoi occhi blu, bensì qualcosa di molto simile alla compassione. «Vedo che il suo occhio nero è guarito. Deve aver avuto una settimana intensa.»

Lei annuì. Ovviamente quell'uomo aveva continuato a informarsi su di lei e la cosa la faceva sentire un po' a disagio. «Non so cosa ci faccio qui» ammise. «Non ho mai nemmeno fatto domanda per questa posizione.»

Un sorriso rese i solchi sul viso dell'uomo ancora più profondi. «Lo so.»

«Non voglio essere qui solo perché mia madre ha usato la propria influenza.»

«È questo ciò che pensa?» L'intensità del suo sguardo la innervosiva.

«Sì.»

Sembrò sollevato. «E se le dicessi che sua madre non ha nulla a che vedere con l'assegnazione di quest'incarico?»

Mallory si protese in avanti. «Allora risponderei che lei è un ottimo bugiardo. Oppure non capisco.»

«E se invece le dicessi che sono rimasto talmente colpito dalla sua performance durante il briefing di lunedì scorso che ho deciso di volerla qui, a lavorare con me?»

«Direi che la sua reputazione è sopravvalutata, oppure lei ha ricevuto un colpo alla testa di recente.» Mallory scosse la testa. Forse poteva farsi licenziare semplicemente parlando in tutta onestà. «Sembravo una ritardata a quel briefing.»

«No, non è vero.» Hanrahan si rilassò contro lo schienale della sedia e sorrise. «Le manovre e tutte queste stronzate politiche non sono il mio forte.»

Mallory chiuse gli occhi e pregò che il pavimento la inghiottisse in quell'istante. «Capisco.»

«Non credo.»

«Allora mi dica cosa sta succedendo.»

Hanrahan strinse le labbra e continuò a fissarla come se cercasse di trovare qualcosa di sbagliato in lei, nello stesso modo in cui l'aveva osservata durante il briefing.

«Me lo *dica* senza girarci attorno.» Il tono di Mallory rifletteva in maniera perfetta il modo in cui si sentiva. Nervosa e incazzata.

«Non volevo farlo proprio oggi...»

Mallory si tirò indietro. «Perché oggi è il mio primo giorno in un posto nuovo o perché è l'anniversario della scomparsa di mia sorella?»

Ancora una volta, lui rimase in silenzio anche se i suoi occhi continuavano a sondarla. Che diavolo stava succedendo?

Infine parlò. «Stava facendo delle ricerche sul vicap riguardo a omicidi compiuti da vigilanti.»

Di tutte le cose che si era aspettata di sentirgli dire, quella era proprio l'ultima. Mallory annuì. «Penso di aver trovato diversi casi con sufficienti aspetti in comune da richiedere ulteriori indagini.»

«Cos'ha trovato di preciso?»

Gli raccontò dei vari presunti assassini, predatori sessuali e pedofili che erano stati trovati morti in circostanze sospette. «Subito dopo, la polizia ha ricevuto delle soffiate sui sospetti da parte di informatori anonimi. E le chiamate non potevano essere rintracciate.»

«Forse nessuno ci ha mai davvero provato?»

«Beh, *io* ci ho provato. E anche *Mike Tanner* ci ha provato.» Mallory lo fissò. Tutti sapevano che Mike Tanner era uno dei migliori. Incrociò le braccia sul petto e fu in quel momento che la domanda le balenò in mente. «Come fa a sapere che stavo indagando sui vigilanti?»

«Ho impostato qualche allarme che mi manda una notifica quando le persone avviano delle ricerche utilizzando determinati termini. *Vigilante* e *soffiata anonima* sono due di quei termini.»

Mallory non sapeva cosa dire.

«Ha parlato dei suoi sospetti con qualcuno?»

Dio, come voleva che lui non la guardasse in quel modo, come se volesse dissezionarle la mente. Questo tizio aveva a che fare con i serial killer, pensava davvero che lei avrebbe potuto tenergli nascosto qualcosa? O che avrebbe voluto farlo?

«Ho cercato di contattare l'Agente Speciale Lucas Randall, che è a capo dell'indagine sulla morte di Meacher, ma non sono riuscita a trovarlo.» Aveva supposto che fosse arrabbiato con lei, proprio come lo erano tutti gli altri. Per il fatto che aveva ottenuto uno degli incarichi più appetibili grazie alle conoscenze, piuttosto che per i suoi meriti lavorativi. Ora però non era più tanto certa che sua madre fosse coinvolta...

«Non ha detto niente a qualche cara amica, a un partner?»

Lei scosse la testa. C'era qualcosa nello sguardo di Hanrahan. Soddisfazione? Sollievo? «Mi dica cosa sta succedendo.»

«Lei cosa pensa stia succedendo?»

Il suo cuore accelerò i battiti con una rabbia improvvisa. «Parla come lo psichiatra da cui andavo da bambina.»

La tristezza gli increspò la bocca. «Mi dispiace per sua sorella.»

Lei annuì. A quale persona sana non sarebbe dispiaciuta una cosa del genere?

Mallory si rese conto che Hanrahan stava aspettando che lei ci arrivasse da sola. Avrebbe già dovuto capire qualcosa. «Quindi anche lei pensa che ci sia qualche vigilante in giro?»

La bocca dell'uomo si strinse in una sottile linea diritta. «Esatto.»

«Allora perché non mi ha lasciato iniziare un'indagine a Charlotte?»

Hanrahan inspirò profondamente con il naso. Perfino il suo respiro sembrava controllato e paziente.

Tutti i pezzi del puzzle si ricomposero all'improvviso.

«Perché pensa che l'avrebbero scoperto.» Mallory si raddrizzò sulla sedia. «Lei crede che chiunque siano questi vigilanti, abbiano accesso al VICAP? Pensa che abbiano impostato gli stessi suoi allarmi nel caso qualcuno cominciasse a fare ricerche?»

«Sono quasi certo che abbiano un qualche tipo di sistema di allarme avanzato, ma chiunque siano queste persone, riescono a nascondere le proprie tracce meglio di quanto il mio tecnico informatico sia in grado di seguirle, e stiamo parlando del migliore di tutto il Bureau.»

«Ma in quel caso sarebbero già a conoscenza dei miei sospetti sul vigilantismo...»

Lui annuì. «Quando interromperà la sua ricerca dopo il trasferimento qui, loro abbasseranno la guardia e penseranno che lei sia passata ad altri casi.»

«E lo farò?»

«A tutti gli effetti.»

«Quindi lei mi ha portata qui per… cosa? Proteggermi?»

La risata dell'uomo denotava un profondo divertimento. «Lei è un agente federale. Può proteggersi da sola.» Si protese in avanti sulla scrivania. «Sembra che questa gente abbia accesso a tutte le nostre informazioni, compresi i profili criminali.»

Quel pensiero era spaventoso. Mallory tentò di deglutire, nonostante il nodo che sentiva in gola, perché ora capiva perfettamente cos'era a preoccupare Hanrahan. «Pensa che abbiano una fonte all'interno dell'FBI?»

«Peggio» rispose lui sostenendo il suo sguardo. «Credo che abbiano una talpa all'interno dell'Unità di Analisi Comportamentale. Qualcuno qui è stato corrotto. Se apro un'indagine, rischio di mettere in allerta questa persona, bruciando la nostra possibilità di acciuffarla. Senza menzionare il fatto che se la notizia trapela, danneggerà la reputazione di un ottimo gruppo di agenti altamente motivati, che dedicano la vita a catturare i cattivi.» Chiuse gli occhi e si pizzicò il ponte del naso. «Qualunque agenzia delle forze dell'ordine esiterebbe a chiamarci per un consulto. Non possiamo permettercelo. I cittadini di questo paese non possono permetterselo.»

Mallory si passò la lingua sulle labbra secche e screpolate. «Quindi mi ha portata qui per cosa? Per spiare gli altri?» Non le piaceva l'idea di tradire le persone a cui affidava la propria vita.

«Ho usato il fatto che lei abbia una madre potente per farla entrare nella mia squadra senza che nessuno sospetti che gli stiamo addosso. Nessuno deve saperne niente. Né la sua famiglia, né i suoi amici. È imperativo che rimanga un segreto.» Gli occhi di Hanrahan sembrarono perforarla. «Voglio che lei entri là dentro,» indicò la porta, «si faccia degli amici, faccia degli errori, in modo da non essere percepita come una minaccia, ed entri piano piano nelle loro vite e nel loro lavoro. Ci vorrà del tempo, mesi, forse anni. Dovrà partecipare alla prossima sessione di addestramento quando comincerà, cosa che richiederà altro tempo, ma le farà guadagnare esperienza e contatti.» Le sue parole la colpirono come grandine, ciascuna sferzandola con più forza. «La sto mettendo in una posizione molto vulnerabile. Sia che catturiamo questa persona sia che non ce la faremo, riceverà pressioni da ogni fronte.»

«Avrò un aumento?»

Dal modo in cui l'uomo strinse gli occhi, Mallory capì che non era il momento migliore per fare dello spirito. «Non so se si rende conto della serietà della situazione.»

«Oh, credo di essermi fatta un'idea.» Si sentiva male. «Quando tutto sarà finito, se ci sbagliamo sulla nostra teoria che ci sia un vigilante, io sarò vista come una raccomandata che ha ottenuto la propria posizione grazie a una madre senatrice e avrò zero credibilità. Se invece troviamo una talpa, sarò vista come qualcuno di cui non fidarsi perché faccio la spia sui colleghi.» Era fottuta in entrambi i casi, ma era anche in trappola.

Un sorrisetto sardonico la colse di sorpresa.

«Se può consolarla, io sono rimasto colpito dal suo lavoro a Charlotte.»

Sollevò un sopracciglio, guardandolo dubbiosa. *Come no.* «Ritiene che la talpa e il vigilante siano la stessa e unica persona?»

«No, ho tentato di controllare dove si trovino gli agenti di questo ufficio quando si verificano le morti. Hanno tutti un alibi, anche se raramente gli alibi sono a prova di bomba.»

«Pensa che siano pericolosi?» chiese lei sommessamente.

«L'individuo che pianta i proiettili in queste persone è quasi sicuramente un assassino professionista, quindi lo categorizzerei come pericoloso. La gente che lavora in questo ufficio, di solito,» e mosse un folto sopracciglio su e giù rivolto al suo indirizzo, «ha lavorato a lungo e duramente per arrivare qui.» Contrasse le labbra. «Non sarà disposta ad andare in prigione senza combattere.»

Fantastico.

«Allora, accetta?»

«Ho scelta?»

«Può dire di no e io la riassegnerò, ma non credo che lo farà.»

Aveva ragione. Ma probabilmente non per le ragioni che pensava lui. Sì, Mallory voleva scovare i cattivi. Ma lì, nel cuore dell'Unità di Analisi Comportamentale, aveva l'opportunità di consultarsi con persone che respiravano serial killer e rapimenti di bambini dalla mattina alla sera.

Anche se odiava l'idea di spiare i propri colleghi, non aveva mai avuto un'opportunità migliore per portare avanti l'indagine su sua sorella. Tirò fuori la mano e strinse quella dell'uomo. «Accetto.»

Hanrahan sorrise, ma lei fu sopraffatta da un'improvvisa solitudine. La ricerca di risposte non aveva mai fine. Per la prima volta da quando era stata accettata nell'accademia dell'FBI, si ritrovava a chiedersi se avesse fatto la scelta giusta. Invece che inseguire le ombre, forse avrebbe reso maggiormente omaggio a sua sorella se avesse vissuto una vita piena e felice. Mentre Hanrahan la guidava fuori dal proprio ufficio e l'accompagnava lungo il corridoio verso quello che sarebbe stato il suo nuovo ufficio, Mallory capì anche qualcos'altro. Doveva a sua madre un mare di scuse.

5

Il bar si trovava in un hotel di lusso di Washington, ad appena un isolato di distanza dall'appartamento di suo padre. Si era data il permesso di uscire, ubriacarsi e poi passare il resto del weekend a riprendersi; una cosa che non faceva da quando aveva finito la scuola di legge. Era un venerdì sera di novembre e il locale era scarsamente illuminato e affollato di gente che partecipava a quella che sembrava una sorta di bizzarra convention ingegneristica. Mallory prese posto su uno sgabello vuoto all'estremità del bancone. Si sfilò il cappotto e se lo stese sulle ginocchia, poi ordinò un McClelland's.

«Grazie.»

Sollevò il bicchiere per brindare a sua sorella e buttò giù il liquore. Si era truccata e aveva indossato un vestito da cocktail nero, così avrebbero pensato che dovesse incontrare qualcuno per cena e non l'avrebbero buttata fuori prima che raggiungesse il limite. Aveva bisogno di qualcosa che l'aiutasse a dimenticare, e starsene seduta da sola nel suo appartamento con una bottiglia di scotch sembrava ancora più patetico che circondarsi di estranei. Aveva amici in città, ma non aveva voglia di vedere nessuno, non quella sera.

Quella sera, diciotto anni prima, era andata a dormire e

quando si era svegliata, la sua vita e quella di molti altri erano state distrutte. Perché quel bastardo aveva presto Payton e non lei? Aveva forse detto o fatto qualcosa che aveva messo in pericolo sua sorella? Era stata colpa sua, oppure si era trattato di cieca fortuna?

Mallory aveva avuto un episodio di sonnambulismo? Se n'era andata quando era arrivato il rapitore? Poi era tornata a letto e aveva continuato a dormire nel suo oblio infantile? Aveva forse aperto la porta d'ingresso? Aveva lasciato entrare qualcuno in casa? Non lo sapeva. Non riusciva a ricordarselo. Quella notte era stata rimossa dalla sua memoria. Tutto ciò che ricordava era di essersi svegliata e che Payton non c'era più. Alzò un dito in direzione del barman, che le rispose con un cenno del capo mentre serviva un altro cliente.

Le luci natalizie brillavano e Michael Bublé cantava *Jingle Bells*. Se avesse avuto con sé la sua arma, avrebbe fatto esplodere lo stereo in mille pezzi.

Sorseggiò il nuovo drink, che le bruciò la gola. Quando ebbe finito con quello, si dedicò al vino bianco, prima che il barman decidesse di non darle più da bere. Voleva ubriacarsi, ma non voleva arrivare a perdere i sensi. Non ancora, comunque.

Nello spazio di una settimana, la sua graduale e tranquilla avanzata tra i ranghi dell'FBI aveva subito un radicale cambiamento. Le erano entrati in casa, era riuscita a far arrabbiare sua madre e le era stato assegnato un nuovo incarico con l'espresso proposito di spiare i colleghi e scoprire se uno di essi fosse in combutta con un assassino, e fosse quindi un potenziale candidato per il braccio della morte.

Grandioso.

Non era certo un modo per farsi degli amici e in quel momento, Mallory era a corto di amicizie. Qualcuno la sfiorò prendendo posto sullo sgabello di fianco al suo. Fece stridere i denti e strinse gli occhi mentre guardava le bollicine del suo vino. Se qualcuno avesse tentato di rimorchiarla, gli avrebbe fatto del male.

«Non mi aspettavo di vederla a Washington, Agente Speciale Rooney.»

Sbattendo le palpebre per la sorpresa, Mallory si voltò e vide Alex Parker seduto di fianco a lei. Il suo cuore ebbe un piccolo tremito di panico. *Non ora. Non stasera.*

Ma perché non quella sera? Perché non incasinare anche questo, come il resto della sua vita?

Al diavolo. Alzò il bicchiere in un cenno di saluto e prese un lungo sorso. «I miei piani sono cambiati in modo inaspettato. Viene qui spesso, Mr Parker?» C'era una punta di amarezza nel suo tono. Era inspiegabilmente felice di vederlo, ma non voleva compagnia durante la sbronza di quella sera. Desiderava soltanto un oblio spensierato. E nessuno spettatore interessato.

«A volte.» Alex si strinse nelle spalle. Sembrava diverso quel giorno. Sempre bellissimo, ma non nello stile dell'uomo d'affari. Una maglietta nera metteva in risalto muscoli ben definiti e jeans dall'aspetto vissuto avvolgevano il resto. Gli occhi di Mallory lo percorsero mentre lui ordinava una birra. Un tatuaggio faceva capolino da sotto l'orlo della manica. Aveva l'aspetto del soldato che era stato un tempo, invece che del consulente per la sicurezza che era ora. Attirò la sua attenzione con un'espressione seria. «Le dispiace se mi siedo qui?»

Lei scosse la testa, anche se si sentiva combattuta. Il fatto era che desiderava conoscere quell'uomo, e, per una volta, voleva scapparsene un po' dalla sua mente. In termini di soddisfazione, chiacchierare con qualcuno non era neanche lontanamente paragonabile all'annegare il proprio dispiacere per qualche ora o qualche giorno nell'alcol.

«Questo non viola la tua regola del non uscire con gli uomini?»

La bocca di Mallory divenne secca. «Sedersi di fianco a me non viola la regola del non uscire con un uomo.»

Gli occhi di Alex si fecero scuri come il carbone. «E parlare? Violerebbe la regola del non uscire con gli uomini?»

Il vino era fresco mentre le scivolava in gola. Ma un guizzo di calore le pervase lo stomaco e i suoi muscoli cominciarono a sciogliersi. Finalmente l'alcol stava facendo il proprio lavoro. «Neanche parlare viola la regola del non uscire con gli uomini, ma non ho molto da dire in questo momento. In effetti, non sono una gran compagnia.» Tanto valeva essere onesti. Lui sembrava un ragazzo carino e lei non amava prendere in giro le persone. Sfortunatamente, sul lavoro non aveva alcuna scelta, almeno nell'immediato futuro. *Grandioso.* Si stava comportando in modo patetico e odiava i patetici. Prese un altro sorso di vino.

«Nemmeno io parlo molto.» Gli angoli delle labbra di Alex s'incurvarono e Mallory avvertì una scarica di eccitazione che le attraversò tutto il corpo. Quell'uomo aveva una bocca peccaminosa. Labbra piene e una piccola fossetta sul mento. E aveva anche un buon odore. Profumava di sapone al sandalo e di maschio. «C'è una ragione particolare per cui stiamo festeggiando stasera?» Si portò la bottiglia di birra alle labbra e lei osservò i muscoli della sua gola lavorare mentre deglutiva.

E allora realizzò.

Lui non lo sapeva.

Non sapeva del suo tragico passato

Signore.

Fu pervasa da un'ondata di sollievo per il fatto che qualcuno nell'universo non la considerasse oggetto di compassione. Finì il suo vino e ordinò un altro whiskey.

«Ne porti due» disse Alex al barman.

Rimasero in silenzio a sorseggiare i loro drink e ad ascoltare Michael Bublé cantare *All I Want for Christmas Is You*. La malinconia di quel periodo dell'anno l'adombrò come se una nube le fosse passata sulla testa. La settimana prima del Ringraziamento rimarcava il rapimento di sua sorella. Il Natale, invece, rimarcava l'enorme voragine nella vita della sua famiglia. Un posto vuoto a tavola. Anni di regali mai aperti.

Mallory non era più in vena di bere. Era piacevolmente sbronza e un diverso tipo di energia cominciava a invadere le cellule del suo corpo. Per qualche ragione, quella stupida canzone d'amore natalizia le aveva ricordato che non faceva sesso da oltre due anni e che l'uomo seduto accanto a lei non era solo affascinante, ma le aveva anche chiesto di uscire. Non era un estraneo qualunque che aveva rimorchiato al bar; era uno dei migliori amici di Lucas Randall, e Lucas non tollerava gli stronzi. Si sorprese ad avvicinarsi di più a lui, perché aveva un profumo così dannatamente buono. I suoi bicipiti si gonfiavano sotto quel tatuaggio ogni volta che prendeva in mano il bicchiere e il solo guardarlo le provocava un leggero fremito. Fece scorrere lo sguardo sui capelli corti sulla nuca, sulle spalle ampie e sul petto definito. Persino gli stivali erano sexy. Voltò la testa e incontrò il suo sguardo nello specchio dietro al bancone. Lui sorrise beffardamente. L'aveva scoperta mentre se lo stava mangiando con gli occhi e il fuoco in quelle profondità grigie parlava da sé.

Nel profondo, c'erano spire di desiderio. Mallory abbassò lo sguardo sul proprio bicchiere, ma non aveva più sete.

La sua pelle era ipersensibile. I capezzoli erano turgidi contro la seta nera del vestito e rendevano evidente la sua eccitazione. Avvertì gli occhi di lui su di sé. Sentì il peso del suo interesse. Il calore si sparse per tutto il corpo. Un fremito tra le gambe le fece stringere forte le cosce.

Trepidazione. Voglia.

Mallory si leccò le labbra e lui smise di guardarla attraverso lo specchio e si voltò invece verso di lei. C'era un'attenzione particolare nei suoi occhi. Una certa solennità nel modo in cui la osservava. Quell'uomo era incredibilmente sexy. Viso dalla simmetria perfetta. Mascella forte. Sguardo seducente e quella sua dannata bocca. Esistevano altri modi per trovare l'oblio…

Con la punta del dito, Mallory prese una goccia di liquido ambrato che colava dal suo bicchiere, poi lo succhiò. Udì un ringhio basso, quasi impercettibile, e sorrise. L'idea di farlo eccitare la elettrizzava. Era come se fosse entrata nella pelle di qualcun altro. Lei non si comportava mai così. Non aveva mai rimorchiato un ragazzo in un bar prima d'ora, ma dire che stava passando un periodo di astinenza, nelle relazioni con gli uomini, era un enorme eufemismo.

E tecnicamente, fare sesso non significava uscire con qualcuno.

Si dimenò sulla sedia. Ora Michael Bublé non la irritava neanche la metà di quanto aveva fatto prima. *Scusa, Michael. Tutto perdonato.* Un'immagine di Payton che cantava motivetti natalizi le balenò in mente, ma al ricordo di sua sorella si accompagnò il bisogno disperato di dimenticare tutto ciò che quella sera rappresentava.

Lasciò cadere la mano sulla coscia di Alex. Sentì i suoi muscoli duri come pietra.

«Vuoi che andiamo in un posto più tranquillo?»

Lui sostenne il suo sguardo, gli occhi ora quasi neri. Era per il desiderio? Non lo sapeva. Alex le prese la mano che aveva posato sulla sua coscia e ne strinse le dita. «Questo sì che viola la regola del non uscire con nessuno.»

«Solo se ci baciamo» rispose lei.

«Come?» La parola uscì con un tono basso.

«Ci ho pensato un po' su.» *E se lui avesse detto no?* Non voleva che le dicesse di no. «Violeremmo la regola solo se ti baciassi.»

«Se *tu* baciassi *me*?» Diamine, le piaceva il colore dei suoi occhi quando si facevano scuri e misteriosi.

«Esatto.» Mallory annuì e dovette aggrapparsi al bancone. *Oops.* Quel primo drink cominciava a fare effetto e non doversi preoccupare di ogni piccola cosa era una sensazione magica. Ma era pur sempre un'agente federale, non voleva cadere per terra in pubblico. Appoggiò i soldi sul bancone e scese dallo sgabello. Il suo cappotto scivolò sul pavimento. Alex lo raccolse e glielo tenne aperto mentre lei se lo infilava. La sensazione del raso freddo che le sfiorava le braccia nude era deliziosa, ma era il tocco delle dita di lui a farla fremere.

«Ti accompagno.»

Significava che non era interessato? O voleva essere gentile e comportarsi come se lei non fosse cosa già fatta?

Si ritrovarono sul marciapiede fuori dalla hall dell'hotel. Il vento gelido le mozzò il respiro. Il freddo pungente le colpì il viso e le gambe mentre si stringeva nel cappotto. «Oddio, perché ho indossato i collant?» Batté i denti nonostante il lungo cappotto di lana e pestò i piedi a terra sui suoi stupidi tacchi.

Alex abbassò lo sguardo sulle sue gambe. «Sul serio, perché hai messo i collant? Siamo sotto zero.» Lui però aveva indosso solo una giacca leggera e non sembrava per niente infreddolito.

«Perché...» Gli afferrò il braccio, mentre le luci cominciavano a girare in vortici dietro di lui «...in questi posti ti lasciano bere di più se non hai l'aspetto da stracciona.»

Presero a camminare lungo l'ampio marciapiede e lei si strinse a lui. Le stelle erano luminose in quella notte gelida, anche se era difficile vederle oltre le luci di Washington. Aveva dimenticato quanto amasse quella città e quanto fosse bella la sensazione di stare con un uomo che l'attraeva.

«E volevi bere di più perché...?»

Nonostante la sbronza, quella domanda la ferì. *Signore*. Batté le palpebre per frenare un accenno di lacrime, fingendo che fosse l'effetto del vento gelido negli occhi. Aveva bisogno di un altro drink. O di un bacio. Fermò Alex con uno strattone, piroettò su se stessa per trovarsi di fronte a lui e fece scivolare le mani sul suo petto. Quell'uomo sembrava essere stato scolpito direttamente nel granito ed emanava un tale calore che Mallory avrebbe voluto insinuarsi fin dentro la sua pelle. Perché gli uomini producevano così tanto calore? Non era giusto. Gli fece scivolare le braccia intorno al collo e sentì che le mani di lui si posavano in basso, sulla sua vita. Il desiderio le faceva quasi male. Premette i seni contro il suo petto e giurò che riusciva a sentire il battito del suo cuore attraverso la spessa lana del cappotto. Lui la stava guardando con un'espressione diffidente. Lei si protese in avanti per assaporare le sue labbra, ma Alex si ritrasse quando lei era solo a un sospiro di distanza.

Il suo respiro era caldo sul volto di Mallory. «Hai dimenticato la tua regola del non uscire con nessuno.»

«L'ho fatto?» I contorni dell'uomo stavano diventando un po' sfocati, ma il senso di sicurezza che trasudava la avvolgeva come un manto. Mallory si tirò indietro, poi agitò un dito verso di lui. «Giusto.»

Aveva dimenticato una parte di quella regola, ma faceva così freddo là fuori e prima fossero arrivati al suo appartamento, prima avrebbe potuto scoprire se quei muscoli sotto la maglietta erano tanto sexy alla vista quanto al tatto. Batté di nuovo i denti e lui le mise un braccio intorno alle spalle.

«Stai congelando.» La strinse più vicino a sé.

Per anni, quella notte era stata piena soltanto di ricordi dolorosi. Voleva spazzarli via. Voleva cancellare ogni memoria di quelle orribili cene lasciate intatte a casa di sua madre e tutto quell'inutile dolore senza fine.

Cosa stava facendo sua madre in quel momento?

Il senso di colpa cercò d'insinuarsi, tentando di farle cambiare idea su Alex, ma la sensazione del corpo di lui contro il suo era decisamente migliore dell'agonia di rivivere il giorno più brutto della sua vita. Poi si ritrovarono davanti al suo condominio. *Magia.*

Mallory frugò nella tasca in cerca del portafoglio, ma non riuscì a tirarlo fuori.

«Lascia fare a me.» Alex fece scivolare la mano dentro al cappotto di lei e trasalirono entrambi quando le sfiorò l'apice della coscia. Lui si immobilizzò, aprì la bocca per offrirle quelle che sembravano delle scuse, e lei gli prese il viso tra le mani e lo baciò. *Chi se ne frega delle regole?*

Le sue labbra erano sorprendentemente morbide, la sua bocca sapeva di whiskey e birra e di uomo supersexy. All'improvviso, lui assunse il controllo di quel bacio, rendendolo più profondo, aggrovigliando la lingua a quella di lei in un modo così possessivo che la fece sciogliere fin nelle viscere. Mallory si ritrovò premuta contro la facciata in vetro dell'edificio. La mano di Alex ancora sepolta nella sua tasca, mentre l'altra era poggiata sulla sua nuca.

Il suo corpo le premeva addosso in un incastro perfetto. Non sentiva più il freddo. Anzi la sua pelle stava per prendere fuoco.

Un gemito riverberò nel petto di Alex, anche se la mano intrappolata nella tasca rimase immobile mentre lei desiderava disperatamente che lui la toccasse. Mallory staccò a fatica la bocca da quella di lui con un ansito, all'improvviso consapevole che si trovavano in un posto pubblico.

«Entriamo.» La sua voce era ansante e sensuale.

Alex si staccò da lei e tirò fuori il suo portafoglio dalla tasca, estraendone la chiave elettronica. Poi le aprì la porta dell'atrio. Lei fece per entrare, tirandolo per la mano, ma lui non si mosse.

«Non posso, Mallory.» Lo sguardo nei suoi occhi era tormentato.

«Cosa?» Dopo quel bacio, non c'erano dubbi che lui la desiderasse.

«Non posso salire da te» ripeté.

«Perché no? Sei sposato?» In un giorno qualunque, la delusione nella propria voce l'avrebbe fatta sussultare. Ma quella giornata non era una qualunque, non lo era mai stata. Era il Giorno della Marmotta con un colpo di scena nel finale. Beh, lei non aveva più intenzione di sopportarlo ancora. A costo di doversi spogliare nuda in mezzo alla strada, avrebbe cambiato le sorti di quella giornata e Alex Parker era l'uomo giusto per aiutarla a farlo.

«Non sono sposato o impegnato con qualcun altro al momento, ma...» Rise, ma c'era abbastanza disperazione in quel suono da togliere qualunque umorismo. «Hai bevuto troppo. Non stai pensando lucidamente. Non voglio essere qualcosa che domani mattina rimpiangerai.»

Il disappunto ribollì dentro di lei. «Non sono così ubriaca.»

Lui non sembrava convinto.

«Davvero.» *Ti prego non cambiare idea.* Si morse il labbro e vide gli occhi di Alex accendersi e pensò che non stesse leggendo i segnali nel modo sbagliato. *Okay.* Avrebbe dovuto sedurlo. Si accigliò. Come si seduceva un uomo? Se mai l'aveva saputo, se l'era dimenticato. Lui le lasciò la mano e lei approfittò di quel movimento per sfilarsi il cappotto. Scivolò sul pavimento e mentre

Alex si chinava per raccoglierlo, la porta dell'androne si chiuse dietro di lui. Sorridendo, Mallory si diresse verso l'ascensore, assicurandosi di non barcollare su quei tacchi maledetti. Che importava se era leggermente allegra? Era forse illegale? No, signore, no. Col cavolo che lo era.

Tenendo aperta la porta dell'ascensore, si tolse le scarpe, le prese in mano e le lasciò penzolare dalle dita. Lui rimase lì con un'espressione nervosa e incerta, con la sua chiave elettronica in una mano e il suo cappotto nell'altra.

«So cosa sto facendo, Mr Parker.»

A quelle parole, un angolo della sua bocca si piegò all'insù e i suoi occhi luccicarono. «Lo vedo.»

Mallory si appoggiò alla parete dell'ascensore e lasciò andare il pulsante. Lui lanciò un'occhiata alla porta dietro di sé come a una via di fuga e, mentre le porte si chiudevano tra loro, lei pensò che sarebbe rimasto lì. Poi all'improvviso Alex fu dentro l'ascensore e Mallory non l'aveva neanche visto muoversi.

———

L'uomo osservava la puttana ubriaca dall'interno buio della propria auto. Quando quel bastardo l'aveva sbattuta contro il muro del palazzo in cui viveva, gli era venuta voglia di estrarre la pistola e piantare un proiettile in testa a entrambi. Quel giorno, fra tutti, si era aspettato che lei avesse un po' più di rispetto per la memoria di sua sorella. La furia si diffuse in tutto il suo corpo. Non valeva neanche la metà della persona che era stata Payton. Lei si sarebbe vergognata di vedere cos'era diventata sua sorella: una puttana, una troia da due soldi.

Controllò la pistola. Afferrò la maniglia della portiera proprio mentre i due entravano nello stabile. *Merda.*

Rimase a osservare per un momento. Aspettò di vedere una luce accendersi da qualche parte nel complesso residenziale, ma ciò non accadde. L'immagine di loro due che scopavano gli bruciava il cervello. Nonostante lei non fosse Payton, vederli era stato come vedere la sua amata tradirlo con un altro e non riusciva a sopportare quel pensiero. Il suo cuore prese a battere più forte e immaginò di afferrare il coltello e inciderle il nome della sorella sulla fronte. Ma lei non era nemmeno degna di quello. Le mani dell'uomo tremarono mentre mise in moto la macchina. Ripensandoci, le avrebbe inciso *troia*.

Si guardò alle spalle e si immise sulla carreggiata, guidando fuori città e dirigendosi verso la Route 66. I suoi piani erano andati a monte. Si era aspettato di trovare Mallory da sola, magari perfino ad attenderlo. Un sorriso gli affiorò sulle labbra. Avrebbe dovuto educarla su ciò che si aspettava da lei. Payton non aveva mai avuto bisogno di alcuna lezione, nemmeno di un'alzata di voce. Era stata perfetta. Sempre felice di vederlo.

L'autostrada era tranquilla, nonostante non fosse così tardi. Avrebbe lavorato l'indomani, quindi doveva comunque tornare a casa. Era un bene che non l'avesse presa quella sera. Doveva elaborare un piano su come gestire questa femmina che assomigliava così tanto alla donna che aveva amato, ma che si comportava come una prostituta. Un'idea prese forma nella sua mente: doveva ricordarle sua sorella, assicurarsi che gliene fregasse qualcosa. Era certo di saper come.

I suoi occhi intravidero una figura solitaria sul ciglio della strada. Femmina. Caucasica. Capelli scuri.

Non farlo. La tentazione era in guerra con il buon senso. *Continua a guidare.*

Mise la freccia, rallentò e accostò. *Maledizione.* Abbassò il finestrino. «Dove sei diretta?»

La ragazza – che non doveva avere più di vent'anni – fece un passo avanti, esitante. «Gainesville.» I suoi occhi scrutarono l'interno della macchina. Batté i denti mentre si stringeva nella felpa. Le temperature erano di gran lunga sotto lo zero ed era prevista altra neve. «Senza offesa, ma accetto passaggi solo se ci sono altre donne in macchina.»

Lui si strinse nelle spalle. «Per me va bene, ma auguri nel riuscire a fermare una donna a quest'ora della notte.» Cominciò a tirare su il finestrino, ma con una rapida occhiata all'autostrada deserta, la ragazza mise le mani in cima al vetro.

«Aspetta!» Il suo sorriso era incerto. «Okay. Vorrei davvero un passaggio, se non ti dispiace.»

Lui le sorrise. Sembrava una ragazzina carina, molto più simile a Payton di quanto si era rivelata Mallory. «Salta su.»

Lei salì in macchina, sistemandosi lo zaino sulle gambe. Lui rientrò sulla carreggiata e per la prima volta da ore, si sentì bene. Lanciò una rapida occhiata al profilo della ragazza. Aveva un viso dolce. Occhi marroni…

Forse era lei quella giusta? Non Mallory, ma questa ragazza sconosciuta?

Si sentiva come se lo stessero mettendo alla prova.

Si raddrizzò sul sedile. Ne sarebbe venuto a capo. Ci sarebbero voluti tempo, pazienza e determinazione. Per lui andava bene. Li possedeva tutti e tre e Mallory Rooney non sarebbe andata da nessuna parte che lui non avrebbe potuto raggiungere.

———

Era uno sbaglio. Un enorme, dannato disastro totale. Ma aveva bisogno di sapere che Mallory era sana e salva nel proprio appartamento, poi se ne sarebbe andato. Certo, lui sì che era un vero boyscout. Sempre pronto ad aiutare le vecchiette ad attraversare la strada e a piantare proiettili tra gli occhi ai serial killer.

Ma forse poteva far fruttare la situazione. Una cosa veloce, e non del tipo che il suo corpo desiderava.

Se fosse riuscito ad avere accesso al portatile di Mallory, avrebbe potuto scaricarvi un software che gli avrebbe permesso di monitorare qualunque cosa lei avesse fatto. Poteva anche sistemare la piccola telecamera che aveva in tasca nel suo ufficio o nel soggiorno. La guardò dalla parte opposta dell'ascensore e resistette all'impulso di passarsi una mano sul volto.

Chi diavolo credeva di prendere in giro? La voleva. Ma non sarebbe mai successo. Lei era ubriaca e stava soffrendo.

Quando l'aveva seguita in quel bar qualche ora prima, aveva capito che era sull'orlo di un precipizio. Comprendeva il significato di quella data e di come una ricorrenza del genere potesse rovinare qualcuno generalmente sensibile e sobrio. Era intervenuto quando aveva visto un paio di tipi adocchiarla come un pezzo di carne fresca. Aveva immaginato che sarebbe rimasto a guardarla mentre si ubriacava e allontanato qualsiasi tizio più grosso e peloso di lui, poi l'avrebbe portata a casa e si sarebbe assicurato che fosse andata a letto sana e salva. Da sola. Nonostante fosse uno spietato assassino, il gene della cavalleria era ancora vivo e vegeto nel suo DNA.

Ma pensa un po'.

L'idea poteva ancora funzionare. Sempre che non gli fosse venuto in mente di entrare in intimità con lei. Perché anche se il suo capo gli aveva ordinato di tener d'occhio l'agente speciale, probabilmente la cosa non comprendeva ficcarle la lingua in gola e dare una controllatina alle sue tonsille.

Mallory era appoggiata contro la parete metallica dell'ascensore e faceva scorrere un piede ricoperto dal collant dietro alla caviglia. Era così dannatamente sexy che gli fece venir voglia di fermare l'ascensore in quel preciso istante e baciarla fino a quando nessuno dei due sarebbe riuscito a reggersi in piedi.

No, non succederà.

Solo qualche notte prima si era scontrato con lei nella sua camera da letto, spaventandola a morte. Ora voleva baciarla? Stava giocando col fuoco, poco ma sicuro. Quella sera, lei sembrava fragile e bisognosa di protezione. Sembrava come se il più piccolo urto potesse farla a pezzi, il che gli fece pensare immediatamente a come sarebbe stato guardarla venire e scosse la testa. Ma che diavolo di problema aveva? Cosa aveva questa donna che lo faceva sentire sottosopra?

Prima di aver mandato a puttane la missione in Marocco, era uscito con un sacco di donne bellissime che non significavano niente per lui, non ricordava nemmeno i loro nomi. Mallory era diversa. Tutto ciò che la riguardava era diverso; compreso il fatto che fosse un'agente dell'FBI che l'avrebbe messo con le spalle al muro, se mai avesse scoperto la sua vera identità.

Non era solo il suo aspetto fisico ad affascinarlo, anche se quegli occhi dal taglio obliquo lo facevano rimescolare dentro. C'era una specie di luce interiore che lo attraeva. *Rammollito.* Non poteva permettersi quel tipo di attaccamento. Non poteva permettersi di concentrarsi su altro che non fosse onorare il proprio impegno con il Progetto Portale. A prescindere da ciò che la gente poteva pensare, lui era un uomo onesto, che pagava i propri debiti e manteneva le promesse. *Cinquecentotrentotto giorni da ora.*

Rimase distante da lei durante la salita dell'ascensore, ma l'odore del suo tenue profumo floreale e il rumore dei suoi respiri irregolari strisciavano sui suoi nervi come filo spinato. Arrivarono al sesto piano e lui la seguì fino alla porta dell'appartamento, cercando di tenere gli occhi lontano dal suo corpo avvolto in quella sottospecie di vestito.

«Questa è casa tua?» chiese lui. Come se non lo sapesse.

«È di mio padre, ma lui vive in West Virginia.»

La seguì all'interno. Le luci erano spente, ma le tende erano aperte e rivelavano una vista magnifica della città illuminata per le feste. Mentre la porta si chiudeva con un *click* alle sue spalle, un crepitio di consapevolezza si diffuse sulla sua pelle. Okay, era a casa, sana e salva. Alex distese il cappotto di Mallory sullo schienale del divano e la guardò allontanarsi. La sua sola vista lo faceva impazzire. Cominciò a indietreggiare verso la porta. Sarebbe entrato in un altro momento per piazzare le cimici, in un momento in cui lei non sarebbe stata lì, con un aspetto così assolutamente scopabile. Era ora di andarsene.

«Ti andrebbe un drink?»

Lui adocchiò il suo portatile ed esitò. Le chance di averne

accesso in altre occasioni sarebbero state molto più basse, perché Mallory portava con sé il dispositivo quasi ovunque e, poiché era un'agente federale, aveva un buon sistema di sicurezza contro i malware. Poteva farcela, ma era probabile che lasciasse delle tracce. «Certo.»

Il fatto che lei fosse stata trasferita a Quantico prima di avere il tempo di fare ulteriori ricerche sui vigilanti era un sollievo e, allo stesso tempo, una preoccupazione. L'infiltrato – o infiltrata – l'aveva tenuta sotto stretto controllo, ma con Lucas Randall a capo dell'indagine sull'omicidio di Meacher, non era da escludere che Mallory avesse condiviso i propri sospetti con il suo amico. O che l'avrebbe fatto. Alex doveva sapere se e quando ciò era successo.

Odiava mentire al suo amico, odiava mentire a questa donna che prendeva il proprio lavoro seriamente, ma l'alternativa era molto peggio. Il Progetto Portale operava in segretezza, tuttavia, questa piccola ondata di scrutinio aveva portato tutti a ritrarsi più profondamente nell'ombra. Alex non sapeva quanto a lungo un'organizzazione governativa clandestina come quella sarebbe riuscita a custodire i propri segreti, ma date le potenziali conseguenze di ciò che stavano facendo, immaginava che non avrebbero esitato a lasciarsi alle spalle qualche cadavere di ufficiali delle forze dell'ordine. Non avrebbe mai permesso che ciò accadesse.

Dubitava che Mallory corresse qualche pericolo reale in relazione alla loro operazione, ma in quel momento, non era certo che fosse al sicuro da se stessa.

«Ti rendi conto che hai portato uno sconosciuto in casa tua? E se io fossi un qualche bastardo pervertito?»

«Non lo sei.»

«Come fai a saperlo?»

«Lucas è bravo a giudicare il carattere delle persone e mi sembra ovvio che tu gli piaccia.» Si piegò per accendere lo stereo, e quel vestitino striminzito risalì tanto da fargli quasi venire un infarto. Nonostante l'alcol che Mallory aveva bevuto – con l'efficienza di un marinaio in licenza – si muoveva con la grazia fluida di una ballerina. «Non avrei portato a casa chicchessia.» Agitò il dito verso di lui. «In più, ho una pistola,» sicuro come la morte non era armata in quel momento, perché il suo vestito non avrebbe nascosto una moneta da cinquanta centesimi, figuriamoci una pistola, «e ho degli amici all'IRS. Quindi, se *sei* un bastardo pervertito, renderò la tua vita un inferno, non appena mi sveglierò lunedì mattina.»

Nonostante il suo tentativo di fare una battuta, era palese che ci fosse qualcosa, nel pensiero del lunedì mattina, che la deprimeva parecchio. Che cosa poteva essere? Un impiego nell'Unità di Analisi Comportamentale rappresentava un sogno per ogni agente dell'FBI e lei era a Quantico solo da un giorno. Non aveva avuto nemmeno il tempo di disfare i bagagli, figuriamoci di far incazzare qualcuno.

Mallory si diresse verso il mobiletto dei liquori di suo padre e cominciò a rovistare tra le bottiglie. Trovò quella di bourbon e, sollevandola con un sorriso trionfante, versò un bicchiere per entrambi. Lui le tolse i pesanti bicchieri di cristallo dalle mani prima che lei potesse fare un solo sorso.

«Rallenta. Ti sentirai male.» Alex spostò i due drink lontano dal tavolino da caffè e cercò di dissuaderla dalla sua autodistruzione.

«Non m'importa.» Le lacrime comparvero dal nulla, e il modo frenetico con cui sbatteva le palpebre andò a colpire una parte di lui che credeva morta da tempo. «Ho bisogno di dimenticare una cosa, Alex. E credimi, non sono neanche a metà della sbronza che mi serve per farlo.»

«Quindi vuoi ubriacarti e scoparmi di brutto per non ricordare?» Aveva sperato che quelle parole brusche l'avrebbero fatta tornare alla realtà, invece vide la sua anima annegare nei suoi grandi occhi ambrati.

«Sì» rispose lei semplicemente.

6

Quell'unica parola ebbe l'effetto di un calcio nello stomaco. Così fece un'altra cosa stupida. La baciò, tuffandosi da mille metri di altezza e atterrando con un vellutato volteggio di lingue. Aveva lo stesso buon sapore di prima, sul marciapiede; era come il whiskey: ricco, sofisticato e così dannatamente sexy che gli incendiava le carni. Il cuore gli batteva all'impazzata e si staccò da lei, respirando con affanno. Non poteva farlo. Non era sincero. Se Mallory avesse scoperto che le aveva mentito dopo che avevano fatto sesso – quella notte tra tutte le notti – si sarebbe infuriata. Meritava di più che essere presa in giro da un farabutto come lui.

Le accarezzò i capelli, spostandoglieli dalla fronte, e quel tocco la fece fremere. «Devo andare.»

Lei strinse le labbra e si allontanò dal suo abbraccio. «Bene.» Poi gli girò intorno, afferrò il proprio cappotto e s'incamminò impettita verso la porta.

«Dove stai andando?» Merda, lo sapeva già.

«Torno al bar.» Era scalza, ma sembrò non accorgersene neanche, mentre armeggiava per infilarsi il grosso cappotto di lana. «Te l'ho detto. Voglio solo dimenticare, per una notte.»

«Dimenticare cosa?» La bocca di Alex si fece secca e quasi si strozzò su quelle parole ingannevoli. Forse poteva trattenerla lì semplicemente parlandole.

«*Tutto.*»

Cristo. Una parte di lui avrebbe voluto scuoterla, farle capire i rischi che stava correndo bevendo troppo, e neanche a dirlo, seducendo un qualche sconosciuto. Ma sentirsi fare la ramanzina sulle proprie scelte di vita da un assassino professionista... era troppo ipocrita, perfino per lui.

Mallory teneva la testa alta, ma le lacrime luccicavano nei suoi occhi.

L'aveva fatta star male. *Fantastico.* Il terrore calò su di lui. Il terrore e uno strano senso di sconfitta. Aveva i nervi tesissimi per via dell'eccitazione. Poteva ignorare i propri bisogni; erano quelli di lei che lo dilaniavano. Adocchiò il liquore, prese un bicchiere e lo tranguigò, poi prese il secondo bicchiere e fece lo stesso. *Se non puoi batterli... bevici su.*

Capiva il bisogno di dimenticare, di rimuovere ingenti pezzi di vita. Lui avrebbe pagato fino all'ultimo centesimo per sradicare certe parti della propria memoria: la morte dei suoi compagni in Afghanistan, le torture subite in Marocco, i volti degli uomini che aveva eliminato nel tentativo di rendere il mondo un posto migliore. Sfortunatamente, tutto il denaro del mondo non avrebbe potuto cancellarle.

Lei lo guardava, in piedi vicino alla porta. Triste e ferita.

Questo non era amore o romanticismo. Era sesso. E lui non faceva sesso da così tanto tempo che riusciva a malapena a ricordarsi come ci si sentiva. Ora lo desiderava – desiderava lei – con un'intensità che avrebbe dovuto spaventarlo. Aveva troppi segreti per lasciarsi coinvolgere in una relazione con qualcuno, men che meno con l'Agente Speciale Mallory Rooney, ma ogni volta che c'era di mezzo lei, sembrava che lui prendesse una decisione sbagliata dopo l'altra.

L'avventura di una notte.

Forse avrebbe distrutto quel poco che restava della propria

anima, ma Alex aveva la terribile sensazione che ne sarebbe valsa la pena.

Si tolse la giacca e si sfilò la maglietta da sopra la testa, lanciandola nella stanza. Negli occhi di Mallory balenò lo shock quando s'inchiodarono sul corpo di lui e poi sulle sue cicatrici. C'era la possibilità che provasse talmente tanta repulsione da sbatterlo fuori a calci, cosa che avrebbe risolto i problemi di entrambi.

Ma la luce negli occhi di Mallory non era repulsione. Era empatia. Compassione. Desiderio.

Bene, allora.

«Afghanistan?» chiese lei.

«In parte.» Non poteva dirle la verità, ma anche mentirle sarebbe stato impossibile, nonostante fosse ubriaca e – così Alex sperava – non avrebbe ricordato una sola parola. Quella presa di coscienza lo lasciò senza parole.

Quella notte, lei aveva bisogno di qualcuno che l'aiutasse a dimenticare e lui si sarebbe sacrificato per il bene della squadra, come un bravo soldatino. Che male poteva mai derivarne? Avrebbe saziato il bisogno che gli infiammava le vene e in meno di un'ora sarebbe stato fuori di lì. Lei sarebbe stata a casa, al sicuro, si sarebbe addormentata e sarebbe sopravvissuta a un altro devastante anniversario.

Una vittoria per entrambi.

Cominciò a camminare verso di lei e lei restò a guardarlo con acuta consapevolezza. Poi Mallory inspirò profondamente: i seni impertinenti premevano contro la seta nera e le dita di Alex fremevano dal bisogno di toccarli. Entrambi sapevano che ora sarebbe successo davvero. Ed entrambi erano d'accordo sulla direzione che avrebbero preso le cose. Perché tutto questo non riguardava Alex. Lei aveva solo bisogno di un corpo caldo. Un corpo caldo *qualunque*. Lui poteva farcela. Poteva essere uno qualunque. Semplicemente non poteva essere *qualcuno*.

Alex le si fermò davanti e lei lasciò cadere il cappotto a terra. Le fece scorrere un dito lungo la delicata sporgenza della clavicola. Lei trattenne il respiro. La sua pelle era morbida come un petalo di rosa, molto più erotica della seta nera. Il cuore gli si gonfiò nel petto. C'era qualcosa nel toccarla che gli ricordava come ci si sentisse a trovarsi davanti a un plotone d'esecuzione. Spaventato; così spaventato che la sua bocca sembrava essersi riempita di polvere.

«Respira» ricordò a entrambi.

Lei inspirò e Alex non riuscì a trattenersi dal posarle le mani sotto i seni, e poi stringerli entrambi nei suoi palmi. Fece scorrere i pollici sui capezzoli, una volta, due, osservandoli sbocciare sotto il tessuto liscio del vestito. Guardò gli occhi di lei farsi più scuri per l'eccitazione. Mallory gettò la testa all'indietro, contro la parete, la bocca aperta, gli occhi chiusi... era semplicemente la donna più bella che avesse mai visto. Un gemito le sfuggì dalle labbra e lui fu duro all'istante. Rimase in piedi con un ginocchio tra le cosce di lei e le sollevò il vestito per godere della vista delle sue gambe chilometriche avvolte nelle calze con la balza in pizzo. Sentì la saliva invadergli la bocca. Toccarle la pelle dell'interno cosce era la sensazione più spettacolare che avesse mai provato.

Le baciò le labbra, perfette labbra rosa così meravigliosamente morbide e generose che gli veniva voglia di gemere. La lingua di Mallory toccò la sua con una sferzata sinuosa che gli fece martellare il cuore nel petto con la stessa potenza di una scarica di proiettili. Le labbra di Alex trovarono il suo collo, e le carezzò la morbida pelle d'alabastro coi denti. Si costrinse a muoversi lentamente, facendo scivolare le mani lungo le curve dei seni, la linea dei fianchi e la rotondità del sedere. Le dita di lei gli avvolsero la nuca e si persero tra i suoi capelli, attirandolo più a sé. Lentamente, così lentamente che lo sforzo lo stava uccidendo, le infilò un dito nelle mutandine e si insinuò nell'incandescente calore bagnato al centro del suo corpo. Lei si sollevò sulle punte dei piedi e si aggrappò alle sue spalle, gli occhi e la bocca spalancati per lo shock. Non potendo resistere alla sua bocca, Alex la baciò di nuovo, desiderando disperatamente di assaporare ogni centimetro del suo corpo, ma nello stesso tempo sentendo il bisogno di avere la propria bocca su quella di lei. Ritrasse il dito e lo affondò di nuovo, continuando a un ritmo regolare, finché lei non prese a dimenarsi contro la sua mano. Era stretta e sussultò quando lui spinse un po' più a fondo.

«Troppo?» La propria voce gli suonava diversa. L'aveva già udita in quella versione, nella prigione in Marocco. Era il suo animale interiore che veniva liberato, ma questa volta dal piacere e non dal dolore.

Mallory scosse la testa e gli conficcò le unghie nelle spalle. «Di più» chiese. Poi gli baciò il collo e vi affondò i denti, mordendolo tanto da strappargli una risata.

Poteva marchiarlo ogni volta che ne avesse avuto voglia.

Il respiro di Mallory gli bruciava la pelle, Alex spasimava al pensiero di sentire quella bocca su tutto il corpo, nello stesso modo in cui voleva posare le proprie labbra su ogni parte di lei. Le spalmò i suoi umori sulle pieghe delicate e premette il palmo con forza contro le sensibilissime terminazioni nervose del clitoride. I muscoli di Mallory reagirono contraendosi. Le sue gambe tremarono. O forse era lui a farlo. Alex si ritrasse e la sollevò più in alto, aprendole le gambe per farsi spazio e prese a muoversi con un ritmo che gli fece accelerare le pulsazioni. Il calore si sprigionò sulla sua pelle. Il fuoco prese a bruciargli nelle vene.

La baciò con foga. Lei ricambiò il bacio, lo divorò con irrazionale frenesia. Qualcosa si ruppe dentro di lui. Qualunque misura di controllo avesse costruito negli anni si spezzò. Non voleva fermarsi. Non voleva essere buono o nobile, o farla venire e andarsene. Era sbagliato, ma non gli importava di nulla, tranne che di affondare profondamente dentro quella donna. Si rovistò nella tasca posteriore dei pantaloni e tirò fuori il portafoglio. Scavò con una mano sola dentro uno degli scompartimenti da cui fuoriuscivano carte e contanti finché non trovò il preservativo, poi lasciò cadere a terra il portafoglio. Si staccò dalla bocca di lei e ruppe la bustina con i denti. Mallory tentò di armeggiare con la cerniera dei jeans ma lui si allontanò, lasciandole posare i piedi a terra, e s'infilò il preservativo, proteggendo così entrambi.

Lei fece per toccarlo ma Alex le afferrò la mano. «Se mi tocchi, è la fine. Non ho mai desiderato così tanto di fare sesso con qualcuno.»

«Ottimo. Fai presto.» Aveva gli occhi dello stesso colore del whiskey che avevano bevuto.

Voleva strapparle i vestiti, farla sdraiare sul letto e scoparla da cima a fondo. Voleva anche far l'amore con lei fino a farla svenire. La camera da letto era troppo lontana. Le trascinò il vestito fin sopra la vita. Respirando affannosamente contro il suo orecchio, afferrò la seta delle sue mutandine e la strinse nella mano. «Sei sicura che questo è quello che vuoi, Mallory?»

Lei annuì e lui le strappò le mutandine. Mallory gli conficcò le unghie nei bicipiti, ma lui non le sentì nemmeno. Quando lei sollevò una gamba ancora avvolta nella calza e gli circondò un fianco, Alex si posizionò contro il suo sesso e, non riuscendo a trattenersi, si spinse a fondo dentro di lei. Il piacere fu istantaneo, così come il panico, perché ora sarebbe stato completamente fottuto.

«Sei così stretta.» E lui l'aveva presa contro una parete. *Idiota.* «Ti sto facendo male?» Fece per ritrarsi, ma lei lo strinse forte a sé.

Mallory scosse la testa, dimenandosi per avvicinarsi ancora. «Di più» chiese e gli mordicchiò il mento. Le sue unghie gli graffiarono la schiena, affondando nella sua carne e provocandogli quel tipo di dolore che lo faceva eccitare più di quanto avesse mai immaginato fosse possibile. Le prese l'altra gamba con la mano e se la portò intorno alla vita. Poi, ogni centimetro pulsante di lui fu sepolto dentro di lei, avvolto dalla morsa vellutata del suo calore.

«Tutto okay?» le chiese. *Okay* non descriveva neanche lontanamente ciò che lui stava provando. Era certo che la parola giusta per quello non fosse ancora stata inventata.

«Oh, sì.»

Il sudore gli imperlò la fronte mentre si muoveva dentro di lei, intrappolata contro la porta. I fianchi della donna si sforzavano di incontrare i suoi, colpo dopo colpo. Il cervello di Alex cominciò a implodere. Non esisteva più nulla se non il calore di Mallory, i suoi occhi, il controllo che esercitava sul suo intero essere semplicemente con la propria esistenza. Si sentiva risucchiato sempre più profondamente dal vortice che era Mallory Rooney e non voleva che finisse. Lei raggiunse il culmine e ogni bel pensiero o immagine che lui avesse mai sperimentato si fusero nella sua mente ed esplosero come fuochi d'artificio mentre lei urlava, gemendo il suo nome. Ancora due spinte e l'orgasmo di Mallory lo portò al limite. Venne con un'intensità che quasi lo mise in ginocchio, scosso da un fremito primordiale che sembrava lacerarlo e con il cuore che gli martellava furiosamente nel petto muscoloso.

Gli sembrava di aver appena ricevuto una scarica elettrica e sentiva che i suoi polmoni non sarebbero mai più riusciti a fare un respiro profondo. E poi, lei cominciò a piangere.

———

Il mondo si mise a girare vorticosamente. All'inizio, Mallory pensò che fosse per l'alcol, anche se stava cominciando a recuperare la sobrietà fin troppo in fretta. Era nella sua camera da letto. Alex cercava la cerniera del suo vestito, che poi le sfilò dalle spalle, spogliandola. Era sorpresa che non fosse scappato urlando dall'appartamento.

Sedotto dalla pazza. *Venite a vedere, gente, venite a vedere.*

Strinse gli occhi per lottare contro le lacrime brucianti che l'avevano ridotta a un disastro emotivo, quando tutto ciò che aveva desiderato era dimenticare. Qualunque cosa facesse, quel giorno finiva sempre con le lacrime. Per tutto il tempo che lei e Alex avevano fatto sesso era riuscita a ignorare la data e ciò che rappresentava. Ma non appena avevano finito, il senso di colpa l'aveva investita di nuovo come una palla da demolizione.

Alex si staccò da lei. Perché no? Doveva pensare che fosse una puttanella ubriacona con qualche rotella fuori posto. Ma non stava piangendo per il fatto che Alex potesse giudicarla male. Lei e

Payton avevano condiviso un legame speciale. Quando era stata rapita, per Mallory era stato come perdere un arto. Le mancava sua sorella. Le mancava veramente tanto. E lei era stata quella fortunata.

Le lacrime continuarono a scorrere. Lacrime che la prosciugavano di ogni energia e luce. Si sentì pervadere dalla vergogna. Non per il sesso. Il sesso perdeva d'importanza se lo si accostava alla scomparsa o alla morte di una bambina. Si vergognava di non aver risolto quel mistero, di non essere riuscita a trovare la sua gemella, nonostante il legame quasi psichico che c'era tra loro. Aveva voglia di strisciare sotto le coperte e starsene lì per tutto il weekend, oppure annegare in una bottiglia, ma quello sarebbe stato più pericoloso. Si coprì gli occhi con le mani. «Dio, mi dispiace tanto.»

«*Shh*.» Alex le mise le mani sulle spalle e le baciò la guancia. Lei si abbandonò a quel bacio. Poi le slacciò il reggiseno e le tolse le calze. Mallory avrebbe dovuto sentirsi imbarazzata a starsene lì, nuda, ma non le importava. Si ricordò che poco prima lui le aveva fatto dimenticare ogni cosa e magari poteva succedere ancora.

Gli fece scorrere le mani sul torso. Aveva un corpo magnifico ed esplorarlo era mille volte meglio che pensare a ciò che un animale perverso poteva aver fatto a una bambina di nove anni, diciotto anni prima.

Le sue dita trovarono una cicatrice. Come si era procurato tutte quelle ferite?

Lui le prese le mani. «Lascia che mi faccia una doccia, poi parleremo.» Ed entrò in bagno.

L'ultima cosa che Mallory voleva era parlare, così si diresse di nuovo verso il soggiorno per farsi un altro drink. Alex la intercettò prima che vi arrivasse.

«Lasciami andare.» Si dimenò, cercando di sfuggire al suo abbraccio.

«Magari non voglio farlo.» Le braccia di lui le circondarono la vita e la strinsero forte contro il proprio corpo.

«Allora sei pazzo.»

«Lo siamo tutti e due, piccola. Tu ed io» le sussurrò tra i capelli.

«Resti qua?» Mallory trattenne il fiato. Desiderava davvero che non se ne andasse.

Il suo sospiro le riverberò nella cassa toracica. «Non posso.»

Strinse le dita intorno ai suoi polsi, mentre lui le strofinava il naso contro il collo, da dietro. Era di nuovo duro. Poteva sentirlo, caldo e possente contro il suo fianco, ma non l'avrebbe pregato. «Non sono ancora pronta per stare da sola.»

Alex la prese in braccio e la portò di nuovo in camera, si tolse gli stivali e salì sul letto dietro di lei. Essere stretta tra forti braccia maschili era una bella sensazione. Molto più bella di quanto ricordasse. Ma lui la stava trattando come una fragile bambina ed era molto, molto tempo che Mallory non era più una bambina.

«Mi dispiace aver piagnucolato prima.» Si aspettava una battuta come risposta. Invece, lui la fece girare sulla schiena.

«Non scusarti» disse intensamente. «Non scusarti mai con me.»

Poi si sistemò tra le sue cosce, come se lì fosse a casa, e lei sollevò il bacino per incastrarsi ancora meglio. Un'espressione cauta gli attraversò il volto. Sapevano entrambi che se lui non avesse avuto i jeans, sarebbe stato di nuovo dentro di lei e quello era esattamente il posto in cui lei lo desiderava.

Aveva una piccola cicatrice che gli tagliava a metà il sopracciglio destro. Mallory non l'aveva notata prima, ma a guardarla da vicino, sembrava il tipo di ferita che si procurano i pugili. Sollevò un dito per accarezzarla. La luce negli occhi di Alex tremolò per un istante, poi lui chiuse gli occhi e appoggiò la fronte a quella di lei. «Non sono stato bravo a farti dimenticare ciò che avevi bisogno di scordare.»

«Non è vero.» Mallory fece scorrere il palmo della mano sulla sua guancia ispida. «Quando eri dentro di me, ho dimenticato ogni cosa. Dovrei ringraziarti.»

Lui strinse gli occhi più forte, aveva un'espressione quasi di sofferenza. «Dovrei andare.» Il suo respiro caldo le sfiorò l'orecchio e le sue mani le afferrarono le spalle così forte che il giorno dopo le sarebbe venuto un livido. Ma non le importava.

«Okay.» Gli leccò il labbro inferiore, perché voleva che rimanesse e, nonostante le parole che uscivano dalla sua bocca, lui non sembrava aver fretta di andarsene. Mallory premette le labbra su quelle di lui e lo baciò profondamente. Stare con Alex la portava lontano dalla realtà e la realtà faceva schifo.

Fece scorrere le mani sulla sua schiena possente e, finalmente, lui ricambiò il bacio. La sua pelle era morbida e calda, i muscoli guizzavano in risposta alle carezze.

Alex si spostò e affondò la bocca tra i seni di Mallory, che si inarcò, mentre una scarica violenta di piacere pulsava attraverso di lei. Il suo profumo la faceva sentire affamata. Il tocco della sua bocca e delle sue mani la rendeva incapace di trattenere un singolo pensiero nella testa. Eccetto il sesso. Subito. Quell'istinto primordiale alla base di tutto. Prese ad armeggiare con i bottoni e lo liberò dai pantaloni.

«Il preservativo» disse lui a denti stretti.

Merda.

Mallory aprì di scatto il cassetto del comodino e fu sollevata di trovarne una scatola. Alex si dimenò per togliersi i jeans, s'infilò il preservativo e affondò in lei. Allacciate le gambe intorno ai suoi fianchi, per Mallory non ci furono più pensieri, solo sensazioni e piacere e corpi sudati, che cercavano di avvicinarsi il più possibile l'uno all'altra, che cercavano quel posto dove nient'altro aveva importanza.

Poi, proprio quando lei pensava che stessero aumentando il ritmo nella loro corsa verso il traguardo, Alex rallentò.

Le spostò con delicatezza i capelli dalla fronte e spinse a fondo dentro di lei, guardandola negli occhi. Spinse di nuovo, deliberatamente, e ogni volta lei sentiva un brivido di meraviglia attraversarla. Era incredibile, una di quelle sensazioni che vorresti non finissero mai, anche se sai che non possono durare per sempre. Lo assecondò, rendendo il movimento più profondo; lui strinse gli occhi, ma non lasciò mai il suo sguardo. A Mallory sembrava di salire sempre più in alto, lui la portava lassù lentamente, trascinando l'amplesso, facendolo durare il più possibile. Si aggrappò a lui, ansimando mentre prendeva il volo, completamente fuori controllo e incapace di preoccuparsene.

«Cazzo, Mallory» esclamò Alex, poi prese a pompare dentro di lei, gemendo mentre raggiungeva anche lui quella vetta dove i fulmini esplosero in ogni terminazione nervosa.

Dopo qualche istante, si fermarono entrambi, la pelle madida, i cuori che battevano ancora furiosamente nell'incavo delle loro casse toraciche.

Lui fece per ritrarsi. Lei lo afferrò stretto. «Resta.»

«Non posso.» Ma non si mosse per allontanarsi. La circondò con le braccia e fece rotolare entrambi finché lei si trovò sdraiata sopra di lui.

Sazia e soddisfatta, Mallory sentì che stava per abbandonarsi al sonno. «Tu sei un brav'uomo, Alex Parker.»

Lui la baciò sulla testa. «No. Ma tu mi fai sentire che potrei esserlo.»

7

———

Alex scivolò fuori dal letto e si vestì, attento a non fare rumore. Mallory stava finalmente riposando. Lui era rimasto sveglio per oltre un'ora, semplicemente tenendola stretta a sé, assicurandosi che si fosse addormentata davvero. Alzò gli occhi al cielo. Non avrebbe mai potuto essere nient'altro che uno spietato assassino e prima lo ricordava a se stesso, meglio era.

Entrando nel soggiorno silenzioso, rimase fermo un istante, cercando di ignorare il morso della solitudine. La stanza era arredata con colori neutri, in maniera attraente e accogliente, ma senza una vera e propria personalità. Proprio il contrario di Mallory, così piena di carattere che era impossibile ignorarla. Raccolse le sue scarpe con il tacco e sorrise.

Dannate scarpe. Dannato vestito. Dannati occhi tristi e corpo perfetto.

Riposò delicatamente le scarpe a terra e ricordò a se stesso che aveva un lavoro da portare a termine. Scopare Mallory era solo un modo per farlo in maniera più efficiente. *Come no, stronzo.* Avviò il portatile e rimase a osservarlo mentre si connetteva a internet. Due minuti dopo, aveva caricato il software che gli serviva per avere accesso non solo a ciò che digitava sulla tastiera, ma anche a tutta la posta in entrata e in uscita, oltre che alla telecamera e al microfono. Eliminò ogni traccia del download dal sistema e richiuse il computer. Raccolse la propria giacca, che giaceva arrotolata sul pavimento, e controllò la tasca interna in cerca della telecamera e della cimice che aveva portato con sé. La notte precedente l'aveva seguita al bar per avere un'indicazione di quanto vi sarebbe rimasta, così da poter entrare in casa sua e installare il sistema di sorveglianza. In qualche modo, era rimasto vittima della sua stessa trappola.

Si chinò per recuperare il portafoglio e gli altri effetti vicino alla porta dove avevano fatto sesso la prima volta. Chiuse gli occhi e contò fino a dieci. Se avesse continuato a pensare a tutti i diversi modi in cui avevano scopato, avrebbe finito con lo strisciare nuovamente nel letto nella speranza di portare a casa un ultimo punto. Invece non sarebbe mai più accaduto niente tra loro.

Gli artigli del rimorso lo ghermirono dentro.

Non c'era dubbio che fosse molto attratto da Mallory e che gli sarebbe piaciuto vederla ancora. Ma se lei avesse saputo chi era veramente, e le attività illegali che svolgeva per conto di persone all'interno del governo, ne sarebbe stata disgustata. Non voleva che lei lo desiderasse per ciò che non era, ma non poteva confessarle la verità. Quindi, dileguarsi prima del suo risveglio era la cosa giusta da fare.

E allora perché sembra così dannatamente sbagliato?

All'equazione si aggiungeva un ulteriore problema: forse il suo capo non sarebbe stato troppo felice di sapere quanto avesse osservato da vicino il proprio obiettivo, quella notte. Era probabile che un esame pelle contro pelle non fosse ciò che avevano in mente quando gli avevano dato l'ordine di tenerla d'occhio. Altri cinquecentotrentasette giorni e sarebbe stato fuori da quella merda. Per qualche ragione, il pensiero non gli portò la solita pace.

Rimosse la telecamera dalla tasca e la impiantò sotto un tavolo di fianco alla porta d'ingresso. Permetteva un'ampia visuale del soggiorno e uno scorcio della cucina. Il microfono fu inserito in una lampada in fondo alla stanza. Sul tavolo era appoggiata una grande scatola blu. Preso dalla curiosità, sollevò il coperchio e vide una pila di fascicoli e ritagli di giornali riguardanti il rapimento della sorella di Mallory. La sua mascella si contrasse. Come ci si sentiva quando qualcuno che amavi scompariva nell'etere per non tornare mai più? Non lo sapeva, ma gli ricordò l'importanza di quel che faceva.

Lui aiutava a fermare i mostri.

Stringendosi nella giacca, cercò di ignorare il senso di colpa che gli divorava la coscienza, dicendosi che aveva dato a Mallory ciò di cui aveva bisogno: qualche ora di piacere spensierato e una bella dormita.

Sì, era proprio un vero eroe.

Era passato molto tempo dall'ultima volta che aveva trovato un qualsiasi tipo di conforto. Gli ci volle ogni singola briciola di forza di volontà per non tornare in quella camera e in quel letto. Invece, se ne andò silenziosamente e s'incamminò verso sud-ovest. Forse, se avesse continuato a proseguire, sarebbe scappato da tutti gli errori che aveva commesso nella sua vita. Un altro sogno impossibile. Anche se, come Mallory, pure lui la scorsa notte aveva dimenticato tutto per un po'.

Sapendo di essere stato irrintracciabile troppo a lungo, accese il telefono mentre raggiungeva Dupont Circle. Imprecò nel leggere i messaggi. Nella notte c'era stato un grosso attacco informatico ai danni di una delle banche più importanti, una banca che originariamente aveva contattato la Cramer, Parker & Gray, Consulenti per la Sicurezza, e poi aveva comunicato che i loro servizi erano troppo costosi e si era rivolta a uno dei loro concorrenti più economici.

Si riceve ciò per cui si paga, anche se non si può mai essere del tutto al sicuro contro questi attacchi; bisogna essere preparati a individuare il problema e difendersi una volta che l'attacco è avvenuto.

Alex era felice di quella distrazione. I suoi colleghi stavano gestendo le intromissioni nel sistema e lavorando per limitare i danni da tutta la notte, quindi ora era il suo turno. Era meglio pensare a codici e strategie che ricordare la testolina scura che si era accoccolata contro il suo petto per dormire.

Non riuscendo a frenarsi, le mandò un messaggio. «Emergenza al lavoro. Devo entrare in azione. Goditi il resto del week end.» Mentre premeva il tasto invio, scosse la testa e infilò il cellulare in tasca. Era ovvio che aveva perso la sua cazzo di testa.

———

Mallory era stata assegnata alla squadra dell'Agente Speciale Supervisore Frazer, presso l'Unità di Analisi Comportamentale-4, impegnata sugli omicidi seriali che coinvolgevano adulti e su altri crimini insoliti. L'uomo non era al corrente del piccolo cambiamento che l'Agente Speciale Hanrahan aveva apportato alle sue normali mansioni. Alle nove di quel lunedì mattina, Mallory presenziava alla sua prima riunione. Era entusiasta per la possibilità di lavorare con quelle persone, anche se era ben conscia del vero motivo per cui si trovava lì.

Le espressioni sui volti dei suoi colleghi erano molto meno eccitate; variavano dal distratto, al guardingo e all'apertamente ostile. Un ragazzo la fissava come se volesse infilarsi nelle sue mutande. L'ultimo volto, quello di Frazer, aveva un aspetto calcolatore. Nonostante i capelli biondi scintillanti, quel giorno non assomigliava a una stella del cinema. Al contrario, era austero e minaccioso e le ricordava un ufficiale delle forze dell'ordine d'alto grado, che andava in giro con distintivo e pistola e che prendeva il proprio mandato molto seriamente. Non avrebbe mai aggirato le regole e collaborato con un vigilante, *giusto*?

«L'Agente Speciale Rooney arriva dalla Divisione di Charlotte. È stata significativamente coinvolta nel caso Meacher.» Frazer la presentò alla squadra. L'Unità di Analisi Comportamentale-4 aveva terminato il proprio lavoro di assistenza all'indagine sul caso Meacher. Tutti i video erano stati copiati e gli originali erano stati archiviati come prove. Si stava ancora procedendo all'identificazione delle vittime, ma quello sarebbe stato principalmente compito degli agenti e della polizia scientifica di Charlotte.

Mallory annuì e tenne la bocca chiusa. Se voleva mantenere un briciolo di credibilità, non poteva dire che nel suo vecchio ufficio non aveva fatto niente se non rispondere al telefono, ma odiava mentire.

«Perché non sta facendo il solito corso di addestramento?» chiese una donna con i capelli neri come la pece e gli occhi altrettanto scuri.

Mallory si agitò a disagio sulla sedia. Gli agenti che entravano a far parte dell'Unità di Analisi Comportamentale completavano un corso di addestramento in aula della durata di sedici settimane, prima di girare a rotazione da un'Unità all'altra per acquisire una gamma più vasta di esperienza. Quel processo poteva richiedere fino a due anni per essere completato. Non c'era da meravigliarsi che queste persone fossero sospettose e irritate.

«Lo farà, ma la prossima sessione non comincerà prima di fine gennaio, quindi fino a quel momento resterà con noi.»

L'agente con i capelli scuri sbuffò.

«So che abbiamo tutti dei casi aperti su cui stiamo lavorando, ma è stata richiesta la nostra assistenza per una nuova indagine e voglio che abbia la priorità» continuò Frazer. *Grazie a Dio*, perché Mallory stava cominciando a sudare sotto quell'intenso scrutinio. «Nell'ultimo anno, si è verificata una serie di omicidi di giovani donne di età compresa tra i diciotto e i trentacinque anni.» Appese le fotografie sorridenti di sei ragazze, tutte con i capelli tra il castano scuro e il nero. Sotto ciascuna di esse, appese una fotografia del cadavere scattata sulla scena del crimine. Mallory trasalì. I loro volti erano brutalmente tumefatti e sembrava che fossero state strangolate.

«Le prove suggeriscono che tutte le donne siano state prelevate dalle interstatali, quindi stiamo lavorando con l'Agente Speciale Tate dell'Azione Omicidi Seriali Sulle Interstatali.» Frazer annuì in direzione del tizio che stava continuando a fissare Mallory come se fosse il suo gusto di gelato preferito.

Non era per nulla attratta dall'uomo, e pensò subito ad Alex e a quello che avevano fatto venerdì notte. Deglutì a fatica. Svegliarsi e vedere che se n'era andato era stato allo stesso tempo un sollievo e una delusione. Il messaggio che le aveva mandato aveva provocato strani effetti sul suo cuore, effetti che non poteva permettersi. Venerdì notte rappresentava un'anomalia. Un avvenimento unico che non si sarebbe mai più ripetuto. Quel pensiero la deprimeva da morire.

Mantenne un'espressione neutrale mentre ascoltava Frazer. Mallory prendeva il proprio lavoro seriamente, anche se al momento sembrava essere il suo lavoro a non prendere troppo sul serio lei. Non sarebbe mai andata a letto con un collega, di questo era sicura, ma – e al pensarci il suo stomaco sprofondò – probabilmente sarebbe stato un buon punto di partenza per l'*altra* sua indagine. Non andarci a letto, solo essere più carina e amichevole del normale. Era chiaro che non avrebbe mai compiuto azioni che l'avrebbero fatta sentire come se avesse venduto la propria anima. Aveva bisogno di aggrapparsi a un brandello di dignità.

«Cos'hanno le vittime sul petto?» Mallory si protese in avanti per avere una visuale migliore delle fotografie, però non riusciva a capire cosa fosse quel particolare. Le donne erano nude, ma giacevano in una posa quasi infantile con le mani posate sopra il pube.

L'agente speciale Frazer strinse le labbra. «Il killer incide qualcosa sul seno sinistro delle vittime.» Frazer estrasse un'altra fotografia dalla cartella del caso e l'appese sulla lavagna bianca.

«Ma l'incisione è AR o AK?» chiese l'agente delle Interstatali

Frazer aggiunse i primi piani di tutte le mutilazioni e Mallory si sentì raggelare in ogni cellula del corpo.

«Nelle prime vittime, il lavoro è un po' grezzo, ma poi sembra che il killer abbia affinato la propria tecnica. Siamo certi che l'incisione rappresenti le lettere PR dentro a un cuore.»

Il battito cardiaco di Mallory accelerò. PR come Payton Rooney? O forse significava qualcos'altro?

Frazer continuò a guardarla, come se stesse aspettando una sua reazione. E lei si rifiutò di dargliene una.

«Non sappiamo ancora quale sia il significato delle lettere.»

«Ante o post-mortem?» chiese la donna dai capelli scuri.

Mallory si preparò per la risposta e si lasciò andare a un sospiro di sollievo quando Frazer disse: «Post.»

«Violenza sessuale?» chiese uno dei ragazzi.

«Sì. Sembra che le vittime siano rimaste in vita per un certo periodo di tempo e abbiano subito ripetute aggressioni sessuali.»

«Qualche relazione con gli omicidi di Meacher?» chiese Mallory. Notava delle analogie, come anche delle ovvie differenze.

«Nessuna finora. L'ultima vittima è stata ritrovata due giorni dopo l'uccisione di Meacher e il medico legale ritiene che anche la morte sia avvenuta dopo il decesso di Meacher. Ma i casi si sono verificati negli stati del North Carolina, Virginia, West Virginia – i territori di caccia di Meacher – quindi non sono pronto a escludere una connessione. Voglio che riguardiate i file tenendolo a mente.» Non sembrava troppo convinto, ma i bravi agenti delle forze dell'ordine erano sempre aperti a ogni possibilità.

«Quindi, a meno che Meacher non avesse un complice, probabilmente si tratta di un soggetto diverso.» Mallory rimuginò sull'opzione "complice che ha voltato le spalle al proprio partner" contro quella "vigilante". Doveva studiare meglio i casi e parlare con Lucas a Charlotte; gli aveva lasciato dei messaggi, ma finora non aveva ricevuto alcuna risposta. Rendersi conto di non poter condividere con lui l'ipotesi che ci fosse un vigilante, perché Hanrahan le aveva fatto giurare segretezza, era stato un duro colpo. Odiava tutto questo. Forse quella teoria era il risultato dell'aver guardato troppi polizieschi in TV e aver ascoltato degli squinternati che parlavano di complotti e cospirazioni.

«Rooney, ho sentito che hai avuto un ruolo fondamentale nella cattura di Meacher» disse sorridendo un'altra agente. «Il tuo vecchio capo mi ha raccontato tutto.»

Mallory si scambiò uno sguardo con la donna. Era vestita in modo un po' sciatto, aveva un aspetto materno e nello stesso tempo dava l'idea di avere un'intelligenza tagliente; la identificò come una delle compari della Danbridge.

Buono a sapersi.

«Il fatto che questo killer abbia strangolato le vittime a mani nude suggerisce una motivazione personale.» Frazer ignorò la precedente interruzione. «Proprio come le percosse concentrate nella regione del viso.» Come se le stesse punendo e stesse cercando di renderle irriconoscibili. «La polizia di stato della Virgina e i dipartimenti di polizia di diverse contee in West Virginia ci hanno chiesto di intervenire e stilare un profilo. Ho in programma di recarmi presso le forze dell'ordine locali la prossima settimana e vedere i corpi. Sappiamo tutti che a causa delle restrizioni sul budget alcuni dipartimenti di polizia locali non riportano nemmeno gli omicidi o i rapimenti, quindi, Rooney, voglio che lei cominci a chiamare gli uffici degli sceriffi delle varie contee per vedere se ci sono altre vittime che non sono state inserite nel VICAP...»

«Ho sentito che era molto brava al telefono» intervenne sarcastica l'amichetta della Danbridge.

Frazer non disse nulla, si limitò ad assistere a quello scambio con attenzione. «Probabilmente avrei dovuto fare le presentazioni. Rooney, questi sono gli Agenti Speciali Moira Henderson, Felicia Barton, Darsh Singh.» Fece il giro del tavolo. «Bradley Tate, Matt Lazlo, e per ultimo, ma non meno importante, Jed Brennan.»

Nonostante fossero in riunione, l'Agente Speciale Brennan stava palesemente lavorando su qualcos'altro. Accorgendosi di essere stato beccato, alzò lo sguardo e le rivolse un sorrisetto beffardo. «Piacere di conoscerti, Agente Rooney.»

«L'Agente Brennan sta lavorando al caso del Giustiziere Arcobaleno.» Si trattava di omicidi particolarmente violenti che avevano come obiettivi giovani uomini omosessuali. Frazer rivolse a Brennan uno sguardo intimidatorio. «A volte è un po' ossessionato dal suo lavoro.»

Quando il capo si voltò, Brennan fece una smorfia, guardando verso Mallory, che le fece increspare le labbra trattenendo un sorriso.

Frazer proseguì: «Sam Walker è un altro dei nostri agenti, ma al momento è fuori. Sarà di ritorno tra un paio di giorni.»

Il cuore di Mallory sprofondò. Finché lei o Hanrahan non avessero provato il contrario, erano tutti dei potenziali sospettati.

Il sorriso di Frazer non raggiunse gli occhi. «Benvenuta nella squadra.»

———

Seguendo il percorso attraverso le remote colline, l'uomo guidò fino a casa, lasciando il SUV davanti alla baita che aveva ereditato dallo zio. Andò in camera da letto e si cambiò. Indossò un paio di jeans, stivali, una camicia a quadri e un berretto di lana. Afferrò l'accetta che teneva di fianco alla porta d'ingresso e s'incamminò verso il bosco. Si era sempre chiesto se i suoi genitori fossero stati a conoscenza delle perversioni di suo zio, pur non ne avendone mai fatto cenno. Desiderava averlo ucciso allora, quando era stato lui a subire gli abusi; ne sarebbe uscito invocando la legittima difesa e la sua vita non sarebbe diventata una merda.

Payton gli mancava così tanto da fargli quasi male.

La madre di Payton era una senatrice degli Stati Uniti, suo padre un giudice federale. Avrebbe voluto poter spiegare loro che la figlia era stata al sicuro e ben curata. Fatta eccezione per quei primi due mesi, non aveva sofferto, e lui si era assicurato che suo zio pagasse per quel dolore iniziale che le aveva inferto. Tuttavia, non si era ma ripresa dal danno mentale che aveva subito, non come lui aveva sperato, altrimenti l'avrebbe lasciata andare, piombando in suo soccorso come un angelo vendicatore. Ma lei non si era mai ripresa del tutto da qualsiasi cosa suo zio le avesse fatto.

In seguito però, era stata felice e sempre così dannatamente contenta di vederlo.

L'emozione era come un pugno che gli stringeva l'esofago. Il dolore e la solitudine sgorgavano al pensiero della sua perdita. Come avrebbe voluto poter spiegare alla famiglia Rooney quanto lui e Payton si fossero amati. L'immagine di lei che camminava lungo la navata al braccio di suo padre con indosso un vaporoso vestito da sposa bianco era vivida nella sua mente. Come il sorriso che l'uomo gli rivolgeva, come se capisse davvero quanto lealmente lui avesse protetto Payton. Diamine, aveva ucciso per lei.

Si riscosse dalle proprie fantasticherie. Loro non avrebbero mai capito. Quel tipo di favole non erano per gente come lui e l'unico modo per evitare d'impazzire era trovare qualcuno che la sostituisse, fosse anche solo nel corpo.

L'autostoppista, Kari, si era rivelata riservata e dolce, ma poteva essere anche solo una facciata. Non l'aveva ancora toccata, quindi solo il tempo avrebbe mostrato la verità. E forse il giudice meritava un ultimo Natale con l'altra sua figlia. Lui aveva già trovato il modo per ricordare a Mallory del legame che aveva con sua sorella, ma non voleva agire troppo rapidamente e finire per rovinare tutto facendo qualcosa di stupido. Una buona organizzazione richiedeva tempo. Non c'era niente di male nel fare le cose lentamente e con attenzione.

A circa trecento metri nel folto della foresta isolata, non troppo lontano dall'entrata del rifugio, aveva ammonticchiato una catasta di legno. A nord, est e ovest il rifugio era circondato da alcuni rovi che lui aveva lasciato crescere anni prima. Appoggiò l'accetta contro i ceppi tagliati. L'erba cresceva sul portello segreto e lui tirò indietro la spranga di ferro che serviva da serratura. Per migliorare la tana che suo zio aveva originariamente scavato, aveva costruito un'adeguata scaletta in legno, vi aveva messo una TV e una radio e perfino un bagno chimico. C'erano un divano e un letto matrimoniale. Aveva fatto provviste di acqua e cibo. Non era proprio un tugurio. Una persona avrebbe potuto andare avanti per mesi laggiù.

Faceva freddo in quel periodo dell'anno, ma c'era una stufa compatta a propano per le notti più gelide e moltissime coperte. Il terreno tratteneva il calore meglio che se fossero in superficie, quindi nessuno sarebbe morto di freddo.

Richiuse il portello dietro di sé e raccolse la torcia che teneva in cima alle scale.

Kari giaceva sul letto. Aveva gli occhi arrossati per il pianto e la bocca contorta in una smorfia. L'aveva ammanettata a una lunga catena fissata a un blocco di cemento posizionato sotto al letto. In quel modo, poteva raggiungere tutto ciò di cui avesse avuto bisogno, ma non poteva andarsene.

«Perché mi stai facendo questo?» La sua voce era roca. Piuttosto tenera.

Versò un bicchiere d'acqua dalla brocca a lato del letto e glielo porse.

Lei lo tenne con entrambe le mani e lui le si sedette accanto mentre beveva. Le scostò i capelli dal viso, dove si erano appiccicati per via delle lacrime sulle sue guance.

«Cosa pensi che voglia?»

Gli occhi della ragazza erano enormi e pieni di espressività. Spaventati. «Penso che tu voglia violentarmi.»

«Ti sembro il tipo d'uomo che ha bisogno di ricorrere allo stupro per avere una donna?»

Gli occhi di lei lo scrutarono disperati. «No, sei affascinante, bello perfino. Se non vuoi stuprarmi, allora cosa vuoi? Farmi del male?» Cominciò a indietreggiare, ma lui la riportò al proprio fianco. Si incastrava bene con lui.

«Non voglio nemmeno farti del male.» L'uomo scosse la testa. «Ti è mai venuto in mente che potrei semplicemente desiderare di avere qualcuno di cui prendermi cura... qualcuno da amare?»

Le labbra di lei si schiusero in un ansito di sorpresa. Lui trattenne il fiato. Le ultime due donne erano scoppiate a ridere e avevano dimostrato di non essere quelle giuste. Ma lei non rise. Gli sorrise con esitazione e lui le posò il pollice sul labbro inferiore, apprezzando la sensazione della sua morbidezza. Poi si protese in avanti e la baciò, schiudendole la bocca sotto la sua. Il suo cuore sembrò fermarsi per un lunghissimo istante.

All'inizio non accadde nulla e lui provò delusione, ma poi, finalmente, la lingua della ragazza toccò la sua. Forse, solo forse, lei era quella giusta.

———

Alex se ne stava sotto l'acqua sferzante della doccia e cercava di svegliarsi. C'erano voluti giorni per fermare l'attacco informatico e ripulire tutto. Altri due clienti avevano subito intrusioni simili. Mettere in sicurezza i dati, cambiare le password e i protocolli di posta elettronica tra i dipendenti, tappare i buchi nei software e scoprire chi diavolo ci fosse dietro l'infiltrazione era un procedimento da certosini. Sembrava che il server fosse localizzato in Corea del Nord, ma Alex dubitava che là avessero degli hacker o dei sistemi tanto sofisticati da portare a termine un attacco come quello. La Corea del Nord sembrava essere più un'esca e Alex odiava cascare davanti a qualcosa di tanto ovvio. Di solito, il colpevole numero uno era la Cina, con hacker sponsorizzati dallo stato che agivano da un qualche edificio di Shanghai, e da altri luoghi. Ma le grandi multinazionali non volevano accusare pubblicamente la Cina per paura di perdere i propri affari con un partner commerciale tanto importante. Con gli Stati Uniti che ogni anno pagavano un costo stimato in 300 miliardi di dollari per il furto della proprietà intellettuale, era un periodo interessante per lavorare nella sicurezza informatica.

Aveva persone nelle zone commerciali di New York e Londra e ulteriori dipendenti nella Silicon Valley e a Hong Kong. Dalla sua incarcerazione in Marocco, la sua squadra sapeva esattamente come operare senza di lui e, a volte, Alex si sentiva più una figura di rappresentanza che il capo. Comunque, era bello essere utili per qualcosa che non fosse uccidere. Negli ultimi giorni, si era concesso brevissimi pisolini e aveva utilizzato tutto il tempo libero a disposizione per controllare furtivamente il telefono e le email di Mallory. Non aveva ancora avuto l'opportunità di guardare i video o ascoltare gli audio ed era riluttante all'idea di oltrepassare quella linea. Una cosa davvero stupida. Venerdì notte aveva fatto molto più che invadere la sua privacy, ma almeno il piacere era stato genuino e reciproco.

Chiuse il rubinetto dell'acqua calda e si costrinse a rimanere immobile mentre l'acqua fredda scorreva su ogni centimetro della sua pelle, finché tutto il suo corpo non s'intorpidì. *Ecco, testa di cazzo, basta pensare a venerdì notte.*

Uscì dalla doccia, si asciugò e s'infilò un paio di jeans. Il suo appartamento aveva una vista sull'edificio del Watergate, che gli ricordava sempre il potere non solo della sorveglianza, ma anche dell'ego, soprattutto quando si aveva a che fare con i politici. Quando era rientrato, aveva ispezionato l'appartamento in cerca di cimici e ora afferrò una birra dal frigo e si preparò un panino.

Aveva voglia di crollare a letto e dormire per un giorno di fila, ma prima doveva verificare che la telecamera e il microfono nell'appartamento di Mallory funzionassero. Il pensiero che potesse aver bisogno di tornare là e risistemarli lo stava divorando, come se fosse un adolescente in piena crisi ormonale alla ricerca di qualunque scusa per parlare con la sua cotta del liceo. Quando sia il suono che il video comparvero nitidi e chiari come se venissero da un collegamento satellitare, Alex scosse la testa.

Guardarla gli lasciava l'amaro in bocca. Non poteva averla. Non avrebbe mai potuto. Lei era oltre la sua portata sotto ogni aspetto. Si sentiva squallido a spiarla, come se stesse commettendo il più abbietto dei tradimenti. Ed era così. Ma la scelta tra l'essere lui a sorvegliarla o farlo fare a qualche altro operativo era del tutto ovvia. Nessun altro si sarebbe avvicinato a quella donna. Era già stata ferita troppe volte perché lui potesse lasciare che la sua organizzazione le facesse ancora del male, seppur inavvertitamente.

S'immobilizzò quando la vide seduta al tavolo da pranzo, la

scatola blu aperta davanti a lei. Aprì il portatile, e la telecamera installata sul computer di Mallory la riprese mordersi le labbra mentre digitava qualcosa in un motore di ricerca. Aveva un aspetto stanco, non era truccata neanche leggermente, ma aveva uno dei visi più deliziosi che lui avesse mai visto. Forse proprio perché non vi era traccia di trucco: la sua bellezza veniva da dentro.

Trascorreva tutto il suo tempo libero a indagare sul rapimento di sua sorella.

Ed era tutto inutile. Le probabilità che qualcuno scoprisse cos'era accaduto a Payton Rooney erano quasi pari a zero, a meno che il cattivo non confessasse. E l'idea che Mallory sprecasse la sua vita gli pesava terribilmente. Si raddrizzò sulla sedia quando vide ciò che stava cercando. Articoli di giornale sui rapimenti avvenuti in tutti gli Stati Uniti in un periodo che andava da due anni prima della scomparsa di Payton Rooney a due anni dopo.

Buona idea. Perché i crimini non venivano sempre inseriti nei database della polizia.

Ma le ci sarebbero volute settimane, se non mesi, per scandagliare tutte quelle informazioni. Mallory sbadigliò e si stropicciò gli occhi e questo ricordò ad Alex quanto si sentisse stanco. Per qualche ragione, dubitava che lei fosse molto più riposata.

Un'idea s'illuminò sul fondo della sua mente, anche se sarebbe stato da pazzi interferire. Lei sbadigliò ancora e lui capì di essere fottuto. L'avrebbe aiutata, a prescindere dal fatto che fosse ragionevole o meno farlo. Aveva gli strumenti per organizzare tutte quelle informazioni in fascicoli di piccole dimensioni e decisamente fruibili.

Il suo telefono squillò e lui lo afferrò. «Parker.»

«Alex. Sono Lucas Randall.»

«Cosa posso fare per te, amico?» La mente di Alex tornò in modalità diffidente. Lucas stava investigando sull'omicidio di Meacher, doveva procedere con cautela.

«I tecnici informatici dell'FBI stanno riscontrando delle difficoltà nell'isolare i dati delle cellule telefoniche dal ripetitore più vicino alla residenza di Meacher e mi chiedevo se...»

Maledizione. «Se posso dare un'occhiata alle informazioni per conto tuo?» Alex non voleva essere coinvolto in quell'indagine tanto quanto non voleva tenere sotto controllo Mallory. Entrambe le situazioni implicavano un tradimento e se c'era una cosa che conosceva e capiva bene, era quanto un tradimento potesse far male. «Dubito di poter trovare più di quello che avete trovato voi.»

«Potresti lo stesso dare un'occhiata?» Lucas abbassò la voce. «Non sto facendo alcun progresso in questa indagine e il mio capo si sta comportando così da stronza che presto l'ammazzerò e getterò il suo cadavere nella Fattoria dei Corpi. Non penso che qualcuno mi biasimerà.»

Alex si premette forte la punta delle dita sulle tempie. Conosceva quell'uomo sin dai tempi della formazione base e avevano combattuto fianco a fianco in Afghanistan. L'autocondanna gli fece aggrovigliare lo stomaco. Odiava la persona che era e quello che faceva. «Mandami i file, ma sono immerso fino al collo in casini internazionali e non so quando riuscirò a guardarli.» Non che ci sarebbe stato qualcosa nei tabulati telefonici. I segnali sui telefoni che lui e Jane utilizzavano per comunicare erano criptati ben oltre gli standard militari. Aveva creato l'illusione elettronica di un telefono usa e getta. Anche il suo portatile, a cui veniva inoltrato tutto, non poteva essere rintracciato. Se ci avessero provato, sarebbero finiti in un'isoletta nel mezzo dell'Oceano Pacifico. Ma non gli piaceva il fatto di essere così vicino a questa indagine. Certo, poteva tener d'occhio quello che sapevano, ma se stavano cercando di incastrarlo...

Merda. La cosa non gli piaceva. Non gli piacevano le trappole. Non gli piaceva la manipolazione. Improvvisamente, si ritrovò in prigione. Il suo nuovo capo gli stava davanti; indossava un completo così bianco che gli aveva provocato dolore agli occhi. Lui era sporco e inzaccherato. Aveva cercato di mantenersi attivo, ma la malattia e la mancanza di acqua pulita e cibo adeguato lo avevano logorato. Le percosse l'avevano lasciato debole ed emaciato. Quando era entrato lì dentro, era stato consapevole che, se si fosse messa male, nessuno sarebbe venuto ad aiutarlo. Ma una cosa era sentirselo dire, un'altra sperimentare quella brutale realtà a ogni colpo potenziato dal tirapugni di metallo. Alla faccia del servire il paese. Alla faccia della lealtà.

Il Progetto Portale gli aveva fatto una proposta che gli aveva permesso di scappare da quel buco infernale. Era in debito con loro. Ma non si illudeva che le cose sarebbero state diverse, se fosse stato catturato sul suolo americano.

«Mandami le informazioni, ma non ti prometto nulla.» Inspirò profondamente. «Mi sono imbattuto in Mallory Rooney a Washington.»

«Mallory Rooney? La *mia* Mallory Rooney?»

Alex rimase sorpreso dalla punta di possessività nel tono dell'uomo. «Ha detto che è stata trasferita a Quantico.»

«Sì, è vero.» Il tono di Lucas assunse una sfumatura da fratello maggiore protettivo. «Lei non è il tipo di ragazza da prendere in giro, Alex. Non gironzolarle intorno, perché se le spezzi il cuore, ti spaccherò il culo.»

«Non stiamo uscendo insieme.» Alex cercò di non pensare a quello che avevano fatto lo scorso venerdì notte e distolse di proposito lo sguardo dal portatile, così non poté vederla addormentarsi davanti al computer.

«Lei non esce con nessuno» disse Lucas quasi ringhiando.

«Quindi di cosa cazzo ti preoccupi?» sbottò Alex. Come amico, Lucas avrebbe dovuto incoraggiarla ad avere una vita sociale, anziché lavorare ogni minuto di ogni giorno.

Il silenzio si protrasse per un momento carico di tensione. «Ascolta, ne ha passate tante. Semplicemente non voglio vederla stare male, cosa che mi ricorda che devo chiamarla.»

Lucas nutriva dei sentimenti per lei, come aveva fatto a non vederlo? Perché era rimasto abbagliato lui stesso e perché stava cercando di assicurarsi di non finire in prigione per omicidio di primo grado. «Mandami i dati, Lucas, ma non ti prometto niente.»

«Grazie, fratello.»

«Sì, un fratello che non vale abbastanza per uscire con la tua cosiddetta amica» mormorò Alex.

«Non è così...»

«Continua pure a dirtelo.» Alex chiuse la comunicazione. Tre secondi dopo, vide Mallory prendere il cellulare. Un sorriso le illuminò il viso. Lucas. La gelosia lo colpì alla testa come un martello. Irritato da se stesso, Alex spense il computer e uscì nella notte. Non voleva sentire ciò che Lucas Randall diceva su di lui al telefono, ma questo era esattamente il tipo di conversazione che doveva monitorare. L'avrebbe ascoltata più tardi, quando sarebbe stato di nuovo in grado di pensare normalmente.

Gli ci vollero parecchie ore, ed era passata da molto la mezzanotte quando finì di mettere insieme tutte le informazioni necessarie. Indossò i guanti di lattice per maneggiare i fogli e la busta, stampò quanto aveva messo insieme e utilizzò una delle false identità per far recapitare il pacco a Mallory al lavoro il giorno seguente. Forse, per lei, Alex non sarebbe mai stato nient'altro che un ricordo sfocato, ma almeno poteva alleggerirle un poco il peso che portava. Aveva bisogno di tutte le possibilità di redenzione che poteva trovare.

8

Quando arrivò il venerdì pomeriggio, Mallory aveva trascorso la maggior parte della settimana a leggere file di casi e a chiamare i vari dipartimenti di polizia per parlare con detective della omicidi, poliziotti e medici legali, finché non aveva cominciato a farle male la mascella. Aveva chiamato ogni dipartimento due volte per chiedere anche di casi di rapimenti di bambini avvenuti dai quindici ai vent'anni prima che non fossero stati segnalati; magari avrebbe avuto fortuna e sarebbe arrivata a una svolta.

Non ebbe fortuna.

Alzò lo sguardo e si accorse di essere sola nell'ufficio che solitamente condivideva con altri otto agenti. Erano tutti occupati in varie riunioni e lei era rimasta lì a girarsi i pollici. Si guardò ancora intorno. L'ufficio era davvero vuoto. Non c'era nessuno.

Il cuore le martellava forte nelle orecchie.

La vera ragione per cui si trovava lì le balenò in mente, seguita dalle farfalle alla bocca dello stomaco che si lanciavano nell'aria come avvoltoi. Il ronzio del sistema di riscaldamento e il mormorio di voci in lontananza si trascinavano fino a lei da luoghi distanti. Si alzò in piedi e adocchiò le scrivanie più vicine.

Moira Henderson o Felicia Barton? La Henderson era l'amichetta della Danbridge, quindi avrebbe ispezionato la sua per prima.

Raggiunse la scrivania e cominciò a rovistare tra i cassetti. Manette, munizioni, cucitrici, post-it, un crocifisso rotto: niente di utile. C'erano delle fotografie attaccate alle pareti del cubicolo della Henderson, un ritratto di famiglia con un paio di bambini. Mallory gettò un'occhiata alle proprie spalle quando udì dei passi, ma questi svanirono dietro il colpo di una porta che si chiudeva. C'era una pila di cartelle sul lato sinistro della scrivania. Mallory sbirciò all'interno della prima e vide una sua fotografia e alcune schede su... Santo cielo, la tizia aveva un dossier su di lei.

Le si drizzarono i peli sul collo quando udì un'altra porta aprirsi e poi richiudersi nel corridoio. Guardò velocemente nella cartella successiva e trovò informazioni sul background di Edgar Meacher. I passi si fecero più vicini e Mallory tornò in punta di piedi alla propria scrivania, il cuore le martellava nel petto mentre l'Agente Speciale Henderson faceva il proprio ingresso nella stanza.

Lo sguardo sospettoso della donna guizzò su di lei, ma Mallory non sarebbe riuscita a guardarla negli occhi più di quanto sarebbe riuscita a far roteare le sue piante grasse come un giocoliere. Henderson raggiunse la propria scrivania e prese in mano il telefono. Aveva sospetti sulla vera ragione per cui Mallory era stata riassegnata? Perché avere un dossier su Meacher?

Ovvio, Meacher era il genere di killer su cui la donna indagava quotidianamente, quindi perché non avrebbe dovuto avere un dossier su di lui?

Per niente paranoica, eh?

La bruna Agente Barton entrò nell'ufficio con un pacco di Fed-ex. «È per te, Rooney. L'ufficio smistamento della corrispondenza ha controllato che non ci fossero sostanze sospette e ha detto che è pulito. Nessuno sta cercando di ucciderti, per il momento.» L'agente glielo porse con una smorfia. Mallory le rivolse un sorriso di ringraziamento, che non fu contraccambiato. La donna la fissava con fare pensieroso. Henderson disse qualcosa e la

Barton proseguì verso la propria postazione. Mallory rabbrividì. E queste persone dovevano essere dalla sua parte?

Grazie, Agente Speciale Supervisore Hanrahan.

Il pacco era profondo circa otto centimetri e quando lo aprì, rimase scioccata da quello che vide. Stampe di vecchi articoli di giornali su rapimenti di bambini in West Virginia, Ohio, Pennsylvania, Virginia e Kentucky, che andavano indietro di venticinque anni.

Chi diavolo sapeva che lei stava facendo ricerche proprio su questo?

L'agente Frazer le aveva fatto venire l'idea durante la riunione del lunedì mattina, ma Mallory non ne aveva parlato con nessuno... eccetto ogni dipartimento di polizia con cui aveva parlato negli ultimi cinque giorni. Inoltre, chiunque in ufficio avrebbe potuto sentire le sue domande. Si grattò la testa. Qualcuno le aveva fatto un favore enorme, avrebbe solo voluto sapere chi e per quale ragione. Cercò le informazioni del mittente sul pacco e vide un indirizzo di Washington. Avrebbe cercato di arrivare a un nome.

Posò il pacco sul pavimento per poi portarlo a casa quella sera. Una fonte anonima aveva appena stabilito cosa avrebbe fatto nel fine settimana e non era sicura che la cosa le piacesse. Adagiandosi contro lo schienale della sedia, gettò lo sguardo alla mappa che aveva appeso sulla parete del suo cubicolo. Mostrava i luoghi in qui si pensava che le giovani vittime fossero state catturate e quelli in cui i loro corpi erano stati ritrovati. Il suo sguardo fu attratto dallo Stato in cui aveva trascorso i primi dieci anni della sua vita. Nella tenuta di famiglia di suo padre, Eastborne, a Colby, in West Virginia.

Dopo il rapimento di Payton era stata costretta a frequentare un collegio a Washington, ma aveva trascorso molte estati in quel luogo, sentendo la mancanza di Payton e passando il tempo con Lucas e le sue sorelle, che vivevano lì vicino. Non vi era tornata spesso dopo l'università. Prima, alla Virginia Tech, poi alla scuola di Legge di Harvard. Negli ultimi due anni la carriera era stata in cima alle sue priorità e non aveva avuto molto tempo libero. Quel poco che era riuscita a ritagliarsi, l'aveva trascorso a Washington per far visita a entrambi i suoi genitori contemporaneamente. Andavano molto d'accordo, nonostante il divorzio, e infatti suo padre voleva che quell'anno passassero il Natale tutti insieme a Eastborne, poi avrebbe messo la tenuta in vendita.

Il pensiero la rattristava, anche se non aveva mai voluto viverci. Era legata a quella meravigliosa, vecchia casa da legami profondi come cunicoli di miniera e forti come l'acciaio, ma era un peccato che restasse vuota per gran parte dell'anno, fatta eccezione per la governante.

Batté le palpebre mentre osservava la mappa. Una delle ultime vittime del serial killer era di Greenville, che distava solo una ventina di chilometri da Colby.

Il suo telefono trillò all'arrivo di un messaggio da parte di sua madre, che la invitava a cena durante il fine settimana. Le inviò una risposta veloce, dicendole che ci avrebbe pensato, poi rimase a fissare lo schermo del suo telefono. Il fatto che avesse salvato il messaggio di Alex del venerdì precedente era una dimostrazione di quanto fosse patetica. Per la centesima volta, il suo dito rimase sospeso sul tastierino, pronto a digitare un messaggio per chiedergli se avesse risolto la sua emergenza. Quel bisogno le fece scuotere la testa per la frustrazione. Si mise il telefono in tasca. Non aveva tempo per una relazione, anche se desiderava davvero rivederlo.

«Problemi?»

Mallory quasi balzò sulla sedia e il suo cuore fece un triplo salto *salchow*. «No, signore.»

Frazer la fissò nello stesso modo in cui un'aquila fissa un topo mentre si domanda se sarà più la fatica o il gusto. L'uomo aveva ancora un aspetto immacolato, mentre lei era riuscita a spruzzarsi del caffè sulla camicetta bianca e qualsiasi traccia del trucco che si era messa quella mattina era scomparsa da tempo. Dall'espressione di Frazer, Mallory stava iniziando a pensare che qualche pezzo dell'insalata di spinaci che aveva mangiato a pranzo le fosse rimasta in mezzo agli incisivi. Si passò la lingua sui denti, ma non sentì nulla, a parte lo smalto.

Un piccolo sorriso sfiorò gli angoli della bocca dell'uomo e lei strinse gli occhi.

Oh, stava indubbiamente cercando di intimidirla.

Gli agenti speciali Barton e Henderson raggiunsero la sua scrivania per darle fastidio.

«Qualche novità dalle altre agenzie investigative?»

«Per il momento no, ma ho ancora molte chiamate da fare e ho iniziato a contattare i dipartimenti degli stati confinanti.»

Lui annuì bruscamente. «Bene. Cosa mi dice del profilo geografico?» Indicò la mappa che Mallory aveva appeso alla parete.

Lei aggrottò la fronte. «L'area è molto vasta, ma la grossa concentrazione di casi in Virginia suggerisce che sia quella la comfort zone del killer.» Mallory indicò la zona in mezzo ai puntini.

«Questo te lo ricordi dall'accademia, Rooney?» chiese la Barton.

«Considerando che ne è appena uscita, dovrebbe.» La Henderson non si preoccupò di nascondere il proprio disprezzo, ma Frazer non tentò di difenderla.

Mallory raddrizzò le spalle. Prima che potesse aprir bocca, Frazer la interruppe. «Lunedì partirò per Greenville, in West Virginia. È vicino a dove è cresciuta, Rooney, giusto?»

Lei annuì.

«Voglio che lei mi accompagni.» La bocca di Mallory si spalancò per la sorpresa. «Devo avvertirla che ci fermeremo anche all'ufficio del medico legale a Manassas per vedere i corpi di tre delle vittime prima che siano restituiti alle famiglie per i servizi funebri.»

«Ho assistito ad alcune autopsie, ma grazie per l'avviso...»

«Pensavo che l'avrei accompagnata io» intervenne la Henderson. La sua espressione era tesa. Sconvolta.

L'eccitazione all'idea di quel viaggio precipitò.

«Agente Henderson, lei mi ha reso fin troppo consapevole di quanto l'Agente Rooney non sia qualificata. Quindi mi accompagnerà, così io avrò un paio di occhi in più e lei potrà fare esperienza.» L'uomo mantenne un'espressione neutrale, ma Mallory non aveva alcun dubbio che stesse rimettendo l'agente al proprio posto per essere stata una tale stronza. Non significava che lei gli piacesse più di quanto non gli piacesse la Henderson, ma di certo questo la faceva sentire meglio. «Inoltre, l'Agente Rooney ha un'esperienza personale del West Virginia che lei non ha.» Frazer inarcò un sopracciglio. «Giusto?»

Umiliata, l'altra agente annuì.

«Partiremo da qui alle otto in punto, non faccia tardi.» Rivolse a Mallory un rigido cenno del capo e se ne andò.

Mallory osservò la Henderson inspirare così profondamente che temette di veder esplodere i polmoni della donna. Poi quest'ultima girò i tacchi e si allontanò a passo spedito. L'agente Barton la osservava con una strana luce negli occhi, come se alcuni dei suoi principi fondamentali fossero appena stati capovolti. *Benvenuta nel club.* Poi anche lei si voltò e se ne andò.

Rimasta sola, si trattenne dall'esultare agitando il pugno in aria e preparò tutto ciò di cui avrebbe potuto aver bisogno per il week end. Era fantastico. Se tutto fosse andato bene, avrebbe potuto apportare finalmente qualcosa di concreto all'indagine, anche solo dando il proprio contributo per rompere il ghiaccio con le autorità locali, che sarebbero state più propense ad aver a che fare con una dei loro, anziché con un "forestiero" della Virginia. Probabilmente esaltarsi per il fatto che quest'ultimo assassino avesse inciso le lettere "PR" sulle sue vittime la faceva apparire perversa, ma era la cosa più vicina a un indizio sulla sparizione di sua sorella che otteneva da anni. Ed era ancora labile come una tela di ragno. Afferrò il portatile, il cappotto, la scatola misteriosa, e uscì nella notte fredda, diretta verso il parcheggio. Era buio. In teoria non avrebbe dovuto esserci troppo traffico visto che la sua direzione era opposta rispetto a quella della maggior parte delle macchine nella zona di Washington; in qualche modo, però, la teoria non si tramutava mai in pratica.

Superò file e file di macchine e finalmente trovò la sua nel punto in cui l'aveva lasciata, vicino al limite del bosco. Aprì lo sportello del passeggero e lasciò cadere le sue cose sul sedile. Poi girò intorno al portabagagli e notò che la macchina aveva una strana angolatura.

Non una, ma ben due gomme erano a terra. *Maledizione.* Avrebbe voluto urlare per la frustrazione, ma non era mai una buona idea. S'irrigidì quando l'Agente Speciale Henderson le passò davanti lentamente sul suo SUV. La donna abbassò il finestrino. «Problemi?» chiese.

Mal si mise le mani sui fianchi. «Nessun problema.»

L'altra donna se ne andò con un sorrisetto. Era per caso stata la Henderson a ridurre così la sua macchina? Gli agenti dell'FBI erano famosi per gli scherzi che si facevano gli uni con gli altri, ma questa era un'azione che implicava cattiveria, piuttosto che divertimento. Un brivido di disagio le percorse le scapole. Si voltò a guardare verso il bosco.

Non essere sciocca, Mal, sei circondata dal Corpo dei Marines degli Stati Uniti. Come se avesse bisogno di inventarsi problemi immaginari quando ne aveva un intero carico di reali tra cui scegliere.

Tirò fuori il cellulare e chiamò il carro attrezzi. Una volta chiusa la comunicazione, rimase lì a fissare il messaggio di Alex.

Poi digitò: "Spero tu abbia risolto l'emergenza. Grazie per venerdì notte." Sembrava banale e inadeguato, ma non poteva scrivergli: "Grazie per avermi permesso di scoparti di brutto." *Cristo.* Rimase con le dita sospese tra il tasto invia e il tasto cancella per trenta secondi buoni, poi finalmente premette invia. *Cavolo.* Solo perché *lei* aveva pensato a *lui* costantemente, non significava che Alex l'avesse degnata anche solo di un pensiero. Si morse il labbro. Ora non aveva più importanza.

Lanciò un'occhiata al bosco e rabbrividì. Non sapeva cosa la spaventasse di più, se essere aggredita dall'uomo nero, o innamorarsi di Alex Parker.

———

Il telefono di Alex squillò. Un messaggio di Mallory. Il suo cuore accelerò i battiti. Alla faccia dell'essere l'agente operativo freddo e calcolatore. In ogni caso, aveva perso il titolo quando si era trovato di fronte la bambina mentre teneva un braccio intorno alla gola di suo padre e non aveva avuto il coraggio di ammazzare quel figlio di puttana.

«Spero tu abbia risolto l'emergenza. Grazie per venerdì notte.»

Sorrise. Era così "non da Mallory" ed era pronto a scommettere che ci avesse messo una vita a decidere cosa scrivere.

Controllò i dati di rintracciabilità sul telefono. Si trovava ancora a Quantico. Non nell'edificio, ma nel parcheggio. Lui era a soli dieci minuti di distanza, stava tornando a casa sulla 95, congestionata dal solito traffico dell'ora di punta, dopo una riunione a Fredericksburg. Mallory doveva essersi messa in strada per andare a casa.

Ricevette un altro trillo sul computer che lo avvisava delle altre telefonate di Mallory. Strinse i denti mentre ascoltava. Il suono della sua voce gli riportava alla mente le sue labbra e il ricordo delle sue labbra gli faceva pensare a quanto fossero passionali i suoi baci e tristi i suoi occhi, e a quanto lui avesse tradito la sua fiducia.

Poi ascoltò le parole. Due gomme bucate? Lanciò un'occhiata ai dati di rintracciabilità e vide che si trovava ancora nel parcheggio di Quantico. *Cazzo.* Controllò l'orologio e sentì la compagnia del carro attrezzi comunicarle che sarebbero arrivati il prima possibile: il che voleva dire come minimo un'altra ora. La cosa non gli piaceva. Compose il suo numero.

«Pronto?»

«Sono Alex. La risposta alla tua domanda è sì.»

«La mia domanda?» La sua voce era esitante.

«La mia emergenza si è più o meno risolta. E per quanto riguarda la seconda parte del tuo messaggio, il piacere è stato tutto mio.»

Lei fece una risatina, ma Alex riconobbe una nota di tensione nella sua voce, mentre si destreggiava in mezzo al traffico con la propria Audi. «Non è stato *tutto* tuo.»

«Non discutere con un uomo affamato. Cosa stai facendo?» Aveva bisogno di continuare a sentire la sua voce, perché era preoccupato. Nonostante fosse circondata da federali e marine, era comunque vulnerabile. Era assurdo. Era ossessivo. Ma due gomme bucate erano insolite.

«Lavoro fino a tardi.» Non voleva dirgli la verità.

«Vuoi uscire a cena?» Sorpassò un trattore che trasportava legname e cominciò a guidare a tutta velocità verso Quantico. «O qualcosa che comprende mangiare insieme violerebbe la regola del non uscire con nessuno?»

«Credo che la mia regola del non uscire con nessuno abbia bisogno di qualche piccola modifica.»

Alex poteva sentire il sorriso nella sua voce e avrebbe tanto voluto poterlo anche vedere. Il piede era premuto fino in fondo sull'acceleratore; sarebbe stato fortunato a non venir fermato dalla pattuglia autostradale, ma il bisogno di arrivare da lei era forte, perciò non rallentò. «Oh, no, non c'è bisogno che cambi nulla.»

«Questo è perché ti sono saltata addosso…»

«Puoi dirlo forte.»

Lei sospirò. «Ma in ogni caso, sono bloccata al lavoro per almeno un'altra ora. La mia macchina ha due gomme a terra e sto aspettando che arrivi il carro attrezzi.»

«Due gomme a terra? Sono state tagliate? Dove sei, sei al sicuro?» Voleva più informazioni possibili.

«Sono a Quantico, armata pesantemente e nella mia macchina, quindi penso di essere al sicuro. Le gomme non erano tagliate, qualcuno ha semplicemente fatto uscire l'aria.»

«Ma che diavolo?»

«Diciamo che non sembra io abbia fatto una gran buona impressione su alcuni dei miei nuovi colleghi.»

«Sono a cinque minuti da lì. Lascia le chiavi per quelli dell'assistenza stradale e ti darò un passaggio a casa.» Lei si fece silenziosa. Troppo silenziosa. Alex poteva sentire che si stava allontanando. «Non mi aspetto una replica di venerdì scorso, Mallory. Voglio solo assicurarmi che arrivi a casa sana e salva.» Anche se, seriamente, perché avrebbe dovuto fidarsi di lui?

«Vorrei dirti di sì, Alex, non immagini quanto. Ma devo dirti di no. Solo, non sono nelle condizioni di cominciare una relazione in questo momento...» Alex pensò che forse aveva sentito delle lacrime nella sua voce, ma doveva essere la sua immaginazione. «Voglio dire di sì, ma non posso.»

Svoltò a destra nella porzione dell'FBI di Quantico e si fermò davanti a un posto di blocco. «Se non accetti un mio passaggio, farò la figura dello scemo davanti a tutte queste teste vuote.»

«Sei già qui?» Lei riattaccò e Alex mostrò la sua carta d'identità alla guardia. Il fatto che lo lasciassero passare gli suggerì che Mallory aveva avuto pietà di lui e aveva chiamato in anticipo le guardie in suo favore.

Voltò nel parcheggio e vide Mallory in piedi, di fianco alla sua macchina, che tirava fuori una scatola che lui riconobbe subito, seguita dal portatile e dalla borsetta. Aprì il bagagliaio della macchina di Alex e vi posò le sue cose e lui usò quel tempo per mettere il proprio telefono in modalità silenziosa e infilarselo in tasca. Mallory aprì la portiera, l'espressione severa, gli occhi luminosi.

«Mr Parker.»

«Agente Speciale Rooney.» Lui rispose con un solenne cenno del capo. La vista e il profumo di lei lo attiravano irresistibilmente. Profumava di menta.

«Dobbiamo smetterla di vederci in questo modo.» Mallory salì in macchina.

Lo sguardo di Alex la accarezzò. Ogni volta che la vedeva, l'effetto che gli faceva era sempre più intenso e non sapeva perché.

«C'è qualche legge che vieta di vedersi in questo modo?» chiese lui cautamente.

«Solo se cominciamo a fare quello che abbiamo fatto venerdì scorso qui, nel parcheggio dell'Accademia di Formazione dell'FBI.»

«Dovevi proprio dirlo ad alta voce?» Alex cominciò a guidare appena lei si fu allacciata la cintura di sicurezza. «Non potevi far finta che non ti avessi visto nuda?»

«Non sono il tipo che finge.» La sua espressione si oscurò per un momento. «Almeno, non per la maggior parte del tempo.» *E questo cosa voleva dire?* «Ma non sto cercando di incoraggiarti. Davvero non ho tempo per una relazione…»

«Chi ti ha detto che io stia cercando una relazione?» Perché non la stava cercando. Proprio no.

Lei piegò la testa da un lato e si morse il labbro. «Forse continuo a ripeterlo nella speranza di convincere me stessa tanto quanto cerco di convincere te.»

«Ti piace mettere tutte le carte in tavola, eh?»

«Mi piace l'onestà» replicò lei.

La bocca di Alex si fece secca. «Che ne dici se ci rilassiamo e cominciamo a conoscerci?» Cristo, e questo da dove gli era venuto? Lui voleva solo che lei arrivasse a casa sana e salva. Niente di più. Nessun "cominciamo a conoscerci." *Stupido idiota.*

«Parlami della tua famiglia» lo sollecitò lei.

«Non c'è molto da dire.»

Mallory sollevò un sopracciglio mentre lui si immetteva di nuovo sull'interstatale.

«Mia madre è morta.» Non parlava mai di lei. «È morta di cancro quando avevo quattordici anni. Non ho nessun altro.»

«Mi dispiace.» Il dolore nella sua voce era palese.

«È stato tanto tempo fa.» Le dita di Alex si strinsero intorno al volante. C'erano state volte in cui si era sentito sicuro che lo spirito di sua madre fosse venuto a fargli visita in quella sudicia e rancida prigione; quelle erano le volte buone. «Le saresti piaciuta.»

Mallory si lasciò andare a un sospiro. «Tu hai visto solo le parti belle di me ed erano offuscate dal consumo di alcol.»

«Erano nude, il che per me è sempre una buona cosa. Ma non è questo il motivo per cui le saresti piaciuta.» Superarono un carro attrezzi con i lampeggianti gialli. Doveva aver guidato come un pazzo per essere già in arrivo. «Ricordo che prima di morire mi disse di assicurarmi di fare qualcosa di utile nella mia vita. Non sono sicuro di averlo fatto, ma tu sì. Dovresti esserne fiera.»

Mallory lo guardò con espressione sarcastica. «Forse un giorno arriverò ad esserlo.» Distolse lo sguardo, come se quella conversazione fosse troppo intima. Probabilmente lo era.

Così lui cercò di alleggerire un po' l'atmosfera. «Mio padre era un giocatore d'azzardo professionista. Era di Reno.»

Lei si voltò a guardarlo. «Mi prendi in giro. E viveva di quello?»

«Cazzo, no.»

Mallory scoppiò a ridere.

«Viaggiava da una città all'altra su un pullman Greyhound, cosa che non identifica certo un uomo d'affari di successo. Quando, di tanto in tanto, si faceva vedere per una visita, di solito era perché non aveva un altro posto in cui andare. Mamma lo faceva restare. Non penso lo amasse, le faceva pena. Era un tossicodipendente e il gioco d'azzardo era la sua droga.»

«Cosa gli è successo?»

«Un giorno ebbe un colpo di fortuna a Carson City e vinse centomila dollari.»

«Dal tuo tono intuisco che non sia andata a finire bene.»

«Fu accoltellato in un vicolo. Probabilmente mentre cercava di comprare abbastanza metanfetamine da stare sveglio il tempo sufficiente per perdere tutti i suoi guadagni.» Alex si strinse nelle spalle. Parlare di suo padre non gli faceva male come parlare di sua madre. Non avevano alcun legame che andasse oltre il DNA.

Sorpassarono un altro carroattrezzi. «Wow, sembra che io non sia l'unica a essere nei guai stasera.»

«Non hai lasciato le chiavi di casa o il tuo indirizzo in macchina, vero?»

«No. L'assistenza stradale ha il mio indirizzo ma ci siamo accordati perché portino la macchina nel garage che uso a volte.» Lo guardò di sottecchi. «Non sono un'idiota, Alex.»

Lui annuì, ma quella situazione solleticava i suoi sensi. C'era qualcosa che non andava, ma forse non aveva importanza, perché Mallory era seduta sana e salva di fianco a lui e lui non avrebbe permesso a nessuno di farle del male.

«Lucas mi ha detto che stai offrendo la tua consulenza sul caso Meacher» disse lei.

E in un attimo, l'atmosfera si fece gelida. «Mi ha mandato alcuni dati di un ripetitore ma non ho trovato niente di utile.»

«Forse chiunque abbia sparato a Meacher non aveva un cellulare?»

«Forse. Hai qualche idea su chi possa essere stato?» Cercò di sembrare indifferente.

«Non seguo più quel caso e Lucas non me l'ha detto.» Mallory si strinse nelle spalle, ma si raddrizzò sul sedile, come se una lampadina le si fosse accesa nel cervello e la cosa gli ricordò che lei era stata l'unica agente a sospettare che fosse coinvolto un assassino professionista. Aveva un buon istinto. Doveva stare molto attento. «Di certo quando gli ho parlato ieri sera aveva l'aria di non aver concluso niente. Con la Danbridge che gli sta col fiato sul collo, sta cominciando a disperare.»

«Siete molto intimi?»

Mallory gli lanciò un'occhiata. «Siamo amici, niente di più. Quindi non farti venire strane idee sul fatto che abbiamo tradito un amico, perché non è così. Lucas è come un fratello maggiore iperprotettivo per me. L'idea di baciarlo… *ugh*.» Rabbrividì per un apparente ribrezzo, cosa che per lui andava bene. Sperava solo che Lucas Randall la pensasse allo stesso modo.

Restarono in silenzio per il resto del tragitto. Alex avrebbe voluto tempestarla di domande, ma dalla rigidità delle sue labbra e dalla sua postura capiva che era esausta e lui sapeva bene che stava alzata fino a tardi ogni notte. Mallory si addormentò quando furono vicino a Dale City e Alex si sentì felice semplicemente di poter condividere lo spazio con lei. C'era qualcosa in Mallory Rooney che lo confortava. Forse la sua instancabile dedizione per la sorella. Forse la sua mancanza di malizia in un mondo pieno di segreti pericolosi. O forse era la sua vena masochista. Quando accostò davanti al suo palazzo, aspettò un momento e restò a guardare il modo in cui la luce modellava il suo profilo. *Idiota.* Le accarezzò la guancia dolcemente.

«Siamo arrivati, Agente Speciale Rooney.»

Lei si svegliò battendo le palpebre, poi fece una smorfia. «Scusa. Spero di non aver russato o sbavato.» Si slacciò la cintura di sicurezza e si protese verso di lui per dargli un casto bacio sulle labbra. L'alito di Mallory sapeva di menta e aveva un profumo così dolce che Alex avrebbe voluto mangiarla. Ogni cellula del suo corpo lo implorava di approfondire la cosa, ma si aggrappò alle sue buone intenzioni, nonostante fossero appese a fili sottilissimi.

Dita dall'incarnato chiaro si piegarono sulla sua mano molto più grande e più scura. «Grazie del passaggio.»

La vista della pelle di lei contro la propria gli fece scattare qualcosa dentro. Le prese il viso tra le mani e la baciò rudemente, assaporando la passione che teneva nascosta dietro al suo personaggio di grande lavoratrice. La trascinò verso di sé e lei ricambiò il bacio, inalando il suo profumo mentre faceva girare la propria lingua intorno alla sua in una danza selvaggia. Le tirò la camicetta fuori dai pantaloni e subito le sue mani furono piene dei suoi seni ricoperti di pizzo, mentre premeva sempre di più contro di lei. Ma non era ancora abbastanza vicino. Trovò il suo capezzolo e lo stuzzicò finché Mallory quasi non gli montò in grembo. Quella dannata macchina non era fatta per pomiciare, aveva bisogno di una nuova automobile, con i sedili ribaltabili. Alex si sentiva andare a fuoco per il desiderio, come se gli avessero buttato addosso della benzina e qualcuno avesse lanciato un fiammifero.

Un colpo sul finestrino li fece allontanare di scatto. Merda, un agente della stradale li stava guardando malissimo attraverso il vetro. Mallory sembrò rendersi conto di ciò che stava succedendo prima che la mente di Alex riprendesse a funzionare. Era ovvio. Lei aveva soltanto una testa da gestire.

Mallory abbassò il finestrino.

«Ci scusi, Agente, non stavamo proprio pensando.»

Lui sbuffò. «Su quello non c'è dubbio. Ora via di qui.»

«Sono un'agente dell'FBI. Abito qui e stavo uscendo dalla macchina.»

«Questa città è piena di federali, politici e diplomatici. Avete trenta secondi prima che vi sbatta dentro entrambi per atti osceni in luogo pubblico.»

«Grazie, Agente.»

L'uomo si voltò per tornare alla propria motocicletta.

Le labbra di Mallory mormorarono con urgenza contro quelle di lui: «Devo andare. Non puoi immaginare quanto disperatamente desideri invitarti a entrare.»

A giudicare dall'erezione che gli premeva contro i pantaloni, ne aveva una buona idea. «Vai. Prima che questo tizio si arrabbi.» Avrebbe dovuto ringraziare il poliziotto per averli fermati, perché lui di sicuro non l'avrebbe fatto. Mallory aprì la portiera, la camicetta mezza dentro e mezza fuori dai pantaloni, i corti capelli spettinati che andavano in tutte le direzioni.

Lui le afferrò la mano all'ultimo secondo. «Se dovessi aver bisogno di me,» gli occhi ambrati di lei si spalancarono, «sai dove trovarmi.»

Mallory deglutì e gli rivolse un piccolo sorriso. «Non aspettarmi, Alex.»

Si sentiva come se stesse già aspettando da una vita intera. Non aveva alcun senso. Lei prese le proprie cose dal bagagliaio e fece un cenno di saluto al poliziotto, che si limitò a scuotere la testa e a fare una battuta ironica che le provocò una risata.

Una volta che Mallory fu al sicuro dentro all'edificio, Alex se ne andò a casa. E sognò di due ragazzine che venivano inseguite dai cattivi. Lui era uno dei cattivi.

————

Una furia cieca gli annebbiava la vista. Com'era riuscita a sfuggirgli di nuovo? E tutta la sua pianificazione? Un giorno intero sprecato per preparare un'imboscata? Il rischio che aveva corso nel far uscire l'aria dalle sue ruote? Considerò l'idea di caricare comunque la sua macchina e gettargliela nel bosco per pura ripicca, ma non voleva destare sospetti. Invece, tornò indietro con il carro attrezzi e disse all'agente federale di guardia che aveva sbagliato indirizzo per il ritiro di una macchina e se ne andò. Nessun danno, nessun problema.

Era come un gatto con nove vite.

Quando era entrato in casa sua a Charlotte, non aveva avuto la minima idea di chi cazzo fosse l'altro tizio. Per poco non gli era preso un dannato colpo quando l'uomo gli aveva puntato il coltello alla gola.

Procedette lentamente nell'oscurità, verso casa. Non voleva essere fermato dalla polizia o attirare in nessun modo l'attenzione. Una figura solitaria a lato della strada tirò fuori il pollice, tentandolo, finché non fu investito da una rabbia fredda. Le suonò il clacson e lei gli mostrò il dito medio. Cagna. Cosa cazzo pensava succedesse a stare in strada in quel modo? Cristo, certe donne erano così dannatamente stupide.

Payton era stata intelligente, fino al momento in cui suo zio le aveva sbattuto la testa sul pavimento. Le aveva provocato dei danni al cervello. Lui lo sapeva. Suo zio era stato un vile bastardo pervertito a cui avrebbero dovuto ordinare di stare ad almeno due chilometri di distanza dai bambini. Un nodo alla gola minacciò di soffocarlo. Se avesse potuto tornare indietro e cambiare gli avvenimenti della notte in cui l'avevano rapita, l'avrebbe fatto, ma Payton era morta e non sarebbe mai tornata.

Trasse un profondo respiro, ricordandosi di cosa lo stesse aspettando a casa e si sentì più leggero, mentre un'ondata di trepidazione lo colpiva. Era possibile che l'autostoppista fosse quella giusta. Avrebbe comunque preso Mallory. Ora lo aveva fatto arrabbiare e l'idea di tenere due donne contemporaneamente si era insinuata in lui e aveva messo radici. Sorrise mentre accendeva la radio e gli Aerosmith cominciavano a cantare. La vita era bella. Mallory Rooney si era guadagnata un altro weekend di libertà, ma non sarebbe durato a lungo. Aveva già un'idea di dove l'avrebbe tenuta. Non nella camera bunker. C'era una vecchia miniera non troppo distante, al cui interno vi era un capanno adibito a deposito. Avrebbe rinforzato quella struttura e avrebbe tenuto Mallory incatenata là dentro. Avrebbe deciso cosa fare con lei dopo averla guardata negli occhi e averle detto chi fosse. Avrebbe visto se c'era qualcosa della sorella oltre quella sua esteriorità sofisticata. Non vedeva l'ora di farle implorare pietà; il solo pensiero lo eccitava. Premette il piede sull'acceleratore, impaziente di arrivare a casa.

9

Lunedì mattina, Mallory era partita con una mezz'ora di anticipo per percorrere il tragitto di quarantacinque minuti verso Quantico, ma un incidente sulla 95 fece sì che dovette correre dal parcheggio fino all'ufficio per non arrivare tardi all'appuntamento con l'Agente Speciale Supervisore Frazer.

Aveva trascorso il fine settimana immersa in ricerche su internet riguardanti alcune vecchie storie riportate sui giornali, e quando non aveva pensato alla crudeltà che gli esseri umani erano capaci di infliggere ai propri simili, aveva rimuginato sul bacio appassionato che si era scambiata con Alex Parker. Non sapeva quando fosse stata l'ultima volta che si era sentita così attratta da qualcuno, o così dibattuta riguardo a una decisione personale.

I suoi passi erano veloci sul pavimento di linoleum grigio del corridoio. Qualche testa si sollevò a guardarla, solo per distogliere lo sguardo subito dopo. Nessun ciao sorridente, nessun saluto casuale con la mano. Quella situazione al lavoro la nauseava sempre di più. Oltrepassò la porta aperta dell'ufficio di Hanrahan e si fermò. Lui sollevò la mano per salutarla e le rivolse un sorriso esitante. Mallory aprì la bocca per dire qualcosa, ma lui scosse la testa. *Bene.* Per poco non andò a sbattere contro Frazer, mentre questi usciva dal proprio ufficio.

«Ottimo. Non è in ritardo.» Chiuse la porta dell'ufficio a chiave. «Andiamo.»

Mallory ebbe a malapena il tempo di tirare fiato che girò sui tacchi e cominciò a camminare nella direzione da cui era venuta.

Frazer era impeccabile nel suo completo gessato grigio chiaro, i capelli ordinati e lucidi, il viso rasato che rasentava una perfezione quasi marmorea. Era strano che non le suscitasse la benché minima attrazione, nonostante fosse il classico vichingo dagli occhi blu. Non che le piacessero ragazzi a destra e a manca. Se non fosse stato per la scintilla che aveva provato con Alex, si sarebbe senz'altro dimenticata di avere un lato sessuale nella propria natura. Questo la portò a chiedersi nuovamente se non stesse facendo un errore enorme a rifiutare Alex. Quante volte nella vita capitava di avere un tale feeling con qualcuno?

«Ha revisionato i dossier del caso?»

Fu riportata alla realtà e strappata al suo rimuginare. Aveva del lavoro da fare. «Sì, signore.»

Lui le tenne la portiera aperta e lei incontrò quel suo freddo sguardo indagatore. Poteva essere Frazer a essere in combutta con i vigilanti?

L'uomo non disse nient'altro finché non fu al volante di una grossa Lexus nera, la macchina assegnatagli dal Bureau, che testimoniava dei suoi legami con i pezzi grossi. Mallory si allacciò la cintura di sicurezza. C'era stato un tempo in cui questo tipo di lusso era una costante nella sua vita. Dopo aver cambiato ramo di studi e carriera, da legge ad applicazione della legge nelle forze dell'ordine, i suoi genitori le avevano tagliato i fondi, cercando così di provare una loro teoria. La cosa si era rivolta loro contro perché, fino a quel momento, lei non aveva mai saputo come ci si sentisse bene ad essere economicamente indipendenti. E di certo, anche se era riuscita a mettere da parte soltanto quel che bastava per versare un anticipo sul mutuo e sull'acquisto dei mobili, non era corsa da loro a chiedere aiuto per pagare le rate. Aveva imparato a risparmiare e a vivere con i propri mezzi. Ma ottenere quella piccola indipendenza le aveva dato una soddisfazione enorme.

«Cosa può dirmi del caso?»

Questo era un test e lei voleva dimostrare di non essere totalmente incompetente. Si schiarì la voce. «Nell'arco degli ultimi dodici mesi l'assassino ha rapito giovani donne caucasiche con i capelli lunghi e scuri. Le stupra, le picchia e le strangola, poi abbandona i corpi in aree remote, dove sa che verranno sicuramente trovati, ma non nell'immediato. In questo modo si dà del tempo per allontanarsi dalla scena.»

Rimuginò sui propri pensieri. «Ad eccezione di Lindsey Keeble. Lei è stata abbandonata in un posto dove difficilmente l'avremmo trovata prima della primavera. Siamo stati fortunati. Probabilmente lei è la nostra migliore possibilità di prendere questo assassino.»

«Potrebbe non essere stata un'eccezione, non abbiamo idea di quante donne abbia ucciso e nascosto in aree remote. Lindsey potrebbe essere l'unica che abbiamo trovato.»

«Vero.» Era una constatazione che la faceva sentire male, chi poteva sapere quanti corpi non ritrovati ci fossero là fuori nei boschi? Si sforzò di allontanare quei pensieri e proseguì, perché sembrava fosse ciò che lui si aspettava. «Le automobili delle vittime che erano alla guida a volte sono state trovate in aree isolate, generalmente fuori strada, tra la vegetazione. Si pensa che alcune donne siano state rapite mentre facevano l'autostop. Nessuno ha visto qualcosa di sospetto.»

«Il che suggerisce cosa?»

Mallory si accigliò. «Lui ha una vettura. Trascorre molto tempo su strade secondarie. Forse potrebbe presentarsi come il buon samaritano, nel caso queste donne rimangano a piedi. Oppure, potrebbe manomettere le loro macchine, così da obbligarle a fermarsi in mezzo alla strada, e trovarsi lì al momento giusto per offrire loro assistenza.» Ripensò alle sue gomme a terra e fece una smorfia. Preferiva senz'altro essere nel mirino della Henderson che in quello di un qualche serial killer.

«Oppure potrebbe fingere di essere lui quello che ha bisogno di assistenza» aggiunse Frazer. Le sembrava che lui ritenesse validi i suoi input, nonostante lei fosse così poco qualificata da far ridere. Aveva studiato criminologia e psicologia criminale all'università e all'accademia, e aveva letto un numero infinito di casi alla ricerca di indizi sul rapimento di Payton. Eppure, restava poco qualificata.

Frazer si fermò per prendere un caffè e di certo, in quel momento, una botta di caffeina avrebbe giovato anche a lei. Rovistò nel portafoglio alla ricerca di qualche moneta, mentre Frazer le porgeva un bicchiere fumante di caffè nero.

«Questo lo offro io» disse lui.

«Grazie.» Mallory prese il caffè e ne assaporò il calore in contrasto con l'aria gelida. Frazer non amava il riscaldamento in macchina e quella era un'altra giornata di novembre umida e grigia. Rabbrividì.

«Ora della morte?»

«È difficile stabilire accuratamente l'ora del decesso. La maggior parte dei cadaveri erano in avanzato stato di decomposizione. Ma l'ultima vittima, Lindsey Keeble, è stata uccisa nelle dodici ore precedenti al ritrovamento del corpo. È stata rapita il venerdì sera e il suo corpo è stato scoperto la domenica mattina. Quindi il nostro uomo l'ha tenuta in vita quasi un giorno prima di ucciderla.»

«Quindi ha un veicolo o un posto dove può portare le sue vittime e far loro tutto ciò che vuole. Un posto abbastanza isolato in cui non è preoccupato di venire scoperto.» La mente di Mallory tornò al casolare di Meacher nella periferia di Fleet. Stavano passando davanti a case che vi assomigliavano, sparse nella campagna mentre proseguivano verso nord. Tutta la saliva nella sua bocca si prosciugò.

L'idea di trascorrere così tanto tempo alla mercé del male le riempì lo stomaco di viscido disgusto. Cosa gli faceva pensare di avere il diritto di infliggere quelle cose a un altro essere umano? Quanto aveva sofferto Payton? Si ficcò le nocche di una mano in bocca, tenendo il caffè nell'altra. *Non crollare, Mal. Fai il tuo lavoro.*

«Causa della morte?»

Mallory mandò giù un sorso di caffè per cercare di alleviare il fastidio che sentiva in gola. «Le percosse erano abbastanza violente da sfigurare, ma non da uccidere le vittime. La causa della morte è stata l'asfissia provocata da uno strangolamento manuale. Non sono state trovate impronte sui corpi, né DNA. In linea generale, la decomposizione era a uno stadio troppo avanzato. Lui, o lei,» non era probabile che fosse una donna, ma non era stato ancora escluso al cento percento, «strofina i corpi con della candeggina leggera prima di abbandonarli. Il medico legale ha prelevato dei campioni da Lindsey Keeble che potrebbero fornire del DNA analizzabile.»

«Che va benissimo se costui si trova nei database, o se abbiamo un sospettato.»

Ma che altrimenti non sarebbe stato utile per fermare quel tizio.

«Una firma?»

«La causa della morte e il modo in cui questa viene inflitta sembra essere parte della sua firma. Ma l'incisione delle lettere PR sui petti delle vittime sembra essere la peculiarità di questo particolare criminale.»

«Ha studiato. Per fare ricerche sul rapimento di sua sorella?» chiese lui.

Mallory serrò la mascella. «È la ragione per cui sono entrata nell'FBI. Quindi sì, è così.»

«È per questo che sua madre ha usato la propria influenza per farla entrare nell'Unità di Analisi Comportamentale? Nella speranza che, in qualche modo, lei potesse risolvere misteriosamente un caso che stiamo seguendo da anni?»

Mallory s'immobilizzò nell'atto di prendere un sorso di caffè. Le aveva teso un'imboscata. Decise di usare l'onestà. «Ad essere franchi, non ho idea di come io sia finita nell'Unità di Analisi Comportamentale.»

«Si era candidata, no?» Frazer aveva pronunciato la domanda in modo tanto denigratorio che lei non si preoccupò nemmeno di contraddirlo. Non che avrebbe potuto dirgli la verità.

«Ovvio, è un mio sogno lavorare con gli agenti di questa unità.» Di sicuro Hanrahan non poteva sospettare dell'agente con cui lavorava a più stretto contatto, ma perché diavolo non gli aveva detto la verità? «Voi avete a che fare con i casi più interessanti e sì, so che spesso sono anche i più orribili.»

«Pensa di essere in grado di gestire la cosa?» I suoi occhi erano penetranti come laser.

Mallory si costrinse a sostenere quello sguardo perforante. «Non lo so, Agente Speciale Supervisore Frazer. Lo spero, ma al momento, mi limito a seguire gli ordini.»

Con riluttanza, l'espressione dell'uomo si ammorbidì leggermente e lui tornò a guardare verso la strada. «Penso che nessuno di noi lo sappia davvero, Agente Rooney. Nemmeno dopo anni di esperienza. Alcuni casi ci colpiscono in modo inaspettato.»

Restarono in silenzio per alcuni minuti, mentre la Lexus divorava i chilometri di strada verso Manassas.

«Il caso di sua sorella» cominciò lui.

Mallory spinse la schiena contro il sedile. «Cosa?»

«Pensa che le iniziali che questo assassino incide sul petto delle vittime siano in qualche modo collegate alla scomparsa di sua sorella?»

«No.» Stava forse cercando una ragione per farla buttare fuori dalla squadra? E nel caso, perché? Perché pensava che lei fosse incompetente, o perché sapeva che aveva cominciato a indagare sui vigilanti e poi era stata trasferita nel suo ufficio?

C'era un sorrisetto su quel bel viso di cui lei non si fidava.

«Che c'è?» chiese lui.

Mallory aggrottò la fronte. Era ovvio che fosse un uomo abituato a ottenere sempre ciò che voleva. Ma lei era cresciuta circondata da persone potenti e manipolatrici. Distolse lo sguardo. «Niente. Ho soltanto freddo.»

Lui regolò il riscaldamento, cosa che fu già un progresso di per sé. Ma il gesto le ricordò alcune vecchie tecniche di interrogatorio. *Offri loro una gentilezza. Mostra loro che sei tu ad avere il controllo.*

«Fu un sequestro sofisticato, che deve aver richiesto molta pianificazione. Ha qualche ricordo di quella notte?» chiese lui.

Mallory si morse il labbro e sentì le proprie sopracciglia incresparsi. E quei sogni che faceva ultimamente? Erano forse ricordi? O avevano le proprie radici nella paura e nel senso di colpa? Scosse la testa. «Non ricordo.»

«Ha provato con l'ipnosi?»

Sua madre aveva cercato di costringerla, ma suo padre si era rifiutato. «No.»

«Vuole che organizzi una seduta per lei?»

Sistemò la tazza di caffè nel portabicchiere e si girò per guardarlo in faccia. «Perché questo interesse improvviso?»

Un sorriso sardonico gli incurvò le labbra. «Contribuii a dare una mano in quel caso.» Si strinse nelle spalle. «Mi perseguita.»

«Cosa?» Mallory si raddrizzò sul sedile. Non aveva visto il suo nome su nessun rapporto.

«Avevo venticinque anni. Dopo l'università, trascorsi un paio d'anni nella polizia di stato in Wisconsin ed entrai nel Bureau nel '95.» L'anno in cui Payton era scomparsa. Questo significava che aveva poco più di quarant'anni. Non si era resa conto che fosse tanto più grande di lei. «Ero un agente sul campo della divisione di Pittsburgh. Il rapimento di sua sorella fu uno dei miei primi casi.» Le sue labbra si tesero. «A dire il vero, ricordo di averla vista alla veglia, quando era una bambina.»

La notizia la colpì come un pugno. «Lei era alla veglia?» Perché questo la scioccasse così tanto, non avrebbe saputo dirlo. Si sentiva esposta. Vulnerabile. Erano anni ormai che si sentiva così. Forse era quella la vera ragione per cui era entrata nell'FBI. Per riprendere il controllo. Il suo piano non stava funzionando troppo bene.

«Mi fu detto di mischiarmi tra la gente del posto e vedere se ci fosse qualcuno, tra i partecipanti, che sembrava fuori luogo.»

«Vide qualcuno?»

«Nessuno che sembrasse sospetto.» Lui la stava osservando di nuovo e Mallory resistette all'impulso di dimenarsi sul sedile. «Era abbastanza inquietante vedere una bambina, che assomigliava così tanto a quella che stavamo cercando, starsene lì come un fantasma.»

La gente aveva mormorato la stessa cosa per anni. Peccato non l'avessero sussurrata un po' più piano. «L'FBI non ha mai trovato un sospettato valido» le uscì dalla bocca come un'accusa.

«Fu un rapimento sofisticato e ben pianificato, senza alcun segno di effrazione, e senza alcuna richiesta di riscatto.»

«I poliziotti continuavano a oscillare tra il sospetto che si trattasse di qualcuno che conosceva la famiglia, e l'ipotesi che fosse stato un atto casuale di qualcuno di passaggio in città. Quando non arrivò alcun riscatto, supposero che Payton fosse stata presa da un pedofilo.» Un freddo artico le strisciò sulla pelle.

Lui strinse le labbra e scosse la testa. «Quello che trovo strano sull'ipotesi di un pedofilo è che non vi avrebbe prese entrambe. Due gemelle identiche? Una volta che il tizio avesse dato sfogo alla propria fantasia, avrebbe potuto vendervi per centinaia di migliaia di dollari...»

«Accosti!» Mallory si portò una mano davanti alla bocca e si appoggiò al cruscotto con l'altra. Fu assalita dai conati, ma fortunatamente riuscì a scendere dal veicolo prima di vomitare.

Anche l'agente speciale Frazer uscì e rimase a guardarla da sopra il tetto della macchina. «Tutto okay?»

Lei sputò e annuì.

«Io... *ehm*... magari darò un'occhiata ai cadaveri da solo.»

«No.» Mallory prese il caffè dal portabicchieri, si sciacquò la bocca e sputò ancora. Poi versò il resto del liquido sull'erba marrone a lato della strada e accartocciò il bicchiere. «Starò bene. Forse semplicemente non dovremmo parlare del possibile stupro e omicidio della mia sorellina di nove anni mentre siamo su una vettura in movimento.»

Lui annuì ma la sua espressione rimase neutrale e Mallory non poté fare a meno di domandarsi se non fosse stata quella la sua intenzione fin dall'inizio. Scuoterla e vedere cosa la faceva crollare.

Davvero il lavoro migliore di tutto l'FBI.

———

L'obitorio era situato vicino al campus Prince William della George Mason University. In una stanza d'osservazione fuori dalla sala autopsie principale erano stati tirati fuori tre lettini e i corpi delle vittime erano coperti da lenzuoli bianchi, per preservare un briciolo di dignità. La stanza era gelida e Mallory piegò le dita nelle maniche della propria giacca, tentando di conservare un po' di calore. Il forte odore di agenti chimici le aggredì il naso, insieme alla più offuscata puzza di carne marcia.

Per fortuna, il suo stomaco si era sistemato e Frazer non aveva più fatto commenti.

Il medico legale era un uomo alto che doveva pesare oltre centodieci chili. Quando entrò nella stanza, Mallory non riuscì a nascondere la sua sorpresa per il fatto che qualcuno di così grosso potesse svolgere un lavoro tanto delicato.

«Agente Frazer, Agente Rooney? Sono il dottor Ross Avery.» Strinse le mani a entrambi, la sua pelle era quasi bollente nella temperatura gelida della stanza. «Questa è la prima donna che abbiamo esaminato. Lucy Fairfax, trovata vicino a Woodstock. L'hanno portata dentro lo scorso maggio, ma l'abbiamo indentificata solo di recente, quando i suoi genitori hanno inserito il loro DNA nel Database Nazionale.» Mallory abbassò lo sguardo sui lunghi capelli scuri della vittima. Il suo viso era irriconoscibile, la pelle annerita e gonfia per via della decomposizione. Gli animali avevano banchettato con il corpo, prima che venisse ritrovata.

«Non siamo riusciti a ricavare molto da Lucy finché non abbiamo portato dentro la vittima successiva,» il dottore si spostò al secondo lettino e abbassò il lenzuolo, «e abbiamo notato delle similitudini tra le due. Allora ho fatto un passo indietro e mi sono messo a confrontare i dati. Kendra McCloud è stata trovata l'11 luglio; era scomparsa alla fine di giugno. Erano simili fisicamente: entrambe alte un metro e settanta, corporatura snella, capelli e occhi scuri. Entrambe erano state aggredite sessualmente, avevano traumi facciali importanti ed erano morte per asfissia manuale. Questo è un killer che ama molto il contatto.»

«Il tossicologico?» chiese Frazer, le braccia incrociate sul petto.

«Niente fuori dall'ordinario. Non erano presenti tracce evidenti di alcol o droghe nei tessuti, ma il lasso di tempo trascorso non giocava certo a favore dei test. Sappiamo che strofina sui corpi un qualche tipo di soluzione disinfettante che contiene candeggina.» Il dottor Avery alzò lo sguardo dalla sua posizione piegata sul tavolo. Occhi blu pieni di dolore. «Quando Lindsey Keeble è arrivata, ho richiesto il profilo tossicologico con urgenza, ma i risultati sono stati gli stessi. Non ha utilizzato sostanze chimiche per sopraffarle, o se l'ha fatto, ha usato qualcosa ad azione talmente rapida che non ve n'era più alcuna traccia nel sangue o nei tessuti. Ma Lindsey mi ha dato un paio di informazioni interessanti che le altre vittime non avevano potuto darmi.» Tirò indietro il lenzuolo per mostrare i piedi della ragazza.

Mallory non sapeva perché la vista delle sue unghie con lo smalto argento la scioccasse così tanto, ma in quel momento Lindsey Keeble divenne una persona vera. Era una donna che un giorno, non troppo tempo prima, si era presa il tempo per abbellire i propri piedi. Quella consapevolezza la colpì dritta alla gola.

«Vedete i segni sulla sua caviglia sinistra?»

Lei e Frazer si avvicinarono. C'era una serie di abrasioni rossastre sulla parte più bassa della sua gamba.

«È stata incatenata?» chiese Frazer.

Il dottor Ross annuì. «È quello che suppongo. Un qualche tipo di anello di metallo.»

Mallory fu attraversata da un brivido. Essere incatenata come un animale. Come si sarebbe sentita? La rabbia crebbe. Ricordò improvvisamente l'intruso in casa sua. Avrebbe potuto esserci lei sdraiata lì con le unghie dei piedi smaltate in bella mostra.

«Qualche idea su come le sottomette, se non le droga?» domandò Frazer.

Il medico legale annuì. «All'inizio mi ero perso quel particolare, ma penso di aver capito come fa.» Spinse il lenzuolo fino al torso di Lindsey e ne scoprì il lato sinistro. «Vedete questo segno tenue?»

Mallory strinse gli occhi, non riuscendo a vedere nulla che si stagliasse contro le chiazze violacee del corpo. «In realtà no.»

«È difficile da notare per via del *livor mortis* – il colorito è un segno indicativo di asfissia – ma ci sono un paio di segni di bruciatura nascosti qui. Le lastre lo confermano.»

«Un TASER» disse lei sommessamente.

Frazer annuì, come se avesse appena avuto conferma di ciò che stava pensando. Doveva esser bello essere infallibili. «Grazie, dottore. Ci è stato davvero molto utile.»

«Posso restituire i corpi alle famiglie?»

L'espressione di Frazer rimase impassibile come una maschera. «Se ha documentato tutto quello che ci ha riferito, può restituire i corpi. Le famiglie hanno già aspettato abbastanza.»

———

Alex era seduto su una panchina a guardare i panda giganti. Lo zoo si trovava vicino al suo ufficio ed era il posto in cui si recava quando aveva bisogno di pensare. Aveva trascorso il week end a guardare Mallory lavorare sedici ore al giorno, cercando e ricercando casi simili a quelli del rapimento di sua sorella. Vederla così motivata lo deprimeva da morire.

Se anche non l'avesse spiata, non sarebbe comunque riuscito a togliersela da quella sua maledetta testa. Continuava a rivivere il bacio che si erano scambiati il venerdì sera. La sensazione di attesa, l'enorme bisogno di finire quello che avevano cominciato, era come un prurito sulla pelle. Che non osava grattar via. Lo stava facendo impazzire dal desiderio di averla ancora. Non voleva ingannarla, o sconvolgerla, ma *Cristo*, il bisogno di stare con lei, di chiamarla e semplicemente *parlare*, era quasi irresistibile. Lui poteva aiutarla…

Come no. Aveva già sofferto abbastanza.

La panchina scricchiolò quando Jane Sanders prese posto di fianco a lui. Indossava un completo che con tutta probabilità costava abbastanza da poter nutrire i panda per un anno intero. Il bagliore del sole era così forte che lo accecava. Alex chiuse gli occhi, godendo dei raggi caldi sulla faccia e desiderando per la milionesima volta di poter cancellare alcune decisioni cardine che aveva preso nella sua vita. Decisioni tipo quella di lavorare per la CIA come collaboratore privato, con l'ingenua convinzione che avrebbe contribuito a salvare i suoi concittadini americani.

«Il capo non è molto contento di te.»

Alex aprì gli occhi. I biondi capelli di Jane, quasi bianchi, erano sciolti sulle spalle. Per qualche ragione, non la disprezzava più così tanto come prima. Nel diventare vecchio si stava addolcendo. O forse, fare sesso lo rendeva meno bastardo. Una delle due cose.

Jane gli porse una fotografia. Gerry Rodman, un uomo che gli avevano ordinato di eliminare sabato sera, immortalato mentre violentava un bambino di circa otto anni. Si era rifiutato di procedere perché non si fidava del loro infiltrato nell'FBI e non si fidava di lei. Quel bambino ne aveva pagato il prezzo.

La nausea si scatenò nel suo stomaco.

«La nota positiva,» disse Jane con leggerezza, «è che la polizia ha ricevuto una soffiata anonima ed è stato preso per spaccio di droga a minorenni e pornografia infantile trovata sul suo portatile, quindi finirà dentro. Hanno anche trovato una quantità considerevole di metanfetamine, armi e contanti nel suo appartamento.» Il sorriso della donna era freddo come un fiordo norvegese. «Quando queste fotografie saranno circolate tra i vari settori della popolazione carceraria… beh, il lavoro verrà portato a termine e lui non farà più del male a nessun altro bambino.»

Alex sostenne il suo sguardo mentre le riconsegnava la fotografia. Forse era meglio così. La giustizia del carcere poteva essere molto più brutale di qualsiasi cosa avesse mai sperimentato.

«Chi ha chiamato la polizia?»

Jane si strinse nelle spalle. Si manteneva a distanza sulla panchina. Nonostante si fosse leggermente scaldata, sembrava ancora fredda e irraggiungibile, proprio come lui. Era per quello che era così attratto da Mallory: lei non gli assomigliava affatto. Era vivace e calorosa e tenerla tra le braccia era come aggrapparsi a un raggio di sole.

«Ho rintracciato l'informatore anonimo nel caso Meacher» le disse.

Lei stese le dita dei piedi nei suoi sandali alla moda dalla punta aperta. «Chi è stato?»

«La chiamata è partita dal tuo telefono.»

«Cosa?» Gli occhi di Jane lampeggiarono nel loro blu elettrico, il sangue defluì dal suo volto. «Che cosa hai detto?»

«La soffiata anonima è partita dal tuo telefono.»

Lei scosse la testa. «Non è possibile.»

Alex valutò la donna pigramente. Avrebbe tradito l'organizzazione? Forse. Per il giusto prezzo. «Quindi stai dicendo che non sei stata tu?»

I lineamenti della donna erano tirati, pregni di paura. «So cosa succede, se ti prendono. E io non voglio andare in prigione.»

«La prigione sarebbe l'ultimo dei tuoi problemi.» Lei recepì la frase come una minaccia e un brivido l'attraversò in tutto il corpo. Ad Alex non piaceva essere il mostro, ma quello era il suo ruolo in questo incubo. «Hai sempre avuto il cellulare sotto agli occhi quella sera?»

Jane cominciò ad annuire, ma poi s'interruppe. «Lo lascio sulla scrivania quando uso la toilette.»

«Perché?»

La colonna pallida della gola si gonfiò quando lei deglutì. «Ho paura che tu mi spii.»

«Non sono un pervertito.»

Gli occhi le lampeggiarono. «E io non sono un'esibizionista.»

«Non me ne vado in giro a spiare le donne a meno che non mi vengano date istruzioni in tal senso dal nostro capo. Non lasciare il tuo telefono incustodito, o finiremo entrambi per rimpiangerlo.» I piani alti non avrebbero dato a lui o a Jane la possibilità di diventare testimoni per lo Stato in un eventuale processo. Lei sarebbe stata fortunata se avesse resistito ventiquattro ore in prigione.

Fortunatamente, Alex aveva un'idea abbastanza certa di chi avesse fatto quella chiamata e perché. Forse tutto quel casino non era derivato tanto da una volontà di sabotaggio, quanto da un cattivo tempismo e scarso buon senso.

«Chiunque sia il vostro infiltrato nell'FBI, bisogna che sia più attento con le comunicazioni. Una cazzata è accettabile, ma se ne fa un'altra… ne risponderà a me.» Si sentiva esausto. Cavolo, forse aveva solo bisogno di una vacanza, un paio di settimane di pace, quiete, sabbia calda e onde fresche. Sognare non costava nulla. Quello di cui aveva davvero bisogno era di smetterla con quel lavoro, ma aveva preso un impegno. Ancora cinquecentoventotto giorni. Nessuna possibilità di uscirne prima.

Jane si schiarì la voce. «Il capo si stava chiedendo se ci fossero stati sviluppi su quell'altra questione che coinvolge certi interessi federali.»

Nella mente di Alex balenarono un paio di calze con il pizzo e sesso fatto contro la parete. «È sotto controllo.»

Rimasero in silenzio per un altro istante. Una bambina passò loro davanti correndo, la madre o la babysitter che la seguiva a ruota. Jane trasalì. Alex fece finta di non notarlo. «Questo significa che hai intenzione di tornare al lavoro o sei ancora nel tuo momento sabbatico?»

L'istinto gli diceva che c'era qualcosa che non andava. «Penso che dovremmo rallentare per un po'» disse. «Cambiare un po' le cose.»

«Stai rompendo con me, signor Parker?» Jane riuscì a sostenere il suo sguardo.

«No, ma dovremmo trascorrere un po' di tempo separati e goderci la compagnia di altre persone per qualche settimana. A meno che non sopraggiunga qualcosa di urgente.» Con urgente voleva dire una prova inconfutabile sull'identità di un serial killer che costituiva un pericolo imminente per la vita delle persone.

Lei giocherellò con l'orlo della gonna appoggiata sopra le sue ginocchia. «A dire il vero, il capo vuole che,» contrasse le labbra per un momento prima di continuare, «tu *persuada* un tuo amico a uscire con me.»

«Un mio amico?» Poi Alex imprecò. «Non coinvolgerai Lucas Randall in questa storia.»

«Potrebbe essere la nostra migliore occasione di accedere alle informazioni sul caso Meacher.»

«E dovresti anche scopartelo?»

Lei batté le palpebre come una civetta. «Penso che tu non sia nella posizione di farmi una ramanzina, Alex.»

Lui inarcò un sopracciglio nel sentire che, finalmente, Jane aveva avuto le palle di chiamarlo per nome. Era per caso a conoscenza della sua notte con Mallory, o si stava riferendo ai suoi doveri in generale verso l'organizzazione? Non lo sapeva, e non gliene importava nulla. Ma gli importava dei suoi amici. E gli importava di Mallory e quello era il motivo per cui non l'avrebbe richiamata, a prescindere da quanto desiderasse farlo.

Si protese verso l'orecchio di Jane, osservando la pulsazione in fondo alla sua gola accelerare in risposta alla sua vicinanza.

«In questo momento le indagini su Meacher non stanno portando da nessuna parte. Ma se fai del male a Lucas Randall, in qualunque modo, mi rivolterò contro di te e contro questa organizzazione prima che possiate dire "Inchiesta Senatoriale".»

Continuò a guardarla in quei suoi occhi blu spalancati. «Ci siamo capiti?»

Lei annuì e Alex la baciò. Un uomo che diceva addio a un'ex amante. Le labbra di lei erano fredde e lui rimase impassibile.

«Stai attento, Alex» gli urlò alle spalle mentre lui si allontanava. «Le cose non sono sempre come sembrano.»

10

Mallory e Frazer arrivarono a Greenville subito dopo pranzo. Vedere i corpi non le aveva rivolato lo stomaco quanto la precedente insensibilità di Frazer. Considerato chi era lui e cosa faceva, le risultava difficile credere che non avesse pianificato quell'attacco per giudicare la sua reazione e metterla fuori gioco.

Non che avesse molto gioco comunque.

La città le era familiare. Da bambina andare a Greenville era una grande avventura. Ci andavano per la parata del Quattro Luglio e a mangiare le granite con il gelato. Il dipartimento di polizia locale era situato su Main Street, dal lato opposto di un vecchio cinema retrò in cui lei e Payton erano state occasionalmente. L'odore di popcorn che la raggiunse dall'altra parte della strada portò con sé ricordi vividi e Mallory riuscì quasi a sentire le risatine irrefrenabili di sua sorella. La tristezza si fece strada, ma ne ignorò l'attacco improvviso. Era lì per lavorare, non per perdersi in reminiscenze. Seguì Frazer nell'atrio della stazione di polizia, consapevole che diverse paia di occhi la stavano osservando attentamente.

«Sono l'Agente Speciale Supervisore Frazer e questa è l'Agente

Speciale Rooney, siamo qui per vedere lo Sceriffo Williams» Frazer informò l'ufficiale al centralino.

«Siete dell'FBI?» Il caro e vecchio accento del West Virginia le diede un brivido di familiarità che la percorse fino alle punte dei piedi.

«Si, signora.» Frazer stava usando il suo fascino sull'ufficiale.

Sicuramente non avrebbe potuto più usarlo su di lei da quel momento in poi. Nelle ultime ore, aveva capito che la ragione per cui le aveva chiesto di accompagnarlo era perché così avrebbe potuto interrogarla in privato per tutta la durata del viaggio. Il sospetto che Frazer nutriva nei suoi confronti aveva fatto crescere i sospetti che a sua volta Mallory aveva su di lui, anche se ci sarebbe voluto molto di più di qualche ora in una macchina per far cadere in fallo un uomo tanto intelligente.

Diamine, non sapeva neanche il suo nome di battesimo.

Lo sceriffo Williams uscì dal proprio ufficio e li squadrò dalla testa ai piedi prima di raggiungerli. Un agente li interruppe proprio mentre si stavano stringendo la mano. «Incidente stradale sulla Interstatale 3, Sceriffo. È coinvolto un bus scolastico. Nessun passeggero al momento dell'impatto. Entrambi gli autisti hanno riportato ferite lievi.»

I baffi dello sceriffo si drizzarono sopra il labbro carnoso. «L'autista del bus era Ray James?»

«Già.» L'agente era alto e con una presenza quasi militare. Il suo sguardo continuava a posarsi su di lei come se fosse qualcosa di curioso. Era normale che Mallory venisse riconosciuta, sia per il recente articolo pubblicato sul *Post*, sia per l'annuale campagna televisiva di sua madre. Fece finta di nulla e fissò lo sguardo sulle fotografie dei ricercati appese alla parete.

«Fai in modo di prelevare un campione di sangue da entrambi, Agente Chance. Se quel figlio d'un cane di James ha bevuto durante il lavoro voglio saperlo. La sicurezza dei bambini di questa contea è la mia priorità. Non me ne frega niente di chi sia suo zio.»

«Sì, signore.» L'agente si allontanò a grandi passi.

Mallory riportò di scatto lo sguardo verso lo sceriffo, che la stava osservando con attenzione. L'uomo annuì rigidamente e li condusse in una sala riunioni nel retro dell'edificio.

Le squillò il telefono. Controllò il numero e vide che era Lucas Randall. Lasciò che la chiamata andasse direttamente alla segreteria.

Lo sceriffo si sistemò a capotavola e fece loro cenno di accomodarsi. «Se mi permette, è un piacere rivederla da queste parti dopo tutti questi anni, Agente Rooney. La ricordo ancora quando era una bambina.»

Dopotutto, sembrava che sarebbe stato un giorno di reminiscenze. Mallory annuì, consapevole che Frazer la stava osservando con quel suo sguardo che pareva volerla sezionare, aspettando solo che facesse un passo falso.

«La polizia di Greenville è sempre state molto gentile con me e la mia famiglia, Sceriffo. Vi sono riconoscente per tutto quello che avete fatto.» Sua madre nutriva ancora parecchio rancore nei confronti delle forze dell'ordine per non aver risolto il caso, ma lei non l'avrebbe di certo tirato fuori.

L'uomo sbatté le palpebre, ricacciando indietro una lacrima. «Beh, restammo tutti scossi da quello che accadde a sua sorella. Da allora, non è mai più successo nulla del genere, non qualcosa di cui siamo a conoscenza almeno. Quello che più ci si avvicina è questa povera ragazza, Lindsey Keeble. I due casi non sono neanche lontanamente simili, ma il panico all'interno della comunità è lo stesso di allora. Non che biasimi la gente.»

E se fosse lo stesso uomo?

Quell'idea continuava a tormentarla.

«Cosa può dirci della vittima, Sceriffo? Aveva un fidanzato?» Era Frazer a condurre il colloquio.

«Nessun fidanzato. Tutti i suoi compagni di classe dicono che era determinata a raggiungere qualcosa di importante nella vita e non aveva tempo per uscire con i ragazzi. Era una brava ragazza, intelligente, e lavorava duro per guadagnare i soldi per pagarsi l'università.»

«Da quanto tempo lavorava alla stazione di servizio?»

«Aveva cominciato in autunno. Suo padre ha detto che era stato l'unico posto che era riuscita a trovare che le permettesse di andare a scuola, ma che non implicasse lavorare in un bar.»

«Era contraria all'alcol?»

«Sua madre era un'alcolizzata e aveva trascorso buona parte della giovane vita di Lindsey nelle taverne del posto.» Il volto dello sceriffo si fece teso. «È morta qualche anno fa. Assideramento. Fu sorpresa da una tempesta di neve ed era talmente ubriaca che non riuscì a ritrovare la strada di casa.» Alzò lo sguardo. «Penso sia stata una benedizione per il resto della famiglia.»

«È rimasto solo il padre?»

Lo sceriffo annuì. «Bryce Keeble.»

Mallory spalancò gli occhi e allo sceriffo non sfuggì la sua espressione. «Se lo ricorda?»

«Vagamente» rispose lei con un cenno del capo.

«Lavorava come tuttofare nella tenuta dei suoi genitori.»

«Era stato interrogato e ritenuto estraneo alla vicenda di Payton Rooney, giusto?» chiese Frazer.

Lo sceriffo annuì e sembrò a disagio mentre parlava con lei. «Sua madre lo licenziò comunque. So che perdere il lavoro fu un duro colpo per la famiglia Keeble, perché avvenne più o meno nel periodo in cui Lindsey venne al mondo e lui faticò molto per trovare un altro impiego.»

Oh, Mamma. Mallory distese le dita sul tavolo. «La scomparsa di Payton ci colpì tutti molto duramente, ma in particolare mia madre. Non ha sempre preso decisioni razionali.» Una cosa che i suoi nemici politici avrebbero usato volentieri contro di lei.

«Chiunque abbia dei figli può capire la sua reazione, ma…»

«Che cosa?» chiese Frazer.

«Avete intenzione di far visita a Bryce dopo?»

Frazer annuì. Mallory si sentì attanagliare le viscere da un sentimento di paura.

«Ricordatevi che questa volta è lui ad aver perso una figlia. Anche lui potrebbe non prendere decisioni razionali.»

Frazer lo aggiornò sui pochi dettagli che conoscevano riguardo ai vari casi. Non era molto. «Appena avremo un profilo, glielo manderemo per assistere lei e il suo dipartimento in ogni modo possibile.» Si alzarono per andarsene.

Quando giunsero alla porta della sala conferenze, lo sceriffo fermò un istante Mallory, mentre Frazer andava avanti. «È bello vederla stare così bene, Agente Rooney.» Strinse gli occhi. «Deve essere una delle agenti più giovani nella storia dell'Unità di Analisi Comportamentale.»

Lei si sforzò di sorridere. «Credo di avere quest'onore, Sceriffo. Almeno per ora» aggiunse sommessamente.

Fuori, nell'atrio principale dell'ufficio dello sceriffo, Mallory sorprese un altro agente a osservarla con attenzione. Si accigliò e smise di camminare. E puntò un dito contro di lui. «Mi ricordo di te.»

Lui le rivolse un timido sorriso e avanzò verso di lei, tendendole la mano. «Giocavamo insieme da bambini. Non riesco a credere che mi abbia riconosciuto. Si ricorderà di me come Seany Kennedy.» Assunse un'espressione imbarazzata. «Ora sono il tenente Sean Kennedy.»

«Andavamo a fare il bagno nella cava in estate.»

«Be', signora, non avevo intenzione di dirle che l'avevo vista nuda, ma dato che ha tirato fuori lei l'argomento...»

Lei rise. «Quanti anni potevamo avere? Cinque?»

«Credo che io potrei averne avuti anche sette o otto, Miss Mallory.»

Lei indicò consapevolmente il proprio distintivo. «*Agente* Rooney ora, *Tenente* Kennedy. Ma chiamami semplicemente Mallory.» Ricordava Sean come un bambino grassottello dal cuore tenero. Si era un po' snellito.

«Pensavo saresti diventata avvocato.» Si appoggiò alla propria scrivania.

«Lo pensavano anche i miei.»

«Scommetto che è stata la scelta migliore.» Incrociò le braccia sull'ampio petto. «Almeno è venuto fuori qualcosa di buono da quello che è successo a Payton.» Il fatto che avesse pronunciato il nome di sua sorella ad alta voce, il fatto che l'avesse *conosciuta*, era incredibilmente commovente. C'erano giorni in cui sembrava che Payton non fosse altro che una fotografia in un rapporto di polizia. Ma quella non era la vera Payton. La vera Payton era stata dolce e generosa, aveva amato *Scooby Doo*, nuotare, i film della Disney e il gelato. Non erano in tanti a ricordarselo.

«Tu sei entrata a far parte dell'FBI, e io sono diventato un poliziotto. Combattiamo entrambi contro i cattivi meglio che possiamo.»

«Ci sono sempre un sacco di cattivi contro cui combattere.»

«Non potevi dire cosa più vera.»

Frazer la stava guardando dall'entrata con irritazione. Doveva andare.

Sean notò la direzione del suo sguardo e si alzò. «Mi ha fatto davvero piacere vederti dopo tutti questi anni. Fa bene al cuore sapere che la vita può andare avanti dopo una tragedia.»

«Ha fatto piacere anche a me vederti.» Le si mozzò la voce mentre gli stringeva la mano. A dire il vero, avrebbe voluto abbracciarlo, ma riuscì a trattenersi. Sua madre non avrebbe mai approvato tali espressioni incontrollate di emozione, né tantomeno il suo supervisore. «Una volta di queste dovremmo vederci. Papà vuole che veniamo tutti qui per Natale, un'ultima riunione di famiglia prima che venda Eastborne.»

«Non sapevo che avesse intenzione di vendere. È un peccato, ma la cosa non mi sorprende.» Strinse le labbra e le rivolse un triste cenno del capo. «Mi piacerebbe fare due chiacchiere a Natale, *Agente* Mallory.»

Lei scoppiò a ridere, gli porse il suo biglietto da visita e s'incamminò spedita per raggiungere Frazer. Non si era resa conto di quanto la scomparsa di sua sorella avesse avuto un impatto sull'intera comunità e su tutte le persone che avevano lavorato al caso, compreso il glaciale Agente Speciale Supervisore Frazer.

Avrebbe dovuto tornare a parlare con quelle persone anni prima; forse, in quel modo avrebbe ricordato esattamente ciò che era successo quella notte.

———

I Keeble vivevano in una casa fatiscente al confine di Greenville, a un tiro di schioppo dai binari della ferrovia. L'edificio avrebbe avuto bisogno di una passata di pittura, la veranda sembrava cedere leggermente nell'angolo a nordovest, ma il terreno circostante era in ordine, senza cumuli di spazzatura in giro. Una ghirlanda di fiori adornava la porta d'ingresso e Mallory avrebbe scommesso tutto ciò che aveva su chi l'avesse deposta lì. Un cane – metà pitbull, metà coonhound – starnutì nella terra. Quando parcheggiarono e uscirono dalla macchina, cominciò a eccitarsi e ad abbaiare.

Mallory lo guardò con circospezione. Si udì un urlo provenire dall'interno della casa e l'animale emise un grugnito contrariato e tornò a raggomitolarsi per terra. Le piacevano i cani, ma non si fidava della luce malevola negli occhi opachi del vecchio animale. Frazer la colse di sorpresa quando si chinò a fare una carezza in testa al meticcio. Il cane allungò il collo, così da facilitargli la cosa.

Grandioso.

Un uomo venne alla porta. I loro occhi s'incontrarono e lui sussultò quando la riconobbe. Mallory aveva un ricordo vivido di lui, ora che lo aveva rivisto. Aveva portato lei e Payton a cavalluccio, aveva fatto fare loro delle scorribande sul seggiolino posteriore della sua moto da cross e in generale aveva sempre scherzato e giocato con loro.

Il suo volto era più vecchio, grosso e imbruttito di come era stato diciotto anni prima. All'epoca, lei e Payton lo avevano ritenuto bello. Ora non lo era più. La parte bianca dei suoi occhi era cremisi, le iridi nere, la faccia aveva un colore malsano ed era piena di macchie rosse. Un tempo i suoi capelli erano stati di un luminoso nero corvino, ma ora erano brizzolati.

«Signor Keeble?» Frazer si avvicinò all'uomo tendendogli la mano. «Agente Speciale Supervisore Frazer. Questa è l'Agente Speciale Rooney.»

Bryce Keeble strinse la mano di Frazer senza staccare gli occhi da Mallory. «Cosa ci fate qui?»

«Stiamo indagando sull'omicidio di sua figlia. Dobbiamo farle alcune domande.»

«Federali?» Lo sguardo dell'uomo rimbalzava da lui a lei. «Sapete già chi è stato?»

Frazer scosse la testa. «Al momento non abbiamo un sospettato.»

La testa di Bryce Keeble dondolò su e giù mentre sollevava il mento. «Siete venuti per incolpare me? Siete venuti per far soffrire un uomo in lutto?» Fece una risata vuota e fece loro cenno di entrare. «Non che me ne freghi qualcosa.»

Non c'erano dubbi che quell'uomo stesse soffrendo e che tutto il suo mondo fosse stato fatto a pezzi. Non significava che non potesse essere stato lui, ma non era in cima alla lista dei sospettati.

Nel soggiorno, Frazer sembrava completamente fuori luogo e troppo vestito. C'erano fotografie di Lindsey dappertutto. Il posto era pulito, ma in disordine. Le superfici erano disseminate di tazze vuote. L'odore di fumo ristagnava pesantemente nell'aria.

«Non mi lasciava mai fumare in casa, Lindsey.» La sua voce s'incrinò. «Non mi lasciava fumare da nessuna parte se non fuori e mi sgridava quando mi vedeva farlo.»

«Era una ragazza intelligente.» Mallory lanciò un'occhiata ai posaceneri stracolmi. «Mi dispiace tanto per la sua perdita, Mr Keeble.»

Lui la fissò per un attimo, le narici spalancate e gli occhi improvvisamente pieni di lacrime. «La gente continua a ripetermelo.» Accese una sigaretta da un pacchetto di fianco a una poltrona logora, inalando come fosse ossigeno. Poi soffiò fuori un ricciolo di fumo che la fece tossire. «*Mi dispiace per la sua perdita.*

Cosa dovrei rispondere? "È tutto okay"? "Grazie"? Voglio dire, come cazzo ti comporti quando la gente ti dice quella frase?» I suoi occhi sembravano scavare dentro di lei, in attesa di una risposta. In attesa di un modo per affrontare l'orrenda realtà di aver perso l'unica cosa che contava davvero.

Una verità oscura le fuoriuscì da qualche parte nel profondo, mentre sosteneva lo sguardo dell'uomo. «La gente non lo dice per il suo bene. Non proprio. Hanno buone intenzioni, ma quelle parole permettono loro di riconoscere la tragedia e andare avanti. Le persone come noi, come me e lei, non possono andare avanti. Non subito.» La sua voce era roca per l'emozione. «Perdere qualcuno a causa di un crimine violento non è come una normale perdita. Noi soffriamo in modo diverso dalle altre persone. *Odiamo* in modo diverso.»

Gli occhi dell'uomo s'inchiodarono ai suoi, perché ora sapeva che lei lo capiva completamente.

«O lasciamo che quell'odio ci fagociti, Mr Keeble, oppure impariamo a lasciarlo andare.» Lei quale via aveva scelto? Non lo sapeva ancora. «Niente rende il dolore più sopportabile, se non il tempo.»

Gli occhi di Keeble bruciavano di un rosso violento. «Suppongo lei abbia sentito spesso quelle parole.»

Decisamente troppe volte per poterle contare.

«Vorrei vedere la camera di Lindsey, se mi permette» intervenne l'agente Frazer. Da profiler qual era, aveva catalogato dentro di sé quello scambio. Ed era probabile che avesse imparato più cose su di lei che su Bryce Keeble.

«Si accomodi, ma non prenda niente senza chiedere.»

«Certo.» Frazer guardò Mallory apertamente. «L'Agente Rooney può prepararle un po' di tè o di caffè.»

Mallory sentì i propri occhi spalancarsi, ma annuì. Poteva farlo. Entrò in cucina e cercò di non lasciarsi sfuggire una smorfia. Anche se non era sporca, c'era un forte odore che proveniva dal pattume e dalle pile di piatti da lavare nel lavandino.

Non c'erano caffettiere in giro, così riempì il bollitore del tè sulla stufa elettrica, poi aprì la lavastoviglie e cominciò a caricarla con cautela. Almeno poteva dare un aiuto a livello pratico, dato che aveva appena ricevuto un chiaro segnale da Frazer di farsi gli affari propri. Sentì un paio di occhi che la osservavano dalla soglia. Bryce Keeble l'aveva seguita.

«Direi che era Lindsey a sbrigare le faccende domestiche.»

Un'espressione di vergogna passò sui suoi lineamenti e l'uomo smise di ciondolare contro lo stipite della porta. «Di solito non sono così trasandato, è solo che… trovo difficile occuparmi delle cose.»

Lo strazio nei suoi occhi la portò ad aprirsi. «Lindsey non vorrebbe che tutto questo la distruggesse, Mr Keeble. Le voleva bene. E da quello che ho sentito, sua figlia era una giovane donna forte e determinata.» Nel dire ciò, Mallory cercò di non pensare al corpo della ragazza sotto quel lenzuolo bianco.

Le lacrime presero a scorrere sulle guance dell'uomo, che se le asciugò con la spalla. «Era forte e determinata. Dopo che sua madre l'aveva delusa così tanto, aveva imparato a prendere il controllo del proprio destino… e qualcuno gliel'ha strappato via.» Deglutì diverse volte. «Deve aver lottato con tutte le sue forze contro quell'uomo e per questo lui le avrà fatto più male. Avrà aspettato che io andassi a salvarla.» Gli sfuggì un singhiozzo. Dio, quanto capiva quel tipo di senso di colpa. «Proprio come avrei dovuto fare.» Il suo respiro era un ruvido rantolo soffocato. «Voglio trovare la persona che le ha fatto questo e farla a pezzi con le mie stesse mani.» Mentre parlava, i suoi pugni mimavano l'azione.

«La vendetta non è il modo giusto di affrontare la situazione» cercò di calmarlo Mallory. «Non tradisca la memoria di sua figlia finendo in prigione. Ci lasci fare il nostro lavoro.»

«Vuole dire come fecero i poliziotti con sua sorella?» La sua espressione divenne feroce e amareggiata. «Credevano fossi stato io, lo sapeva?» Mosse un passo verso di lei. Troppo vicino, in quella minuscola cucina. Dopo l'incidente con i due intrusi in casa sua era diventata più nervosa. E la cosa la irritava. «Quando capirono che non ero stato io, quella stronza di sua madre mi licenziò lo stesso, perché qualcuno le aveva detto che caricavo voi bambine sul seggiolino posteriore della mia motocicletta. "È troppo pericoloso"» disse, mimando la voce della madre di Mallory. «Beh, io non ho mai fatto del male a nessuno, ma i poliziotti non hanno mai mostrato la benché minima comprensione verso di me.» La voce dell'uomo si stava alzando, il linguaggio del suo corpo stava diventando sempre più aggressivo. Mallory si sforzò di non mettere la mano sulla pistola, perché sapeva quanto lui stesse soffrendo.

La rabbia sul suo volto si dissolse e fu sostituita dalla disperazione. «Mi sono appena reso conto di un'altra cosa. Se qualcuno di così importante e ricco come quella stronza di sua madre non ha avuto giustizia, che possibilità può avere uno come me?»

«La legge non ha un prezzo.»

Bryce fece una smorfia. «Continui pure a crederci.» Si voltò rapidamente, raggiunse un pannello di sughero vicino alla porta sul retro e strappò un vecchio foglio di giornale. Glielo sventolò in faccia e lei lo fermò con la mano, pronta a reagire se si fosse avvicinato ancora di più. Ma lui non lo fece. Si allontanò. Mallory guardò il pezzo di giornale. Era un ritaglio di uno dei primi pezzi scritti sulla scomparsa di Payton e mostrava una foto di lei e sua sorella sul prato di Eastborne, con il cane in mezzo a loro. «L'ho tenuto per ricordare a me stesso di non smettere mai di cercare sua sorella, ma lei è morta, proprio come la mia Lindsey, e non sapremo mai cosa è accaduto loro.» La repulsione nei suoi occhi le mozzò il respiro.

«Non so se invidiare i suoi genitori o compatirli.» Lo sguardo dell'uomo la squadrò dalla testa ai piedi. «Da un lato, hanno ancora una figlia identica a quella che hanno perso. Dall'altro, questo promemoria costante deve averli devastati ogni singolo giorno.»

Mallory aveva visto quel dolore nei loro occhi. Un'emozione intensa insorse dentro di lei, minacciando di travolgerla, ma la colpa di quel dolore non era sua, come non lo era stato l'omicidio di sua sorella. «Io non sono mia sorella, Mr Keeble. Avevamo solo lo stesso aspetto.»

Frazer apparve sulla soglia mentre il bollitore cominciava a fischiare. «Va tutto bene?»

Bryce Keeble si trascinò fino alla stufa per spegnere il fornello. «Bene. Ci penso io.» Con sollievo di Mallory, cominciò a riempire il lavandino di acqua calda e detersivo per i piatti. Forse quell'uomo ce l'avrebbe fatta a superare quel casino. Forse.

«Ci terremo in contatto, Mr Keeble» disse Frazer.

Una volta fuori dalla porta, si voltò, le mani sui fianchi. «Che diavolo è successo?»

Lei strinse le labbra e lo ignorò. Non riusciva a parlare. Il cane scodinzolò in direzione di Frazer, ma guardò lei con aria diffidente. Ignorando il meticcio, Mallory salì sulla Lexus. Aveva smesso di preoccuparsi di riuscire a fare una buona impressione sull'agente speciale Frazer. Tirò fuori il ritaglio di giornale e se lo posò sulle ginocchia, osservando la fragile carta ingiallita. Keeble aveva ragione. Da quando Payton era stata rapita, *era* stato difficile per i suoi genitori. Non avevano mai avuto giustizia. Non avevano mai chiuso quel capitolo. Sua sorella era stata rapita e nessuno aveva mai saputo perché. Voleva dimostrare che Keeble si sbagliava sui poliziotti. Voleva credere nel sistema. Voleva giustizia per Lindsey e suo padre. Poi, forse, c'era ancora un barlume di speranza di poter ottenere giustizia per la sua famiglia. Tutti loro meritavano giustizia.

———

Scese i gradini fischiettando. Era quasi il Ringraziamento e lui aveva molto di cui essere grato. Quella mattina aveva mandato a Mallory Rooney un regalo per posta e si sentiva meglio di quanto non si fosse sentito da mesi. La ragazza si sollevò a sedere sul letto.

«Come va oggi?»

Lei sorrise nervosa. «O-okay. Sono un po' dolorante.»

Avevano fatto sesso due volte. Niente di avventuroso, niente di selvaggio. L'avevano fatto piano e dolcemente; lui era stato un amante attento. Aveva usato il preservativo; non era ancora pronto a impegnarsi a un più alto livello di fiducia, ma stava prendendo in considerazione l'idea di mettere su famiglia. Lanciò un'occhiata all'ambiente intorno. Non avrebbero potuto crescere un bambino lì, ma ci aveva fatto un pensiero. Quello era il suo rimpianto più grande con Payton. Non avere un figlio suo.

«Ti ho portato dei vestiti.» Tirò fuori gli indumenti che aveva preso in un grande magazzino nella contea più vicina quando era andato a spedire il pacco.

Lei allungò le mani per prenderli. «Grazie.»

Aveva le unghie sporche. Un bagno le avrebbe fatto bene. «Vuoi che ti scaldi un po' d'acqua per lavarti prima di indossare i tuoi nuovi abiti?»

Lei si schiarì la voce. «Mi piacerebbe, grazie.»

Educata e di buone maniere. Sua madre avrebbe approvato.

Sistemò una pentola d'acqua sul fornelletto a propano in cima al bancone. Quando si voltò, lei era ancora seduta sul letto. Era divertito dalla sua timidezza. «Dovrai spogliarti.»

Le mani della ragazza strinsero più forte i vestiti. Lui si accigliò. Era normale sentirsi a disagio intorno a degli uomini, ma di certo lui le aveva dato prova di non aver intenzione di farle del male. Aveva fatto tutto il necessario e anche di più perché il sesso fosse piacevole pure per lei.

«Non essere timida.» Il suo tono pungente la spinse immediatamente all'azione e la ragazza cominciò a sbottonarsi la camicia. La ripiegò e vi posò sopra il reggiseno in modo ordinato. Si sfilò i jeans e le calze, che rimasero impigliati nella catena intorno alla sua gamba. L'uomo si inginocchiò e aprì l'anello, così che potesse cambiarsi. Un giorno non avrebbero avuto bisogno di nessuna catena.

La ragazza rimase in piedi davanti a lui, nuda, la testa piegata con fare sottomesso.

«Molto meglio.»

L'uomo bagnò un asciugamano nell'acqua calda e cominciò a tamponarle il mento. Le lavò via la sporcizia e il sudiciume intorno alla bocca e sulle guance. Le labbra di lei erano di un profondo rosso naturale. I capelli sottili e quasi neri. Le passò l'asciugamano lungo il collo, tenendole sollevate le lunghe ciocche mentre la lavava. Lei rabbrividì, i suoi capezzoli erano rosse punte turgide che si stagliavano su una pelle bianca come il latte. Era così magra da essere quasi pelle e ossa, fatta eccezione per il seno florido, che era più grosso di quello che aveva avuto Payton, ma lui dovette ammettere che gli piaceva lo stesso. Le vene blu erano visibili sotto la pelle traslucida. Sentì crescere la propria erezione, ma si costrinse a lavarla in tutto il corpo perché l'aveva promesso. Le braccia, le mani, ogni dito, le unghie. «Voltati.» Sciacquo l'asciugamano e le pulì la schiena, i glutei, le gambe, i piedi. «Apri» disse, indicando le sue gambe e lei obbedì senza esitazione. In ginocchio davanti a lei, alzò gli occhi a guardarla, ma lei evitò il suo sguardo. Gli piaceva il modo in cui faceva ciò che le veniva detto anche se era inesperta.

Fece scorrere l'asciugamano caldo lungo una caviglia delicata, e poi su, nell'interno della gamba. Fece lo stesso con l'altra. La catena le aveva lasciato dei segni sulla caviglia e si annotò mentalmente di portarle delle calze più lunghe.

Quando fu pulita, lui si protese in avanti e le baciò la pancia. Lei fece per indietreggiare. «Non ti muovere» le intimò. L'uomo incontrò lo sguardo di lei, gli occhi così scuri che non avrebbe potuto dire di che colore fossero le sue iridi, se non l'avesse già saputo. «Sdraiati sul letto.»

Sorrise mentre lei si sdraiava tremante e con le gambe strette una contro l'altra. Magari non era Payton, però faceva quello che le veniva detto. Forse un giorno avrebbe cercato di soddisfarlo nello stesso modo in cui Payton lo aveva soddisfatto. Un giorno.

«Apri le gambe per me.»

Lei le schiuse appena un po'.

«Di più» abbaiò lui impaziente.

Lei obbedì all'istante.

«Molto meglio, tesoro.» Doveva imparare chi era il capo. Ma lui doveva tenere a mente che lei era insicura e nervosa e che doveva darle tempo. Non era come le altre. O come quella puttanella della sorella di Payton. «Continua a soddisfarmi come stai facendo e tutto andrà bene. Mi prenderò cura di te. Lo prometto.»

11

Mallory stava ascoltando *Blow Me* di P!nk sul suo iPod mentre guidava verso casa e, sì, anche lei aveva avuto una giornata di merda. A dire il vero, la sua seconda settimana di lavoro all'Unità di Analisi Comportamentale era andata così male che preferiva di gran lunga il mal di testa da stress che le stava attanagliando le tempie piuttosto che essere al lavoro. Aveva lavorato anche il giorno del Ringraziamento e aveva promesso ai suoi genitori che si sarebbe fatta perdonare per Natale. Le gioie del servizio pubblico.

Aveva una gran voglia di strisciare sotto il piumone e dormire per due giorni di fila.

Non si erano verificati altri casi di rapimenti o ritrovamenti di corpi con le lettere PR incise sulla pelle, e queste erano buone notizie. Non avevano ancora ricevuto i risultati dai possibili campioni di DNA che il medico legale aveva inviato al laboratorio, quindi c'era ancora una speranza che il killer avesse commesso un errore e si trovasse nel sistema.

Aveva percepito un piccolo disgelo nei rapporti con un paio di membri dell'Unità di Analisi Comportamentale: la centralinista e il custode. Il giorno prima, per il Ringraziamento, era riuscita a ispezionare le scrivanie della Barton e di Singh e non aveva trovato un bel niente. Fino a quel momento, Hanrahan non era rimasto impressionato dai suoi risultati, ma aveva sottolineato l'importanza della pazienza e della segretezza. Gente così intelligente non avrebbe lasciato prove incriminanti in bella vista.

Moira Henderson si era trattenuta dallo sgonfiare altre ruote o dall'essere così apertamente ostile con lei. Fino a quel momento, Mallory non aveva visto nulla che la spingesse a dubitare dell'integrità dei suoi colleghi. Si facevano tutti il culo per dare la caccia ai mostri là fuori.

La cosa spaventosa era che, nel profondo, poteva capire il vigilante. Negli anni, aveva spesso fantasticato su cosa sarebbe successo se mai avesse trovato l'uomo che aveva preso sua sorella. Nella sua mente, gli puntava una pistola alla testa e gli chiedeva di dirle dove fossero i resti di Payton. Ma dopo che lui glielo confessava, tutto diventava confuso. Avrebbe premuto il grilletto? O gli avrebbe letto i suoi diritti e l'avrebbe arrestato?

Non lo sapeva e si odiava per quella debolezza.

Il caso di Lindsey Keeble la perseguitava. Il dolore del padre era così crudo, così negativo, e la famiglia di Mallory gli aveva aggiunto un altro fardello. Si ricordava del giovane uomo spensierato che le faceva scorrazzare intorno alla piscina sulla sua moto da cross, e del sorriso contagioso che sfoggiava a quel tempo. Ora quel sorriso se n'era andato. Non credeva che sarebbe mai più tornato.

Poteva aver preso lui Payton... Oppure, poteva essere un'altra vittima di tutta quella triste vicenda. Era ovvio quanto avesse amato sua figlia.

C'era molto traffico. Mallory attraversò lentamente un incrocio congestionato con la sua piccola berlina. Un altro venerdì sera con la città rivestita delle sue bellissime luci festose. Cacciò dalla mente il pensiero di Alex Parker. I suoi piani per quella sera prevedevano stare in casa e non fare niente. Non una sola dannatissima cosa. Certamente, non prevedevano di chiamare lui per un bis, nonostante il solo sentire la sua voce fosse una grossa tentazione.

Si era offerta volontaria per partecipare al servizio funebre di Lindsey Keeble la settimana successiva, anche se odiava i funerali, probabilmente perché sua sorella non ne aveva mai avuto uno. Non c'era nessuna lapide su cui deporre dei fiori. Nessuna tomba da tenere in ordine. Ma lo doveva a Bryce Keeble, sia per come la sua famiglia lo aveva trattato, sia in qualità di agente delle forze dell'ordine che stava indagando sulla morte di sua figlia.

Frazer era stato entusiasta di quella proposta e alla fine della conversazione, sembrava essersi autoconvinto che l'idea fosse stata sua. *Uomini.* Mallory alzò gli occhi al cielo mentre entrava nel parcheggio. Fermò la macchina nel posto auto a lei riservato, spense il motore e si rilassò.

Chiuse gli occhi e si accasciò sul sedile.

Silenzio. Benedetto silenzio.

Esattamente due settimane prima, tutto ciò che aveva voluto era stato dimenticare. Ora, le sembrava imperativo cercare di ricordare. C'erano così tante cose che aveva rimosso di quel periodo della sua vita. Andare a Greenville, incontrare Bryce Keeble e quel tenente, Sean Kennedy, le avevano fatto capire che aveva bisogno di scavare più a fondo nel passato, perché, forse, le risposte erano ancora lì e la stavano aspettando.

Pensò ad Alex, a come lo aveva scaricato e a quanto disperatamente avrebbe voluto non averlo fatto. «Accidenti a te, Pay. Perché te ne sei andata e mi hai lasciata sola?»

Il suo mal di testa aumentò di una tacca, era implacabile nel massacrarle le tempie. Mallory scese dalla piccola berlina argento e s'incamminò verso l'ascensore con il portatile afferrato dal sedile del passeggero a tracolla. Sembrava pesare mille tonnellate. Forse si sarebbe presa la serata libera, per ricaricare il cervello. Magari avrebbe fatto visita alla sua povera madre trascurata come aveva continuato a prometterle. Si fermò davanti alla cassetta delle lettere e trovò un pacco di Amazon un po' malconcio. Sua madre e suo padre le ordinavano spesso delle cose su internet, forse come modo per compensare la generale mancanza di unione della famiglia. Se lo sistemò sotto il braccio e si diresse verso l'appartamento di suo padre. Nell'ascensore, continuò a ritornare con la mente a quel venerdì sera e all'uomo che aveva dato una scossa al suo mondo. Arricciò le dita dei piedi al ricordo della sensazione delle sue mani sulla pelle. Il battito del suo cuore accelerò.

Ma c'era un limite al numero di volte in cui potevi allontanare qualcuno senza che questi se ne andasse davvero. Le lacrime minacciarono di riempirle gli occhi, ma lei non glielo permise. Non era così debole. In quel momento, non aveva bisogno di un uomo nella sua vita, era troppo complicato.

Riuscì ad aprire la porta e incespicò nell'appartamento. Era freddo e silenzioso. Alzò il riscaldamento al massimo e lasciò cadere tutte le cose che aveva in mano davanti alla porta d'ingresso. Si tolse gli stivali e appese la giacca nell'armadio. Ripose la Glock e la fondina nel cassetto di fianco alla porta. Appoggiò il pacco sul tavolino, si versò un grosso bicchiere d'acqua e recuperò le compresse per il mal di testa nell'armadietto del bagno. Girò per la cucina senza una vera meta. Presto sarebbe dovuta andare a fare un po' di spesa, o sarebbe morta di fame.

Tornata in salotto, voltò il pacco e lo strinse tra le mani. Qualunque cosa ci fosse dentro, era leggera e morbida. Forse una maglietta? Suo padre aveva uno strano senso dell'umorismo e spesso le inviava maglie che lui non poteva mettersi. Tirò lentamente la linguetta, gustandosi l'elemento sorpresa. Liberò il contenuto dal pacco e si acciglio, non riuscendo a capire per tre lunghi secondi. Poi il cuore prese a martellarle nel petto come un battipalo e lei lasciò cadere gli indumenti avvolti nella plastica come se l'avessero punta. Cercò a tentoni il suo cellulare e premette il tasto di richiamata. Il suo cervello aveva smesso di funzionare per lo shock.

«Mallory?»

Lei batté le palpebre, confusa. Pensava di aver composto il numero del lavoro, ma appena Alex rispose al telefono, capì di aver bisogno di lui. «È successa una cosa. Puoi venire? Sono nel mio appartamento.»

«Sarò lì tra cinque minuti.»

Niente domande. Niente melodrammi.

Si coprì la bocca con la mano mentre fissava il pigiama da bambina che qualcuno le aveva fatto recapitare. Si chinò sulla busta alla ricerca di indizi sulla sua autenticità, consapevole di non dover toccare di nuovo l'involucro a mani nude. La maglia aveva dei cavalli viola stampati su sfondo bianco, i polsini erano completamente viola. Era identica a quelle che entrambe avevano indossato la notte del rapimento, ma era davvero il pigiama di Payton? Lo esaminò centimetro per centimetro e infine, trovò la risposta alla sua domanda nel rammendo all'interno del polsino sinistro. Sua madre aveva usato del filo blu perché non era riuscita a trovarlo viola. Mallory ricadde sul pavimento, lontano dagli indumenti, lontano dalla prova che avevano cercato per tutti quegli anni. La prova che qualcuno, da qualche parte, sapeva esattamente cos'era successo a sua sorella.

Ci furono dei colpi alla porta. Mallory scattò in piedi e corse verso la l'ingresso, controllando dallo spioncino prima di aprire e fiondarsi tra le braccia di Alex. Queste si chiusero intorno a lei come una morsa. Lui emanava forza, protezione, sicurezza. Era palese che si trovasse fuori a correre quando l'aveva chiamato. Era madido di sudore e il suo cuore batteva forte contro l'orecchio di lei, calmando le sue pulsazioni. La fece entrare nell'appartamento, chiuse la porta con un calcio e la condusse verso il divano, dove la fece sedere sulle sue ginocchia e cominciò a cullarla. Mallory si aggrappò a lui, così scioccata, così lacerata tra disperazione e speranza che non riusciva a parlare. Gli afferrò strettamente la maglietta nel pugno. Poteva sentire il calore della sua pelle attraverso il tessuto e il suo effetto benefico la pervase, dandole così tanto conforto che per un attimo le si bloccò il respiro. Aveva un profumo meraviglioso. Sudore di uomo forte e pulito con quella nota di sandalo che sembrava parte integrante del suo essere.

Infine, Alex parlò tra i suoi capelli. «Cos'è successo?»

Mallory fece un respiro profondo. Di solito non era così emotiva, ma ultimamente gli eventi l'avevano rivoltata da capo a piedi. «Ho ricevuto un regalo per posta.»

Alex la spostò in modo da potersi chinare in avanti. Lei cercò di divincolarsi dalle sue braccia, perché era un'agente federale, non una gracile ragazzina, ma lui non la lasciò andare ed era dannatamente più forte di quanto lei avesse pensato.

«Calma.» La tenne più stretta. «Mi hai spaventato a morte al telefono. Dammi un minuto.»

Mallory chiuse gli occhi e lo abbracciò.

Lui lanciò un'occhiata al pacco e agli indumenti avvolti nella plastica. «Che cos'è?»

Gli raccontò velocemente del rapimento di sua sorella. «Erano di Payton.» Poi lo lasciò andare e si allontanò. Questa volta, lui glielo permise.

Alex la guardò con occhi penetranti. «Stai dicendo che questi sono gli indumenti che tua sorella indossava quando è stata rapita?»

Mallory annuì, la sua gola era troppo secca per parlare.

«E li hanno mandati a te? Qui? A casa tua?»

Annuì di nuovo.

Il volto di Alex s'indurì. «Non puoi stare qui da sola, Mallory.»

Lei si limitò a guardarlo. Non aveva nemmeno pensato a quelle implicazioni.

«E se questo tizio venisse a cercare te?»

Mallory non riuscì a frenare la lacrima che le rotolò lungo la guancia. «Allora avrei finalmente la possibilità di scoprire cos'è accaduto a mia sorella.»

«Anche se dovesse costarti la vita?» La voce di Alex era dolce.

«Ho bisogno di sapere, Alex. Il non sapere mi sta uccidendo.» Mallory s'incrociò le braccia sul petto. «Comunque, non sono una ragazzina. Se il bastardo prova a farmi qualcosa, sono pronta.»

Lui annuì lentamente, come se avesse appena preso un qualche tipo di decisione. «Okay. Trova qualcosa per impacchettare il tutto e lo porteremo subito a Quantico.»

Aveva senso.

«E poi faremo un salto al mio appartamento e prenderò alcune cose...»

«Aspetta. Cosa?»

La sua mascella s'indurì. «Non ho intenzione di lasciarti da sola. Non finché non saprò che sei al sicuro. Non finché questo figlio di puttana malato non sarà dietro le sbarre, o morto.»

«Potrebbero volerci mesi per questo, perfino anni…»

«Ci inventeremo qualcosa, ma per il momento, se tu resti qui, starò con te.»

Non riusciva a credere che lui stesse facendo questo per lei, ma Alex era un consulente per la sicurezza. Forse Mallory aveva immaginato esattamente come avrebbe gestito la situazione quando gli aveva parlato al telefono. Questo la rendeva una codarda, perché lo voleva lì con lei e non aveva avuto il coraggio di dare voce al proprio desiderio semplicemente chiedendogli di restare. Si afferrò le mani l'una con l'altra. Si sentiva piccola e meschina e confusa. «Mi dispiace di non aver risposto ai tuoi messaggi.»

Lui rise e si alzò in piedi. Aveva indosso un paio di pantaloncini da corsa neri e una maglietta blu-nera che rendeva i suoi occhi scuri e intensi. Le prese la mano e le accarezzò le nocche col pollice. «Non m'importa che tu mi abbia mandato messaggi o meno. Non sono un adolescente. Mi hai detto fin dall'inizio di non volere una relazione, ma mi hai chiamato quando hai avuto bisogno. Grazie.» Le spostò la frangia ai lati. «Qualunque cosa accada in futuro, qualunque cosa succeda tra noi due… sappi che io ci sarò sempre, se avrai bisogno di me. Sempre.»

Un brivido la percorse in tutto il corpo. L'ultima volta che aveva provato quel tipo di legame, era stato con una persona che condivideva il suo stesso DNA. Quello che lei e Alex sentivano l'uno per l'altra era molto più intenso di quanto avrebbe dovuto essere, e Mallory sapeva che anche lui provava lo stesso. «Non voglio trascinarti al mio livello di pazzia.»

Il sorriso sul volto di Alex era bellissimo. «Sono *di gran lunga* oltre il tuo livello di pazzia, dolcezza. La verità è che tu potresti essere la cosa più normale nella mia vita.»

———

Era quasi mezzanotte quando tornarono all'appartamento di Mallory. Alex era passato da casa e aveva preso un po' di cose e la sua pistola. Non quella che usava per le missioni, ma quella che possedeva legalmente e per cui aveva il porto d'armi.

A Quantico l'aveva aspettata fuori. Era più facile così che tentare di ottenere un pass visitatori a quell'ora tarda della sera e lei sarebbe stata abbastanza al sicuro dentro l'edificio. Mallory aveva consegnato le prove al suo capo, che l'aveva incontrata lì. L'Agente Speciale Supervisore Frazer aveva inviato gli indumenti e la busta direttamente in laboratorio e aveva raccolto la sua deposizione.

Ora, in piedi nel suo appartamento, Mallory era così pallida che Alex temeva sarebbe svenuta da un momento all'altro. Non aveva mangiato nulla. Le toccò una guancia. «Vai a letto. Sei al sicuro. Io dormirò sul divano.»

Lei scosse la testa e lo trascinò con sé nella camera da letto buia. «Dormi con me.» Gli lasciò la mano e si spogliò senza alcun intento di seduzione e senza alcun imbarazzo. Si infilò una camicia da notte. Alex rimase a osservarla, assicurandosi di non far trapelare nessuna delle cose che stava pensando.

La desiderava.

Anche se era stanca e turbata. La desiderava. E non le avrebbe certo fatto vedere che tipo di uomo era veramente.

Mallory s'infilò sotto le coperte. Alex sedette sul bordo del letto e cominciò ad accarezzarle i capelli. Lei gli prese la mano mentre chiudeva gli occhi, già in preda al sonno. La fiducia tra loro era immensa e lui ne era rimasto sconvolto.

Lei era un'agente federale che viveva per difendere la legge.

Lui era un assassino che sarebbe morto per tenerla al sicuro.

Sospirò. Diamine, gli tremavano le mani. Era stata una sua idea quella di rimanere, ma era tantissimo tempo che non dormiva con un'altra persona nella stessa stanza, tranne per il periodo in prigione; dieci persone affollavano la cella, innocenti e colpevoli insieme.

Non sapeva se *sarebbe riuscito* a dormire con qualcuno. Ma non poteva lasciarla sola, vulnerabile, con quel pezzo di merda a piede libero che la tormentava riguardo alla sorella. Lei aveva bisogno di un po' di conforto e lui aveva bisogno di accertarsi che fosse effettivamente al sicuro. *Merda.* Alex si tolse la maglietta e la gettò su una sedia. Non sarebbe mai uscito indenne da quella situazione, ma dopo settimane trascorse a ossessionarsi su quella donna, forse non aveva molta importanza. Forse la sua sicurezza era l'unica cosa che importava davvero.

E forse lui stava guardando la situazione in modo sbagliato. Quale occasione migliore di monitorare le informazioni in possesso dell'FBI se non stare vicino a quella donna mentre la teneva al sicuro? L'idea suonava un po' come un tradimento, ma offriva una giustificazione sufficiente. Aveva bisogno di proteggerla e doveva onorare il suo impegno con il Progetto Portale. Quindi stare lì era come prendere due piccioni con una fava. Doveva farsene una ragione.

Non dovevano nemmeno fare sesso. Magari lei non voleva sesso. Voleva solo conforto e la sensazione di sicurezza che si prova quando hai qualcuno di cui ti fidi a guardarti le spalle. E lei poteva fidarsi, perché lui non avrebbe permesso a nessuno di farle del male.

Si sfilò le scarpe e le calze e si tolse i pantaloni, tenendo solo i boxer. Poi si sdraiò sul letto e rimase a fissare il soffitto. Era fottuto alla grande.

Si alzò per ben due volte, facendo per andarsene sul divano, e scoprì di non riuscire ad andare oltre la porta della camera da letto. Non voleva che si svegliasse pensando di essere sola. O che lui fosse lì solo per il sesso.

Mallory rabbrividì nel sonno e Alex le sistemò il piumone sulle spalle, indugiando con le dita sulla pelle morbida del braccio. Quando erano stati insieme, aveva commesso un errore di giudizio, perché ora lei gli scorreva nelle vene come eroina liquida e lui ne era dipendente.

Era un bugiardo professionista, ma non avrebbe preso per il culo se stesso. La verità era che si sentiva contento che il bastardo le avesse spedito quegli indumenti, perché ora aveva una scusa per rimanerle vicino.

Cazzo.

Era una cosa malata.

Avrebbe veramente dovuto alzarsi prima che lei si svegliasse. Andare a dormire sul divano e far finta di essere una persona decente. Fu quello che si disse, ma le sue membra erano inchiodate al letto e il suo corpo si rifiutava testardamente di muoversi. Era come se la sua testa fosse stata aperta e la sua coscienza esposta e lui non sapesse come gestirla.

Qualcosa dentro di lui si stava muovendo.

Anni passati a dire bugie e a nascondere segreti alle persone importanti della sua vita avevano eroso l'uomo che era stato in passato. Il periodo trascorso nella prigione in Marocco gli aveva dato il colpo di grazia, o almeno così aveva creduto. Le percosse, l'abbandono da parte del proprio Paese, il suo patetico fallimento gli avevano fatto desiderare di essere morto. Quando il Progetto Portale era intervenuto, Alex aveva creduto di non essere più salvabile, ma lo spirito umano era incredibile. La voglia di soprav-vivere aveva superato qualunque altra considerazione. Così, aveva accettato la loro offerta. Aveva accettato di lavorare ancora una volta per le persone che l'avevano lasciato a marcire in quel buco infernale.

In qualche modo, Mallory lo colpiva come nessun altro aveva mai fatto. Gli faceva venir voglia di scoprire se ci fosse ancora qualcosa del vecchio Alex Parker. Se fosse rimasto qualcosa del ragazzino che quella fredda mattina di tanti anni prima aveva preso la mano di suo nonno durante la cerimonia per la Giornata del Veterano. Se ci fosse ancora qualcosa del soldato che era stato reclutato dalla CIA dopo che i suoi amici erano stati uccisi da chi avrebbe dovuto essere dalla loro parte. E per anni, lui aveva fatto la differenza. Doveva crederci. Non aveva soltanto ucciso a sangue freddo. Aveva neutralizzato minacce verso gli Stati Uniti in ogni parte del mondo.

Allora perché non si sentiva altro che uno spietato assassino? Se stava semplicemente seguendo degli ordini, perché non aveva ucciso il trafficante d'armi? O Gerry Rodman? E se invece non li stava seguendo, allora cosa diavolo stava facendo? Sceglieva chi meritava di vivere e chi di morire nello stesso modo in cui avrebbe potuto farlo un serial killer? Il pensiero lo fece sudare.

Mallory si girò e distese un braccio sopra il suo petto. Questo avrebbe dovuto farlo sentire in trappola o in una situazione claustrofobica. Ma non fu così. Lo calmò. Alex intrecciò le dita a quelle di lei.

Doveva essersi appisolato, perché si svegliò di soprassalto. Era buio, ma riconobbe immediatamente il profumo di Mallory, caldo e inebriante. Labbra gentili gli sfiorarono una cicatrice sul lato destro, cortesia di un coltello e di quello stronzo a cui avrebbe dovuto spezzare il collo.

La lasciò giocare, osservandola mentre lo baciava man mano che i suoi occhi si abituavano all'oscurità. Denti che graffiavano pelle bollente, quasi febbricitante, nervi che venivano mandati in corto circuito dalla lussuria. Mallory non aveva idea che nessun'altra lo aveva toccato dopo la sua prigionia.

Cristo.

Lei aveva il potere di distruggerlo. E se mai avesse scoperto chi e cosa fosse lui, non avrebbe avuto alcuna esitazione nel farlo. In qualche modo, Mallory Rooney aveva il completo e assoluto controllo su di lui. Tutto perché sua sorella era stata rapita e lei lo aveva guardato con questi grandi occhi ambrati e lo aveva *visto*. Non l'assassino, non l'uomo d'affari, ma l'essenza di un uomo che nessun altro sembrava vedere più.

Teneri baci stuzzicarono il corpo di Alex e gli infiammarono le carni. Si sentiva come se stesse andando a fuoco dentro e fuori e, allo stesso tempo, come se venisse liberato. I sentimenti che lei gli evocava lo terrorizzavano e lo lasciavano tremante.

Non era innamorato. Non era il tipo d'uomo che poteva permettersi di amare. Troppi segreti. Troppa morte.

Le luci della città brillavano dietro le tende, rivestendo la stanza di una luce tenue. La lingua di Mallory tracciò la linea deturpata che partiva dalla sua anca e gli arrivava fino a metà coscia. La sensazione di carne bagnata contro la pelle tesa lo fece gemere. Poi lei lo prese in mano e lo strinse e Alex chiuse gli occhi mentre la bocca di lei si chiudeva sulla sua.

«Mallory» mormorò, con il tono di chi desidera disperatamente qualcosa a cui non sa neanche dare un nome. «Non sei costretta a farlo.»

«Magari voglio.» Il suo sorriso era carico di un intenso desiderio che serpeggiava attraverso Alex. Guardarla mentre gli dava piacere con la bocca era una delle cose più erotiche che avesse mai sperimentato. Ogni suo muscolo si tendeva per il piacere che lei gli provocava. Si sentiva impotente. Le dita di Mallory lo strinsero più forte alla base e le sue labbra presero a succhiarlo.

Lui era uno spietato assassino e lei lo teneva letteralmente nel palmo della propria mano.

Era impossibile resistere a tutto ciò che lei offriva. La suzione si fece più forte e Alex avvertì la pressione alla base della spina dorsale che gli si avvolgeva intorno come una molla. Era a pochi secondi dal perdere il controllo, quando l'unico neurone che gli era rimasto si svegliò e lui la fece staccare delicatamente da sé.

«Ma...»

Le premette un dito sulle labbra gonfie. «Non ancora.»

Lei gli mordicchiò il dito.

Alex le sfilò la camicia da notte da sopra la testa e si sdraiò di fianco a lei sul letto, percorrendo con le dita il cerchio rosa dei suoi capezzoli. «Cosa ti piace, Mallory?»

Lo sguardo di lei si fece curioso. «Cosa vuoi dire?»

«È chiaro che sai cosa piace a me.» Il fatto che lei fosse nella stessa stanza con lui sembrava essere sufficiente a farlo diventare duro. «Cosa fa eccitare te?» Le strofinò il naso contro l'orecchio.

«Non credo che qualcuno mi abbia mai fatto questa domanda

prima. Il classico: tu dentro di me.» Mallory rise e il brio della sua risata lo colpì fin nelle viscere. Con il dito indice, lei gli toccò la cicatrice sul sopracciglio. «Che tu ci creda o no, non sono così esperta di relazioni sessuali.»

La temperatura nella stanza aumentò all'istante di venti gradi. Alex la baciò con deliberata lentezza, stuzzicandola, finché lei non si rilassò sotto di lui. Le accarezzò il lobo dell'orecchio con la lingua. «Qualcosa che vorresti provare?»

Mallory spalancò gli occhi. «Non saprei. Credo di poter dire che non mi piacciono le perversioni. L'idea del dolore fisico e il bondage sono cose che non mi attraggono per niente.» Lanciò un'occhiata alle cicatrici visibili sulla pelle di lui alla luce dell'alba.

«Non me le sono fatte con dei giochi sessuali, Mallory.» Era la prima volta che le sue cicatrici lo divertivano.

«Hai detto di essertene fatte alcune in Afghanistan.» Esitò un istante. «Come?»

«Sono stato torturato.» *Cristo*. «Non voglio parlarne.» Perché le sarebbe bastato porgli le domande giuste e lui avrebbe potuto andarsene a casa e farsi saltare le cervella.

Il suo cuore fece un piccolo tonfo nel vedere la tristezza sul volto di Mallory; tristezza per lui. A nessuno gliene era importato niente per molto tempo. Incapace di resistere, la baciò più profondamente, tenendole il mento. Voleva toccare ogni parte di lei, darle piacere e farle dimenticare il mondo. Le posò il palmo della mano su un seno, facendo scorrere il pollice sulla turgida punta rosa, finché lei gli s'inarcò contro.

«Questo ti piace? Dimmi cos'altro ti piace.»

Le dita di Mallory gli affondarono tra i capelli. «Solo se farai lo stesso anche tu.»

Il pensiero di lei che cercava di dargli piacere lo fece sentire umile e indegno e arrapato da impazzire. «Prima tu» disse con voce roca.

«Restiamo a letto tutto il weekend a fare sesso.»

Un weekend a esplorare i confini sessuali di Mallory, anche se Alex sapeva che lei gli avrebbe insegnato molto più di quanto avrebbe mai potuto fare lui. Certo, lui poteva mostrarle nuove posizioni, ma lei gli aveva già insegnato come provare di nuovo dei sentimenti. *Cosa* che avrebbe dovuto essere impossibile, come se un uomo con la colonna vertebrale danneggiata imparasse di nuovo a camminare.

«Stai cercando di uccidermi» le disse mentre prendeva in bocca un capezzolo e usava la lingua sulla pelle sensibile di lei, finché non la vide afferrare le lenzuola con le mani.

«Sarebbe un bel modo di morire.»

Alex si ritrasse e sorrise guardandola negli occhi. «Non sono neanche bravo» disse. «L'ultima volta eri troppo ubriaca per notarlo, ma non sei neppure venuta…»

«Bugiardo.» Gli afferrò il viso tra le mani e lo trascinò giù per baciarlo. «Non ero così ubriaca e se sei così preoccupato della tua performance, puoi sempre rifarti ora.» La risata nei suoi occhi ambrati fu un colpo al cuore improvviso per lui.

«Non mi conosci neanche.» La sua voce era quasi stridula.

Mallory gli toccò la guancia. «Io voglio conoscerti.»

Lui scivolò sopra e dentro di lei, immobilizzandosi di fronte al piacere selvaggio provocato dal contatto della pelle contro la pelle. Cristo, lei era così bagnata e pronta che lui non desiderava altro che spingersi fino in fondo.

Si ritrasse e afferrò un preservativo dal cassetto. «Tu mi fai dimenticare. Tutto.» Non poteva permettersi di abbassare la guardia, ma di certo un weekend intero con Mallory non avrebbe fatto male a nessuno, no? Avrebbe dato ai federali il tempo di esaminare le prove e magari di trovare il bastardo che la stava tormentando. Di sicuro lei aveva bisogno di evadere molto più di quanto ne avesse bisogno lui.

S'infilò la protezione e affondò nel calore di lei. Le catturò entrambe le mani, tenendogliele sopra la testa mentre spingeva nel suo corpo caldo e arrendevole. Non lasciò mai quelle mani o il contatto con i suoi occhi mentre si muoveva con più forza e lei gemeva e assecondava i suoi movimenti, prendendolo il più a fondo possibile.

E fu in quel preciso istante che Alex si rese conto di essere del tutto fottuto. Fare sesso con quella donna lo aveva distrutto. Mallory lo aveva fatto a pezzi, sventrato, spogliato fino a ridurlo a ossa e sangue. Gli aveva fatto pensare di poter essere qualunque cosa avesse voluto.

Forse era nel mezzo di un esaurimento nervoso. Forse stava impazzendo. L'unica cosa che sapeva per certo era che lei aveva completamente distrutto la persona che si supponeva fosse Alex Parker. Le uniche cose che importavano al nuovo Alex Parker erano il piacere e il benessere di Mallory. Tutte le altre persone sulla faccia della terra, compreso se stesso, potevano andarsene al diavolo.

———

Mallory si svegliò di colpo. Aveva di nuovo fatto quel sogno. Era intrappolata in uno spazio angusto, terrorizzata perché qualcuno la stava cercando, ma incapace di muoversi e affrontarlo o di scappare via. Il sudore le imperlava il labbro superiore, nonostante la camera fosse fredda. Il cuore le martellava forte nelle orecchie mentre cercava di controllare la respirazione.

Accorgendosi di non essere da sola nel letto, guardò verso Alex che giaceva addormentato. Il suo viso era rilassato e sembrava più giovane di quando era sveglio e vigile. Dopo aver trascorso gran parte della notte a farla impazzire, doveva essere esausto. Una sensazione di calore prese il posto del terrore provocato dal sogno. C'era qualcosa in lui che l'attraeva sul serio e lei non sapeva cosa fosse. Forse era perché aveva dovuto faticare per portarselo a letto, o forse era il fatto che, una volta che era riuscita nel suo intento, lui era stato così dannatamente attento.

A dire la verità, il sesso era un di più.

Alex la trattava come se lei fosse importante. Come se ciò che pensava fosse importante. Dopo anni in cui le persone avevano dato per scontato di conoscerla per via di quanto accaduto alla sua famiglia, era bello avere qualcuno che prestava attenzione a ciò che diceva e pensava.

Mallory sgusciò silenziosamente fuori dalle coperte e afferrò la vestaglia. Si versò un bicchiere d'acqua e controllò il portatile, che aveva sistemato in un angolo della stanza. Niente da parte di Frazer. Sapeva che avrebbe dovuto parlare ai suoi genitori degli sviluppi che c'erano stati con il pigiama, ma Frazer le aveva consigliato di aspettare e vedere se il laboratorio trovava qualcosa, prima di alimentare le loro speranze.

Aveva ragione. Avevano già sofferto abbastanza.

Tirò fuori i dossier riguardanti il caso di sua sorella. Per chiunque altro, la foto sulla prima pagina poteva sembrare un'immagine di Mallory bambina, ma il naso era troppo dritto, gli occhi leggermente troppo grandi. Toccò quella vecchia foto; un ritratto scolastico, per il quale entrambe erano state costrette a indossare un vestito blu identico e a legare i capelli in due codini per insistenza della madre. Ma a scuola Mallory si era ribellata e quando il fotografo era riuscito a intercettarla, aveva dell'erba tra i capelli sciolti sulle spalle.

Era Payton la brava bambina. La bambina obbediente. Mallory era la combinaguai, la monella, la spina nel fianco. Alcune cose non erano cambiate.

Le si formò un groppo sempre più grande in gola. Per quanto tentasse di essere obiettiva riguardo al caso di sua sorella, le era impossibile. Che diavolo poteva mai fare di buono per quel caso se non riusciva nemmeno ad andare oltre la prima pagina senza piangere?

«Ehi.»

I fogli svolazzarono a terra. «Oddio. Mi hai spaventata» disse ad Alex.

«Non sei abituata ad avere uomini strambi nel tuo appartamento?» Gli brillavano gli occhi. Si era infilato un paio di jeans e una maglietta, ma era a piedi nudi. Piedi sensuali.

«Non sono abituata ad avere nessuno a casa mia, punto.»

Un piccolo sorriso toccò la bocca meravigliosa di Alex. «Nemmeno io» disse, poi si chinò sul pavimento, mentre il cuore di Mallory faceva le capriole nel petto. Un'occhiata a quel sorriso e aveva capito di essersi innamorata di lui. Ciò non era un bene.

«Di che si tratta?» Alex si accigliò nel vedere la foto e i documenti. Accarezzò l'immagine con il pollice. «È il dossier sul caso di tua sorella?» Sollevò lo sguardo.

«Una copia» rispose lei annuendo. Era troppo arrabbiata con se stessa per parlare.

Lui lesse una parte del rapporto. «Quindi la cosa che volevi dimenticare la scorsa settimana era l'anniversario della sua scomparsa?»

«Diciotto anni.» L'emozione repressa le chiudeva la gola.

Alex lisciò i fogli e li riordinò nella cartellina. «È la ragione per cui sei entrata nei federali?»

Quante volte aveva risposto a quella domanda ultimamente? E ogni volta, si sentiva sempre più un fallimento. Gli prese la cartellina dalle mani e la posò sulla scrivania. «Indago sulla sparizione di Payton nei giorni liberi, ma non ho fatto alcun passo avanti rispetto a quanto già scoperto all'epoca dalle forze dell'ordine.»

Alex le strinse le mani tra le sue. Il calore si diffuse tra le dita di Mallory. Non si era accorta di quanto fosse fredda finché non l'aveva toccato. C'era qualcosa nei suoi occhi che le faceva venir voglia di dirgli tutto.

«È lei la ragione per cui non esci con nessuno?» Quei suoi occhi le affondarono dentro, chiedendo risposte.

«No.» Solo che suonava come una bugia. «Forse» ammise infine. «Non ho tempo per frequentare qualcuno. Tutto il mio tempo libero lo trascorro a cercare di scoprire cos'è successo.»

«Lei non avrebbe voluto che rinunciassi alla tua vita.»

Era quello che aveva fatto? Aveva rinunciato alla propria vita? Non si sentiva così, o forse Alex aveva ragione. Ma come poteva andare avanti normalmente quando la sua gemella era stata rapita? Come poteva continuare a vivere come se non fosse mai successo?

Mallory scosse la testa. «Non riesco a superare il senso di colpa per non averla salvata...» Pensieri oscuri e tetri la schiacciavano da ogni direzione. Cercò di allontanarsi, ma lui glielo impedì.

«Eri una bambina. Non avresti potuto fare niente.»

I suoi occhi divennero lucidi e lei dovette reprimere quell'emozione che voleva costringerla in ginocchio. «Aveva nove anni, Alex. Era mia sorella. La mia migliore amica...» Le si ruppe la voce. Troppo strazio. Troppo dolore.

Alex l'attirò a sé e le parlò tra i capelli. «Non puoi cambiare ciò che è successo. E non puoi permettere che quel bastardo rovini anche la tua di vita.»

Ma lei voleva catturare quel tizio così disperatamente. Non poteva lasciar perdere, soprattutto ora che erano arrivati nuovi indizi. Si adagiò tra le braccia di Alex e lo guardò negli occhi. «La mia vita non sarà mai normale finché questo assassino non sarà morto o dietro alle sbarre. Forse non è una cosa salutare o sana, ma non posso semplicemente premere un interruttore e far finta che non sia mai successo. Non ho molto tempo per cene e serate al cinema, quindi forse faresti meglio a cercare una donna normale con cui uscire.»

«Che ci farei con una donna normale?» Le baciò un sopracciglio, facendole sentire che la capiva fino in fondo. «Comunque, ti ho già detto che le tue regole sul non uscire con nessuno vanno benissimo per me.»

«Divertente.»

«Sexy» la corresse.

Una risata la squassò, spazzando via la malinconia. «Mi hai fatta ricadere in tentazione.»

«Felice di essere utile.» Alex sostenne il suo sguardo. Profumava ancora di buono, ma con i capelli scarmigliati le faceva venire voglia di trascorrere l'intero weekend sotto le coperte fino a renderlo esausto. Ed era ciò che gli aveva promesso la notte prima. Ma sapere che l'assassino di sua sorella si trovava da qualche parte là fuori la faceva impazzire. L'idea di divertirsi mentre Payton giaceva morta aumentava ancora di più il suo senso di colpa... ma Payton avrebbe continuato a essere morta anche se Mallory era infelice e questo era difficile da affrontare.

«Mallory.» La voce di Alex era paziente. Più paziente di quanto lei meritasse. «Ti vedo indietreggiare e avere un milione di rimpianti, ma io non me ne andrò da nessuna parte finché questo tizio non verrà catturato. Non dobbiamo per forza scopare come dei ricci,» lo sguardo nei suoi occhi le provocò un fremito, «ma penso davvero quello che ti ho detto ieri notte. Corri un possibile pericolo a stare qui da sola. Questo tizio sa dove vivi. Te lo dico da consulente per la sicurezza, devi fidarti di me.»

Lei gli strinse le dita. «Grazie di esserci stato per me la notte scorsa.»

La luce negli occhi di Alex cambiò e lui distolse lo sguardo. «Ci sarò sempre per te, Mallory, ma c'è un'altra cosa che ho bisogno che tu sappia. Non sono bravo nelle relazioni. Le mando sempre a puttane. Deludo le persone. E io non voglio farti del male.»

Una punta di tristezza le trafisse il petto, ma l'esperienza l'aveva temprata. Non aveva bisogno di promesse vuote. Preferiva una verità instabile. Nessuno sapeva cosa aveva in serbo il futuro, solo i soldi potevano essere messi al sicuro in banca... e anche quelli potevano finire per essere rubati. Mallory guardò il dossier su sua sorella. «Tutti deludiamo le persone.» Un'idea le balenò in mente. «Ehi, forse dovrei assumere la tua compagnia.»

«Per cosa?»

«Trovare informazioni. La tua compagnia deve usare degli hacker.»

Lui inclinò la testa. «Niente di illegale, a meno che il governo non ci chieda di entrare in qualche computer.»

«Ve lo chiedono?"

«Solitamente la scelta è tra noi e i cinesi, quindi sì, lo chiedono a noi. Ci pagano anche per tale privilegio, il doppio quando violiamo la loro sicurezza senza essere scoperti.» Il suo sorriso suggeriva che l'avevano fatto più di una volta.

«Allora riportare alla luce i tabulati telefonici di diciotto anni fa dovrebbe essere un gioco da ragazzi?»

Alex fece un passo indietro e lei non poté biasimarlo. «Tranne per il fatto che è illegale e tu lavori per l'FBI.»

Mallory si morse il labbro. «Lo so. Le vie legali sono state percorse tutte. Ora l'unica cosa che mi è rimasta implica invadere la privacy delle persone.» Ad eccezione di quei vecchi articoli di giornale sui bambini rapiti. Non le era sfuggito che la scatola con le stampe degli articoli poteva esserle stata mandata dalla stessa persona che le aveva inviato il pigiama. Però la scatola era stata fatta recapitare al suo posto di lavoro, non a casa sua, e fino a quel momento nessuna delle storie le aveva fornito un qualche collegamento utile. Inoltre, aveva maneggiato la scatola e i documenti ripetutamente, quindi da un punto di vista forense c'erano molte probabilità che fossero inutili. «Non faccio che sbattere contro un muro dopo l'altro.»

«E questo è *tutto* ciò che fai nel tempo libero?»

Lei alzò lo sguardo e incontrò quegli occhi tenebrosi. «Praticamente.» Un angolo della sua bocca si piegò all'insù. «Eccitante, eh?»

«Quand'è stata l'ultima volta che ti sei presa un giorno libero per te stessa?»

Le dita di Mallory strinsero la cartella così forte da piegare il cartoncino. «Quando sono in ferie non riesco a smettere di pensare a lei. A quello che potrebbe esserle successo.»

Alex le chiuse il portatile e le prese la mano. «Hai bisogno di allontanarti da tutto questo prima che s'impadronisca completamente della tua vita.»

«Credo sia troppo tardi per quello. Non saprei cos'altro fare con me stessa...»

Lui la baciò. Duramente. Profondamente. Quando si staccò dalla sua bocca, lei stava tremando.

«Non hai detto che volevi passare il weekend con me?»

«Sì, è così.» Lanciò un'occhiata al dossier di sua sorella e il familiare senso di colpa s'intrufolò nella sua mente.

«Bene.» Afferrandole il braccio, Alex la trascinò nel bagno e aprì l'acqua nella vasca. «Ci prenderemo entrambi un weekend e faremo finta di essere persone normali.» Le fece scivolare la vestaglia oltre le spalle.

«Ma...»

Alex agguantò la vestaglia all'altezza delle sue braccia, stringendola forte, intrappolandola, e la baciò di nuovo. La fame che Mallory aveva di lui le si scatenò dentro e le labbra lo seguirono in quel bacio. Poi lui si staccò.

«Tua sorella non te ne vorrebbe per un weekend passato a viverti la vita, Mal. Se era anche solo lontanamente simile a te, vorrebbe che tu fossi felice.»

Alex si tolse la maglietta, si sfilò i jeans e la prese in braccio, deponendola nella vasca come se lei non pesasse niente. Quando Mallory fu bagnata dappertutto e cominciò a implorarlo di prenderla, una piccola porzione della sua mente si rese finalmente conto che non c'era niente di male nel dimenticare, almeno per un po'.

12

Ventiquattro ore dopo, Alex afferrò la mano di Mallory trascinandola verso la porta d'ingresso. «Ci andiamo, dovessi trascinarti per tutto il tragitto.» Non gli sfuggì l'ironia della cosa. Lui amava starsene per conto proprio ed era uno stacanovista, ma preferiva di gran lunga trascorrere il pomeriggio a passeggiare per le strade di Washington con Mallory che fare qualsiasi altra cosa gli venisse in mente.

Da quando era uscito di prigione, aveva riscoperto il piacere dell'aria fresca e di camminare. Dopo quasi trentasei ore rinchiuso in casa, aveva bisogno di uscire, di portare Mallory fuori dal suo appartamento e di nuovo nel mondo reale. Forse poteva essere un bene per lei, nel breve periodo.

«Va bene.» Mallory alzò gli occhi al cielo, ma rise a sua volta. Quel suono lo colpì dritto al cuore. Non ricordava l'ultima volta che aveva provato piacere nello stare con un'altra persona; nel creare un legame con qualcuno e godere della sua compagnia. Si stava mettendo in una situazione che poteva rivelarsi un disastro per lui, ma più tempo passava con Mallory, più si sentiva determinato a fare qualunque cosa in suo potere per distoglierla dall'ossessione per il caso di sua sorella. Prendere quel bastardo sarebbe stata l'opzione più efficace. Sperava che il laboratorio dell'FBI avesse trovato qualcosa di utile su quei nuovi reperti.

«Ci fermeremo a fare un po' di spesa sulla via del ritorno.» La credenza era vuota, fatta eccezione per il ketchup, qualche barattolo di zuppa e un pacco di cracker scaduti. «Anche i topi se ne sono andati disgustati.»

«Stai attento, Mr Parker. O comincerò a pensare che ti importi davvero di me.»

«M'importa.» Quell'ammissione suonava estranea sulle sue labbra, ma come le aveva detto il giorno prima, era vera. L'attirò a sé e la baciò profondamente, poi trasformò il momento in qualcosa di leggero. «Devo trovare un modo per controllarmi quando sono con te.»

Mallory si spinse contro il suo corpo e lui non riuscì a credere che stesse diventando di nuovo duro. Lei lo aveva trasformato in un'erezione vagante e, francamente, quella mancanza di autocontrollo stava cominciando a infastidirlo. Non era un adolescente assatanato. Aveva trentaquattro anni e lei lo stava facendo impazzire.

«Potremmo ordinare una pizza» sussurrò Mallory contro le sue labbra.

«Ce ne andremo a prendere una boccata d'aria fresca, altrimenti comincerò a pensare che ti vergogni a farti vedere in pubblico con me.» Un grosso nodo sembrò serrargli la gola per l'emozione.

Mallory piegò un lato della bocca verso l'alto e, con perfetta serietà, disse. «Alex, sei statuario, bellissimo e ricco, l'uomo perfetto in pratica, e nessuno si è mai preso cura di me come stai facendo tu. Perché mai qualcuno dovrebbe vergognarsi di te?»

Perché uccido la gente? Perché faceva fuori dei bersagli umani con la stessa facilità con cui la maggior parte delle persone ammazzava una mosca? Distolse lo sguardo. La verità era oscura e ripugnante e, purtroppo, reale. Beh, lei non avrebbe saputo la verità. Ne sarebbe rimasta ferita e poi lo avrebbe distrutto. No, non sarebbe successo. Alex era onesto quanto qualsiasi operativo sotto copertura poteva permettersi di essere.

Non era consentito portare un'arma nel posto in cui erano diretti, ma non pensava che quel bastardo si sarebbe azzardato ad affrontare Mallory mentre era in compagnia. Alex era abbastanza sicuro che loro due, lui e Mallory, avrebbero potuto affrontare quasi ogni tipo di minaccia. Aprì la porta e si fermò impietrito. *Tranne quella.*

Lo shock dipinto sul volto della donna quasi valse la pena di essere scoperti. Finché quest'ultima non rivolse quello sguardo deluso verso Mallory.

«Mamma» disse Mallory.

Vestita con il tipico tailleur di lana spessa da politica e con i capelli e le unghie perfette, la Senatrice Margret Tremont emanava fino a ogni più piccola briciola il potere che aveva. Lo sguardo della donna squadrò Alex da capo a piedi e riconobbe il desiderio che gli riempiva gli occhi.

«Che cosa sta succedendo qui?» domandò.

«Mamma, questo è Alex Parker. Alex Parker questa è mia madre, la Senatrice Margret Tremont.»

L'aria intorno a loro vibrò di tensione. Alex si chiese se anche Mallory la percepisse.

Offrì alla donna la mano libera. «Ho sentito molto parlare di lei, Senatrice.»

«È questo il motivo per cui non sei venuta per il Ringraziamento?» La donna ignorò apertamente la mano di Alex e lui piegò le labbra in un sorriso freddo. *Non all'altezza di sua figlia. Casella spuntata.* Non che lui non ne fosse già consapevole.

«No, mamma. Te l'ho detto, stavo lavorando.»

«Mallory,» l'accento del West Virginia della senatrice era appena percettibile oltre il tono gelido, «ho bisogno di parlarti in privato, per favore.»

Lo sguardo di Mallory si posò su di lui, poi tornò a rivolgersi a sua madre. Le era tornata la solita espressione tesa intorno agli occhi. Ogni traccia di allegria se n'era andata. «Mamma, sono impegnata. La cosa non può aspettare?»

«Riguarda la scomparsa di tua sorella.» Gli occhi della donna erano duri come perle di vetro.

«Stavo per andare allo Smithsonian con Alex.» Mallory sembrava sulla difensiva e arrabbiata. Aveva deciso di non dire ai suoi genitori del pigiama finché il laboratorio di analisi non l'avesse analizzato. Il prezzo dell'inganno si misurava in senso di colpa e Mallory ne portava già sulle spalle abbastanza da bastarle per una vita intera. «Non può aspettare qualche ora?»

«Magari Mr Parker può lasciarci da sole qualche minuto mentre discutiamo di questa questione familiare privata.» La voce della senatrice fendette l'aria come un coltello.

Alex aveva passato tutta una vita a obbedire agli ordini e ciò gli era valso soltanto disprezzo e paura. Ma era palese agli occhi di chiunque avesse un briciolo di cervello che aveva appena passato la notte con Mallory e quel tipo di cose non era mai ben visto dai genitori. La senatrice aveva tutto il diritto di essere arrabbiata.

La buona educazione voleva che lui desse loro un po' di privacy, ma mentre tentava di allontanarsi, la stretta di Mallory intorno alle sue dita aumentò e lei rifiutò di lasciargli la mano. Lui le strinse la mano a sua volta, cercando di rassicurarla. Qualunque cosa fosse ciò che provava per lei si stava trasformando in un bisogno di proteggerla che comprendeva il tenerla al sicuro dalla sua stessa madre.

Il disprezzo della senatrice nei suoi confronti era evidente.

«Entra pure, mamma. Alex non andrà da nessuna parte.»

Quelle parole lo emozionarono e lo spaventarono allo stesso tempo. Stava giocando con il fuoco. I suoi sentimenti per quella donna continuavano a crescere, a farsi più intensi. Non era solo sesso. E lui non voleva far del male a qualcuno che aveva già sofferto così tanto.

La senatrice entrò in casa e si guardò intorno a disagio, palesemente preoccupata di trovare prove fisiche della loro orgia. Alex lasciò andare la mano di Mallory. «Che ne dite se preparo qualcosa da bere per tutti mentre voi parlate?»

La donna strinse le labbra. «Non si disturbi, Mr Parker. Resti e ascolti tutti gli scheletri nascosti della nostra famiglia. Tanto li scoprirà presto comunque.»

Con quell'affermazione sinistra, la senatrice raggiunse il divano, sedendosi sul bordo. Per la prima volta, Alex notò i segni intorno ai suoi occhi e alla sua bocca. Gli ricordarono che nonostante fosse una politica, era anche una madre che aveva perso una figlia.

«Hai ancora l'anello con il sigillo che ti diede papà quando eri piccola?» chiese la donna alla figlia.

Mallory si accigliò, poi girò sui tacchi. Tornò nella stanza qualche minuto più tardi con un portagioie di legno che lui aveva intravisto in cima al suo armadio. Ne sollevò il coperchio e tirò fuori un piccolo anello con sigillo.

La senatrice aprì la propria valigetta e le porse un pezzo di carta. «Questo è appena stato inviato all'editore del *Washington Mail*. Mi ha fatto la cortesia di inviarmi una foto.» Il suo tono stillava veleno.

Mallory si mise una mano davanti alla bocca e sprofondò sul divano vicino a sua madre. «Oddio.»

Alex fece un passo avanti e lanciò un'occhiata all'immagine. Era una fotografia di un anello con sigillo con le iniziali PR incise in mezzo a un cuore. Il sangue gli si gelò nelle vene mentre osservava l'anello nel dettaglio. *Merda*. Il coincidere delle tempistiche – l'emergere di un killer che incideva le lettere PR all'interno di un cuore sul seno di giovani donne con lunghi capelli scuri, e tutti quei nuovi reperti che venivano fuori nel caso di Payton Rooney dopo diciotto anni? Lo scenario peggiore era appena diventato la realtà più probabile.

«Questo è *appena* arrivato?» chiese.

«L'editore l'ha ricevuto per posta venerdì. In un primo momento i suoi giornalisti lo avevano collegato a un nuovo serial killer, ma essendo così piccolo, hanno capito che doveva appartenere a un bambino. Poi a lui è venuta in mente Payton e mi ha chiamata per vedere se riconoscevo l'anello.»

«Pensa che sia quello vero e non una riproduzione?»

«È quello vero.» La donna indicò un'immagine che mostrava il marchio del gioiello. «È fatto di platino, non di argento. A meno che questa persona non avesse accesso ai registri del gioielliere, non poteva saperlo. La polizia lo ha sempre descritto come un anello d'argento, ma era di platino.» Margret si posò nuovamente le mani in grembo.

Alex si sentì percorrere da un senso di inquietudine. Prese la fotografia dalle mani di Mallory e la esaminò più da vicino. Quando incontrò il suo sguardo, le ombre sotto i suoi occhi erano scure come lividi.

«Chi ha l'anello adesso?» chiese Mallory.

«L'editore lo ha inviato ai tuoi colleghi dell'FBI.» La senatrice tremava per tutte le emozioni che stava reprimendo. Per lo più rabbia, ma anche dolore.

«Bene» disse Mallory. Proprio un weekend all'insegna della normalità. «I tecnici troveranno qualcosa per catturare questo tizio. Finalmente.»

«C'è di più.» La senatrice tirò fuori dalla borsa un giornale piegato e lo mise sulle gambe di Mallory.

Oh, merda.

Mallory batté le palpebre rapidamente. «Hanno già pubblicato la storia?»

«Immagino non abbiano voluto darmi la possibilità di sguinzagliare i miei avvocati alle loro calcagna.» Il suo tono era tagliente, ma questa poteva essere una buona notizia. Dopotutto, c'era qualcuno là fuori che sapeva qualcosa sul rapimento di Payton Rooney e si stava prendendo gioco delle forze dell'ordine con quelle briciole di informazioni. L'attenzione della stampa poteva alimentare quell'ego mostruoso e costringerlo a fare un errore.

Mallory aprì la prima pagina del giornale ed emise un gemito. Alex imprecò. C'era una grossa foto che la ritraeva nella sua uniforme dell'FBI accanto a un'altra immagine insieme alla sorella da bambine. Non gli piaceva il modo in cui la stampa si stava focalizzando su Mallory. Osservò la senatrice e capì che la cosa non piaceva neanche a lei. Sembrava però non registrare il fatto che era stata lei stessa a spingere costantemente Mallory sotto le luci dei riflettori.

Alex non aveva dubbi che la persona che si stava divertendo con i Rooney fosse la stessa che stava uccidendo tutte quelle giovani donne e che probabilmente aveva rapito la loro bambina tutti quegli anni prima. Il disegno di quelle iniziali in quell'anello a forma di cuore era troppo preciso per essere una coincidenza, e l'uso della stampa per attirare l'attenzione? Tutto urlava "classico serial killer in azione".

Si era forse trovato davanti all'assassino di Payton quella sera a casa di Mallory a Charlotte? Una normale intrusione domestica mentre stavano succedendo tutte queste altre stronzate era una coincidenza troppo grande. Se fosse stato meno occupato a salvare la propria pelle, avrebbe forse già eliminato il problema?

«Devo dirti una cosa, mamma.» Mallory prese la mano di sua madre. «Non te l'ho detto prima perché all'FBI volevano essere sicuri, ma direi che questo non lascia spazio a dubbi.» Mallory raccontò alla madre del pigiama. Alex avvertiva la rabbia della senatrice. La furia per il fatto che sua figlia non le avesse detto tutto nell'istante in cui l'aveva scoperto. «Non arrabbiarti.»

La senatrice si sforzò di sorridere e si alzò in piedi, lisciandosi la gonna. «Forse avremo finalmente qualche risposta su dove si trovi Payton. Devo andare. Ho appuntamento per il brunch con un giudice della Corte Suprema.» Fece una pausa. «So che pensi che sia stata io a farti avere questo nuovo incarico a Quantico, Mallory, anche se ti ho detto che non è così.» Alex vide Mallory sussultare, probabilmente perché lui era lì. Aveva insistito e forse sua madre la stava punendo per quello. «Comunque, spero che a prescindere dai tuoi sentimenti, tu sfrutti al massimo questa opportunità per far sì che l'FBI aumenti i propri sforzi per trovare Payton.»

«Farò quello che posso, mamma, ma non posso prometterti nulla.» Mallory sembrava scoraggiata mentre abbracciava la madre.

Margret Tremont strinse gli occhi verso Alex da sopra la spalla di Mallory. «Si prenda cura di mia figlia, Mr Parker. È tutto ciò che ho.» Poi lo sorprese stringendogli la mano prima di andarsene.

Il telefono squillò. Mallory controllò il numero e alzò lo sguardo su di lui. «È il lavoro.»

Lui annuì. «Forse dovresti rispondere.»

Una fossetta comparve per un istante sulla guancia di lei. «Non è andata molto bene come primo appuntamento.»

«Noi non usciamo insieme, ricordi?» Le prese il viso tra le mani e la baciò. «Lo Smithsonian sarà ancora lì la prossima settimana.» Alex riusciva quasi a vedere ciò che Mallory stava pensando in quei suoi grandi occhi espressivi. «E sarai qui anche tu, Mallory. Non lascerò che nessuno ti faccia del male.» Ma le sue parole non riuscirono a dissipare la nube del dubbio. Negli ultimi diciotto anni, quella figura oscura aveva perseguitato la sua famiglia. Ora stava uccidendo donne che assomigliavano a Mallory e Payton Rooney. Catturare quel figlio di puttana e assicurarsi che Mallory non sparisse nello stesso modo in cui era sparita sua sorella sarebbe diventata la sua missione. Una volta trovato il bastardo, indipendentemente da ciò che avrebbe sentenziato il Progetto Portale, si sarebbe assicurato che non potesse più fare del male a nessuno.

———

Mallory sedeva al tavolo della sala riunioni circondata dagli stessi colleghi che aveva lasciato non troppo tempo prima. L'unica differenza era che ora la vedevano come una testimone, piuttosto che come una collega, e la cosa sembrava renderli molto più contenti.

«Pensate davvero che la persona che sta uccidendo queste donne sia la stessa che rapì Payton?» chiese di nuovo. Questo sì che era un bel modo di passare una domenica pomeriggio.

«Il modus operandi è cambiato» disse la Barton.

«È stato inattivo per diciotto anni.»

«Non necessariamente.» L'Agente Speciale Supervisore Frazer alzò un dito verso Mallory e lei avrebbe voluto ricambiare il gesto, con un altro dito però.

«C'è un buco in quello che sappiamo di lui, ma non significa che non abbia ucciso.»

Un brivido le attraversò la schiena, ma Mal si rifiutò di dargli importanza. Doveva essere abbastanza professionale da poter partecipare a quella discussione.

Frazer proseguì. «Per qualche ragione, circa un anno fa è successo qualcosa che ha scatenato una scia di omicidi in quest'area, tutti con la stessa firma. E ora credo siano collegati al caso di Payton Rooney.»

«Che probabilmente è morta da diciotto anni» intervenne la Henderson.

La maggior parte dei bambini vittime di rapimento veniva uccisa entro un paio di ore.

Mallory incrociò le braccia sul petto. Avrebbe voluto nascondere ciò che stava pensando, perché suonava così campato in aria, ma non ci riuscì. «Credo che l'abbia tenuta in vita.»

Frazer la fissò intensamente. «Perché lo pensa?»

Lei contrasse le labbra, ma tanto quelle persone la ritenevano comunque un'idiota, quindi che importava... «Perché io potevo *sentirla.*»

«Ora ci stai dicendo che hai abilità psichiche?» Le sopracciglia della Henderson scomparvero sotto la sua frangetta fuori moda conferendole un'espressione scettica.

«Niente di psichico. È una cosa tra gemelli. Non so se riesco a spiegarlo.» Mallory esaminò i volti dei suoi colleghi. Fuori, la neve aveva cominciato a cadere. Alex la stava aspettando in macchina. Questo le diede lo stimolo per continuare. Per togliersi il pensiero e terminare quella riunione il prima possibile. «Per tutta la nostra infanzia, Payton e io abbiamo condiviso un legame. Io sapevo in che parte della casa si trovasse, sapevo quando aveva fame e che cosa aveva voglia di mangiare. Sapevo quando era triste e quando stava nascondendo un segreto.» Si conficcò le dita nei palmi delle mani. «Non so spiegarlo, ma era come se *noi* avessimo fame e *noi* stessimo nascondendo un segreto. Non ho mai saputo che non era una cosa normale finché non sono cresciuta.» Si umettò le labbra. «Quando scomparve, la sentii ancora per anni, anche se non in maniera così forte. Quel legame si è interrotto lo scorso ottobre. Una mattina mi sono svegliata e lei... non c'era più.»

La Henderson si protese in avanti sul tavolo e puntò la penna verso Frazer. «Questo è il motivo per cui lei non dovrebbe essere qui. Finirà per influenzare il nostro sguardo sul caso.»

«Lei potrebbe essere la ragione grazie alla quale finalmente riusciremo a risolverlo» argomentò Frazer. Fissò Mallory per un altro lungo istante, poi distolse lo sguardo. «Questo è il primo anno in cui lei non è apparsa in TV per parlare del rapimento di sua sorella, giusto?»

Lei annuì.

«Penso che l'assassino si sia arrabbiato e abbia voluto attirare la sua attenzione.» Frazer parlava con la sua squadra ma non smise mai di guardare Mallory. «Per questo ha mandato a lei quegli indumenti e ai media quell'anello. Vuole che lei sappia che lui è là fuori. Vuole che sappia che ha preso Payton e ha ucciso tutte quelle altre donne così lei non lo avrebbe dimenticato.»

«Ma i casi sono così diversi...»

«Forse.» Frazer contrasse le labbra. «Ma non necessariamente. *Se* lei ha ragione e sua sorella è rimasta in vita per tutti questi anni, allora forse lui aveva ciò che gli serviva per reprimere quel bisogno di uccidere.»

L'idea che sua sorella potesse essere stata viva per tutto quel tempo le provocò uno spasmo allo stomaco. Avrebbe dovuto parlarne con l'FBI anni prima? Avrebbe dovuto esplorare quell'ipotesi più a fondo? Avrebbe dovuto fare pressioni sulle autorità anche se sapeva che avevano già esaurito ogni pista?

Le sue mani stavano tremando, così le nascose sotto il tavolo. Alla faccia dell'autocontrollo. La Barton la guardava con una nota di compassione, ma la Henderson aveva l'aspetto di una che stava per sferrare il colpo di grazia.

Mallory alzò gli occhi per incontrare quelli di Frazer. «Uccide le donne nel tentativo di riempire il vuoto lasciato dalla morte di Payton?»

Frazer sembrava a disagio. «È una teoria.»

«Sta cercando una sostituta» affermò la Barton.

«In quel caso, c'è un elemento ovvio che lei non sta palesando ad alta voce, Agente Speciale Supervisore Frazer.» La voce della Henderson era tagliente.

Lui le rivolse uno sguardo accigliato, ma Mallory intervenne. «Va tutto bene. Credo di aver già capito che, in teoria, la sostituta perfetta per la mia gemella identica sarei io.»

«Perché solo in teoria?» chiese Frazer con attenzione.

«Perché lei e io abbiamo – avevamo – personalità molto differenti. Pay seguiva le regole. Sempre educata, non discuteva mai. Era molto dolce.» Intercettò lo sguardo della Henderson. «Io non sono così.»

«Se mai questa persona dovesse arrivare fino a te, ti suggerisco di comportarti esattamente nel modo in cui lui si aspetta» disse la Henderson. «In caso contrario, ti riempirà di botte e ti strozzerà a mani nude, come ha fatto con le altre ragazze.»

«So badare a me stessa.» Pensò ad Alex, così determinato a proteggerla da starsene accampato in macchina nel parcheggio. Avrebbe dovuto trovare un modo per convincerlo che non aveva bisogno di una guardia del corpo ventiquattr'ore su ventiquattro, tranne per il fatto che... le piaceva stare con lui. Ma doveva tirar fuori le unghie e fare il proprio lavoro. Questa persona le aveva già portato via troppo.

«Speriamo non si arrivi a questo.» Frazer si schiarì la voce. «È possibile che a un certo punto lui si sia inserito nella sua vita. C'è qualcuno con cui ha stretto rapporti di recente, a cui si è avvicinata?»

Le si serrò la gola. «Sta scherzando.»

«Lo prendo come un sì. Nome?»

Mallory lo guardò intensamente. «Non è lui.»

«Allora un controllo sui suoi trascorsi non farà male a nessuno. Nome?»

Lei raccolse i propri documenti e li ripose nella borsa insieme al tablet. «Alex Parker.»

Gli occhi della Barton si spalancarono di una frazione, come se avesse riconosciuto il nome.

«È un consulente per la sicurezza. Offre consulenze per il governo, compreso l'FBI.»

Frazer le rivolse un sorriso tirato. «Comodo. Dovremmo avere un dossier su di lui, allora. Qualche altra cosa successa ultimamente nella sua vita che possa considerarsi sospetta?»

Diamine, c'era qualcosa che non era sospetto nella sua vita in quel momento? «Poco prima di trasferirmi, ho subito un'invasione domestica nella mia abitazione di Charlotte. Ho pensato che si trattasse di un normale tentativo di rapina.» La sua pelle si raggelò. «Ma c'erano due uomini coinvolti, quindi probabilmente è stata solo una coincidenza.»

«A meno che non ci siano due assassini che operano insieme?» suggerì la Barton.

Frazer imprecò e prese alcuni appunti. «Parlerò con il detective che si è occupato del caso. Nient'altro?»

Mallory aggrottò la fronte ripensando alla macchina con le ruote a terra nel parcheggio. Ma le probabilità che la Henderson ammettesse di essere l'artefice di quello scherzo di cattivo gusto erano pari a quelle che il Soggetto Ignoto si costituisse. Probabilmente sarebbe stata un'enorme perdita di tempo. «Niente.» Disgustata, spinse indietro la sedia.

«Un'ultima cosa» disse Frazer puntando la penna verso di lei. «Ne abbiamo già parlato durante il viaggio verso il West Virginia.»

Prima o dopo la mia vomitata?

«Voglio che si sottoponga a ipnosi.» Mallory trasalì. «C'è un patrimonio di informazioni non ancora sfruttate nel suo cervello. Lo voglio.»

Lei si alzò in piedi. «Bene. Come vuole» sbottò. Aveva smesso di cercare di fare una buona impressione a queste persone. L'idea che potesse scoprire chi fosse in combutta con un vigilante, sempre che ci fosse qualcuno, stava diventando sempre più ridicola. «Quando?»

Frazer sorrise e Mallory sentì di essere appena finita in una trappola. «Che ne dice di adesso?»

———

Alex sedeva sul sedile del passeggero della sua Audi e lavorava al portatile. Stava cercando di capire quale fosse il modo più efficace di cercare informazioni sui ripetitori vicini al punto in cui si supponeva che il killer delle iniziali PR avesse aggredito le sue vittime, e confrontarle con i dati delle cellule telefoniche vicine ai luoghi in cui erano stati trovati i corpi. Voleva anche accedere ai dati telefonici delle vittime. Dati posizionali. Era più facile a dirsi che a farsi, perché prima doveva riuscire a entrare nei server di tutte le compagnie telefoniche coinvolte e fare dei riferimenti incrociati. Se avesse trovato uno schema ricorrente o una connessione con una persona specifica, avrebbe suggerito all'FBI di procurarsi dei mandati, così avrebbero potuto usare i dati in tribunale, se si fosse arrivati a quel punto.

A lui non servivano prove che fossero valide davanti alla corte. Gli bastava che fossero sufficienti a convincere il Progetto Portale che aveva trovato la persona giusta. Il problema era che gli riusciva sempre più difficile credere che il modo in cui il Progetto Portale trattava i criminali fosse migliore del tradizionale sistema di giustizia.

Fai quello che ti dice lo zio Sam. Obbedisci agli ordini da bravo soldato e la tua coscienza sarà pulita. Ma essere un soldato sul suolo americano, e puntare armi contro concittadini americani, era illegale. In tribunale sarebbe stato *lui* a venire condannato per omicidio. Diavolo, era *colpevole* di omicidio. La legittimità di quell'organizzazione ambigua stava cominciando a infastidirlo. Non solo perché sapeva chi sarebbe stato a pagare il prezzo se le loro attività fossero venute alla luce; non gli piaceva il doversi accorgere di non essere migliore dei mostri a cui dava la caccia.

Con la coda dell'occhio vide una donna che si avvicinava alla macchina. Chiuse il portatile e tirò giù il finestrino.

«Alex Parker?»

«Sì, signora.»

Dalle linee marcate che comparivano agli angoli dei suoi occhi quando sorrideva, la donna doveva aver da poco passato i quaranta. Capelli neri, occhi neri. Curata. Formosa. Era lei che aveva sgonfiato le ruote all'auto di Mallory? Alex aveva fatto qualche ricerca ma non aveva avuto molto tempo per eseguire dei controlli approfonditi. «Sono l'Agente Speciale Felicia Barton. L'Agente Rooney ci metterà un po' più del previsto...»

«Sta bene?» la interruppe lui.

Il sorriso della donna s'irrigidì e lui capì di essersi tradito da solo.

«Sta bene, Mr Parker. Ha detto che lei era qui fuori. Ho pensato che forse le farebbe piacere entrare. Vedo che ha un'autorizzazione, quindi non sarebbe un problema» aggiunse.

«È davvero molto gentile da parte sua.» Alex mantenne un'espressione neutra. Un buon vecchio ragazzo americano che credeva nell'altruismo. Ripose il portatile nella sua custodia e aprì lo sportello mentre la donna si faceva indietro. Indossava un paio di jeans, un maglione nero e anfibi. Poteva sentire i marine in addestramento in lontananza. Quel suono gli riportò alla mente i suoi giorni in uniforme. I bei vecchi tempi.

Sbatté la portiera dietro di sé e chiuse la macchina con il telecomando.

«Bella macchina» disse l'agente federale con un fischio d'ammirazione. «Il servizio pubblico non paga così bene.»

«Però vi apprezziamo allo stesso modo.» Le rivolse un sorriso.

«Come io apprezzo il servizio che ha svolto lei come veterano.» Cominciarono a camminare verso l'edificio principale. Stando al gioco. Ciascuno sapendo bene cosa dire. E cosa non dire. «Ha prestato servizio in Afghanistan?»

«E in Iraq.»

«Ha ricevuto una Croce di guerra al valor militare. È una grossa onorificenza.»

«Sembra che lei sappia molte cose su di me, Agente Barton.»

Un breve sorriso le attraversò il volto. «È il mio lavoro, Mr Parker. Non lo prenda come un fatto personale.»

«Non ho un ego così esagerato, signora.»

Alex la seguì all'interno dell'edificio e in ascensore. Quando arrivarono al piano, si guardò intorno in cerca di Mallory, ma non la vide. La Barton lo condusse in un'ampia sala piena di cubicoli e scrivanie. C'era una scrivania vuota vicino a una finestra di fianco alla fotocopiatrice. «Non è molto, ma è sicuramente meglio che starsene seduti in macchina tutto il giorno.»

«Grazie.»

La donna esitò; chiaramente era lungi dall'aver finito con lui e stava cercando un modo per tirargli fuori altre informazioni. «Ho perso un fratello nell'operazione Tempesta del Deserto.»

Alex non riusciva a capire dai suoi occhi se stesse dicendo la verità. Forse stava perdendo il suo tocco. «Mi dispiace molto.»

«Ho un altro fratello che si unì all'operazione dopo la morte di Phil.» La Barton deglutì e sembrò prossima alle lacrime. «Per tutto il tempo in cui rimase là, ero terrorizzata dal fatto che finisse per farsi uccidere e tutto per il suo inutile senso di colpa da sopravvissuto.»

La bocca di Alex si fece secca. «Il senso di colpa del sopravvissuto è un grosso fattore motivante.»

«Lei ne ha mai sofferto? Quando gli uomini della sua unità morirono?»

«Una mossa abbastanza approssimativa, Agente Barton. Da un'agente del suo calibro mi sarei aspettato un argomento migliore.» Si raddrizzò in tutta la sua statura, in modo da guardare la donna dall'alto. Non che lei ne sembrasse intimidita. «Se vuole interrogarmi, perché non lo facciamo nel vecchio modo tradizionale?» suggerì Alex.

«I vecchi metodi di persuasione?» sorrise lei.

«Stavo pensando a una stanza con un registratore.»

«Oh, lei non è divertente.» La donna scoppiò a ridere e piegò il dito. «Mi segua. Accetterò il suo suggerimento, perché quando l'Agente Rooney scoprirà che sto interrogando il suo ragazzo, probabilmente troverà un modo per farmi licenziare…»

Il termine "suo ragazzo" gli provocò una scarica di eccitazione da adolescente, anche se era ridicolo. Non permise alla cosa di distrarlo. «Non le piace Mallory?»

«Mi piace quanto basta. Ma non mi piace quando le persone arrivano dove sono grazie alle conoscenze.»

«Pensa che sia ciò che ha fatto Mallory?»

L'Agente Speciale Barton volse la testa e gli lanciò un'occhiata. Era una donna scaltra, ma Alex non capiva quanto. Per quel che ne sapeva, l'Agente Speciale Barton poteva essere l'infiltrata del Progetto Portale messa lì per controllare se lui, sotto pressione, li avrebbe traditi. Alex conosceva già la risposta. Se loro l'avessero tradito, non avrebbe avuto alcuno scrupolo a trascinarli nel baratro con sé. Se avessero mantenuto le loro promesse, si sarebbe portato i loro segreti nella tomba.

Alex seguì la Barton. Era una buona opportunità per vedere come ragionava quella donna. La cosa più importante al momento era tenere Mallory al sicuro da chiunque volesse farle del male. Compresi i suoi colleghi dell'Unità di Analisi Comportamentale.

13

Mallory entrò nell'ufficio di Frazer rilassata come un serpente a sonagli che veniva punzecchiato con un bastone appuntito. C'era un divano nell'angolo della stanza, dove a volte il suo superiore dormiva, a giudicare dal cuscino e dalla coperta ordinatamente piegata sotto di esso. Piante e libri dominavano gli scaffali. Lo spazio era abbastanza stipato, ma non era pieno di gingilli. La scrivania era vuota a eccezione di un'unica cartellina bianca con lo stemma dell'FBI sul fronte.

«Dove vuole che mi metta?» La domanda suonò esattamente come si sentiva anche lei. Acida. Sulla difensiva.

Frazer si voltò dal punto in cui stava chiudendo le tendine. «Posso ipnotizzarla senza che lei sia rilassata, ma considerato che dobbiamo lavorare insieme, forse andrebbe meglio se cercasse di fidarsi di me.»

Mallory inarcò un sopracciglio.

Lui alzò le mani, i palmi verso di lei. «Okay, non sono carino e tenero come l'agente speciale supervisore Hanrahan, ma sono un bravo agente. Siamo nella stessa squadra e l'ho già fatto un milione di volte con grande successo.»

Lei si lasciò andare a un forte sospiro. «Meglio se ci togliamo il pensiero.»

«Questo è lo spirito.» Il suo umorismo asciutto la fece sorridere. Frazer mise un po' di musica di sottofondo. Il canto degli uccelli e il suono del vento tra gli alberi. Un brivido freddo la percorse lentamente.

«Si sdrai sul divano e chiuda gli occhi. Le prometto che non la farò starnazzare come un'oca per poi postarla su Youtube.»

«Ci sono già passata, dopo essermi laureata ad Harvard.» Mallory si tolse le scarpe e si sdraiò con la testa su un cuscino di velluto verde e rimase a guardare il soffitto.

«Voglio riportarla a un ricordo felice.»

Lei pensò ad Alex e sorrise.

«Sì, ecco, non quel tipo di ricordo.»

«*HaHa.*» Mallory chiuse gli occhi. «Quando avremo finito, Agente Speciale Supervisore Frazer, la interrogherò io sulla sua vita privata.»

«Non c'è niente da sapere. Il lavoro è la mia vita. Ho un'ex moglie che ne è la prova.»

Non c'era granché che potesse rispondergli a riguardo. I divorzi erano comuni tra le forze dell'ordine. Un'altra ragione per godere di ciò che lei e Alex avevano trovato. Finché fosse durato. La Barton si era offerta di andarlo a prendere al parcheggio e sistemarlo nel suo ufficio. Mallory sapeva che la donna l'avrebbe spremuto per ottenere delle informazioni, ma era impossibile che stesse andando a letto con un mostro. «Ha una Croce di guerra al valor militare.»

«Cosa?»

«Il mio...» Ragazzo? Amante? «Alex ha una medaglia al valore. È stato in guerra. Quindi, a meno che non ci sia più di un rapitore, e assumendo che Payton sia stata tenuta viva per tutti questi anni e non fosse consenziente, è impossibile che sia lui l'uomo che stiamo cercando, perché non avrebbe potuto lasciare Payton da sola per tutto il tempo in cui ha servito il Paese.» Le parole le uscirono con impeto e un'ondata di sollievo la colpì. Non che avesse mai pensato che si trattasse di Alex, ma le piaceva avere le prove.

«Spero lei abbia ragione.»

Mallory aprì gli occhi e lo guardò. Aveva trascinato una sedia vicino al divano, a pochi centimetri da dove giaceva lei. Le mostrò un registratore. «Permette?»

«Certo.» Le sue labbra si irrigidirono. Si sentiva stupida.

«Okay. Le prometto che non sentirà male. Durante questa sessione, *lei* sarà la mia priorità e mi assicurerò che nulla possa farle del male. Faccia un profondo respiro. Poi lasci fuoriuscire l'aria lentamente.» Fecero alcuni esercizi di respirazione insieme. Mallory si sentiva un'idiota, ma anche Frazer ripeté gli esercizi con lei e piano piano la tensione lasciò i suoi muscoli. Avvertì gli arti farsi pesanti. Negli ultimi giorni non aveva dormito molto.

«Si trova in un posto felice, un posto sicuro in cui nessuno può farle del male.» La voce di Frazer divenne più profonda mentre cominciava a farle delle domande. Sembrava che fosse molto, molto distante. «Aveva qualche animale domestico da bambina?»

Quella domanda le riportò alla mente un ricordo felice. Voleva sorridere, ma le sue labbra non collaboravano. Troppo stanche. «Avevamo uno spaniel di nome Taffy. Si metteva sempre nei guai con la mamma perché dormiva sui nostri letti. Di notte, la mamma prese a chiuderla nello stanzino vicino all'ingresso.»

«Che peccato. Taffy avrebbe potuto fare abbastanza rumore da attirare l'attenzione di qualcuno, se fosse stata lì.»

Un'enorme ondata di tristezza la investì, ma prima che potesse trascinarla troppo a fondo, Frazer disse: «Si ricorda di che colore erano le pareti della sua camera quando era bambina?»

«Blu. Un blu pallido. Le rifiniture delle finestre erano pitturate di bianco e avevamo delle tende gialle. Il giallo era il colore preferito di Payton.» L'immagine di quelle tende era accecante. Brillanti e briose come un raggio di sole.

«Divideva la camera con sua sorella?»

«Sì. Non ci piaceva dormire separate.» La risata di sua sorella sfiorò i confini della sua mente. Voleva allungare la mano e afferrarla, ma c'era qualcosa appostato nell'oscurità e lei aveva paura.

«Io cammino nel sonno.» Si portò una mano davanti alla bocca, come se gli avesse appena rivelato un grosso segreto.

Sentì una specie di fruscio, mentre Frazer si spostava sulla sedia. «Anche io ero sonnambulo. Una volta finii sulla strada principale. Per poco non spaventai mia madre a morte» le disse Frazer. «Ha camminato nel sonno la notte in cui Payton è scomparsa?»

«No.» Mallory scosse la testa. Un'immagine le attraversò la mente, così velocemente che non riuscì a metterla a fuoco o ad afferrarne il senso.

«La notte in cui Payton scomparve, ha visto nessuno entrare nella vostra camera, Mallory?» Le sue parole sembravano provenire da molto, molto lontano e lei riusciva a malapena a sentirlo sopra il suono delle foglie che frusciavano tra gli alberi.

Mallory annuì e riuscì a sentire l'eccitazione dell'uomo.

«Era un uomo o una donna?»

«Un uomo.»

«Sa chi fosse?»

«No.» Scosse la testa.

«Può descriverlo?»

Mallory scrutò nei meandri della propria mente alla ricerca di un indizio, ma tutto era nebuloso e vago. «I piedi.»

«Cosa intende con "i piedi"? Ha visto i suoi piedi?»

«Sì.»

«Può descrivere i suoi piedi?»

«Ha delle Converse Trainer verdi. Ha i piedi grandi.»

La voce di Frazer cambiò. Lei la percepì come se si trovasse in un'altra dimensione. «Sei *sotto* al letto, Mallory?»

Lei annuì. «Dormo molte volte sotto al letto.» Non si era ricordata di quel dettaglio fino a quel momento. *Ecco* perché non aveva preso lei.

«Perché dormi sotto al letto?»

Il suo cuore ebbe un tonfo. Anche in quello stato di profondo rilassamento, sentì il sangue pulsarle nelle vene. «Perché ho paura dei mostri.»

Ci fu un lungo silenzio. «L'uomo ha detto qualcosa? Stava cercando anche te?»

Lei aggrottò di nuovo la fronte. «Non lo so. Mi sono svegliata nel momento in cui lui era in piedi davanti al letto di Pay. Ho chiuso gli occhi perché avevo paura. Quando li ho riaperti, se n'era andato.» Le lacrime le bruciavano gli occhi. «Non sapevo che l'avesse portata via. Non sapevo che l'avesse rapita. Ho semplicemente ripreso a dormire.» L'agitazione si muoveva vorticosamente dentro di lei, minacciando quello stato di letargia.

«Non è stata colpa tua, Mallory. Stai facendo un ottimo lavoro a ricordare così tante cose.» La sua voce la confortava e la calmava. «Dove ti trovavi quando i tuoi genitori scoprirono che Payton era scomparsa?»

«Fui io a dir loro che lei non c'era più quando mi svegliai il mattino dopo. Loro erano a letto.»

«Insieme?»

«Sì. Dormivano sempre insieme.»

«Qualcuno ha mai mostrato un interesse speciale nei confronti di Payton?»

«Tutti amavano Payton. Lei era carina con tutti, anche con chi non era carino con lei.»

«Chi non era carino con lei?»

Mallory si morse il labbro. «Io non ero sempre gentile con lei. Una volta le montai sulla schiena e le tirai le trecce. Lei non disse niente a mamma o papà, perché non voleva mettermi nei guai.»

«È normale litigare tra fratelli. Non è stata colpa tua che l'abbiano presa, Mallory.»

Gli occhi le si riempirono di lacrime, ma non aveva l'energia per asciugarseli.

«C'era qualcun altro che la seguiva? O magari che la osservava?»

«Forse...» L'immagine di un uomo e di un ragazzo in piedi ai confini del bosco che fiancheggiava la loro proprietà le balenò in mente, ma un'istante dopo se n'era andata. Mallory cercò di recuperare l'immagine, ma vide solo forme vaghe in lontananza. «Non mi ricordo.» Era come se il peso del non sapere le schiacciasse il petto, e il suo respiro si fece affannoso. Lottò per riempire i polmoni d'aria.

«Un'ultima domanda.» La voce di Frazer la strappò dalla sua lotta per respirare. «Quando la sveglierò, non si ricorderà di questa domanda.» Lei s'immobilizzò, mentre la pressione cresceva nei suoi polmoni. «Perché sta lavorando qui all'Unità di Analisi Comportamentale?»

Dei campanelli d'allarme le perforarono il cervello, che la svegliò, scuotendola come un cane bagnato che esce da un lago. Infine, trasse un lungo respiro, aprì gli occhi e li piantò in quelli di lui. «Sto cercando giustizia. Lei perché è qui?»

———

Alex era seduto di fronte all'Agente Speciale Felicia Barton, in una sala riunioni con un'enorme finestra che offriva una vista magnifica sulle campagne della Virginia. Gli piaceva la Virginia. La storia. Il verde rigoglioso e tranquillo. Amava il cambiamento delle stagioni. Anche l'autunno inoltrato possedeva una propria bellezza tenue, evanescente.

«Non so perché lei mi stia interrogando» disse cauto.

«Ho solo qualche domanda da farle.»

L'agente Barton tirò fuori un registratore dalla tasca e annotò un paio di dati, come il suo nome e la sua data di nascita.

«Sono curiosa di sapere come ha ottenuto la Croce al Valor Militare, Mr Parker.»

Quel giorno aveva rappresentato un punto di svolta nella sua vita di cui non parlava mai. Cinque dei suoi migliori amici erano morti in combattimento, altri due avevano subito danni irreparabili e lui non si era fatto nemmeno un graffio.

Picchiettò le dita sul tavolo. Il senso di colpa del sopravvissuto. Sapeva tutto al riguardo. «Ha richiesto il mio dossier all'esercito?»

«Ho inviato una richiesta, ma ci vorrà tempo. Lei è qui ora e questo mi risparmierebbe qualche problema.»

Alex si passò una mano tra i corti capelli. «In gran parte è ancora secretato.»

«Perché?»

Perché la CIA aveva fatto una cazzata. Quando lui li aveva affrontati, avevano replicato con l'offerta di un altro lavoro per vedere se l'avrebbe svolto meglio di quello precedente. E lui aveva fatto meglio, almeno fino a quel trafficante d'armi. «Sicurezza nazionale.»

L'attenzione della donna si concentrò su di lui. «Credo lei possa supporre che ho un'autorizzazione adeguata.»

«In tal caso le manderanno il dossier.» Alex strinse gli occhi. «Poiché sono io che rischio un'azione penale per aver rivelato i segreti del mio Paese nel caso lei stesse mentendo, Agente Barton, con tutto il rispetto, rifiuto di darle informazioni su quella missione.» Perché sicuro come la morte, non voleva parlarne.

I muscoli intorno alla bocca della donna si tesero visibilmente sotto la pelle. «Quando ha fatto ritorno nel Paese?»

«Ho lasciato l'esercito nel 2005. Insieme a due amici abbiamo creato un'agenzia per la sicurezza…»

«Che tipo di sicurezza?»

«Di tutti i tipi. Protezione personale con guardie del corpo, sistemi di allarme e monitoraggio, consulenze sulla protezione di edifici importanti in termini di infrastrutture e sicurezza informatica.»

«Quello è il suo lavoro, giusto?»

Lui annuì. Picchiettò di nuovo le dita sul tavolo. «I ragazzi che lavorano per me sono le vere menti dell'operazione. A me resta solo da fare bella figura.»

«E guidare il macchinone di lusso.»

«Uno dei miei dipendenti ha una Maserati. Ha bisogno di un

lavoro, Agente Barton? O solo di una macchina nuova? Sono sicuro che potrei aiutarla.»

Un piccolo fuoco si accese negli occhi della donna. «Ricorda cosa le ho detto sulle persone che ottengono il lavoro grazie a delle conoscenze?»

Lui sorrise.

«Quindi, è un no, ma grazie.» Ora la sua espressione era di ghiaccio.

«Se cambia idea, mi faccia sapere.»

Lo sguardo sul volto della Barton diceva "certo, quando l'inferno gelerà". Si prese un attimo per calmarsi, come se si fosse appena resa conto che lui aveva dirottato l'interrogatorio. «Così, non ha intenzione di dirmi come ha ricevuto la medaglia al valore ed è un po' vago sull'esatta natura del suo lavoro...»

«Non è vero.» Alex si protese in avanti. «Posso parlarle del mio lavoro in ogni minimo dettaglio, ma non capirebbe.»

Le narici della donna fremettero. Non le piaceva sentirsi dire di non essere abbastanza intelligente. L'agente Barton aveva un sacco di punti deboli che lui avrebbe potuto colpire.

«Può dirmi come ha conosciuto l'Agente Speciale Rooney?»

«Certo. Un mio vecchio amico e compagno d'armi, l'Agente Speciale Lucas Randall, mi chiese di partecipare a un briefing del Gruppo Informativo sul Controspionaggio presso la divisione dell'FBI di Charlotte.» Sbirciò negli appunti della Barton. «Randall con due "l".»

Lei digrignò i denti in maniera udibile.

«Randall mi ha presentato Mallory, che lavorava con lui a Charlotte e che conosceva sin da quando era una bambina.»

«Lei conosceva Randall o la Rooney quando era bambino?»

«No.» Alex si acciglò. La linea dell'interrogatorio stava cominciando ad acquisire un senso. Non erano interessati alle sue attività di vigilante, ma se non fosse stato attento avrebbe comunque potuto lasciarsi sfuggire qualcosa. Era stato stupido a non esserselo aspettato. «Sono cresciuto nel Midwest. Ho conosciuto

Randall quando fummo dislocati in Afghanistan. Le ho già detto come e quando ho conosciuto Mallory.»

«Lei ha trentaquattro anni, Mr Parker?»

«Sì, signora.»

«Quindi quanti ne aveva nel '95, sedici?»

«Nel '95? Cristo, riesco a malapena a ricordare dove fossi nel '95. Al liceo, credo. Dove vuole andare a parare?»

Due occhi neri inchiodarono i suoi. «Mai stato in West Virginia, Mr Parker?»

«Non posso dire di esserci stato.» Sapeva perfettamente dove la donna stava andando a parare, ma non aveva alcuna intenzione di renderle la cosa facile.

«Ha famiglia?»

La bocca di Alex divenne secca. Non gli importava nulla della propria reputazione, ma di certo non avrebbe permesso a nessuno di infangare quella della sua famiglia. «Mia madre morì quando avevo quattordici anni. Mio nonno morì un anno dopo. Dopodiché, rimasi nelle mani dello Stato finché non andai all'università.» Si protese in avanti, sostenendo lo sguardo della donna. «Né mia madre né mio nonno si recarono mai in West Virginia, e nessuno di loro ha rapito Payton Rooney.»

L'espressione della Barton si fece rilassata e al tempo stesso esasperata. «Deve capire che ora è palese che Mallory sia stata presa di mira da qualcuno *coinvolto*,» pose l'accento su quella parola, «nel rapimento di Payton Rooney. Dobbiamo controllare tutte le sue relazioni più strette. Soprattutto quelle iniziate di recente.»

«Non devo capire proprio niente, se intende coinvolgere la mia famiglia. Forse dovrei chiamare il mio avvocato?»

Gli occhi della donna si spalancarono, forse perché si era appena resa conto che lui non era neanche lontanamente il pollo che si era aspettata. «Bene. Chiariamo subito le cose. Dove si trovava domenica 9 novembre?»

La notte in cui Lindsey Keeble era stata rapita. La stessa notte in cui Alex aveva ucciso Meacher. «E questo in che modo chiarirebbe le cose?» Lui non avrebbe dovuto conoscere l'itinerario del killer delle iniziali PR.

«Risponda semplicemente alla domanda, Mr Parker.»

«Ero a Washington. Sono andato a cena con un'amica. Sono partito la mattina successiva alle quattro per raggiungere Charlotte e partecipare a quell'incontro.» I dati del suo GPS e del cellulare avrebbero confermato ogni parola, il che dimostrava che se sapevi ciò che stavi facendo, potevi trovarti in due posti nello stesso momento.

«Una sua frequentazione?»

Non disse nulla, lui e Jane uscivano insieme qualche volta come copertura durante i loro incontri.

Lei attese con impazienza. «Un nome e un indirizzo sarebbero molto utili.»

Merda. Scrisse il nome di Jane Sanders, il suo indirizzo e numero di telefono su un pezzo di carta. Non voleva che Mallory ne venisse a conoscenza. Improvvisamente, la stanza si fece troppo calda. Le cose si stavano complicando. Alzò lo sguardo verso la porta ed ecco che lì c'era Mallory e sembrava furiosa per lui.

La Barton si lanciò un'occhiata alle spalle. «Dovrò confermare il suo alibi, signor Parker. Non la prenda sul personale.»

«Perché dovrei?» rispose lui senza staccare gli occhi da quelli di Mallory. «Sta solo facendo il suo lavoro, no?»

«Andiamocene, Alex. Mi dispiace tu abbia dovuto subire tutto questo» disse Mallory.

Lui spinse indietro la sedia e ignorò la Barton. «L'unica cosa di cui mi importa sei tu e l'assicurarmi che questo pezzo di merda venga preso.» Quando fu sulla soglia, si girò a guardare la Barton, mentre la donna stava ancora scribacchiando alcuni appunti. «Finché i tuoi colleghi saranno su questa stessa lunghezza d'onda, andremo d'accordo.»

L'espressione sul viso di Mallory raccontava un'altra storia. Gli toccò il braccio e si avvicinò al suo orecchio. «Se si trattasse di una gara su chi ha maggiormente la mia fiducia... fra te o loro...» Le sue labbra gli sfiorarono l'orecchio e una scarica di sensazioni lo attraversò da capo a piedi. «Sono sicura che saresti in vantaggio tu.»

La Barton li osservò mentre uscivano e se ne andavano e Alex capì che avrebbe continuato a scavare. Qualunque fossero le sue preoccupazioni su Jane e Mallory, avrebbe fatto bene ad assicurarsi che il suo dannato alibi reggesse.

<h1 style="text-align:center">14</h1>

Ce l'aveva con sé ormai da un paio di settimane. Aveva superato i vari test e aveva resistito molto più a lungo di tutte le altre e lui stava iniziando a pensare che davvero potesse essere quella giusta. Si era fatto la doccia, aveva messo un po' di acqua di colonia, si era infilato un cappello di lana e la giacca di montone, poi aveva raccolto i fiori che aveva comprato.

Aveva lavorato senza sosta negli ultimi giorni e non era riuscito ad andare a farle visita. Lei aveva acqua e cibo, ma se si fosse ammalata come era successo a Payton...

I suoi stivali scricchiolavano sulle foglie morte del bosco, ora più velocemente. Era buio, ma conosceva il percorso così bene che finché la luna avesse continuato a splendere, non aveva nemmeno bisogno di una torcia.

Era stato lui il poliziotto che aveva trovato la macchina di Lindsey Keeble e la cosa gli aveva fatto guadagnare molti punti all'interno del dipartimento. Aveva immaginato che sarebbe stata solo questione di tempo prima che qualcuno la vedesse, tanto valeva usare i suoi problemi a proprio vantaggio. Lindsey era stata una cagna con una lingua in grado di tagliare persino i muri. Cavolo, quanto desiderava non averla presa. Troppa fatica. Troppo vicina a casa. Ma forse era stata predestinata per un'altra ragione, perché Mallory Rooney avrebbe partecipato al suo funerale il giorno seguente.

Doveva prenderla?

L'idea di tenere due donne contemporaneamente ora occupava le sue fantasie. Non era strano, per un uomo, desiderare di farlo con due donne nello stesso momento, ma questo era più rischioso. Avrebbe dovuto tenere Mallory sotto controllo, fisicamente e mentalmente. Magari crearle una dipendenza da eroina e assicurarsi che dipendesse da lui per avere una dose. Questo poteva renderla malleabile.

Gli piaceva l'idea.

Quando Payton era viva, non aveva mai contemplato l'idea di tenere due donne, ma doveva trovare un modo per andare avanti e vivere il resto della sua vita senza precipitare negli abissi della pazzia.

Inciampò su un bastone. «Merda!» Ecco cosa succedeva a non prestare attenzione. Magari avrebbe semplicemente ucciso Mallory. Il pensiero che lei non rispettasse la memoria di sua sorella lo faceva fumare di rabbia. Ma non poteva ucciderla senza averle dato almeno una possibilità di redimersi, perché Payton le aveva voluto così tanto bene. E forse era come Kari e aveva solo bisogno di essere guidata.

Aveva piantato un anello di metallo nel muro della miniera abbandonata. Aveva una catena per tenerla rinchiusa, ma doveva ancora rinforzare la porta del capanno per gli attrezzi. Finché non avesse mostrato a Mallory il suo volto, poteva rischiare di tenerla da qualche parte in quel modo. Kari però sarebbe dovuta rimanere nel rifugio. Se mai fosse scappata, avrebbe potuto identificarlo e lui non voleva rischiare di perdere la sua libertà.

Kari era dolce. Sembrava non preoccuparsi troppo di quell'alloggio spartano e lui poteva sempre ravvivare un po' il posto. Se avesse avuto un bambino, avrebbe escogitato un altro piano. Magari trasferirsi da qualche parte in un luogo remoto, dove avrebbe potuto costruire una sorta di base... oppure unirsi a una di quelle milizie con Kari come sua moglie?

Già. A partire da quella sera stessa, avrebbe tentato di metterla incinta. Non c'era ragione di aspettare oltre.

Quell'idea lo fece diventare così duro che il suo membro cominciò a pulsare.

Arrivò alla pila di legna e rimase lì per un attimo, per assicurarsi che non ci fosse nessuno nelle vicinanze. Se era riuscito a non farsi scoprire per tutti quegli anni, lo doveva al fatto di essere sempre stato prudente.

Quella sera il bosco era insolitamente silenzioso, la morsa del primo gelo rigido dell'inverno cominciava a farsi sentire sul serio. Tirando indietro la leva, sollevò il coperchio della botola e si allungò a cercare la torcia situata appena all'interno. Girò la leva dell'interruttore, ma non accadde nulla. Probabilmente si era bruciata la lampadina. Scosse la torcia e sentì qualcosa sferragliare all'interno dell'involucro di plastica. Cazzo.

Il rifugio era immerso nel buio. Buio pesto. *Ma che diavolo?* Forse la lampada a petrolio si era esaurita?

«Ehi laggiù! Tutto bene?» Scese i gradini con prudenza al buio. Quel silenzio lo stava mandando nel panico. Merda, Kari stava bene? Si allungò per prendere un'altra torcia che teneva su una delle mensole collocate su una parete. Procedette a tentoni, facendo cadere dei libri e una tazza. Dove cazzo era quell'aggeggio? E perché lei non rispondeva?

Qualcosa lo colpì alla tempia e un ginocchio entrò in collisione con le sue palle, e una bruciante agonia sembrò tagliarlo in due. I fiori caddero dalle sue mani mentre lui precipitava come un blocco di cemento e andava a sbattere la testa contro il bordo del letto. Si raggomitolò in posizione fetale. Porca *merda*. Il dolore era lancinante, tutto il suo corpo si ricoprì di sudore e cominciò ad avere conati di vomito.

Udì dei piedi muoversi veloci dietro di lui, curiosamente non vi era traccia del rumore della catena. *Merda.* Si era liberata. Gli aveva teso una trappola. Maledetta cagna. Se non avesse mosso il culo, l'avrebbe rinchiuso laggiù e poi sarebbe corsa alla polizia, da quella puttana piagnucolosa che era in realtà.

Si rimise faticosamente in piedi, mentre lei si affrettava su per la scala. Riuscì a infilare una spalla nell'apertura proprio mentre lei cercava di richiudere il coperchio di legno.

«Torna qui!» Dal suono della sua voce sembrava che lo avessero strangolato. Merda. Le palle gli facevano male.

Si lanciò in avanti per afferrarle la caviglia, ma lei riuscì ad allontanarsi con un salto. Il suo gridolino di paura lo fece urlare forte. Poi la sentì correre via. Maledetta puttana bugiarda e falsa. Si precipitò su per la scala, chiuse il coperchio del rifugio dietro di sé e si mise a inseguirla. Si costrinse a non correre e a fare dei respiri calmi e profondi, anche se la rabbia aumentava dentro di lui e lo avviluppava.

Era stato un idiota. Lo aveva ingannato perché si fidasse di lei, quando lui sapeva che non avrebbe dovuto farlo.

La ragazza lanciò un urlo nell'oscurità, facendo così rumore che anche un cieco avrebbe potuto seguirlo. Si stava dirigendo a nord-ovest. Lui intravide di sfuggita un frammento di pelle bianca nel buio e cominciò a correre.

Ci era cresciuto in quei boschi. Ne conosceva ogni centimetro, in ogni stagione. Lei non aveva alcuna possibilità.

Stava guadagnando terreno ma decise di fare il giro intorno, così da arrivarle davanti. Avanzò più veloce di lei nella corsa, superandola, e attese dietro a un albero, nascosto dall'oscurità. Ma il rumore dei suoi passi aveva virato verso est e all'improvviso Kari sembrò essersi allontanata, invece che avvicinata. *Cavolo.* Doveva aver visto la luce che proveniva dalla proprietà dei McCafferty, situata intorno ai margini del bosco. Riprese a correre, incurante del terreno accidentato e dei rami che gli sferzavano il viso.

Sprofondò con un piede in una buca e cadde rovinosamente a terra. Sbatté con il mento in mezzo al terriccio e una luce bianca gli esplose nel cervello. Il cuore gli martellava nel petto. *Signore onnipotente.* La paura gli invase la mente, mandando in frantumi tutti i suoi piani studiati nei minimi dettagli.

Figliodiputtana.

Gran figlio di una puttana!

Si alzò in piedi. Controllò la caviglia che gli faceva male, ma non era rotta. Prese a camminare velocemente. Zoppicava, ma era talmente arrabbiato da non sentire dolore. La furia bruciava dentro di lui in una calda fiamma rossa che gli dava la spinta.

Ci fu un rumore di tonfi sordi. Un picchiare disperato di pugni contro il legno.

«Aiuto! Aiutatemi!»

Fa' che non sia in casa. Fa' che non sia in casa. Fa' che non sia in casa. Era a circa cinque metri dal cottage quando la porta si aprì. Kari si voltò e lui vide che i suoi disperati occhi terrorizzati lo scorgevano nell'oscurità. Lui non smise mai di muoversi. La ragazza s'intrufolò oltre la signora McCafferty e cercò di chiudere la porta dietro di loro, ma l'anziana signora glielo impedì.

«Mi aiuti. Mi aiuti! Mi ha rapita e stuprata. La prego mi aiuti!»

«Chi sei? Esci da casa mia.»

E poi lui fu lì ed entrò diretto dentro la baita spartana. «Va tutto bene, Mrs Mac. È al sicuro. Riporterò questa donna in custodia immediatamente.»

«Sta mentendo!» Gli occhi di Kari erano enormi mentre scappava da lui e afferrava la cornetta del telefono attaccato al muro.

«Grazie a Dio è qui.» L'anziana signora si appoggiò una mano sulla gola. «È una fuggitiva? Sembra pericolosa.»

«Non deve preoccuparsi.» Lui sfilò il telefono dalla mano di Kari e lei indietreggiò, facendosi piccola e tremando di freddo e terrore. Aprì la bocca come per implorare aiuto, ma non uscì alcun suono.

«Mr Mac è a casa? Di sicuro potrebbe darmi una mano con questa qui.»

«È andato in città. Ha deciso di andare alla taverna per ascoltare quella band bluegrass che suona stasera. Io avevo mal di testa, così gli ho detto di andare da solo. Lei chi è?» Mrs McCafferty indicò con un cenno del capo Kari, che stava guardando l'uomo con espressione disperata. «Una vagabonda?» Il tono della vecchia signora era sprezzante, cosa che lui trovò ironica considerato quanto la donna fosse pia in chiesa tutte le settimane.

Adocchiò il portacoltelli e ne estrasse uno, testandone l'affilatezza con il pollice. «È una pericolosa criminale, ma lei non deve preoccuparsi.»

«Oh mio…»

Affondò il coltello nell'addome della signora McCafferty, girandolo verso l'alto. Sostenne la donna mentre questa si accasciava contro di lui, aggrappandosi flebilmente ai suoi vestiti, mentre si contorceva e veniva colta dagli spasmi. Il sangue caldo gli impregnò la maglia e i jeans, trapassandoli, e gli arrivò alla pelle. Questo era il motivo per cui non gli piacevano i coltelli. Facevano troppo casino. Lasciavano troppe tracce.

«Hai visto cos'hai fatto?» disse a Kari con una smorfia. «Conoscevo questa donna fin da quando ero bambino e per colpa tua, è morta.»

Lei se ne stava in cucina a fissarlo a bocca aperta mentre Mrs McCafferty moriva dissanguata tra le sue braccia. *Stupida puttana.*

«E quando i poliziotti la troveranno,» lasciò scivolare dolcemente il corpo di Mrs McCafferty sul pavimento, «daranno la colpa a te.» Si lavò le mani, poi tolse le proprie impronte e il proprio DNA dal rubinetto e dal telefono.

Si voltò verso Kari, deluso. Aveva rovinato tutto. La stronza cominciò a scuotere la testa e ad allontanarsi, ma non c'era alcuna via di scampo nella piccola cucina. Lui la raggiunse e la colpì con il manico del coltello sulla tempia. Lei cadde a terra come un sacco. Rovistando nei cassetti, attento a non lasciare impronte, trovò del nastro adesivo e lo usò per legarle le mani dietro la schiena. Le afferrò i capelli e le tirò indietro la testa, poi osservò i suoi occhi. Era svenuta.

Le mise il nastro adesivo sulla bocca. Non aveva ancora finito con lei, le avrebbe dato una lezione sul prezzo del tradimento. Ma doveva aspettare. Doveva assicurarsi che le prossime ventiquattro ore andassero esattamente come pianificato, perché non voleva essere arrestato per omicidio. Preferiva morire lì e in quel momento, piuttosto che essere sbattuto dentro in mezzo alla feccia.

Chiuse a chiave la porta della cucina, spense tutte le luci e rimosse la lampadina dal lampadario in corridoio. Nel frattempo mise a soqquadro la casa nel modo in cui avrebbe fatto un ladro, cercando denaro e beni facilmente trasportabili che avrebbe scaricato non appena ne avesse avuto la possibilità. Passarono trenta minuti prima che sentisse una macchina entrare nel vialetto. Il sangue si era seccato e incrostato sulla sua pelle e gli prudeva incredibilmente.

Il vecchio Mr McCafferty attraversò la porta, un po' barcollante a causa dell'alcol – non avrebbe neanche dovuto mettersi al volante – ma forse questa circostanza avrebbe reso meno doloroso ciò che stava per succedere. Mentre l'anziano uomo cercava di liberarsi della pesante giacca invernale, lui lo afferrò per i capelli, tirandogli indietro la testa. «Mi dispiace» mormorò. Poi affondò il coltello nella gola dell'uomo.

Uno spruzzo di sangue caldo lo colpì su una guancia e gli colò lungo il collo. Il vecchio era morto prima ancora di toccare terra.

Chiuse la porta d'ingresso, dopodiché rovistò nelle tasche dell'uomo e prese il suo portafoglio. La vista del corpo gli faceva attorcigliare lo stomaco. Usando dei panni di carta assorbente, pulì il coltello, poi premette i polpastrelli di Kari sul manico, prima di lasciar cadere l'arma di fianco al corpo di Mr McCafferty. Si mise i panni di carta in tasca mentre raggiungeva la cucina, cercando di evitare di pestare le grosse pozze di sangue. Le sue impronte erano visibili, ma tentare di pulire la scena, avrebbe dato meno l'idea di un'aggressione casuale. Avrebbe gettato via le scarpe e i vestiti. Li avrebbe bruciati da qualche altra parte, lontano da quei boschi. Emise un sospiro. Conosceva quelle persone da tutta la vita e si erano costruiti quella baita solo pochi anni prima per trascorrervi la vecchiaia. Erano brave persone. Era una dannata vergogna.

Doveva assicurarsi che il rifugio fosse ben nascosto in caso la polizia avesse cominciato a fare ricerche nel bosco, anche se lui avrebbe cercato di depistarli. Tornò in cucina e si issò Kari sulla spalla. Era floscia. Sperava davvero di non averla ammazzata, perché aveva tutta l'intenzione di farle desiderare di non aver mai provato a scappare. Quando avrebbe finito con lei, avrebbe desiderato di essere morta.

E poi, se fosse stata fortunata, l'avrebbe uccisa.

———

Appena quattro giorni dopo il Ringraziamento non era di certo un buon periodo per un genitore per seppellire un figlio. Ma non c'era mai un buon periodo.

La chiesa apparteneva ai metodisti, aveva un campanile e un tetto di stagno verde. Il portico sulla facciata era supportato da quattro colonne bianche. Le membra spoglie di tre aceri l'avvolgevano in un abbraccio protettivo.

Il cimitero era sul retro della chiesa. File su file di vecchi lotti di famiglia contrassegnati da semplici croci bianche.

Bryce Keeble stava di fianco alla bara bianca di Lindsey, ricurvo come un vecchio. Le sclere dei suoi occhi erano ancora arrossate dal pianto. La pelle era grigia. Il dolore era impresso sui suoi lineamenti come graffiti. Alcune verità erano talmente immani che non potevano non provocare cambiamenti fisici.

Ignorava tutti, tranne la sua amatissima figlia.

Il pastore stava dicendo alcune preghiere per l'anima di Lindsey, ma Mallory dubitava che l'anima della ragazza fosse in pericolo. Era stata una brava ragazza. Una giovane donna in procinto di iniziare una vita migliore. Nessuno aveva il diritto di portargliela via. Nessuno aveva il diritto di distruggere qualcosa di inestimabile e prezioso.

Guardare quella bara costringeva Mallory ad affrontare alcune dure realtà personali. Per quanto quel funerale fosse doloroso, per quanto seppellire una persona cara fosse brutto, non poterla seppellire era peggio. Vederla sparire come fumo nella pioggia e non avere mai più notizie sulla sua sorte era molto peggio. Il pensiero dei resti di Payton che venivano abbandonati da qualche parte era come una piaga ulcerosa nelle sue viscere.

Ma non avrebbe condiviso quei pensieri con nessun altro, specialmente non quel giorno. Era il momento del *loro* dolore. Si trattava della *loro* perdita. La sua era vecchia e radicata. La loro era una ferita sanguinante ancora fresca.

Mallory rimase dietro un gruppo di persone, rabbrividendo nonostante lo spesso cappotto di lana. I suoi stivali di pelle facevano scricchiolare l'erba sotto i suoi piedi. L'inverno stava colpendo duramente il West Virginia. Lei non avrebbe permesso che questo ostacolasse le loro indagini, ma forse avrebbe potuto rallentare il serial killer.

E magari lei si stava arrampicando sugli specchi.

Era arrivata presto e aveva scattato delle fotografie nella privacy della sua macchina mentre le persone sopraggiungevano per il servizio funebre. Non aveva riconosciuto nessuno dei partecipanti, ad eccezione di alcuni dei poliziotti che aveva incontrato la settimana precedente. Sarebbe andata a parlare con loro dopo le esequie per vedere se avevano scoperto qualcosa di nuovo.

Alex era al suo fianco e le offriva il suo sostegno silenzioso come se avesse fatto parte della sua vita da sempre. Aveva respinto le sue obiezioni sul fatto che per lei si trattava di lavoro e si era offerto di accompagnarla così da poterla ragguagliare sui punti deboli della sua sicurezza personale. In realtà era una buona idea, ma non ne avrebbe certo parlato con i suoi colleghi a Quantico.

Non era certa della direzione che "loro" come coppia stessero prendendo, ma in quel momento era disposta a correre il rischio per qualcosa, qualunque cosa, che le desse un momento di tregua da quella matassa ingarbugliata di presente e passato che era diventata la sua vita. Non sapeva cosa provasse Alex per lei, sapeva solo che dopo essere stato torchiato dalla Barton il giorno prima, non era scappato a gambe levate e non aveva dato di matto come una femminuccia.

Era rimasto.

Mallory era sicura che si stava innamorando di lui e questo non le era mai successo prima. Certo, era uscita con qualcuno all'università e aveva avuto dei ragazzi, ma non le era mai capitato di provare la sensazione di lanciarsi da una scogliera direttamente in una sorta di montagne russe di emozioni.

Ciò la spaventava a morte.

Una parte di lei voleva reggersi forte e stare a vedere dove sarebbe andata a finire. L'altra parte invece voleva del tempo e dello spazio per cercare di capire esattamente la situazione. Ma se c'era una cosa che aveva imparato negli anni era che non sempre il tempo e lo spazio portavano delle risposte.

Tutto ciò che sapeva per certo era che Alex era magnifico, sexy, favoloso a letto, e persino simpatico e gentile. In pratica, troppo bello per essere vero. Come gli aveva detto l'altro giorno, Alex aveva un sacco di doti e Mallory aveva deciso che, nonostante la responsabilità che sentiva verso sua sorella, sarebbe stata una pazza a non dare una possibilità alla scintilla che c'era tra di loro, perché occasioni come quella non capitavano tutti i giorni nella vita.

Non che avrebbe potuto smuoverlo da lì, nemmeno se avesse voluto. Mallory dubitava che quell'assassino avrebbe davvero tentato di rapire un'agente federale in pieno giorno. Considerando che era addestrata nelle arti marziali e portava con sé un TASER, due Glock e il distintivo dell'FBI, si sentiva un po' ridicola ad avergli permesso di accompagnarla. Ma dato che non sapeva di chi poteva fidarsi tra i suoi colleghi federali, era bello avere qualcuno che le guardasse le spalle. Il fatto che quello psicopatico fosse là fuori le dava i brividi, ma era anche un'opportunità.

Bryce Keeble singhiozzava mentre la bara di Lindsey veniva calata nella terra. Nascoste nelle pieghe dei loro pesanti cappotti, le dita di Alex trovarono ancora una volta le sue, offrendole un sostegno silenzioso. Mallory batté le palpebre per ricacciare indietro l'improvvisa ondata di lacrime. Era lì in veste professionale e per quanto fosse difficile, voleva fare del suo meglio per Lindsey e per tutte le altre donne che quel Soggetto Ignoto aveva ucciso.

Si sentì gli occhi puntati addosso e rivolse lo sguardo verso lo Sceriffo Williams e un paio di agenti che se ne stavano con il capo chino. Sean Kennedy incontrò i suoi occhi e lei gli fece un cenno di saluto con il capo. Lui ricambiò a sua volta, ma c'era una sorta di impazienza nella sua postura, una tensione sul volto che suggeriva che era successo qualcosa, qualcosa che andava oltre il seppellire la vittima di un omicidio a sangue freddo.

L'adrenalina prese a scorrere sulla pelle di Mallory. Forse avevano portato dentro qualcuno per interrogarlo, o avevano identificato un sospettato?

Il pastore cominciò la fase conclusiva della cerimonia e lei spostò il peso da un piede all'altro. Alex le lasciò andare la mano, che Mallory infilò in tasca, sentendo immediatamente la mancanza del suo calore.

Mentre i presenti iniziavano ad allontanarsi, lei rimase indietro, poi si fece strada verso lo Sceriffo Williams, che la stava aspettando.

«Agente Speciale Rooney. È gentile da parte sua aver fatto tutta quella strada per venire qui» disse lui con un sorriso, ma sapeva che osservare da vicino i partecipanti al funerale di una vittima di un omicidio irrisolto era una procedura standard. Lui e i suoi avrebbero fatto lo stesso.

«Sceriffo. Tenente Kennedy. Agente Chance.» Rivolse un cenno del capo agli agenti che riconobbe dalla visita della settimana precedente e presentò loro Alex come un consulente dell'FBI, ma non entrò nei dettagli del suo ruolo. «Qualche sviluppo?»

«C'è stato un avvenimento, ma non sappiamo ancora se sia collegato in qualche modo all'omicidio di Lindsey Keeble. Ha saputo che abbiamo trovato la sua macchina?»

Mallory scosse la testa. «La scientifica ha trovato qualche impronta?»

«Stanno ancora analizzando quel coso. Ci vorranno alcuni giorni per avere i risultati.»

In che modo l'assassino le attirava fuori dalle loro auto?

«Qual è l'avvenimento di cui parlava?» chiese Alex di fianco a lei.

Lo sceriffo lo squadrò dalla testa ai piedi, poi tornò a guardare Mallory. «Un duplice omicidio.»

«Non pensate che sia collegato?» Alex parlava con la stessa fredda autorità che aveva mostrato Frazer. Doveva essere un gene che avevano in comune.

«È troppo presto per dirlo con certezza, ma si tratta di un tipo di crimine completamente diverso. Sembra una rapina finita male. Nessun segno di aggressione sessuale. Due anziani accoltellati a morte. La nipote li ha trovati questa mattina.»

«Posso vedere la scena?» chiese Mallory.

«Certo, devo tornarci proprio ora.» La radio dello sceriffo gracchiò e lui abbassò il volume. «Una scena orribile. È meglio che si prepari. C'è moltissimo sangue sparso ovunque.»

Mallory annuì anche se il suo stomaco si rivoltò. Quello era il suo lavoro.

«Abbiamo delle impronte sull'arma del delitto. Le stanno analizzando proprio ora.»

«Con un po' di fortuna, saranno nel sistema» disse Mallory. Poi aggiunse: «Vi seguiremo sul posto.»

I partecipanti al funerale se n'erano andati da tempo e i becchini stavano iniziando a gettare la terra sulla bara di Lindsey. Il suono del terriccio che colpiva il legno della bara era un tonfo sordo che riecheggiava nel petto di Mallory. La morte era così definitiva. L'audacia dell'assassino la colpì con rinnovato vigore.

Lei e Alex salirono in macchina e seguirono lo sceriffo lungo strade di campagna che Mallory non aveva mai percorso prima. Alex non cercò di fare conversazione e lei apprezzò molto quel silenzio. Alberi spogli e colline la circondavano, i monti Allegani si preparavano all'inverno. C'erano delle case tra gli alberi, lontane dalla strada e lontane tra di loro. Se un assassino avesse voluto nascondersi in questo stato scarsamente popolato, non avrebbe avuto alcuna difficoltà. La risata di sua sorella stuzzicava i confini della sua mente.

Sul pigiama e sull'anello che l'assassino aveva fatto pervenire c'erano tracce del DNA di Payton – il DNA di Mallory – ma nient'altro. Il laboratorio si stava impegnando al massimo per trovare tracce di DNA da contatto che fosse stato trasferito sull'involucro di plastica e sulla busta. Non era molto a cui aggrapparsi, ma era meglio di niente.

Mallory guidò lungo un'altra strada tranquilla, poi lo sceriffo svoltò a sinistra e parcheggiò la macchina sul ciglio della strada. Lei fece altrettanto.

Si slacciò la cintura di sicurezza. «È meglio che tu rimanga qui.»

Alex scrutò i boschi silenziosi e la moltitudine di macchine della polizia che stavano occupando la strada. «Dovresti essere abbastanza al sicuro. Portati il cellulare.» Lui tirò fuori il suo telefono. «È un miracolo, ma c'è segnale.» Prese il suo portatile dal sedile posteriore. «Mettici tutto il tempo che ti serve. Ho molto lavoro da fare.»

La bocca di Mallory divenne secca. Come poteva non innamorarsi di un uomo che faceva di tutto per proteggerla, dandole al tempo stesso lo spazio di cui aveva bisogno per svolgere il proprio lavoro? Le bastava guardarlo per provare un desiderio quasi doloroso. «Dimmi che non sei perfetto come sembri, Alex.»

«Non mi avvicino neanche a essere perfetto.» I suoi occhi grigio-blu si oscurarono. «Ma non sono neanche un completo bastardo.»

Lei si lasciò scappare una risatina sommessa e aprì la portiera prima che le venisse da fare qualcosa di poco professionale come baciarlo su una scena del crimine. Non voleva essere quel tipo di agente delle forze dell'ordine, a prescindere da quanto fosse grata. O innamorata.

Si diresse verso i due agenti di cui si ricordava. «Conoscevate le vittime?»

«Questo è il West Virginia, signora. Tutti conoscono tutti.» L'agente Chance le rivolse uno sguardo che diceva chiaramente quanto la situazione fosse difficile per lui.

Non era mai facile lavorare su scene del crimine che riguardavano persone che si conoscevano.

Lo sceriffo le fece cenno di raggiungerlo. Lei si scusò con i due agenti, firmò un registro e s'infilò un paio di calzari sopra le scarpe prima di entrare nel rustico cottage dall'aspetto pittoresco.

«Occhio a dove mette i piedi. Un analista delle tracce ematiche arriverà in giornata per aiutarmi a cercare di capire cos'è successo.»

I corpi erano stati rimossi, ma lo sceriffo le porse due ingrandimenti mentre oltrepassava l'ingresso della casa. Mallory osservò le pareti e il pavimento. Un casino di sangue. «Ha colpito un'arteria?»

«Già. Ha reciso la carotide di netto. Bob McCafferty è morto quasi all'istante, che è più di quel che posso dire della sua povera moglie, Angie.»

Mallory lo seguì lungo lo stretto corridoio che portava alla cucina. Sollevò la fotografia e arretrò, sovrapponendo il corpo sulla scena. «L'ha accoltellata da davanti? Pensa che lo conoscesse? Oppure lui l'ha intrappolata in cucina?»

«Non c'erano ferite da difesa. Deve averli colti entrambi di sorpresa. Il coltello da cucina è stato trovato di fianco al corpo di Bob. Pensiamo che l'assassino abbia accoltellato prima Angie e che poi Bob sia arrivato a casa, disturbando il figlio di puttana mentre metteva a soqquadro la casa. Gli amici dicono che fin verso le dieci era alla taverna locale.»

«Sappiamo l'ora della morte?»

«Il medico legale ritiene che il decesso sia avvenuto poco dopo il suo rientro a casa, tra le dieci e le undici, ma è un dato fornito in via non ufficiale, nonché una sua ipotesi formulata a giudicare dalla temperatura del corpo, dalla lividezza e dal rigor mortis.»

«Ha senso però.» E secondo la sua limitata esperienza, i medici legali azzardavano un'ipotesi solo quando erano quasi sicuri di aver ragione.

Lo sceriffo abbassò il mento e la pelle del collo formò diverse pieghe. Era un omone che occupava molto spazio. Mallory lo seguì attraverso la cucina. «Se volessi speculare su ciò che potrebbe essere accaduto, direi che un qualche pezzo di merda di passaggio ha visto la luce accesa e ha deciso di dare un'occhiata. Ha visto un'anziana donna a casa da sola in un cottage isolato e ha pensato bene di ucciderla e svaligiare il posto. Bob lo ha sorpreso, così l'uomo ha ucciso anche lui ed è scappato.»

Era sempre più facile pensare che l'assassino fosse qualcuno di passaggio, piuttosto che qualcuno che si conosceva. Qualcuno che poteva starci simpatico.

Molto sangue si era accumulato e seccato sul pavimento e c'erano perfino delle impronte di scarpe. «Ci sono alcune tracce nitide qui.» Mallory alzò lo sguardo. «Piedi grandi. Se n'è andato dalla porta sul retro?»

Lo sceriffo annuì. «Così sembra. Spero che le impronte digitali di questo figlio di puttana siano nel sistema.»

Lei alzò gli occhi per guardare sul retro della casa. «Avete perlustrato i boschi?»

«Ho mandato un paio di squadre alla ricerca di prove, ma sono trecento acri di foresta. Inoltre, l'assassino ha rubato la macchina dei McCafferty e l'ha usata per scappare. Ho diramato un'allerta per cercare il veicolo.»

Mallory strinse le labbra. Poteva trattarsi del killer delle iniziali PR? Il modus operandi era completamente diverso, ma tutti questi omicidi in una piccola e tranquilla comunità? Era una coincidenza delle dimensioni del Titanic. «Dove si trovano questi boschi sulla mappa? Può farmi vedere così posso orientarmi?»

Lo sceriffo si toccò la cintura. «Posso fare di meglio. Mi segua.»

La condusse fuori dall'ingresso principale, attento a non contaminare le impronte. Lei lo seguì oltre alcuni scalini e girando per superare una catasta di legna. Gli Allegani sorgevano tutt'intorno a loro, freddi e brulli. Un corvo appollaiato su un ramo gracchiò e un brivido di inquietudine le fece accapponare la pelle. Seguì lo sceriffo lungo un sentiero che si snodava attraverso i tronchi maestosi di querce, noci e pini, fuori dalla visuale degli altri poliziotti e di Alex. Il frutto scarlatto dei cornioli offriva l'unica goccia di colore in quella giornata cupa, il loro rosso profondo le ricordava il sangue sparso dappertutto in quella baita rustica.

«Dove stiamo andando, Sceriffo?»

«Lo vedrà.»

Un brivido le percorse la schiena. Le nubi avevano il tipico aspetto che prometteva neve. Con tutta probabilità ci sarebbe stata un'altra spolverata prima della fine della giornata. Finalmente, lo sceriffo si fermò in cima a un'altura. E indicò un punto a nordovest, oltre uno stretto torrente. «Vede quel comignolo laggiù?»

Lei riusciva a distinguere soltanto un'alta pila di mattoni rossi e il suo battito accelerò. «Quella è Eastborne?»

Lui annuì. «La linea di confine della contea scorre in mezzo a questi boschi, ed è il motivo per cui è il Dipartimento della Contea di Greenville ad aver giurisdizione per questo duplice omicidio.» Mallory si voltò a guardare il cottage che era appartenuto alle vittime e il brivido che provava si fece più intenso. Lei aveva corso spensierata per quei boschi tutte le estati, finché Payton non era stata rapita. «Erano quasi i nostri vicini più prossimi, ma non ricordo quelle persone né il cottage.»

Uno scoiattolo sembrò schernirli rumorosamente da un alto trespolo e una famiglia di cervi dalla coda bianca se la diede a gambe in una corsa rumorosa sulle foglie morte.

«I McCafferty avevano costruito quella baita solo cinque anni fa e non c'è alcuna strada che offra un accesso diretto tra la vostra casa e la loro. Brave persone, ma non il tipo da mischiarsi nella "cerchia sociale" dei suoi genitori.»

Mallory si girò lentamente di trecentosessanta gradi. Non riusciva a vedere altro che foresta e, una dopo l'altra, le creste della catena montuosa del West Virginia. Il suo respiro si raggelò quando buttò fuori l'aria. «Quante persone vivono nei dintorni?»

«Ci sono molte case sparse nei boschi. Molte sono vuote. L'intera contea conta circa quindicimila abitanti e il numero sta precipitando. Non c'è abbastanza carbone per attirare nuove persone.»

«Che è ciò che mantiene questo posto così bello.»

«Sì, ma senza una nuova industria la città piano piano sta morendo.» Gli occhi dello sceriffo sembravano tentare di penetrare l'oscurità circostante. «La gente continua a trasferirsi altrove e nessuno fa ritorno.» Compresa la famiglia di Mallory, ora che suo padre stava vendendo la casa di famiglia. «Quando le persone cominceranno a sentire voci di serial killer e duplici omicidi, di certo non aiuterà.» L'uomo fece una smorfia. Il peso dell'intera comunità sulle sue spalle. «Dovrei garantire la sicurezza di queste persone.»

C'era una rabbia in lui che sembrava in conflitto con l'uniforme che indossava.

«Dobbiamo prendere questi criminali» concordò Mallory.

«Assolutamente.» La radio dello sceriffo gracchiò e lui l'avvicinò all'orecchio. «Hanno trovato un riscontro su quelle impronte. Andiamo a vedere chi è il nostro assassino.»

———

Scoprirono così che il loro sospettato era una ragazza di Washington di nome Kari Regent, una diciannovenne di cui era stata denunciata la scomparsa. La ragazza – una laurea in storia presso la Georgetown – avrebbe dovuto incontrare il suo fidanzato a Gainesville un paio di settimane prima. Quella stessa sera, Mallory era andata a letto con Alex per la prima volta. Ma Kari Regent non si era mai presentata all'appuntamento. Il suo ragazzo aveva pensato che avesse cambiato idea perché avevano litigato, i suoi genitori avevano dato per scontato che si trovasse con lui. Passata una settimana in cui non era riuscito a mettersi in contatto con lei, il ragazzo aveva chiamato i genitori e loro avevano contattato la polizia e inserito le impronte di Kari nel database nazionale delle persone scomparse.

Lo sceriffo permise a Mallory di usare il suo ufficio alla Stazione di Polizia di Greenville, che era stipata di scartoffie dal tetto fino al pavimento in linoleum. Mallory stava aspettando che si completasse il download di una fotografia ricevuta per email. Il posto era tranquillo come un mausoleo. Era buio e cupo, perché in quel periodo dell'anno il sole tramontava presto. Premette l'interruttore della luce. Alex era andato a prendere un po' di caffè e qualcosa da mangiare per entrambi. Quando finalmente l'immagine fu scaricata sul computer, la inoltrò a Frazer, poi lo chiamò.

«Agente Speciale Supervisore Frazer» disse lui nel rispondere al telefono.

«Le ho appena mandato la fotografia di una giovane donna nella lista delle persone scomparse.»

«Pensa che sia un'altra vittima?» chiese lui, mentre scaricava la posta. «Ah. Fisicamente corrisponde al suo tipo.»

«È scomparsa da poco più di due settimane. Anche se in completo contrasto con il profilo, stava facendo l'autostop per trovare un passaggio da Washington a Gainesville.» Frazer ascoltava attentamente. Fare l'autostop significava che era una candidata perfetta per il killer delle iniziali PR, anche se si trovava leggermente fuori dalla sua tipica area d'azione. «Il colpo di scena è che le sue impronte sono appena state trovate sull'arma usata per compiere un duplice omicidio tra Greenville e Colby, in West Virginia.»

Frazer grugnì. «La sua città natale, Agente Rooney?»

«Sì. C'è di più. La scena del crimine sembrava una mattanza. Hanno rilevato delle impronte di stivali da uomo misura quarantasei. Kari calza un *trentacinque*. Non hanno trovato le sue impronte da nessuna parte.»

«Gli agenti del posto cosa dicono?»

«Stanno diramando un'allerta nazionale per la ragazza con l'avvertimento che si tratta di una sospetta omicida.»

Frazer imprecò. «Potrebbe essersi imbattuta in qualcuno che l'ha costretta a prendere parte al delitto.»

«Un bel cambiamento comportamentale per una studentessa con ottimi voti, vegana e che non ha mai saltato nemmeno una lezione.»

Ci fu una pausa pesante. «Nessun avvistamento della ragazza?»

«No. La macchina delle vittime è scomparsa. L'ipotesi è che Kari e l'uomo dai piedi grandi siano scappati su quell'auto.»

«Diramerò un'allerta nazionale per la macchina.»

«L'ha fatto lo sceriffo… è solo che c'è qualcosa di strano.»

«Sono molte le cose che sembrano strane.» Si riferiva alla presenza di Mallory nell'Unità di Analisi Comportamentale.

Lei rimase in silenzio. Non c'era niente che potesse dire a quel riguardo. Seguiva degli ordini e non stava approdando a nulla nelle indagini sue e di Hanrahan sulla presenza di una talpa.

«Considerando la prossimità dei luoghi in cui furono rapite sua sorella e Lindsey Keeble, e il basso tasso di criminalità di quella zona, un duplice omicidio è qualcosa di fuori dall'ordinario.»

Mallory guardò Alex entrare dalla porta principale e sprigionare il suo fascino mentre oltrepassava la portineria con in mano dei donut e si faceva strada tra le varie postazioni di lavoro fino ad arrivare a lei, nell'ufficio pieno di vetrate dello Sceriffo Williams. Lei sorrise quando lui le fece l'occhiolino. Era così bello che Mallory si sentiva fremere solo a guardarlo.

«Voglio che rimanga lì stanotte. Domani mattina parlerà di nuovo con gli agenti del posto e io vedrò se nel frattempo riuscirò a venire a capo di qualcosa.»

«Sta scherzando.» Non voleva passare la notte in quel posto.

«Questa potrebbe essere una buona pista, Agente Rooney.»

Mallory percepì una traccia inaspettata di ammirazione nel suo tono, ma non bastò a calmare la sua apprensione. *Ugh.* «Va bene. La chiamerò se scoprirò qualcosa.»

«Mallory?»

«Signore?»

«Se dormirà nella sua vecchia casa, provi a vedere se riesce a ricordare qualcos'altro della notte in cui sua sorella fu rapita.» Una cosa che di solito lei cercava di dimenticare con tutte le sue forze. «Immagino che Alex Parker sia con lei.»

Alex aprì la porta e rimase lì, con quel suo aspetto da dono di Dio. Come diavolo faceva Frazer a saperlo?

«È qui.»

«Ho scoperto come ha ottenuto la Medaglia di Guerra al valor militare.» Inconsciamente, Mallory si preparò. «Il suo Humvee fu attaccato mentre si stavano dirigendo verso quello che doveva essere un pacifico incontro tribale. Fu una trappola, un'imboscata. Furono attaccati in una valle e tagliati fuori dai rinforzi a terra per oltre un'ora. Nessun rinforzo aereo era disponibile. Parker difese la loro posizione, uccise molti ribelli, riuscì a tenere in vita due dei suoi amici gravemente feriti e impedì ai talebani di mutilare i corpi dei suoi compagni. È un uomo coraggioso e il suo alibi è stato verificato, ma…» Gli occhi di Mallory osservarono i contorni delle iridi di Alex farsi più scuri e diffidenti, come se sapesse che stavano parlando di lui. «Questo assassino ha tutta l'intenzione di attirare la sua attenzione. Non abbassi la guardia.»

«La mia Glock farà sì che combatteremo ad armi pari.»

«Bene. Eviti solo di correre rischi inutili» disse Frazer. «Dio solo sa che non ho bisogno di ritrovarmi sommerso dalle scartoffie, se dovesse succederle qualcosa.»

«Accidenti, grazie.»

«Prendiamo questo tizio, Agente Rooney. Mettiamolo in gabbia, il posto giusto per lui.»

Mallory prese un donut dalle mani di Alex. «Può dirlo forte.»

15

———

Ad Alex non piaceva la situazione. Per niente.

Era notte. Stavano guidando verso la casa di famiglia di Mallory sui monti Appalachi, a qualche chilometro di distanza da dove erano avvenuti i recenti omicidi e luogo del rapimento di sua sorella.

Mille pensieri gli esplosero nella mente. Cos'avevano in mente i suoi colleghi?

Se lui non avesse insistito per accompagnarla al funerale di Lindsey Keeble, Mallory si sarebbe trovata lassù, nel West Virginia, da sola. E non importava che fosse un'agente dell'FBI. Quel tizio aveva ucciso più volte, dando prova di non avere scrupoli nel far del male alle persone per alimentare i propri appetiti malati.

Qualcuno avrebbe potuto obiettare che Alex non fosse molto diverso, ma non avrebbero colto il punto. Lavorava per il governo. Il loro governo. Lo stesso governo che avrebbe negato di conoscerlo, se fosse stato preso, ma ciò non cambiava il fatto che lui uccideva solo seguendo gli ordini. Nello stesso modo in cui un cecchino faceva fuori il nemico o i soldati uccidevano in guerra. Tutti sapevano che la CIA agiva in questo modo all'estero. Era davvero una tale forzatura pensare che il governo potesse farlo anche sul proprio suolo?

Poter negare fino alla morte era la chiave di tutto.

Se un assassino professionista avesse fatto fuori il capo militare di quella piccola città nella provincia di Herat, gli uomini della sua unità, i suoi fratelli, non sarebbero stati falciati come fottuti birilli. Era quello il motivo per cui tanti anni prima aveva detto sì alla CIA. Per salvare i suoi concittadini americani. Non sceglieva gli obiettivi per vendetta. Non stuprava, torturava o strangolava le persone per divertimento. Il suo era un lavoro oscuro e lui lo svolgeva nel modo più efficiente e indolore possibile.

Quel serial killer aveva un proprio piano e al momento stava orbitando intorno alla gemella di Payton Rooney come un satellite in procinto di schiantarsi sulla Terra. Alex non avrebbe permesso che a Mallory accadesse qualcosa di male, anche se ogni volta che la guardava negli occhi si affezionava a lei sempre di più.

Ma preferiva spezzarle il cuore piuttosto che vederla ammazzata. Il *suo*, invece, non aveva importanza. Il fatto che ne possedesse ancora uno era una sorpresa spiacevole.

Aveva trascorso la maggior parte della giornata desiderando di baciarla e assaporarla, ma non poteva permettersi una tale distrazione. Non era il momento. Il suo istinto gli gridava che c'era qualcosa di strano in tutta quella situazione. Qualcosa non tornava. «Dovremmo andare in un albergo.»

«Quelli del posto sono pieni, grazie alla stampa.» A cui era giunta voce del duplice omicidio e di un possibile serial killer. «E sarebbe da stupidi, quando la casa di mio padre è appena in cima alla strada.»

In cima alla strada era un termine relativo in West Virginia.

«Inoltre...»

«Cosa?»

Alex la sentì deglutire. «L'Agente Speciale Supervisore Frazer ha suggerito che potrei ricordare più dettagli della notte in cui Payton fu rapita, se mi trovassi nel luogo in cui avvenne.»

E così quel pezzo di merda era disposto a gettarla nella tana del lupo per qualche frammento di informazione. O forse semplicemente si fidava delle abilità di Mallory e Alex si stava comportando da stronzo iperprotettivo? Ma se *lui* avesse voluto uccidere Mallory, avrebbe avuto migliaia di occasioni per farlo – addestramento dell'FBI o meno – e solo l'idea gli faceva venire voglia di vomitare.

Il gioco che il killer stava facendo con lei e la sua famiglia era pericoloso. Ma quel tizio non conosceva la verità su Alex e quella era l'arma segreta di Mallory. Solo che lei non lo sapeva.

«Tu pensi che il killer delle iniziali PR sia la stessa persona che ha ucciso quella coppia la notte scorsa, non è vero?» le chiese.

Lei gli lanciò un'occhiata fugace. «Il modus operandi è diverso… però sì, è quello che penso.»

«Credi che sia uno del posto?»

Lei deglutì, poi annuì. Era quello che pensava anche lui. Se non era uno del posto, era comunque qualcuno che al momento viveva nei paraggi.

Svoltarono in una piccola strada, i fanali illuminavano una via circondata da olmi maestosi. Il paesaggio era desolato, tutto sembrava prepararsi per fronteggiare un lungo e rigido inverno. Alex osservò il profilo di Mallory contornato dalla luce verde fosforescente del cruscotto.

Se fosse stato lui l'assassino, le avrebbe messo un localizzatore nella macchina, così avrebbe saputo dove si trovava senza che lei lo sapesse; supponendo che non l'avesse già sedotta in un bar e piantato cimici nel suo appartamento. Alzò gli occhi al cielo. *Stronzo.*

Alex aveva controllato la macchina prima e non c'era alcun localizzatore. La cosa poteva cambiare in ogni momento, ed era per quello che controllava sempre ogni cosa almeno due volte. La prudenza, per un uomo come lui, non era mai troppa e non lo era nemmeno per Mallory. Il fatto che non avesse trovato un localizzatore non gli fece abbassare la guardia. Significava soltanto che o il loro uomo non era così furbo come pensava, o che non aveva ancora avuto accesso al veicolo di Mallory, oppure aveva escogitato un altro modo per controllarla. Come un duplice omicidio o il funerale di una ragazza del posto.

Il suo cervello sparava idee in ogni direzione.

Era buio pesto mentre percorrevano quella strada solitaria. Chi sapeva che esistevano questi boschi a sole poche ore da Washington? Niente lampioni. Niente vicini. Niente luna. Niente stelle. Tanti crimini irrisolti…

WOW.

Mallory accostò lungo il vialetto circolare, di fronte a una casa enorme.

«È *questo* il posto in cui sei cresciuta?» Alex fischiò. Diamine, era impressionante.

Entrambi restarono a guardare la villa a tre piani dai mattoni rossi trasformati in un arancione violento dalle luci dei fanali.

«È un po' sopra le righe per una famiglia di quattro persone» ammise lei.

«È più grande della Casa Bianca. Cazzo, Mallory, potresti farci entrare il ranch dove sono cresciuto almeno sessanta volte.»

«Eastborne appartiene alla mia famiglia da oltre duecento anni.»

«Vieni da una famiglia con molti, molti soldi.» Era un ottimo movente per un rapimento. Allora perché non avevano mai ricevuto una richiesta di riscatto? Alex si slacciò la cintura di sicurezza.

«Adesso prendo lo stipendio dell'FBI, quindi non devi sentirti intimidito, signor *ho-una-mia-agenzia-per-la-sicurezza.*» Mallory alzò gli occhi al cielo, facendolo ridere. La sua irriverenza era un altro punto a suo favore. Lei non ti sbatteva in faccia il suo status sociale e questo gli piaceva. «In realtà è stato molto divertente crescere qui, prima che Payton fosse rapita. Ottimo posto per giocare a nascondino quando venivano a trovarci degli amici.»

Uno potrebbe perdersi per mesi in un posto di tali dimensioni. Alex non lo disse ad alta voce. Non sembrava appropriato, visto quanto era accaduto alla sorella di Mallory.

Non c'era bisogno che lei gli spiegasse che il divertimento era finito quando sua sorella era scomparsa. Era sottinteso dalla tristezza nella sua voce. «Lucas Randall viveva qui vicino?»

«I suoi genitori avevano una casa per le vacanze a circa otto chilometri a ovest e passavamo molto tempo insieme.»

Non c'erano luci accese nella villa. L'intera residenza trasmetteva una sensazione di abbandono, nonostante i giardini ben curati e la vernice fresca.

«Tuo padre vive a Webster?»

«Sì, ha una graziosa casetta a soli cinque minuti dal posto in cui lavora.» Mallory rimase seduta a contemplare la casa come se fosse un'entità vivente. «È cresciuto qui e a volte viene ancora nei fine settimana, ma...» Fece una faccia strana. «Questo posto è così enorme ed è associato a una circostanza tanto triste. Vuole che ci riuniamo tutti qui un'ultima volta per Natale, anche con mamma – sono rimasti amici – ma poi ha intenzione di vendere. Sono anni che ne parla, ma questa volta penso che faccia sul serio. Dice che è ora che questa casa trovi un'altra famiglia.» Si strinse le braccia intorno al petto e ad Alex venne voglia di attirarla a sé, ma non c'era posto in quella maledetta macchina. Le lacrime brillarono nei suoi occhi, ma non caddero. «Ha ragione. Payton amava questa casa. Non avrebbe voluto vederla sempre vuota.»

Alex le prese la mano. Mallory aveva mani bellissime, morbide con dita lunghe e unghie corte che lui amava sentire sulla propria pelle. «Spesso i genitori che perdono un figlio non vogliono lasciare la casa familiare. Temono che il bambino o la bambina ritrovi la strada di casa e che loro non ci saranno.»

Lei annuì. «Immagino che, dopo diciotto anni, papà abbia finalmente capito che Payton non tornerà a casa.»

Alcune persone venivano salvate dopo lunghi periodi di prigionia, ma era una cosa rara. «Credi che si sbagli?»

Mallory scosse la testa. «Se n'è andata e non tornerà.» Parlò con una tale sicurezza che lui rimase a fissarla intensamente ma non fece commenti. Qualunque fossero le sue ragioni, lei non voleva parlarne.

«Andiamo dentro. Si gela qui fuori.» Mallory aprì la portiera, il volto pallido illuminato dalla luce sopra la sua testa. Stare lì quella notte non sarebbe stato facile.

Alex non lasciava mai la sua abitazione senza una borsa con un cambio e ovviamente non lo facevano neanche gli agenti dell'FBI. Prese i loro due borsoni dal bagagliaio, insieme a entrambi i loro portatili. Mallory salì i gradini che conducevano alla porta d'ingresso e inserì la chiave. «La governante è andata a far visita a sua sorella per il Ringraziamento e non è ancora tornata.»

Alex si era dimenticato che il Natale si stava avvicinando. Di solito trascorreva le festività lavorando. «Vive qui da sola?»

Mallory annuì. Ci fu un bip e lei si precipitò verso il pannello di controllo dell'allarme e digitò alcuni numeri. «Spero non abbia cambiato il codice, perché questo coso è in collegamento diretto con la stazione di polizia.»

Era un buon sistema di sicurezza, che però lui avrebbe potuto bypassare in dieci secondi con gli strumenti giusti. Almeno c'era un qualche tipo di allarme perché le finestre a saliscendi d'altri tempi e le diverse entrate erano un fottutissimo incubo per la sicurezza. Il bip dell'allarme cessò.

L'aria odorava di aghi di pino con una debole nota di chiodi di garofano e fumo di legna vecchia. Mallory premette un interruttore e un enorme atrio dal pavimento di marmo bianco e nero, con un'imponente scala a chiocciola, venne illuminato da un lampadario che non sarebbe stato affatto fuori luogo a Buckingham Palace.

Alex sollevò una mano a schermarsi gli occhi. «Credo di essermi accecato.»

«Divertente.»

Mallory chiuse la porta, girò la serratura e reinserì l'allarme. Alex si guardò intorno. C'erano pezzi d'antiquariato e statue di marmo. Chi aveva in casa propria delle statue a misura d'uomo?

Lei gli prese la mano. «Lascia le borse in fondo alla scala. Sto morendo di fame. Di solito la signora Buxton, la governante, riempie il congelatore di zuppe e pirofile di cibo, soprattutto in questo periodo dell'anno e...» La sua voce scemò mentre si accorgeva di qualcosa che brillava nel salotto adiacente. Mollò la mano di Alex e raggiunse l'altra stanza, dove restò a fissare un albero di Natale di sei metri. La stanza era buia, ma la luce proveniente dall'ingresso era sufficiente a mostrare una sala graziosa addobbata per le feste e con un albero di Natale degno di Martha Stewart.

Alex si sentì stringere il cuore. Non aveva vissuto un Natale di quel tipo da quando sua madre era morta e comunque i loro Natali erano sempre stati su scala molto più modesta. Il dolore di quella perdita era ancora una fitta lancinante nel petto.

Mallory allungò una mano e toccò una delle decorazioni. Era una stella di cristallo dalla forma imperfetta. «Questa la fece Payton a scuola.» Come se non riuscisse a fermarsi, la sfilò dal ramo e la baciò, poi la ripose nuovamente sull'albero, il tocco esitante. «Sento ancora la sua mancanza» disse e le si ruppe la voce.

Alex le posò le mani sulle spalle e strinse. Poteva capirla. Lui sentiva ancora la mancanza di sua madre e di suo nonno e dei suoi amici. Ma sapeva che erano morti e non sarebbero tornati. Bisognava andare avanti. «Devono mancarci. È il loro dono per noi.»

Enormi occhi ambrati incontrarono i suoi. «Il dolore è un dono?»

Lui annuì. «Dimostra che contavano qualcosa per noi. Che anche dopo anni che li abbiamo persi, li sentiamo ancora. Qui.» Si toccò il cuore con una mano, sentendosi stupido. Non era tipo da stronzate mielose e ci si stava avvicinando pericolosamente. Ma lei ne aveva bisogno. Aveva bisogno di conforto.

C'era un altro tipo di conforto in cui era bravo, così l'attirò a sé in modo repentino, osservando un sussulto trasformarle il viso appena un secondo prima di baciarla. La bocca di Alex le fece schiudere le labbra, desiderosa di assaporarla. La lingua di

Mallory incontrò la sua in un umido fendente e fu immediatamente duro. *Cristo Gesù, ma cosa mi fa questa donna?*

Lei gli circondò il collo con le braccia e lo baciò più profondamente, più duramente, come se volesse entrargli dentro. Forse il sesso era una terapia migliore di quella che poteva offrire un qualsiasi strizzacervelli. Un'ondata di desiderio alimentò il fuoco tra loro. Alex perse il controllo e tutti i pensieri si dissolsero, eccetto uno. Entrare in lei il più in fretta possibile. Le tirò la camicia fuori dai pantaloni, la premette contro la parete, slacciandole il bottone e la cerniera dei pantaloni. Aveva bisogno di lei, ora. Fece scivolare la mano sotto la sua camicetta e tolse di mezzo il reggiseno, coprendole i seni con le mani. La sua fondina era d'intralcio, ma lo eccitava allo stesso tempo. Mallory gettò la testa all'indietro con un gemito. Aveva la pelle calda e vellutata. I capezzoli tesi e turgidi. La bocca di Alex inseguì un fremito che la percorse dalla gola alla spalla e la mordicchiò abbastanza forte da far sì che gli conficcasse le unghie più a fondo nella carne. Questo gli piaceva. Gli piaceva molto. Le abbassò i pantaloni con una mano, poi si slacciò i propri mentre lei allontanava i suoi con un calcio. Rovistò nella tasca alla ricerca di un preservativo, riprendendo il controllo della bocca di Mallory. Il cuore gli martellava nel petto mentre il sangue gli scorreva veloce nelle vene. Non c'era tempo per i preliminari. O per le sottigliezze. S'infilò il preservativo e la sollevò, allargandole le gambe intorno ai propri fianchi, mentre lei lo guidava dritto al centro del suo corpo. Lo voleva tanto quanto lui.

Con una spinta possente, Alex affondò profondamente nel suo calore.

Mallory gli allacciò le gambe intorno alla vita, le unghie conficcate nella sua carne. «Più forte.»

Alex si spinse in lei, ancora e ancora, come un animale che doveva soddisfare un bisogno primitivo.

«Oh, Dio» gemette lei, contorcendosi sopra di lui. Alex la tenne stretta, cercando di mantenerla in quella posizione, mentre lei perdeva completamente il controllo. I suoi muscoli lo strinsero. Lui le bloccò le braccia sopra la testa, godendo della pressione che continuava a crescere, sempre di più, sempre di più. Calore e piacere li travolsero e lei prese a muoversi con lui, andando incontro ad ogni sua spinta. Mallory gridò e lui la seguì sull'orlo di quel precipizio come un bisonte in fuga, mentre la sua testa esplodeva. Il piacere offuscò tutto, tranne quell'atto, quel bisogno di prendere e marchiare e farla sua.

Alex aprì a fatica gli occhi. Riprese a poco a poco coscienza. E si chiese quale cazzo fosse il suo problema, dato che c'era un serial killer che dava la caccia a Mallory. Non era quello stronzo di Superman e farsi sorprendere con i pantaloni intorno alle caviglie era un modo incredibilmente stupido di morire. *Stronzo.* Il battito del suo cuore rallentò. I loro respiri si calmarono e il silenzio rimbombò nella stanza. Lui appoggiò la fronte contro quella di lei. «Credo che dovrei scusarmi per questo.»

«Se lo fai, ti tiro un pugno.»

«Tu mi fai perdere il controllo.» Le parole gli si mozzarono in gola.

Lei gli toccò il viso e lo guardò negli occhi. «Il controllo è sopravvalutato e, nel mio mondo, hai appena fatto qualcosa di giusto.» Mallory sorrise, quei suoi occhi dal taglio obliquo brillarono. «Ora mettimi giù, amante, e andiamo a mangiare qualcosa. Sto morendo di fame.»

———

«Ti fa venire i brividi tutto questo?» chiese Alex. Mallory era in piedi nella sua vecchia cameretta e guardava le stesse trapunte e le stesse pareti dipinte di blu di quando Payton era viva. Alcune fotografie che lei e sua sorella avevano fatto a scuola erano attaccate al muro, i bordi leggermente arricciati. «Mi fa venire i brividi» rispose e fu scossa da un tremito.

Avevano scovato una pizza surgelata e ignorato la collezione di vini, optando invece per due bibite. Nessuno dei due voleva trovarsi alterato dall'alcol, perché il killer poteva farsi vivo e cercare di uccidere sia lei che Alex. Mallory era contenta che avessero fatto sesso, in maniera selvaggia e frenetica, appena arrivati. Ciò aveva contribuito ad allentare un po' la forte tensione che sentiva e di certo non avrebbero passato la notte a distruggere il letto. Avrebbero fatto dei turni di guardia. Era l'occasione perfetta per acciuffare quel tizio. Erano entrambi armati e lei si sentiva senza dubbio pericolosa.

«I tuoi genitori non hanno mai apportato modifiche alla camera?»

Mallory scosse la testa. «Mia madre non permetteva a nessuno di toccare niente. Mi comprò un nuovo guardaroba e sostituì ogni giocattolo che dicevo di volere. Senso di colpa genitoriale e bisogno di onorare i morti. Una combinazione del cavolo.» Si mise le mani sui fianchi. Era strano essere di nuovo lì. La camera odorava di muffa e di stantio. «Dopo mi trasferii in una camera due piani sotto la loro.»

«In un'altra ala della casa?»

«Sì.»

«Qualche idea del perché voi bambine eravate state sistemate così lontano?»

«A mia madre piacevano la pace e la tranquillità. Io non ero né pacifica, né tranquilla.» Il senso di colpa crebbe. Mallory s'inginocchiò e strisciò sotto il letto.

«C'è qualcosa che dovrei sapere?» chiese Alex. «Un portale per Narnia, forse?»

Lei tossì davanti a dei coniglietti di peluche impolverati. Non era rimasto nient'altro. Né il suo cuscino, né la sua torcia. Alex si chinò per sbirciare incuriosito.

«Quando Frazer mi ha ipnotizzata, mi sono ricordata che spesso dormivo sotto il letto perché avevo paura dei mostri. Ho visto i piedi del rapitore. Converse Trainer verdi.»

«Frazer ti ha detto che stare qui avrebbe potuto innescare qualche ricordo?» chiese Alex in tono dubbioso.

«Sì.» Mallory starnutì.

«Salute.»

Lei scoppiò a ridere. Poi chiuse gli occhi, ma era troppo consapevole della presenza di quell'uomo che le aveva completamente invaso la vita e la faceva sentire così al sicuro che era disposta – no, *impaziente* – di affrontare il rapitore di Payton.

«Maschio, femmina? Giovane o vecchio?» chiese Alex dolcemente.

Lei chiuse gli occhi e visualizzò quella notte di tanto tempo fa. Mise in atto le tecniche di respirazione profonda che le aveva mostrato Frazer. Sentì il battito del proprio cuore calmarsi. «Maschio, giovane.»

«Che mi dici degli odori? Riesci a sentire qualcosa?»

Mallory fece per scuotere la testa poi si fermò. «Pioggia. C'era odore di pioggia...»

«Pioveva la notte in cui Payton fu rapita?»

«Sì.» Si acciglió. Una finestra o una porta vicine dovevano essere state lasciate aperte. C'era dell'altro che stuzzicava i confini della sua mente. «Lui ha detto qualcosa.» I ricordi erano indistinti, come quando si cerca di sentire una voce o un rumore sott'acqua. «Penso abbia detto di non preoccuparsi. "Non ti faremo del male".»

«Faremo?»

«Faremo.» Mallory aprì gli occhi e uscì in fretta dallo spazio stretto che le era sembrato così confortante quando era piccola. Ora era polveroso e claustrofobico. Si strofinò con le mani per pulirsi dalla polvere. Alex rimase indietro.

«Quindi erano più di uno?»

«Io ho visto solo un uomo, ma è quello che ha detto.» Si stropicció gli occhi. «Credo. Forse.»

Alex la stava guardando con intensità. «Andiamo. Hai bisogno di dormire.»

«Prima una doccia.»

Lui sorrise mestamente. «Per quanto mi piacerebbe unirmi a te, rimarrò di guardia.» Perché un mostro sarebbe potuto venire per lei. Sarebbe potuto venire per entrambi. Gli occhi di Alex si indurirono mentre le leggeva nel pensiero. «Non lascerò che arrivi a te, Mallory.»

Un brivido le percorse la schiena e non riuscì a parlare. Il rapitore di Payton era là fuori e la stava aspettando. Poteva sentirlo. Ma lei voleva che venisse. Non aveva alcuna intenzione di lasciarlo fuggire.

———

L'uomo arrancava faticosamente per i boschi con il corpo nudo della ragazza sopra una spalla. Aveva progettato di farla pagare a lungo e per bene a Kari nei giorni successivi, ma sapere che Mallory era nella villa in compagnia solo di quell'idiota del suo ragazzo era una tentazione troppo grande. Le tumefazioni sul viso di Kari erano la testimonianza che aveva compensato la mancanza di tempo con una vera e propria dedizione al suo compito.

La ragazza penzolava inerme dalla sua spalla, i capelli scuri che ricadevano quasi dietro le ginocchia dell'uomo, la pelle bianca come il latte e fredda al tocco. La percosse sulle natiche nude. Il potere di avere un essere umano alla propria mercé era intossicante. Non era stato così con Payton. Lui l'aveva amata. Ma queste puttanelle? Erano come animali. Inutili. Pezzi di carne. Non significavano nulla per lui.

Barcollò leggermente. Temeva che nessuna avrebbe più significato qualcosa per lui. Quello era il motivo per cui doveva continuare a cercare finché non avesse trovato la sostituta perfetta.

Costeggiò i margini dei boschi dove ricordava di aver visto Payton e sua sorella giocare tutti quegli anni prima. Suo zio aveva pianificato di rapirle entrambe e chiedere un riscatto. I genitori potevano permetterselo. Però aveva mentito riguardo alle sue intenzioni di non far loro del male. Diamine, avrebbe dovuto sapere che quel bastardo avrebbe stuprato Payton non appena l'avesse avuta tra le mani. Il vecchio aveva fatto la stessa cosa a lui prima che fosse abbastanza grande da potersi difendere.

Era stata un'idea stupida e lui vi aveva preso parte perché all'epoca era più stupido di una pietra. Suo zio l'aveva schiaffeggiato quando era uscito con una sola delle bambine e l'aveva rimandato dentro a cercare Mallory. Ma lei non era nel letto e lui non avrebbe di certo cercato in tutte le stanze di quella casa enorme un'altra bambina, quando ne avevano già una.

Mentre aveva fatto finta di tornare indietro a cercare Mallory, suo zio... Deglutì e cominciò a sudare a quel ricordo. Lui era tornato al rifugio, inorridito nel vedere Payton giacere là tutta sanguinante e violata e suo zio togliersi un sorrisetto soddisfatto e malizioso dalla faccia.

Aveva lasciato che il bastardo pensasse di averla fatta franca. Aveva dovuto aspettare sei lunghi mesi prima di prendersi la propria vendetta e l'attesa l'aveva quasi fatto uscire di testa. Ma alla fine, in primavera, era riuscito a incastrare il bastardo sotto il trattore e poteva ancora sentirne i versi, simili a quelli dei maiali, mentre veniva schiacciato molto, molto lentamente. Quel ricordo lo riempì di un senso di soddisfazione e giustizia.

La polizia aveva detto che era stato un incidente. Il suo primo omicidio. E il più gratificante.

Dopo si era preso cura di tutti i bisogni di Payton e non l'aveva toccata finché non era stata molto più grande e loro non si erano innamorati. Se avesse potuto lasciarla andare, l'avrebbe fatto, ma la sua mente era fragile e lei era terrorizzata da tutto, tranne che da lui. Payton non avrebbe mai potuto mentire su quanto lo amava. E il mondo non l'avrebbe capito. Li avrebbero separati e lui sarebbe dovuto andare in prigione.

Spostò il peso di Kari. Cavolo, pesava più di quanto sembrasse. Si avvicinò alla casa dal lato orientale. Non c'erano luci accese e una fitta nebbia abbracciava il terreno, quasi aggrappandosi ai fili d'erba ghiacciati. Indossava un giubbotto antiproiettile, guanti e un passamontagna e aveva una pistola legata alla caviglia. Raggiunse la porta dell'anticamera che si trovava all'ingresso sul retro e utilizzò la chiave che aveva rubato anni prima per aprirlo. Inserì il codice dell'allarme; la governante era piuttosto disinvolta in fatto di sicurezza e mezza città sapeva quel codice. Diamine, il giudice gli aveva dato una chiave di riserva della porta principale, ma lui non aveva intenzione di usarla quel giorno. L'avrebbero beccato subito. Restando nell'oscurità, ascoltò attentamente il silenzio. La casa era grande ed era improbabile che qualcuno avesse sentito il bip dell'allarme. Comunque, rimase in attesa.

Si abbassò per prendere la pistola e si diresse con prudenza verso la cucina.

Quando aveva preso Payton tutti quegli anni prima, lui e suo zio avevano sistemato una scala contro una delle finestre più alte. Lei non pesava niente ed era stato facile portarla fuori. Kari gli stava facendo pulsare la spalla dal male.

Aveva pensato a dove l'avrebbe lasciata. Si era trastullato con l'idea di farla penzolare dalla scala, certamente una splendida visione, ma non c'era simmetria. Sarebbe stato uno spettacolo d'effetto, ma senza alcun significato. Si mosse silenziosamente attraverso il retro della casa, dove, in qualche occasione, aveva preso un caffè con la governante, felice che quest'ultima fosse lontana così non avrebbe dovuto uccidere anche lei.

Salì le scale posteriori – le scale della servitù – e camminò con passo leggero, grato per la presenza della spessa moquette sulle vecchie travi di legno. Uno spicchio di luce sotto una porta gli indicò la stanza in cui Mallory dormiva. Presumibilmente con quello stronzo del suo ragazzo. Una delle assi di legno scricchiolò sotto i suoi piedi e lui si mosse con più cautela. Voleva che trovassero il corpo di Kari lì, nel posto in cui tutto era iniziato. Poi avrebbe piantato una pallottola nell'uomo e avrebbe preso la ragazza che aveva voluto per tutto il tempo. Basta sostitute.

16

─────────

Alex era in piedi di fianco alla porta della camera, in ascolto.

«Che cosa è stato?» Mallory si alzò di scatto dal letto.

Lui sollevò una mano per dirle di stare in silenzio. Era sicuro di aver sentito qualcosa là fuori in corridoio, ma era un rumore talmente sottile che poteva benissimo essere lo scricchiolio della casa al calare delle temperature.

Erano le due del mattino. Mallory si era addormentata in fretta, dopo essersi distesa sul letto, completamente vestita ad eccezione degli stivali. Il bisogno di accoccolarsi accanto a lei lo aveva tentato a lungo, ma Alex non si era spostato dalla sua posizione di guardia.

Mallory scivolò giù dal letto, s'infilò gli stivali e recuperò la Glock dal comodino. Lo raggiunse e gli mise una mano sulla schiena, tenendo l'arma puntata verso il pavimento.

«Ho sentito qualcosa» le disse mantenendo la calma.

«Andiamo a dare un'occhiata» sussurrò lei impaziente.

Poteva quasi sentire l'eccitazione di Mallory crepitare nell'aria: voleva prendere quel tizio. Alex voleva che lei fosse al sicuro. Esitò. Se fosse stato solo, sarebbe già andato a dargli la caccia, ma *se* questo killer agiva in squadra, non poteva rischiare di lasciare Mallory da sola.

«Restiamo insieme. *Non* ci separeremo.»

«Okay.» Le dita di Mallory gli accarezzarono la schiena come per rassicurarlo. Quella consapevolezza acuta del pericolo sapeva molto di scontro armato. *Okay*. Lui aveva molte più possibilità della maggior parte della gente di catturare quello stronzo e porre fine all'incubo. Ma l'idea di sottoporre Mallory a dei rischi gli avvolgeva l'esofago come filo spinato.

Pistola in mano, Alex aprì la porta, guardando a destra e a sinistra alla ricerca di bersagli. Nulla. Il corridoio era buio e vuoto. Accese la luce.

«Perché l'hai fatto?» sibilò Mallory.

Perché se il killer *era* lì, voleva che il bastardo sapesse che gli erano addosso e che fuggisse invece di attaccare. Le rispose con un'alzata di spalle.

Alex si mosse in silenzio lungo il corridoio, con Mallory alle sue spalle. Lei teneva stretta la sua maglia, un punto di riferimento fisico, mentre lui si concentrava per capire cosa fosse di preciso ciò che aveva udito poco prima. Poteva essere stato un gatto. Un vagabondo. La governante che era ritornata inaspettatamente. Il giudice. La senatrice. Non voleva che un innocente si trovasse nel bel mezzo di un fuoco incrociato.

Qualcosa li attirò verso la camera che Mallory e Payton avevano condiviso da bambine. Non si udiva alcun suono. Procedettero con cautela. Ogni senso in allerta. L'atmosfera della casa era cambiata, si era fatta malevola e ostile. Pericolosa. La temperatura era scesa in picchiata.

«Qualcuno ha aperto una finestra…» disse Mallory.

C'era qualcuno lì. Lui poteva *sentirlo*. Ma il suo cuore non accelerò. Diamine, l'unica cosa che gli faceva martellare il cuore in petto era fare sesso con Mallory.

Si era addestrato così bene e così duramente per il combattimento, che uccidere non gli faceva nemmeno più effetto. C'erano voluti anni per perfezionare quella sorta di fisiologia del combattimento. Aveva bisogno di freddezza per concentrarsi e agire. Per uccidere senza esitazione. Non avrebbe più voluto farlo, ma se serviva a fermare criminali come questo, forse allora valeva la pena sacrificare la propria anima.

Una leggera brezza gli solleticò la guancia.

Tutte quelle porte chiuse erano un incubo, ma non avevano copertura per ispezionare ogni stanza.

«Dovrei fare io da guida» gli mormorò Mallory all'orecchio, le dita che gli stringevano più forte la maglia.

Certo. Neanche-per-sogno. Alex usò una mano per farla restare dietro di lui. Girarono un altro angolo. Era come vivere in un maledetto hotel. Più avanti, davanti a loro, c'era una luce accesa nella vecchia cameretta delle bambine.

Mallory s'immobilizzò dietro di lui. Alex si fermò per scrutare il corridoio. Si gettò un'occhiata alle spalle. Nulla. La casa era immersa nel silenzio, fatta eccezione per il sibilo della brezza attraverso una finestra aperta in fondo al corridoio. Era forse quello ciò che aveva udito prima? Qualcuno che alzava il telaio?

Ancora una volta avanzarono, con Mallory che era come un'ombra alle sue spalle.

Alex riusciva a sentire onde di paura ed eccitazione trasudare da lei e sapeva che il cuore le stava martellando nel petto. Il predatore era vicino. Ma dove? Nessun suono, nessun odore, nessun segno che rivelasse la presenza del bastardo.

Assicurandosi che Mal fosse di fianco alla porta della camera, la spalancò con una spinta.

Cristo.

Sul letto giaceva una donna morta. Nuda. Piena di lividi. Le mani posate sul pube, proprio come aveva visto nelle fotografie delle altre vittime. Una macchia sanguinante le ricopriva il petto; di sicuro le lettere PR erano state incise all'interno di un cuore macabro. Il vento increspò le tende gialle ed era di un freddo pungente.

«C'è una grondaia.» Mallory si precipitò verso la finestra per guardare fuori, ma lui le afferrò un braccio, controllò dietro la porta e in qualunque altro posto che potesse servire da nascondiglio, senza toccare niente. Non aveva alcuna voglia di lasciare il proprio DNA sulla scena. Si protese fuori dalla finestra per controllare la grondaia, quando il suo istinto lo fece voltare su se stesso con la pistola alzata, proprio mentre una figura nera mascherata e armata faceva la propria comparsa dietro di lui. Alex lo colpì due volte al petto e l'uomo cadde all'indietro, sparando in aria. Ero lo stesso uomo che era entrato in casa di Mallory a Charlotte.

Un gemito femminile pieno di dolore li fece sussultare, mentre la donna morta si rigirava improvvisamente sul letto. *Okay, non era morta.*

L'aggressore puntò la sua pistola verso il letto e fece fuoco. Sparò un'altra volta, ma la sua arma s'inceppò. Alex mirò alla testa, ma il bastardo sfrecciò via e prese a correre a gambe levate come il cacasotto che era. La donna urlò in preda all'agonia. Alex controllò che Mallory non fosse ferita, ma la vittima era stata colpita alla spalla e c'era sangue ovunque. Mallory si precipitò a soccorrerla e Alex si ritrovò combattuto. Lasciare Mallory da sola o mettere fine a questa storia inseguendo lo stronzo che aveva causato tutto?

Si lanciò all'inseguimento del killer, correndo a tutta velocità lungo il corridoio, solo per ritrovarsi nell'oscurità quando il bastardo fece scattare l'interruttore della luce all'altra estremità del corridoio.

I muscoli delle sue gambe pompavano e i polmoni gli bruciavano, mentre correva più veloce che poteva.

Alex lo aveva colpito dritto nel petto. Avrebbe dovuto essere morto, ma non stava nemmeno sanguinando. *Kevlar.* E una feroce determinazione, perché c'erano buone probabilità che gli spari a quella distanza gli avessero rotto un paio di costole. Avrebbe potuto mirare alla testa, ma aveva sperato che l'uomo in punto di morte avrebbe rivelato dov'era sepolta Payton Rooney. Udì l'uomo correre nell'oscurità e lo seguì. Non voleva lasciare Mallory, ma questa era un'opportunità per catturare quel bastardo.

Girando l'angolo che conduceva alla scala principale, vide l'ombra correre davanti a lui. L'uomo si fermò e sparò alcuni colpi. Alex non rallentò, ma continuò a correre a tutta velocità, lasciandosi scivolare lungo la ringhiera e volando dietro al figlio di puttana, che era ormai fuori dalla porta. Grosso, in forma, veloce. Correva in preda all'adrenalina.

Alex si precipitò fuori dalla porta d'ingresso in tempo per vedere l'aggressore scomparire dietro l'angolo della casa. La ghiaia si sollevava dietro le sue scarpe mentre correva. Alex stava per sparare un colpo, quando l'uomo si nascose dietro la parete orientale della villa. Lui non perse tempo a imprecare.

Riprese a correre, girando l'angolo con prudenza. Ci furono degli spari, che colpirono il punto in cui si sarebbe trovata la sua testa, se lui non si fosse abbassato. Rispose al fuoco, udì un grugnito, inseguì l'ombra dell'uomo dietro un vecchio garage e oltre la piscina vuota. Si fermò bruscamente, rimanendo nell'oscurità. Gli alberi del bosco frusciarono ai confini della vasta radura, invitandolo all'inseguimento. Alex si voltò a guardare la casa. *Merda.* Non poteva lasciare Mallory da sola ancora a lungo.

E se l'uomo avesse girato in tondo e fosse tornato indietro? Il panico gli attanagliò lo stomaco e lui prese ad affrettarsi nella direzione da cui era venuto. Accelerò nel girare l'angolo, quando fu improvvisamente accecato dai fari di una macchina. Si schermò il viso con il braccio.

«FBI, metti giù la pistola!»

Con due colpi, Alex mise fuori uso entrambi i fanali e scartò da un lato. Aveva disarmato "l'agente," che ora era a terra con la faccia nella ghiaia, quando sentì un rumore alle sue spalle e si voltò.

«Oh, Signore, Alex. Quello è il mio capo.» Era Mallory. Aveva acceso la luce dell'ingresso.

«Merda.» Alex tolse il ginocchio da sopra la schiena del federale e indietreggiò. L'uomo indossava quello che probabilmente era stato un completo grigio chiaro molto costoso e, ora Alex ebbe l'opportunità di vederlo, i fanali a cui aveva sparato appartenevano a una Lexus di lusso che prima non c'era. L'uomo doveva essere arrivato mentre lui stava inseguendo l'aggressore sul retro della casa.

Tese la mano all'uomo a terra, che sembrava un tantino sotto shock. «Mi dispiace.»

«Non c'è tempo per questo.» Mallory gli afferrò il braccio. Alex ripose la pistola nella fondina mentre lei parlava. Il suo capo si rialzò da terra con uno sguardo infuriato.

«La ragazza è viva ma ha perso tantissimo sangue. Non possiamo permetterci di aspettare l'ambulanza. Ho bisogno di aiuto per trasportarla giù e la porteremo noi al pronto soccorso.» Mallory tirò Alex con sé.

«C'è un'altra vittima?» Il capo di Mallory cambiò atteggiamento e con prontezza corse su per le scale insieme a loro.

«Sì, ma il Soggetto Ignoto le ha sparato prima di scappare via. Era già messa piuttosto male.» Mallory stava correndo su per le scale ed entrambi gli uomini le stavano attaccati come miele sul pane.

Alex fece una breve deviazione. «Prendo le chiavi della macchina» urlò ai due federali. Voleva anche prendere le loro cose. Gli ci vollero meno di venti secondi per mettere tutto insieme e correre fuori dalla stanza. Li trovò sul pianerottolo, con il capo di Mallory che portava in braccio la ragazza ferita, avvolta in varie coperte. I suoi occhi erano chiusi e singhiozzava per il dolore e l'agonia. Alex non riusciva a immaginare cosa avesse passato, eppure lui stesso aveva trascorso parecchio tempo all'inferno. Mallory premeva un asciugamano contro la ferita d'arma da fuoco, rallentando un po' il sanguinamento. Alex li sorpassò e aprì lo sportello della macchina, così l'uomo poté scivolare dentro con la ragazza in grembo. Poi gettò il loro bagaglio nel baule.

«Guido io» disse Mallory.

«Non stavolta.» Alex si sistemò al posto di guida e mise in moto. Colse lo sguardo blu e freddo dell'altro uomo dallo specchietto retrovisore. «Mettetevi le cinture.»

Non appena Mallory ebbe chiuso lo sportello e allacciato la cintura di sicurezza, Alex premette a fondo il piede sull'acceleratore, procedendo lungo la strada ghiaiosa a velocità estrema. «Tenetevi forte» disse loro, prendendo una curva a sinistra per uscire dal viale che fece stridere le gomme. Allontanare Mallory dal pericolo e portare quella giovane donna gravemente ferita all'ospedale era tutto ciò di cui gli importava. Nonostante quel tragitto da cardiopalma, non avrebbe permesso che qualcosa di brutto accadesse a nessuna delle due. Mai più.

17

Mallory camminava avanti e indietro per il corridoio dell'ospedale, come aveva fatto incessantemente nell'ultima ora. *Così vicino*. Era stata così vicino al bastardo che le aveva strappato sua sorella... lo aveva guardato negli occhi per un momento, prima che scappasse.

Per un attimo, aveva desiderato vederlo morto, ma ancora più di quello, voleva che le rivelasse cosa ne aveva fatto di sua sorella. Dove aveva seppellito Payton?

Il bisogno di sapere era così intenso che aveva frenato il desiderio di sparare a quel figlio di puttana.

Alex l'aveva colpito dritto al petto, solo per scoprire che il tizio indossava un giubbotto antiproiettile. Il killer era conoscenza del fatto che si trovassero lì e si era aspettato che fossero armati, così si era organizzato di conseguenza. Non c'era alcuna pietà nelle sue azioni. Avrebbe ucciso Alex, lasciato la donna ferita a morire e avrebbe preso Mallory per chissà quale motivazione malata che si raccontava per giustificare lo stupro e la violenza.

Un fuoco ardente le bruciava dentro. Strinse i pugni per la rabbia e la frustrazione. Avrebbe dovuto usare il TASER. Perché cavolo non ci aveva pensato prima?

Stavano cercando le impronte della giovane donna ferita nello

242

IAFIS ma dalla descrizione generale, Mallory era quasi certa che si trattasse di Kari Regent. Il suo viso era irriconoscibile, ma se fosse sopravvissuta c'erano buone probabilità che una volta scomparso il gonfiore la sua faccia sarebbe tornata normale. Anche se Mallory sapeva che la ragazza non sarebbe mai più stata la stessa.

Perché le sue impronte si trovavano sull'arma del delitto di un duplice omicidio? Mallory non aveva dubbi che lei fosse una vittima in tutta quella situazione, ma cosa l'aveva costretta a fare il Soggetto Ignoto prima di picchiarla e strangolarla?

Lui era forse un abitante del posto? Gli omicidi dei McCafferty e il ritorno a Eastborne con Kari quella notte suggerivano che si nascondesse nelle vicinanze. Forse era stato presente al funerale di Lindsey? O forse stava tenendo sotto controllo la casa?

Si fece un appunto mentale di parlarne con lo sceriffo e controllare le identità di coloro che avevano partecipato al funerale. Magari avrebbero dovuto mettere la tomba sotto sorveglianza, perché spesso i serial killer tornavano a far visita alle loro vittime dopo la morte.

Rabbrividì.

Senza Alex, sarebbe stata una vittima anche lei.

Era stata colta di sorpresa nella sua vecchia camera, che era proprio ciò che l'assassino aveva voluto. Trovare la donna ferita sul suo vecchio letto l'aveva presa alla sprovvista e aveva spostato la sua priorità dal dare la caccia al killer al salvare la ragazza, e lui aveva pianificato il tutto dannatamente bene per metterla fuori gioco. Intelligente. Organizzato. Senza scrupoli. Sadico.

L'istinto di Alex li aveva salvati entrambi. Mallory non sapeva cosa aveva fatto per meritarselo, ma era grata che lui fosse lì. Era seduto su una sedia di plastica arancione, proteso in avanti, i gomiti appoggiati alle ginocchia.

«Sei un cecchino con le palle» gli disse lei con una quantità assurda di orgoglio. Non si era fatto distrarre dall'emozione e dall'adrenalina. Mallory doveva assolutamente migliorare il proprio addestramento. Era lui il civile, anche se si era guadagnato una delle maggiori onorificenze al valore, ricordò a se stessa.

Lui annuì come se non fosse niente di speciale.

Aveva anche messo k.o. Frazer senza fermarsi. Grazie a Dio non lo aveva ucciso... le prospettive di carriera di Mallory erano già abbastanza labili.

Parlando del diavolo, Frazer s'incamminò lungo il corridoio bianco verso di loro.

«Come sta la ragazza?» chiese Mallory.

Frazer aprì la porta di una sala d'attesa, vide che era vuota e le fece un cenno del capo per indicarle di seguirlo. Mallory entrò nella stanza e Alex fu subito di fianco a lei. Frazer gli lanciò un'occhiata ma non gli ordinò di uscire. Qualche progresso? Mallory ne dubitava.

«È viva. A malapena. Le impronte corrispondono a quelle di Kari Regent.» I capelli biondi erano schiacciati sulla sua testa. La bocca era truce. Aveva un graffio sulla guancia, gentile cortesia del trattamento rude di Alex. Non aveva il solito aspetto perfetto, ma Mallory si era accorta di alcune infermiere che guardavano con interesse l'agente dell'FBI. Avevano a malapena notato Alex, invece. In qualche modo, lui riusciva a scomparire sullo sfondo, probabilmente perché non metteva in mostra il proprio ego. Da persona che evitava i riflettori, quello era un altro aspetto di Alex che l'attraeva.

«Ha detto niente?» chiese.

Lui scosse la testa. «Le hanno indotto il coma finché la pressione intracranica non diminuirà e temono per un'emorragia interna. Potrebbero doverla operare per alleviare il gonfiore.» Frazer s'interruppe e inspirò a fondo, chiaramente colpito dalle ferite inflitte alla giovane donna. «La trachea ha riportato delle contusioni ed è molto fragile. La ragazza è stata incatenata, stuprata, picchiata e strangolata. Senza menzionare lo stato di ipotermia in cui si trovava e la ferita d'arma da fuoco. Non è messa bene, ma ora è stabile ed è qui.» Si passò le dita sugli occhi, come se cercasse di rimuovere un po' di quello che aveva visto.

«Abbiamo prelevato dei campioni di DNA dal suo corpo, che sono stati portati con urgenza al laboratorio forense. Agente Rooney, ora la casa di suo padre è una scena del crimine. Dobbiamo tutti fornire le nostre deposizioni allo sceriffo, poi voglio tornare là e vedere se ci è sfuggito qualcosa.»

«Non voglio andarmene finché non sarò sicura che lei starà bene.» Mallory si sentiva protettiva nei confronti di Kari, come se fosse in debito con lei.

Frazer scosse la testa. «Potrebbero passare giorni prima che si svegli. Perfino settimane. C'è un agente di guardia alla porta...»

Alex lo interruppe. «Ho organizzato una protezione ventiquattr'ore su ventiquattro. Nessuno le farà più del male.» L'energia che emanava sapeva di furia sommessa.

«L'FBI può proteggerla.» Frazer lo guardò con superiorità.

Alex fece un passo avanti, invadendo lo spazio di Frazer. «Uno dei miei soci è specializzato in sicurezza personale e sta mandando qui due dei suoi uomini migliori.» Il suo labbro superiore si arricciò e i suoi occhi si strinsero in due fessure. «Saranno qui entro un'ora. Non faranno passare nessuno. Quanto tempo impiegheranno i suoi uomini per arrivare? Abbastanza perché Kari Regent si ritrovi morta?»

Gli occhi di Mallory si spalancarono. Il suo capo e il suo ragazzo stavano facendo a gara a chi ce l'aveva più lungo e a lei non piaceva l'idea di trovarvisi nel mezzo.

«Ci sarà maggiore sicurezza, qual è il problema? Che male può fare?» intervenne rapidamente tra i due, cercando di dissipare la tensione che riverberava nella sala d'attesa vuota.

«Voglio che vengano eseguiti controlli preventivi su chiunque sarà di guardia» sibilò Frazer a denti stretti. «E sarà meglio che non ostacolino le forze dell'ordine.»

«*Loro* sanno come fare il proprio lavoro.»

A quell'affermazione, la bocca di Frazer s'irrigidì.

Mallory era già sul libro nero dell'uomo. Alex stava peggiorando le cose. «Come mai lei si trovava sul posto, signore? Non che non apprezzi i rinforzi.» Anche se erano riusciti a gestire la situazione grazie ad Alex. Lui era un partner con le palle. Molto meglio dei suoi cosiddetti colleghi al Bureau. L'Agente Speciale Supervisore Danbridge *l'aveva* avvertita il giorno che aveva lasciato Charlotte.

Frazer sbatté le palpebre rivolto verso di lei. Poi spostò lo sguardo di lato e uno strano brivido percorse la schiena di Mallory. «Avevo deciso di venire lassù e parlare con lo sceriffo riguardo a quel duplice omicidio...»

«Ha fatto sì che Mallory facesse da esca, poi è arrivato tardi per la festa» sbottò Alex.

Lei fece un passo indietro. *Cosa?*

Frazer non negò. Fece un sorriso tirato. «Almeno c'era *lei*, Mr Parker. Tiratore scelto di punta, pilota della 500 miglia di Indiana-polis. Senza menzionare la sua passione per il combattimento corpo a corpo.» L'espressione di Frazer si fece letale mentre abbassava lo sguardo sul suo completo da migliaia di dollari rovinato. «Direi che il Soggetto Ignoto ha decisamente sottovalutato il nuovo ragazzo dell'Agente Speciale Mallory Rooney.»

E così aveva fatto anche lui.

Mallory si sentiva senza fiato.

Alex fece una smorfia. «Riparerò i danni alla macchina e le comprerò un nuovo vestito, ma lei rimane comunque uno stronzo.»

Decisamente non intimidito dall'FBI. Mallory aveva notato quel tratto di lui la prima volta che l'aveva incontrato a Charlotte. E i civili erano *sempre* intimiditi dall'FBI.

«Lei ha lasciato un'agente inesperta a vedersela con un serial killer, e non è nemmeno stato in grado di arrivare in tempo, cazzo! Sperava forse che la rapisse? Così da mettersi ancora più in risalto davanti ai media?»

Mallory si sentì raggelare. Frazer era forse deluso dal fatto che il Soggetto Ignoto non l'avesse presa? Quel pensiero le fece venire la pelle d'oca. Se Frazer stava aiutando il vigilante poteva avere un buon motivo per sperare che qualcuno la mettesse a tacere. Un serial killer l'avrebbe fatto senza che venisse gettato alcun sospetto su di Frazer. Incrociò le braccia sul petto. Lei era inesperta, ma non era stupida e le cose non tornavano. «È vero? Mi ha usata come esca?»

Due occhi duri come il granito si voltarono verso di lei. «Sta mettendo in discussione le mie decisioni, Agente Speciale Rooney? O solo le mie capacità?»

Un'ondata di incertezza la colpì. «Considerando quanto accaduto stanotte, penso che noi – e con noi intendo l'FBI – avremmo potuto gestire la situazione in modo migliore. Avremmo dovuto prevedere che si sarebbe fatto vivo stanotte. Avremmo dovuto organizzare una trappola.»

Frazer chiuse gli occhi e si premette due dita sul ponte del naso. «Con il senno di poi siamo bravi tutti, Agente Rooney. Non metta mai più in dubbio la mia autorità.»

In quel momento, Mallory non si sarebbe fidata di lui neanche a morire.

Alex sembrava pronto a tirargli un pugno, ma Mallory gli toccò il polso, rassicurata dal battito che pulsava forte e regolare sotto le sue dita. «Sì, signore.»

Mallory fece un passo indietro. Perché aveva appena trovato un modo per mettere fine alla sua caccia al vigilante e andare avanti con la sua carriera nel Bureau. Sperava solo che Alex sarebbe stato lì, quando tutto sarebbe finito.

———

Alex sedeva nell'ufficio principale del Dipartimento di Polizia di Greenville, dove lo stavano interrogando circa i fatti della notte precedente. Nell'ufficio a vetri dello sceriffo Williams, anche Mallory stava rilasciando la propria deposizione. Non riusciva a toglierle gli occhi di dosso. Fatta eccezione per una chiazza rosso cremisi su ciascuna guancia, la sua pelle era bianca come il ghiaccio. C'era una nota di fragilità sul suo volto che non era stata lì la prima volta che l'aveva conosciuta. Una traccia di vulnerabilità. Qualunque fossero i sentimenti che avevano continuato a crescere dentro di lui durante le ultime settimane, avevano raggiunto proporzioni sconvolgenti dopo il tentativo di rapimento della notte precedente.

Se il giorno prima non avesse insistito per accompagnarla, ora probabilmente Mallory sarebbe stata nelle mani di un predatore sessuale. Quel pensiero gli faceva venir voglia di tirare un pugno a qualcosa di duro. Magari alla faccia dell'Agente Speciale Supervisore Frazer.

«Poi cos'è successo?»

Alex guardò l'agente che stava raccogliendo la sua deposizione. Il Vicesceriffo L. Chance, secondo la targhetta che portava. Corrispondeva per stazza e corporatura all'aggressore. Così come lo sceriffo e metà dei suoi agenti.

«C'è stato un rumore in corridoio.»

Le guardie del corpo mandate dal suo socio, Haley Cramer, erano arrivate con l'elicottero dell'agenzia da meno di trenta minuti. Stavano facendo i turni per proteggere la migliore possibilità che avevano di acciuffare quel bastardo. Se Kari Regent fosse sopravvissuta, avrebbe potuto fornirgli un identikit dell'aggressore e magari una descrizione di dove era stata tenuta prigioniera. Allora avrebbero avuto un posto da cui partire. Alex era sempre più convinto che il punto di partenza fosse da qualche parte vicino a Colby e che fosse collegato a quanto accaduto diciotto anni prima.

«Lei era a letto a dormire?» gli chiese l'agente Chance.

Alex scosse la testa. «Ero seduto su una sedia, con gli occhi ben aperti.»

«Lei era a sedere su una sedia mentre l'agente Rooney dormiva?»

«È quello che ho detto.» Alex osservò Mallory attraverso il vetro. Da quando quel bastardo aveva tentato di rapirla, non riusciva a rilassarsi. Era sicuro che non fosse stato il primo tentativo e che non sarebbe stato l'ultimo. Finora Mallory era stata fortunata, ma non avrebbe potuto tenere alta la guardia per sempre. L'unico modo per mettere fine a tutto ciò era piantare un proiettile nel cervello di quella bestia. Tamburellò con le dita sulla scrivania. Il poliziotto lo stava ancora guardando, come se stesse aspettando una risposta. «Stavamo facendo dei turni di guardia.»

«Quindi vi aspettavate di avere dei problemi?»

Alex annuì. Anche Frazer si era aspettato dei problemi, ma il figlio di puttana non aveva fatto nulla per prevenirli. Perché? Gli occhi di Alex si strinsero. Faceva forse parte del Progetto Portale? Era la *parte* che l'ultima volta per poco non lo aveva fatto scoprire?

O forse credeva sinceramente che Mallory – un'agente speciale dell'FBI addestrato – potesse affrontare l'aggressore da sola. Alex si accigliò. Non era sessista. Aveva scoperto che uno degli altri assassini professionisti era una donna ed era una delle migliori. Le donne potevano essere operative sul campo, e potevano farlo dannatamente bene. Ma Mallory non era ancora a quel livello. Aveva bisogno di ulteriore addestramento, di una migliore forma fisica e di una maggiore determinazione priva di scrupoli per far del male a qualcuno.

Era questo a dare un vantaggio ai predatori e agli agenti sotto copertura rispetto alle persone "normali." Non dovevano rispettare le regole della società e quando operavano lo facevano con velocità e precisione. Nessuno si aspetta di essere attaccato da un altro essere umano. È qualcosa che viola ogni senso di sicurezza e fa sì che persone intelligenti si arrendano, quando di solito avrebbero lottato per la propria vita.

«Negli anni, la signorina Rooney è stata in quella casa molte volte. Perché pensava che la notte scorsa sarebbe stato diverso?»

Alex non sapeva cosa l'FBI avesse condiviso con le forze dell'ordine locali in merito alle nuove prove che erano venute a galla. Se questo tizio avesse dovuto saperne di più del caso, Alex avrebbe lasciato ad altri agenti l'onore di aggiornarlo. Si strinse nelle spalle. «Mi piace essere preparato.»

Le sopracciglia del vicesceriffo si sollevarono. «Come una specie di boy scout con indosso una SIG P299.»

Alex gli rivolse un sorriso freddo. «Non sarei vivo se avessi avuto con me una cerbottana.»

«L'Agente Rooney non ha sparato nemmeno un colpo?» Entrambi guardarono in direzione di Mallory.

«Non appena ha sentito la donna ferita lamentarsi, si è concentrata sul salvarla.»

L'agente sbuffò, come a voler dire che Mallory non aveva svolto al meglio il proprio lavoro, ma Alex avrebbe evitato di dirgli che lui preferiva lavorare senza interferenze.

«È da molto che vi frequentate?»

Alex guardò il poliziotto. L'FBI conosceva già la risposta a quella domanda.

Non sapeva se la polizia e i federali erano arrivati a capire che il killer delle iniziali PR e il duplice omicidio erano collegati al rapimento di Payton Rooney di diciotto anni prima. Lui l'aveva capito. Non aveva alcun dubbio in merito. Era tutto collegato. Dovevano solo scoprire in che modo.

La penna del poliziotto rimase in sospeso. «Okay, poi che cosa è successo?»

«I vostri agenti stanno setacciando i boschi?»

Le labbra del vicesceriffo s'irrigidirono. «Le squadre di ricerca hanno ispezionato ogni centimetro e non è stato trovato nulla, non una dannatissima cosa.»

«Lui conosce questi boschi. Dovete continuare a indagare nell'area locale.»

Il poliziotto lo guardò contrariato. «Sappiamo come fare il nostro lavoro, *Mr* Parker.»

Alex non disse nulla. Sarebbe stato difficile acciuffare quell'assassino seguendo le regole. Per fortuna, lui non era tenuto a farlo. Doveva controllare l'algoritmo che aveva scritto per confrontare le informazioni dei telefoni cellulari con le zone dei ritrovamenti e con quelle dei rapimenti. Avrebbe aggiunto i ripetitori di zona per vedere cosa ne sarebbe saltato fuori. Ansioso di andarsene, si affrettò a raccontare il resto della storia. Mallory stava ancora parlando con lo sceriffo.

«Cosa l'ha portata a voltarsi?»

Alex batté le palpebre rivolto al poliziotto. Non avevano finito?

«In camera da letto. Ha detto che stava guardando fuori dalla finestra e che si è voltato. Perché?» Il vicesceriffo sembrava interessato.

Alex diede un'alzata di spalle. «Ho avvertito qualcosa.»

«Ottimo istinto.»

I suoi occhi si strinsero. «Ho avuto fortuna.» Non disse all'uomo che gli capitava di aver fortuna molto spesso.

«Poi lo ha inseguito?»

«Sì. Abbiamo finito?» Una fitta di dolore gli attraversò la testa. Fottute emicranie. Alex estrasse gli antidolorifici dalla tasca e si versò un bicchiere d'acqua. *Merda*. La madre e il padre di Mallory erano arrivati. Alzò gli occhi al cielo, immaginando il circo che sarebbe seguito a breve. I due entrarono nell'ufficio dello sceriffo e avvolsero Mallory in un abbraccio protettivo.

Una sensazione di isolamento lo investì, rendendolo incapace di muoversi, come se gli avessero conficcato un chiodo nella schiena. Era peggio del solito, perché per qualche breve ora aveva provato quanto lo facesse stare bene essere parte di qualcosa. Adesso si ritrovava di nuovo a guardare dall'esterno.

Dove gli piaceva stare. Dove doveva stare.

Era necessario mettere un freno alle proprie emozioni. Ma non avrebbe potuto in alcun modo allontanarsi da Mallory finché quel pezzo di merda non fosse stato preso. Non significava che doveva illudersi che lui e Mallory avrebbero finito col "vivere felici e contenti".

«Perché non l'ha seguito nel bosco?»

«Non volevo lasciare l'Agente Rooney e la donna ferita da sole per troppo tempo.» Alex stava perdendo la pazienza.

Il labbro del Vicesceriffo Chance si arricciò. «E quando è tornato indietro si è trovato davanti l'Agente Speciale Supervisore Frazer. Perché ha opposto resistenza all'arresto?»

«Non sono mai stato in *arresto*.» Alex si costrinse a non spaccare la testa all'uomo.

L'espressione dell'agente era dubbiosa. «Secondo quanto ha riferito l'Agente Frazer si è identificato come agente federale e le ha intimato di lasciar cadere l'arma.»

Alex si massaggiò la fronte. Quell'uomo lo stava uccidendo. Ecco perché lui sarebbe stato un pessimo poliziotto. Troppe domande monotone. «Per quel che potevo saperne, l'aggressore aveva fatto il giro della casa e voleva che gettassi l'arma prima di spararmi.»

«Allora perché non gli ha sparato alla testa?» lo incitò il vicesceriffo.

«Al federale o all'aggressore?»

L'agente Chance rise con un suono che assomigliava a un grugnito e lanciò un'occhiata verso il punto in cui l'Agente Speciale Supervisore Frazer stava conferendo con la sua squadra. «A entrambi.»

«Sapendo che l'aggressore indossava un giubbotto antiproiettile, avrei dovuto sparagli alla gamba.»

«Dalle sue parti non vi insegnano a sparare per uccidere?» Ora l'accento del West Virginia era più marcato che mai.

Alex non sorrise. Aveva tolto la vita a troppe persone per considerarla una battuta. «Mallory vuole sapere cos'è accaduto a sua sorella. Altrimenti il tizio sarebbe morto.» E tutta questa situazione del cazzo sarebbe finita. Lui sarebbe stato libero di andare avanti. Quella consapevolezza gli apriva una voragine nel petto.

«Pensa davvero che sia la stessa persona che rapì Payton Rooney tutti quegli anni fa?» lo schernì il vicesceriffo.

«Sì.» Alex si alzò in piedi mentre la famiglia Rooney usciva dall'ufficio dello sceriffo. La senatrice intercettò il suo sguardo e con un movimento imperioso del capo gli fece cenno di unirsi a loro. *Evviva.* «C'è altro?» chiese all'agente Chance.

«No, abbiamo finito.» Il vicesceriffo si stravaccò sulla sedia. «Non si faccia più giustizia da solo, Mr Parker.»

Certo. Alex fece un respiro profondo, poi raggiunse l'area in cui i Rooney stavano parlando con lo sceriffo. Rimase dietro al gruppo come un'ombra, ma Mallory gli prese la mano e lo costrinse a venire in avanti. Quell'accettazione naturale di fronte ai suoi genitori lo lasciò senza fiato.

«Questo è Alex Parker.» Mallory lo presentò a suo padre, mentre i due uomini si stringevano la mano.

«Voglio ringraziarla, figliolo.» La stretta di mano del giudice era ferma. «Sappiamo che senza di lei molto probabilmente Mallory sarebbe stata ferita o rapita.» La voce dell'uomo si ruppe. «So che è un'agente dell'FBI, ma non riesco a sopportare il pensiero di perdere un'altra figlia.»

«Sono felice di esserci stato, signore.»

Frazer si unì alla combriccola e Mallory lo presentò ai suoi genitori, mentre Alex faceva un passo indietro. Lui e Frazer non erano esattamente amici.

«Agente Speciale Supervisore Frazer, cosa sta facendo per garantire la sicurezza di mia figlia?» La domanda venne dal giudice

«Sto per rimandarla a Quantico.»

Mallory aprì la bocca per obiettare, ma la richiuse immediatamente, prima che potesse sfuggirle una qualsiasi parola. Per una volta, Alex era del tutto d'accordo con Frazer, ma avrebbe lasciato all'altro uomo la patata bollente.

«Lei è troppo vulnerabile e troppo vicina a questo caso per lavorare sulle prove.»

«Kari Regent è stata rapita appena fuori Washington.» La mascella di Mallory assunse un'inclinazione ribelle. «Cosa le fa pensare che sarò più al sicuro là?»

«Mr Parker, mi chiedevo se potessimo scambiare due parole in privato, mentre quei due discutono» chiese a bassa voce la senatrice.

«Usate pure il mio ufficio.» Lo sceriffo fece loro cenno di entrare, anche se era chiaro che avrebbe voluto andare avanti con il proprio lavoro, invece di essere impegnato con infinite questioni politiche.

Alex seguì la Senatrice Tremont all'interno e chiuse la porta dietro di loro. Lei prese a camminare avanti e indietro, proprio come aveva fatto Mallory all'ospedale. La sensazione di essere osservato lo opprimeva come un peso sulla schiena.

«Ritiene che quest'assassino sia lo stesso uomo che prese Payton?»

Alex annuì.

Lei abbassò gli occhi sulle sue costosissime scarpe di pelle. «Voglio ringraziarla, per aver personalmente protetto mia figlia.»

Lui annuì. «Non l'ho fatto perché c'era di mezzo lei.»

Le labbra della donna si contrassero e i suoi occhi si strinsero in due fessure. «Allora perché?»

Non avrebbe mai confessato i suoi sentimenti a quella donna, anche se li avesse capiti del tutto. Si appoggiò alla scrivania e si strinse nelle spalle. «Abbiamo una relazione.»

Chiazze rosse di rabbia apparvero sotto il fondotinta steso in maniera perfetta. La donna si voltò verso la finestra che dava sull'esterno, in modo che nessuno potesse leggere il labiale delle parole che si stavano scambiando. «Non m'importa se andate a letto insieme, ma se dovesse succedere qualcosa a mia figlia,» la sua voce divenne poco più di un sibilo, «farò in modo di rispedirla in quella prigione in Marocco prima che abbia il tempo di dire "ma".»

La rabbia lo pervase fino al midollo. Fece scivolare il braccio intorno alle spalle della donna, attirandola in un abbraccio. Era malleabile come una pietra. Le pulsazioni del collo erano irregolari, come se fosse a disagio. Bene. Alex le avvicinò la bocca all'orecchio e parlò molto lentamente. «Non era questo l'accordo, Senatrice. Mallory non ha niente a che vedere con il nostro contratto. Rimangono ancora cinquecentoventi giorni che lei ha comprato insieme alla mia libertà, poi avrò finito. Per sempre.» La donna più anziana s'irrigidì ancora tra le sue braccia. Agli occhi di un osservatore esterno sarebbe sembrato un abbraccio con una donna emotivamente instabile. La voce di Alex si abbassò ancora. «Se verrà meno alla sua promessa, la distruggerò. Se ferirà Mallory…» Arretrò abbastanza da lasciare che fosse il suo sguardo freddo e spietato a finire la frase. Margret Tremont rabbrividì.

Alex fece per andarsene, ma le dita della donna si conficcarono nei suoi tricipiti. Poi i suoi occhi si riempirono di lacrime, mentre si trasformava da potente senatrice a genitore impotente. «Solo non permetta che accada qualcosa alla mia bambina.» Deglutì. «La prego.»

Un nodo di emozione minacciò di soffocarlo, ma non poteva lasciare che quella donna vedesse la sua debolezza. «Sono disposto a dare la vita perché lei sia al sicuro. Glielo prometto.» Non le disse che avrebbe sacrificato tutto per proteggere Mallory, compreso il Progetto Portale e la senatrice stessa. «Perché ha fatto quella chiamata all'FBI su Meacher?» le chiese con calma.

Gli occhi della donna lampeggiarono in allerta, poi si spostarono sulle persone che li stavano guardando attraverso il vetro. «Io… Io…»

«Per dare a Mallory la possibilità di fare buona impressione?»

«Perché non avrebbe dovuto essere lei a prendersi il merito? Quell'animale operava nella sua giurisdizione.» L'irritazione brillò sul volto della donna, anche mentre guardava fisso fuori dalla finestra. «Non sapevo che Meacher avrebbe scelto quella notte per prendere un'altra vittima. Non sapevo che avrebbero dato ordine di assalto immediato alla sua abitazione» sibilò.

«Ha fatto altre chiamate?» chiese lui parlandole sopra.

«Cosa? No!» Sembrava scioccata da quell'insinuazione.

Lui la considerò freddamente. Come la maggior parte dei politici, la donna era un'ottima bugiarda. «Chiunque sia l'infiltrato che ha nell'FBI, non mi fido. L'allarme che la polizia stava arrivando nella residenza di Meacher mi è arrivato così in ritardo che a momenti io e l'FBI ci stringevamo la mano sulla soglia della casa. O è un incompetente, o sta cercando di fare in modo che mi prendano. Nessuna delle due ipotesi è buona per lei e per i suoi soci del Progetto Portale.»

Lei deglutì nervosamente. «Deve essere stato un errore tecnico. Un disguido.» Gli occhi della donna si spostarono sull'Agente

Speciale Frazer, che li stava guardando dal vetro, ma Alex non sapeva se fosse lui l'infiltrato o se la senatrice temesse soltanto che potesse sentire qualcosa.

Se si fosse trattato di Frazer, avrebbe avuto senso. Se la senatrice avesse ricattato l'uomo per costringerlo a lavorare nella loro organizzazione poco pulita – e Alex non ne sarebbe stato sorpreso – allora mettere in pericolo la figlia della senatrice sarebbe stato un modo efficace per vendicarsi.

«Tenga i suoi cani al guinzaglio, Senatrice» le mormorò all'orecchio. «Prima che le si rivoltino contro.» Alex si girò e le tenne aperta la porta, e lei lo superò come una regina. Mallory lo guardava con quei suoi occhi ambrati.

«Mi dispiace. Cosa voleva da te?» chiese, quando lui si sistemò al suo fianco.

«Assumere la mia agenzia per proteggerti.»

Mallory scosse la testa. «Che cosa le hai detto?»

«Ce ne stiamo già occupando.» Le circondò la vita con un braccio e le posò un bacio sulla tempia. «Non andrò da nessuna parte finché quell'uomo sarà là fuori.»

Sentiva la pelle formicolare mentre lasciavano l'edificio. Probabilmente per il fatto di essere così vicino al sistema giudiziario di cui si faceva beffa ogni volta che gli veniva affidata una missione. Il sistema giudiziario che gli avrebbe fritto il culo, se mai fosse stato preso.

18

Dicembre aveva stretto quella terra in una morsa di gelo, spietata come una trappola per conigli. Qualche centimetro di neve copriva il terreno e le foglie morte si spezzavano sotto i suoi stivali invernali. La furia ribolliva profondamente nelle sue viscere e sembrava quasi soffocarlo. Le costole gli facevano un male cane. Le aveva fasciate strette e aveva prestato la massima attenzione perché non trapelasse nulla, nonostante il dolore fosse lancinante.

Gli occhi di Mallory avevano la stessa tonalità di quelli di Payton. I suoi capelli erano una sfumatura appena più chiara del nero. Troppo corti, ma presto sarebbero ricresciuti. Entro un anno sarebbero stati lunghi e setosi contro le sue dita.

Seguì l'altro uomo in mezzo ai boschi. Nonostante il fiasco monumentale della notte precedente, la situazione si reggeva ancora in piedi. A stento. I media erano accampati fuori dal municipio; il sindaco aveva l'aspetto di uno sul punto di avere un colpo apoplettico, cosa che sarebbe successa se lo sceriffo non avesse risolto la situazione velocemente. Gli piaceva lo sceriffo, era un brav'uomo, ma lui non aveva alcuna intenzione di facilitargli il lavoro.

Innanzitutto, doveva occuparsi di quella cagna, Kari, prima

che facesse qualche danno serio. Le voci dicevano che fosse priva di conoscenza e che probabilmente lo sarebbe rimasta ancora per un po'.

«Quest'area è già stata ispezionata?» l'altro uomo tirò indietro il suo berretto beige e si passò la mano sul sopracciglio. Nonostante il freddo, stava sudando come un maiale sulla brace.

«Due volte.» Lui non fece nulla per nascondere l'irritazione. Perché questo stronzo non poteva semplicemente lasciar perdere?

Sean Kennedy respirò con affanno, poi raddrizzò le spalle. «Ancora una, come portafortuna.»

«Cosa stiamo cercando *di preciso*?» Sospirò con impazienza. Era stato attento a ispezionare lui l'area vicino alla pila di legna, ma Kennedy si stava dirigendo con ostinazione in quella direzione. Pensava di essere un super detective.

«Vestiti. Impronte. Tracce di sangue. Lo sapremo se troveremo qualcosa.» L'altro agente scrollò le spalle possenti e si asciugò la bocca con il dorso della mano. «Non sarebbe un bel colpo se fossimo noi a scoprire cosa successe a Payton Rooney tutti quegli anni fa? Tu la conoscevi?»

Un nodo di dolore gli contorse le viscere. «No, non la conoscevo.» La sua apprensione cresceva a ogni passo che facevano in mezzo alla neve. «Se c'è qualche prova, è sepolta sotto questa neve.»

«Dovremmo portare qua i cani...»

«L'assassino ha preso la macchina dei McCafferty. I cani non ci direbbero niente, se non quale direzione ha preso.»

«Sì, ma la scorsa notte il killer è tornato per Mallory Rooney, quindi forse è ancora in zona.»

Si stavano dirigendo sempre di più verso il sentiero che portava al suo rifugio. Kennedy era un bravo poliziotto, che si stava avvicinando troppo per i suoi gusti e cominciava a irritarlo. «Andiamo a prendere qualcosa da mangiare e torniamo quando farà giorno e ci sarà luce.»

«Tra un attimo» replicò Kennedy con impazienza.

Di solito l'esca del cibo funzionava con lui. Kennedy si fermò e si guardò intorno nel calare della sera. *Dai, dai. Voltati.* Poi il poliziotto alzò lo sguardo verso la catasta di legna. «Controlliamo quell'area e poi avremo finito.»

Merda.

Si mosse con cautela dietro il suo partner, guardandosi alle spalle. Le altre squadre avevano interrotto le ricerche per la notte ed erano andate a casa. Slacciò furtivamente il bottone della fondina.

Seguirono la debole traccia delle orme che lui aveva lasciato in precedenza, giungendo alla radura centrale, dove si era assicurato di non passare sopra alla botola, concentrandosi sulla catasta di legno. I rami sopra le loro teste tremavano mentre il vento vi soffiava attraverso. Fiocchi di neve costellavano il terreno. Lui abbassò lo sguardo e imprecò. La neve si era sciolta sull'anello di metallo della botola, lasciando una chiara impronta circolare. Vide il momento esatto in cui Kennedy la scorse.

Kennedy si voltò e incrociò i suoi occhi, lo sguardo pieno di eccitazione. Si mise un dito davanti alle labbra e tirò fuori la pistola. «Non c'è niente qui. Meglio tornare indietro» disse a voce alta, poi aggiunse in un sussurro: «Questo farà guadagnare a entrambi un bell'encomio, diamine.»

Anche lui estrasse la pistola, sollevato che l'altro agente non avesse chiamato la centrale. Era ovvio che Kennedy preferiva essere un eroe, invece che seguire la procedura. Quest'ultimo si allungò verso l'anello di metallo, poi gettò di lato il portello, che finì nella neve con un rumore sommesso. All'interno era buio pesto ed era quasi impossibile vedere qualcosa nel crepuscolo. Kennedy prese la torcia e la puntò verso i gradini. «Polizia! Vieni fuori con le mani in alto» disse ad alta voce.

Lui si guardò nuovamente alle spalle. Nessuno nelle vicinanze.

Kennedy fece per prendere la radio. Aveva due possibilità. Lasciare che Kennedy chiamasse la centrale e scappare mentre la polizia analizzava la scena. Oppure...

«Hai sentito anche tu? Tipo il pianto di una donna?» sussurrò concitato all'altro agente, facendo un passo avanti. Kennedy gli si parò davanti. Il ragazzo voleva davvero essere l'eroe del giorno.

Kennedy si tolse il cappello e lo gettò a terra, poi s'incamminò giù per la scala di legno, i montanti scricchiolavano sotto il suo peso. Tutta l'attenzione di Kennedy era concentrata davanti a sé. Giunto al terzo scalino, lo colpì con violenza dietro la nuca con la pistola di servizio. Il ragazzo si schiantò sul pavimento sporco. Lui si affrettò giù per le scale e assicurò con rapidità la catena ai polsi robusti di Kennedy, mentre si metteva in tasca le chiavi del poliziotto. Afferrò il nastro adesivo, e avvolse efficacemente bocca, polsi e caviglie. Raccolse la radio di Sean, il cellulare, l'arma e il distintivo, consapevole che avrebbe dovuto ucciderlo, ma senza voglia di farlo subito. Il sangue colava sulla faccia di Kennedy e si suoi occhi cominciarono ad aprirsi. Erano annebbiati dalla confusione e imploravano in silenzio delle risposte mentre le sue mani strattonavano la catena.

«Be', cavolo, Seany, hai risolto questo maledettissimo caso.» Sollevò un paio di oggetti dalle mensole. Un pettine. Lo zainetto di Kari Regent. «Comunque ho mentito, quando ho detto che non conoscevo Payton. Io la conoscevo meglio di chiunque altro. La amavo e lei amava me. Mi dispiace che sia stato proprio tu a scoprire tutto.» Fece una smorfia beffarda. Non era ciò che avrebbe voluto che accadesse, ma Kennedy aveva segnato il proprio destino. Risalì i gradini, facendo attenzione che non arrivasse nessuno mentre richiudeva il coperchio del rifugio assicurandolo con il catenaccio. Vi sparse sopra la neve con attenzione, finché non fu di nuovo invisibile.

La scomparsa di Sean sarebbe stata uno di quei misteri su cui di tanto in tanto la gente si arrovellava il cervello.

Ritornò all'auto di pattuglia, salì e guidò lungo una strada deserta che attraversava la tranquilla zona fino al ranch del Tenente Kennedy. Entrò in casa – il ragazzo non aveva mai chiuso a chiave una porta in tutta la sua vita – posò la pistola, il distintivo, la radio e il cellulare sul bancone della cucina, rimuovendo attentamente le proprie impronte e il proprio DNA dagli oggetti.

Poi raggiunse la camera da letto e infilò lo zainetto di Kari sotto al letto. Appoggiò il pettine sul comò, lo toccò e gli venne in mente quando spazzolava i lunghi capelli scuri di Payton fino a farli risplendere come l'ebano. Ripulì il manico di legno e poi si fece indietro.

A cosa stava pensando ora Kennedy? Era rimasto colpito? Scioccato per bene?

Ritornò alla macchina di pattuglia e si diresse verso l'ufficio dello sceriffo. Se qualcuno glielo avesse chiesto, avrebbe detto che aveva scaricato Kennedy a casa dopo un'altra infruttuosa ricerca nei boschi. Quando l'indomani non si sarebbe presentato al lavoro, avrebbero mandato qualcuno a cercarlo a casa. E quando avrebbero capito che era scomparso, sarebbe schizzato in cima alla lista dei sospettati. Il pettine, lo zainetto e la sua scomparsa improvvisa avrebbero dovuto fargli guadagnare un po' di tempo. Abbastanza da uccidere Kari e sottrarre Mallory Rooney da sotto il loro naso. Alex Parker gli aveva messo i bastoni tra le ruote, ma non sarebbe durata a lungo. Intendeva ripagarlo prendendo la sua donna. I poliziotti da quelle parti non erano esattamente dei geni e anche l'FBI si stava rivelando una delusione. Ma finché Kari Regent non fosse morta, doveva cominciare a organizzare la sua uscita di scena, per precauzione.

Pazienza, rammentò a se stesso mentre superava i furgoni delle TV e dei media. Kari si trovava in terapia intensiva e l'allerta era massima. Finché fosse riuscito a non cedere al panico, le cose avrebbero funzionato. Guardò fuori dal finestrino dell'auto, mentre la neve ricominciava a cadere dolcemente, coprendo le tracce che lui e Sean avevano lasciato nel bosco.

La pazienza era sua amica.

———

I suoi genitori erano persone potenti, ma non avevano più

molto spazio per esercitare la propria influenza. Eastborne era la scena di un crimine e lo sarebbe stata finché i federali non avrebbero deciso diversamente. Mallory li aveva fatti tornare a casa, dicendo loro di lasciare che la polizia facesse il proprio lavoro. Aveva promesso che si sarebbero visti per cena a casa di sua madre durante il weekend.

Ora lei e Alex erano tornati all'appartamento di suo padre a Washington e per quanto riguardava l'indagine, lei era stata buttata fuori a calci a tutti gli effetti. La sua mascella s'irrigidì. Avrebbe potuto essere d'aiuto, ma erano giorni che dormiva a malapena ed era così stanca che faticava a stare in piedi. La cosa stava cominciando a influire negativamente sulla sua capacità di pensare in maniera corretta. Il giorno successivo aveva intenzione di parlare ad Hanrahan del piano per catturare il vigilante, ma in quel momento voleva solo dormire e non doversi preoccupare di un maniaco che cercava di rapirla.

In sottofondo, la TV era accesa, ma senza audio. Lanciava immagini lampeggianti contro la parete. Il resto dell'appartamento era buio. Alex entrò nella stanza dopo essersi fatto una doccia. Si chinò su di lei e la baciò, a lungo e lentamente.

«Di sicuro devi avere di meglio da fare che stare qui con me» mormorò lei contro la sua bocca.

«Mi piace stare qui con te.» La spinse indietro fino a trovarsi disteso sopra di lei sul divano. «Mi piace veramente tanto.» Le mordicchiò il labbro inferiore, strappandole un gemito e lei, incapace di resistere, gli circondò il collo con le braccia e si deliziò del suo sapore. Il senso di colpa che provava nel permettersi di essere felice era alleviato dal fatto che, senza Alex, avrebbe potuto essere morta. Sua sorella non l'avrebbe voluto.

Mallory si staccò da lui e scrutò in quei suoi occhi color del peltro. «Non riesco a credere che tu sia entrato nella mia vita proprio nel momento giusto.»

Lui la baciò ancora, risvegliandole un senso di calore nel ventre e anche qualcos'altro. Qualcosa di spaventoso. Qualcosa di stupefacente. Le scostò i capelli dalla fronte, disegnando il contorno del suo viso con le dita. «Credo di essere arrivato nella tua vita esattamente quando era scritto che vi entrassi.»

Destino? Mallory aveva etichettato il destino come qualcosa di volubile tanti, tanti anni prima. Si sentiva traboccare di emozione, ma non voleva pensare a cosa sarebbe potuto succedere se Alex non fosse stato con lei la notte precedente. Invece, gli leccò l'interno della bocca e assunse il controllo del bacio, sentendone il potere inebriante mentre lui ricambiava. Sapeva di uomo forte e sano e lei desiderava quella forza. Voleva giocare con quel potere, esplorare i modi in cui poteva farlo gemere. E aveva intenzione di dimenticare che ci fosse un uomo là fuori che pretendeva che lei diventasse il suo giocattolo personale.

L'appartamento era relativamente sicuro, con un buon sistema di allarme. Una delle sue Glock era sul tavolino del salotto. L'altra era nel cassetto di fianco alla porta d'ingresso. Alex portava un'arma in una fondina alla spalla che, su quel corpo scolpito, gli dava un'aria tremendamente sexy.

Lo fece rotolare e finirono sul pavimento, lei sopra di lui. Scoppiarono entrambi a ridere, ma l'ilarità finì quando le dita di lei si spostarono sul primo bottone della camicia di Alex. Lui giaceva immobile, mentre lei si faceva strada lungo il suo torso. Fece per toccarla, ma Mallory scosse la testa.

«Voglio farti tutto ciò che desidero.» C'era una nota di sfida nel suo tono. Aveva bisogno di un po' di controllo in una vita che sembrava completamente impazzita.

Un angolo della bocca di Alex si piegò all'insù. «Accomodati.»

Mallory si mise a cavalcioni su di lui e il desiderio la infiammò, riflettendosi negli occhi dell'uomo.

Le dita di Alex le strinsero le cosce. «Sii dolce con me. O rude. Come vuoi…» Pronunciò la frase come battuta, ma Mallory puntò gli occhi sulle sue cicatrici e si rese conto che qualcuno lo aveva ferito, fisicamente e mentalmente. Abbassò le labbra su una prima cicatrice, poi su una seconda. «Un giorno,» disse tra un bacio e l'altro, «voglio che tu mi dica come ti sei fatto ognuna di queste.»

Gli posò due dita sulle labbra prima che lui potesse protestare. «Non oggi. Un giorno.»

Lui continuò a guardarla, gli occhi vibranti di emozioni inespresse, ma alla fine annuì.

Il calore della sua pelle le bruciava le dita mentre le faceva scorrere sulle labbra di Alex, lungo la sua gola fino agli ampi pettorali e ai capezzoli scuri, e poi ancora più in basso sugli addominali, che si fletterono a quel tocco. Non aveva mai avuto un amante tanto bello prima. Mai toccato un corpo così. Ma non era quello a rendere Alex bello. Lui richiamava qualcosa dentro di lei. Mallory non sapeva cosa fosse, ma semplicemente loro due si completavano. In modo perfetto. Con le labbra seguì la striscia di peluria dorata che puntava a sud dell'ombelico che voleva assaggiare. E lo fece. Era caldo e pulito e odorava del sapone usato nella recente doccia.

Gli slacciò il bottone dei jeans, poi fece scorrere l'indice sopra la cerniera. Gli occhi di Alex si oscurarono.

«Ti piace?» gli chiese.

«Sono un uomo. Toccami l'uccello e sono felice.»

«Mi piace il fatto che tu sia un uomo.» Mallory aprì il primo bottone della sua camicetta e lo guardò trattenere il fiato mentre faceva lo stesso con il bottone successivo. «Mi piace molto.» Aveva detto che non gli avrebbe fatto del male, ma non che non lo avrebbe tormentato finché non avesse implorato pietà. Un altro bottone. Così poteva intravedere il reggiseno nero di pizzo che si era messa dopo la doccia.

«Tu finirai per uccidermi.»

«Ci provo.» Slacciò l'ultimo bottone e si sfilò lentamente la camicia, gettandosela alle spalle.

Lui strinse le dita ma non tentò di toccarla. «Fammi sapere se posso aiutarti.» Lanciò un'occhiata ai suoi seni.

«Penso di avere tutto sotto controllo.» Mallory premette contro la cerniera dei pantaloni di Alex e gli occhi dell'uomo si focalizzarono su di lei. Amava la sensazione che le dava la pelle di Alex, liscia e tonica. Gesù, era scolpito e bello. Non massiccio, ma definito come la lama di un coltello.

«Hai un corpo da urlo per essere uno che sta dietro una scrivania.»

«Hai un corpo da urlo per essere una dipendente del governo.» Alex fece scivolare le mani sulle sue costole per poi chiuderle a coppa sui suoi seni ardenti e si protese in avanti per prenderle un capezzolo in bocca. Il bordo ruvido del pizzo contro la pelle così sensibile le fece arricciare le dita dei piedi per il piacere; tante sensazioni le attraversarono il corpo, portandola ad aggrapparsi a lui. Le mani di Alex erano grandi e plasmavano ogni curva. Avrebbe dovuto essere lei ad avere il controllo, ma in un qualche modo, lasciare che Alex facesse l'amore con lei la faceva sentire come se avesse tutto ciò che aveva sempre desiderato.

Mallory si spostò all'indietro, quel tanto che bastava per spezzare il contatto, e lui gemette, tornando a sdraiarsi con un tonfo sordo. Lei gli abbassò i jeans oltre le cosce e lui se ne liberò con un calcio. Alex si tolse la fondina e appoggiò la propria arma vicino a quella di lei sul tavolino. La sua e quella di Mallory. Infine, si sfilò la camicia e la gettò dietro di sé con un luccichio negli occhi.

La divorò con lo sguardo. Mallory aveva indossato dei pantacollant perché quella sera aveva progettato di lavorare e riguardare i file che aveva studiato già un milione di volte. Ma aveva bisogno di una pausa. Aveva bisogno di una vita. Aveva bisogno di questo. Si alzò in piedi e si sfilò i pantaloni, mentre osservava gli occhi di Alex dilatarsi alla vista delle sue mutandine di pizzo nero. Le aveva indossate per lui. Voleva ringraziarlo. Non per averle salvato la pelle la notte precedente. Ma per averle ricordato che aveva una vita e che un giorno avrebbe potuto avere anche un futuro.

La lussuria s'impossessò di lei, mentre contemplava il magnifico corpo di Alex. Dio, quanto lo desiderava. Un desiderio feroce e bollente. Un desiderio da mutandine bagnate, ginocchia tremanti e da "dov'è il preservativo"?

Alex si alzò in piedi. «Camera.»

Lei batté le palpebre. *Veramente?*

Lui afferrò la propria pistola, poi la sollevò tra le braccia e la portò fino all'altra stanza. La posò sul letto e appoggiò la pistola sul comodino prima di seguire Mallory e sdraiarsi tra le sue cosce. La punta del suo membro pulsava contro il pizzo bagnato e la tentazione che lei aveva, di scoparlo senza alcuna protezione, era quasi irrefrenabile. Lui scivolò lungo il suo corpo, portandosi via la decisione sbagliata.

Le sue labbra toccavano ogni centimetro di pelle, mentre si faceva di nuovo strada verso i suoi seni a suon di baci, leccandole i capezzoli finché lei non cominciò a dimenarsi sul letto, vicina a esplodere solo così. Braccia forti le tenevano i polsi bloccati ai lati del corpo. Mallory adorava la forza dominante di Alex, ma non era quello di cui aveva bisogno quella sera. Aveva bisogno di mantenere lei il controllo, di sapere che poteva fare tutto ciò che voleva.

Lui stava per spostarsi più in basso e, Dio, quanto voleva che lo facesse, ma... «Alex.»

Quell'unica parola fu sufficiente a fargli alzare la testa. «Cosa?»

Lei lo spinse col proprio corpo e lui rotolò sulla schiena. «Stanotte detto io le regole.» Lo prese in bocca, accarezzandogli le palle con la mano, e continuò a dargli piacere finché i talloni di Alex non cominciarono a premere forte contro il materasso. Allora risalì lungo il suo corpo leccandolo, fino ad arrivare alla sua bocca sexy. Si protese verso il cassetto per prendere un preservativo e lui approfittò di quel momento per infilare un dito oltre il bordo delle sue mutandine e la trovò bagnata e pronta.

«Mi stai facendo impazzire.»

«Anni senza sesso possono avere questo effetto su una ragazza. E anche trovarsi in pericolo di vita.»

«Non lascerò che si avvicini a te, Mallory.»

Lei annuì. «Nemmeno io lascerò che mi si avvicini.»

Mallory fece per liberarsi della lingerie, ma lui la fermò. «Non toglierla.»

Feticista della lingerie. La lasciò al suo posto.

Alex le prese il preservativo dalle dita e se lo infilò. La fece abbassare lentamente sopra di sé e le spostò di lato le mutandine. Era grosso, eccitato. Lei scese un po' su di lui e Alex digrignò i denti. Mallory abbassò lo sguardo; vederlo dentro di sé, vedere il pizzo nero contro la pelle chiara era così eccitante che la fece venire con un fremito di sorpresa. Alex rimase perfettamente immobile, come se avesse paura di muoversi. Stringendo gli occhi chiusi, Mallory si abbassò ancora di più su di lui.

«Dolcezza, so che questo è il tuo momento e credimi, non mi sto lamentando,» la voce di Alex era bassa e gutturale, «ma se non cominci a muoverti al più presto, credo che mi metterò a piangere.» I tendini del suo collo erano gonfi. Non la toccava, fatta eccezione per il punto in cui i loro corpi erano uniti e per il suo pulsare contro l'interno coscia di lei.

Mallory si protese in avanti per baciarlo sulle labbra. Contrasse i muscoli intorno a lui e Alex imprecò. Le piaceva tutto questo. Adorava il fatto che lui stesse facendo ciò che voleva lei, anche se avrebbe agito diversamente. Cominciò a premiarlo, muovendosi con lenti e sensuali colpi del proprio corpo su quella sua rigida erezione. Il sudore brillava sulla pelle di Alex, un debole luccichio che aveva il sapore del sale. Era bello, sudato e tutto suo.

«Mi stai davvero uccidendo» le sussurrò mentre lei si abbassava in modo che il proprio capezzolo fosse a portata della sua bocca. Alex l'assecondò, la lingua che grattava contro il pizzo. Il piacere l'attraversò come una freccia, dal capezzolo fino al centro del suo corpo. Il bisogno di avere di più, di avere tutto, continuava a crescere e Mallory si raddrizzò su di lui, facendo dondolare i fianchi e cavalcandolo più velocemente, più selvaggiamente. Alex si aggrappò a lei, penetrandola più a fondo, sollevandosi a incontrare i suoi movimenti; ogni tendine del suo corpo era teso dal bisogno di giungere al culmine. «Non posso aspettare oltre, Mallory...» Gettò la testa all'indietro e lei lo sentì venire dentro di sé. Il corpo di Mallory reagì a sua volta, contraendosi, librandosi verso l'orgasmo, mentre esplodeva in un vortice di estasi. Rabbrividendo, appoggiò la testa nell'incavo del collo di Alex e lui l'attirò a sé.

I loro respiri tornarono lentamente regolari. Trascorsi alcuni momenti a godere del conforto che le dava quel corpo contro il proprio, gli chiese: «Cosa farai per Natale?»

Lui si irrigidì sotto di lei. «Di solito lavoro.»

Mallory si raddrizzò e gli affondò le dita nei corti capelli setosi. «Passalo con me.»

Alex aveva un'espressione divertita negli occhi. «La cosa comprende i tuoi genitori?»

Nonostante tutto quello che stava succedendo nella sua vita, c'era questo strano senso di gioia che non avrebbe dovuto provare proprio in quel momento. «Posso disdire con loro.» Lui era più importante.

Alex grugnì. «Comprende del cibo?»

Mallory doveva ancora andare a fare la spesa. «Spero di sì.»

Lui s'impossessò della sua bocca e fece rotolare entrambi, così lei si ritrovò sotto, premuta contro il materasso, con lui ancora dentro, a fondo.

«È per caso un sì?» Mallory rise, sentendo che gli stava diventando di nuovo duro.

Le narici di Alex si allargarono. «Vedremo.»

Lei inarcò un sopracciglio. «Potrebbe essere il nostro primo appuntamento.»

«Noi non usciamo insieme, ricordi?» Spinse dentro di lei, strappandole un gemito soffocato. «Non hai per caso fatto qualcosa di stupido come innamorarti di me, vero Mallory?» chiese.

Mallory si sentì pervadere dall'emozione. Scosse la testa e gli allacciò le gambe intorno ai fianchi. Osservò le pupille di lui dilatarsi. «No, signore.»

«Bene.» Alex deglutì. «Nemmeno io.»

Ma mentre lo guardava negli occhi, Mallory sapeva che entrambi stavano mentendo ed era una sensazione oscura e pericolosa e meravigliosa.

———

Il mattino dopo, molto presto, Mallory era seduta di fronte ad Hanrahan nel suo ufficio stipato. Alex le aveva dato un passaggio a Quantico e le aveva detto che sarebbe ripassato a prenderla per portarla a casa. Quello strano struggimento che sentiva nel petto quando lui non c'era significava che era coinvolta in modo molto più profondo di quanto avesse mai creduto possibile. Era innamorata.

«È una buona idea» disse Hanrahan con esitazione.

«Quindi perché non ne sembra contento?»

Lui grugnì e si spostò sulla sedia. «Forse non voglio scoprire che davvero c'è qualcuno nella mia squadra che fornisce informazioni a un assassino.»

Mallory rimase seduta immobile e riuscì a non agitarsi anche se si sentiva tremare lo stomaco. Era chiaro che essere presa di mira da un serial killer l'aveva colpita più di quanto avesse realizzato. Ma ogni volta che si agitava, pensava che stava rivelando qualcosa di sé a quell'uomo. Nelle ultime settimane aveva voluto condividere sempre meno con le persone con cui lavorava. La fiducia non era mai stata un problema per lei prima di allora, il Bureau rappresentava tutto ciò che di buono c'era nel sistema giudiziario americano, ma non si era mai sentita tanto tradita come qualche notte prima, quando Frazer l'aveva lasciata appesa all'amo di fronte al Soggetto Ignoto.

L'aveva quasi fatta ammazzare.

«Non può dirlo a nessuno, deve rimanere un segreto» disse Mallory a quell'uomo che aveva decenni di esperienza in più rispetto a lei. «Faccia monitorare i cellulari dal tecnico informatico. Non gli dica perché. Quando arriveranno, dovrà dire loro che si tratta semplicemente di un'esercitazione.»

Alla fine, Hanrahan parlò. «C'è una baita che possiamo

usare... mio cognato possiede questo posto a circa un'ora di macchina da qui, in direzione nord-ovest. Si trova sul territorio federale, quindi abbiamo giurisdizione.» Spostò la mascella da un lato all'altro. «Lui e mia sorella sono in Egitto e ad ogni modo dovrei andare lassù per Natale.»

«Qualcuno potrebbe collegarlo a lei?»

Lui la fissò con quei suoi occhi che sembravano aver visto tutto. Scosse la testa. «Non penso. La cosa richiederebbe molta ricerca. Mia sorella era vedova quando si è risposata, quindi il suo cognome non era nemmeno Hanrahan. E di sicuro io non ho menzionato il posto con nessuno.»

«Come procederemo?»

«*Lei* non farà un bel niente se non osservare.» Hanrahan rimase profondamente assorto per un momento. «Deve sembrare reale, ma non possiamo coinvolgere nessun altro agente delle forze dell'ordine. Voglio che la cosa rimanga all'interno dell'unità. Se i media fiutassero il minimo odore di scandalo, l'intero piano salterebbe in aria e noi non troveremmo mai queste persone. Oggi guiderò fin lassù e userò il telefono dell'emporio locale.» Tirò fuori dal cassetto un modificatore di voce digitale. La cosa le ricordò che doveva ancora richiamare Lucas dall'altro giorno, e sentire a che punto era con il caso Meacher. «Chiederò che mi passino Frazer. È comparso sui notiziari riguardo al caso del killer delle iniziali PR, quindi è logico che qualcuno possa cercarlo per una ricompensa. Frazer allora chiamerà me e io gli dirò di riunire la squadra e incontrarci all'emporio, così da permetterci di controllare la soffiata. Farà delle storie e si lamenterà, ma lo conosco, non sarà contrario all'idea che saremo noi a condurre questo arresto.»

Il piano di Mallory prevedeva di segnalare un avvistamento della macchina rubata in occasione del duplice omicidio a Colby. Il tecnico informatico avrebbe poi monitorato tutte le chiamate provenienti dai cellulari degli agenti dell'Unità di Analisi Comportamentale e se qualcuno fosse stato in combutta con il vigilante, l'avrebbero scoperto, o almeno si sarebbero fatti una buona idea di chi potesse essere. Poi avrebbero lavorato a ritroso per mettere insieme le prove.

Hanrahan lanciò un'occhiata al proprio orologio e a tutte le carte sulla sua scrivania. «Se l'assassino si presenterà alla baita, troverà una casa vuota.»

«Non vuole una squadra della SWAT sul posto?»

Occhi stanchi incontrarono quelli di Mallory. «La cosa più importante per me è proteggere l'integrità dell'Unità di Analisi Comportamentale. Una volta che sapremo chi è coinvolto, sarà lui a portarci all'assassino.» *Per evitargli la pena di morte.* Hanrahan si massaggiò le tempie.

Il suo telefono squillò e lui le fece cenno di aspettare mentre prendeva la chiamata. Quando riattaccò, il suo sorriso era sparito.

«Uno degli agenti di Greenville non si è presentato al lavoro.»

Mallory si raddrizzò sulla sedia. «Chi?»

Hanrahan controllò gli appunti. «Il Tenente Sean Kennedy. La polizia ha trovato lo zainetto di Kari Regent a casa sua e stanno svolgendo delle analisi su un pettine per rilevare il DNA.»

«Un pettine? Quel ragazzo è calvo come un uovo, cosa se ne farebbe di un pettine?» chiese Mallory.

«È esattamente ciò che si chiedono anche loro.»

Mallory si accigliò. Non aveva alcun senso. «Lo conoscevo da piccola, ma ha circa la mia età, quindi non può aver rapito Payton, non è abbastanza "vecchio". Ed è impossibile che sia l'uomo che mi ha aggredito a Eastborne.»

Hanrahan si strinse nelle spalle. «È scomparso, il che è sospetto. Inoltre queste aggressioni sono piuttosto sofisticate, quindi magari è coinvolta più di una persona.»

Mallory era abbastanza certa che ci fosse più di una persona coinvolta nel rapimento di Payton, eppure la cosa le suonava strana. «Notizie di Kari Regent?» I genitori della ragazza erano al suo capezzale, stravolti dal dolore, ma con il raro beneficio della speranza.

Hanrahan sospirò. «Non ha ancora ripreso conoscenza. Il

Bureau ha inviato un ritrattista all'ospedale in modo che sia lì appena la ragazza si sveglierà e sarà in grado di parlare.»

«Ha fatto il suo primo vero errore con lei.» Mallory voleva cinque minuti da sola con il killer. Cinque minuti per cercare di scoprire la verità prima dell'arrivo degli avvocati.

«*Se* si sveglierà. *Se* ricorderà.»

Dannazione. «Vero. Se abbiamo intenzione di usare il mio piano, dobbiamo agire velocemente, prima che acciuffino questo tizio.» Cosa che pregava avvenisse il prima possibile.

Hanrahan sorrise. «Allora muoviamoci. Si guardi le spalle, Rooney. Finché non lo prendiamo, questo killer continuerà a darle la caccia.»

E anche metà dei suoi compagni di squadra. «Grazie per avermelo ricordato, signore.»

«Mi metterò a rimproverarla *ad alta voce*. Pronta?»

Mallory annuì, faceva parte della sua copertura, ma di certo avrebbe vissuto bene lo stesso senza la notorietà e il melodramma. L'uomo cominciò a dirle che aveva corso rischi inauditi...*bla bla bla*. Lei aprì la porta, cercando di fuggire. L'Agente Speciale Barton stava passando di lì, facendo finta di non origliare.

All'improvviso, la nausea la investì; Mallory si precipitò fuori dall'ufficio di Hanrahan, e raggiunse il bagno delle signore appena in tempo prima di rimettere. Rimase con il viso sospeso sopra il gabinetto, sperando ardentemente di non aver preso un qualche malanno.

Qualcuno bussò alla porta.

«Stai bene?» La Barton.

Mallory si asciugò la bocca e tirò lo sciacquone. Uscì dalla toilette e si lavò le mani, poi fece scorrere l'acqua fredda sui polsi. «Dev'essere qualcosa che ho mangiato.»

Barton le rivolse un sorriso beffardo. «Entrambe le volte in cui sono rimasta incinta, ho vomitato tutti i giorni per sei settimane. I miei colleghi se lo ricordano ancora.» Il suo sorriso si fece leggermente cattivo. «Sono persino riuscita a rimettere su uno degli

Agenti Speciali di Comando giù in Texas. Un uomo particolarmente spiacevole.»

«Non sono incinta» sbottò Mallory. Avevano sempre usato precauzioni.

La Barton sembrò divertita e poi malinconica. «Non è così male, sai, avere dei bambini. Se hai un compagno che ti sostiene puoi conciliare la cosa con una carriera nell'FBI.»

«Non sono incinta.» *Quanto erano vecchi quei preservativi?* Cavolo, non aveva mai pensato di controllare.

La Barton si strinse nelle spalle. «Beh, almeno Alex Parker è ricco. Potete permettervi una baby-sitter.»

«E ancora una volta, *non* sono incinta e non sono affari tuoi.» Mallory cercava di ricordare quando avesse avuto il ciclo l'ultima volta. Maledizione.

«Ho controllato il suo alibi. Jane Sanders dice che sono vecchi amici e che sono andati fuori a cena insieme la notte in cui Lindsay Keeble è stata rapita, quindi decisamente non è il nostro killer.»

Cosa che Mallory sapeva già.

Per poco non le era sfuggito, da quanto era fuori di sé per aver saltato il ciclo. Si voltò bruscamente per guardare in faccia l'altra agente. «Jane Sanders?»

«Sì, l'assistente di tua madre. Piccolo il mondo, eh?» Gli occhi neri della Barton luccicavano. «Sto andando al bar a prendere un succo d'arancia. Posso portarti qualcosa?»

«No. Grazie.» Mallory tornò alla sua scrivania. Una palla di ghiaccio le si era formata nei polmoni e rendeva difficile respirare. Forse sua madre si era spinta oltre, molto oltre, per portare un uomo nella sua vita, un uomo che potesse farle anche da guardia del corpo part-time? Era ridicolo ma… quante erano le probabilità che fosse solo una coincidenza?

Doveva chiamare Alex e chiederglielo immediatamente. I sentimenti per lui superavano qualunque cosa avesse mai provato prima e forse proprio quei sentimenti le stavano fottendo il cervello. E c'era qualcos'altro di ancora più importante che doveva controllare prima di parlare con lui. Afferrò le chiavi e si diresse in città.

Guidò fino alla farmacia più vicina, comprò un test di gravidanza, raggiunse il primo MacDonald sulla strada e passò cinque lunghi minuti chiusa nel bagno. Il sudore le imperlava il labbro superiore mentre guardava la linea della finestrella diventare blu. Chiuse gli occhi e sentì un'ondata di panico nel petto. Avrebbe voluto urlare. Cosa diavolo avrebbe fatto?

L'idea di un bambino la spaventava a morte. Aveva scelto un lavoro in cui la vita era messa a rischio regolarmente, e l'uomo che aveva rapito sua sorella l'aveva presa di mira per riservarle lo stesso trattamento. Cosa diavolo avrebbe fatto con un bambino? Cosa avrebbe fatto il killer?

Nello spazio di cinque secondi passò dall'essere inorridita all'idea di essere incinta alla consapevolezza che avrebbe ucciso per proteggere il proprio bambino. Cosa avrebbe detto Alex quando l'avrebbe scoperto? Cristo, e se fosse stato con lei solo per via di qualche complotto organizzato da sua madre? Le si rivoltò lo stomaco e le lacrime le riempirono gli occhi. Di sicuro essere incinta spiegava i repentini cambi d'umore e gli attacchi di lacrime e nausea.

Grandioso. Almeno non era terminale.

E se Alex non fosse stato interessato a una relazione seria? Quel pensiero la feriva nel profondo. Le aveva detto fin dall'inizio di non essere il tipo giusto per una relazione, che finiva per deludere sempre le persone. Forse si era già trovato in quella posizione. Per quanto ne sapeva lei, poteva già avere un figlio da qualche parte e magari la cosa non gli piaceva.

Amava Alex. Ed era abbastanza certa che anche lui l'amasse. Non poteva lavorare davvero per sua madre. Era da pazzi. Ma in nessun modo voleva che si sentisse in obbligo nei suoi confronti. Aveva denaro. Aveva un buon lavoro. Si posò una mano sul ventre piatto. Ed erano i primi giorni, quindi il test poteva anche sbagliare.

Si alzò in piedi e cominciò a camminare in cerchio. Le suonò il telefono, ma lo ignorò. Non sapeva che cosa fare. Doveva dirglielo, così avrebbero affrontato la situazione insieme? O doveva tenerselo per sé per qualche giorno mentre la sua mente processava l'idea e lei aiutava a catturare il vigilante e il serial killer?

La porta cigolò quando qualcuno entrò nel bagno. Il telefono di Mallory vibrò di nuovo e lei si ricordò che era ancora un bersaglio del killer delle iniziali PR. E ora non aveva solo se stessa di cui preoccuparsi. La sua mano scivolò sul TASER perché, se possibile, lo voleva vivo.

Con il cuore che le martellava nel petto sbirciò attraverso la porta della toilette e vide una donna che spingeva un passeggino. Mallory infilò il TASER e il test di gravidanza nella borsa. Ci avrebbe pensato più tardi. Magari era un falso positivo. Magari aveva letto male le istruzioni. Uscì dalla toilette e si lavò le mani, osservando la donna che si barcamenava tra un bimbo piccolo e un neonato. «Ha bisogno di aiuto?»

La donna sembrava incerta, così Mallory le mostrò il distintivo. «Sono un'agente dell'FBI; posso tenere d'occhio il bambino se ha bisogno di un attimo.»

La donna annuì. «Grazie. La maggior parte della gente non capisce quanto possa essere difficile.»

La gola di Mallory si serrò. Aveva la sensazione che l'avrebbe scoperto presto. La donna e il bimbo scomparvero in una delle toilette. Lei guardò il neonato che dormiva, così pacifico, così... vulnerabile. L'idea di un figlio le pareva strana, aliena. Stupefacente. Eccitante. Cristo, come se le fosse appena stato concesso un miracolo. Un'opportunità per migliorare le cose. Ma prima doveva occuparsi del killer di Payton. E il come l'avrebbe fatto, le avrebbe detto tutto ciò che aveva bisogno di sapere su che tipo di essere umano fosse davvero.

19

———

Poiché aveva cominciato a dubitare dell'integrità del loro infiltrato nell'FBI, Alex aveva installato un personale sistema di allarme riguardo all'indagine sul killer delle iniziali PR, che ora era gestita dal Dipartimento di Washington in congiunzione con l'Unità di Analisi Comportamentale e la Centrale di Polizia della Contea di Greenville. Per rendere le cose più facili, aveva installato una cimice nel telefono dell'Agente Speciale Supervisore Frazer.

Questo particolare rapporto era così recente che Alex aveva avuto a malapena il tempo di aprire la porta del proprio ufficio prima di girare sui tacchi e uscire di nuovo. Aveva una pista sul killer delle iniziali PR e un'ora buona di vantaggio sull'Unità di Analisi Comportamentale. Prese la metro e poi percorse a piedi il resto del tragitto fino al garage in cui teneva le sue cose. Entrò dalla porta laterale. La sicurezza era all'avanguardia, con porte d'acciaio rinforzato. In quel posto c'erano le sue armi, i suoi mezzi di trasporto, i suoi travestimenti. Non poteva permettere che fosse vulnerabile ai furti.

Come sempre, controllò che non vi fossero cimici. I tempi erano stretti, ma lavorava meglio quando seguiva il proprio iter.

Prese la sua SIG P229 preferita e il silenziatore da una cassaforte nel pavimento. Optò per una barba finta e un cappello di lana che gli copriva le orecchie. Le orecchie erano uniche come le impronte e lui si assicurava di nasconderle il più possibile quando doveva svolgere un lavoro. Diavolo, erano stati usati anche dei jeans per identificare dei criminali.

Mallory gli aveva lasciato un messaggio sulla segreteria per dirgli che stava uscendo per una retata e che avrebbe lavorato fino a tardi. Lo aveva rassicurato che non sarebbe rimasta sola per nessuna ragione, in nessun momento. Con un po' di fortuna, Alex avrebbe potuto essere di ritorno a Quantico quando entrambi avevano terminato il loro lavoro.

Se tutto fosse andato secondo i piani, i problemi di Mallory sarebbero finiti e lui avrebbe dovuto trovare un modo per uscire dalla sua vita. L'alternativa lo tentava troppo e lei meritava di meglio.

Quel pensiero lo paralizzò.

Per la prima volta desiderava le cose normali che le persone desideravano. Una moglie, una casa, una famiglia. Tutte cose che non poteva avere per via delle decisioni sbagliate che aveva preso. Era stanco di mentire, stanco di uccidere.

Ma in quel momento non aveva scelta.

Questo era per Mallory. Per tenerla al sicuro.

Salì su un'innocua berlina argento e guidò per un'ora e venti minuti. Gran parte della neve si era sciolta, ma alcuni mucchi sporadici resistevano nelle insenature profonde degli alberi. L'inverno stava arrivando, pronti o meno. Inarrestabile, un po' come questo serial killer, che aveva iniziato a rapire giovani ragazze almeno diciotto anni prima e che continuava a uccidere ancora oggi. Non era un gran dilemma morale piantargli un proiettile nel cranio.

Alex non doveva sottovalutarlo. Era intelligente e lui non aveva il tempo di pianificare qualcosa di più sofisticato di un doppio colpo. Alla testa, questa volta. Senza perdere tempo mirando ad altre parti del corpo, anche se Mallory non avrebbe mai avuto le risposte che desiderava. Meglio viva e sofferente che morta.

Più si recava a nord, più le strade si facevano strette e meno congestionate. Si fermò in un minimarket in riva al lago a circa mezzo chilometro dalla sua destinazione.

«Noleggiate delle canoe?» chiese al tizio dietro al bancone.

«Sicuro. Ma non c'è molta richiesta in questo periodo dell'anno.»

C'era ancora un po' troppa luce per il piano di Alex, ma a volte era meglio nascondersi in bella vista.

«È in vacanza?» chiese l'uomo. Aveva occhi perspicaci sotto folte sopracciglia. Questo tizio non dimenticava un volto.

«Sono in viaggio verso Denver per iniziare un nuovo lavoro, ma non potevo resistere a un'ultima remata prima di raggiungere il Midwest.»

«Il paesaggio qui è bellissimo. Direi che non c'è niente di male a portar fuori una delle canoe. Non c'è ancora ghiaccio sul lago. Sono cinquanta bigliettoni per un'ora e cento dollari di deposito. Le canoe sono da quella parte.» Con un brusco cenno del capo indicò in direzione del lago. «Se ha bisogno di una mano, mi chiami.»

Gli porse un giubbotto di salvataggio. Alex lo ringraziò e pagò in contanti. In banconote di piccolo taglio. Non si preoccupò delle impronte. Non erano nel sistema. Il DNA da contatto era un'altra storia, ma difficile da provare, considerato quante persone avessero tenuto in mano quei soldi nel corso degli anni.

Alex portò la canoa giù al piccolo molo, poi tornò indietro a prendere il remo. Salì sulla barca, sistemandosi un piccolo zaino tra le ginocchia. L'acqua era limpida e placida. Le uniche foglie rimaste sugli alberi erano ingiallite e testarde. Faceva freddo sul lago e gli si gelò il respiro, ma era così pacifico che la calma si riversò su di lui come un balsamo. Un pesce saltò nell'acqua.

Alex scrutò le proprietà lungo la costa. Era una zona graziosa, ma non così isolata. Gli abitanti avrebbero senz'altro notato se qualcuno stava usando una baita che avrebbe dovuto essere vuota. Adocchiò la proprietà di suo interesse e scivolò oltre. Il posto sembrava tranquillo, le tende erano tirate. Non c'era alcun fuoco, nonostante l'aria gelida di novembre. Sembrava che non ci fosse nessuno. Remò fino a un'insenatura che circondava un piccolo promontorio e attraccò su una spiaggetta artificiale. Il lago vi girava intorno e la vetta sopra di lui gli avrebbe consentito una chiara visuale dall'alto, permettendogli al tempo stesso di mantenere la distanza. Saltò fuori dalla canoa e la trascinò fin sulla spiaggia. Non c'era nessuno nemmeno lì, il che era decisamente un bene. Si arrampicò sull'altura, nascosto dagli alberi, finché riuscì a scorgere il punto in cui si supponeva che si fosse rintanato questo tizio. La baita era ancora lontana e appena visibile attraverso gli alberi. Trascorsero diversi minuti senza che lui vedesse nulla.

Rimase seduto in silenzio. Nessuna traccia di fumo nel camino. Nessuna macchina parcheggiata da quel lato dell'edificio. Attese. I federali si prendevano tutto il tempo necessario in quelle situazioni e avevano un numero significativo di rinforzi. Controllò il cellulare per assicurarsi che fosse impostato sulla vibrazione. C'era un nuovo messaggio di Mallory. Aveva bisogno di parlargli, ma lo rassicurava sul fatto che non fosse nulla di urgente.

Sentì una stretta al cuore. Cosa diavolo avrebbe fatto con Mallory? Era caduto ai suoi piedi come in un salto col paracadute finito male. Peggio ancora, lei si era innamorata di lui e lui non voleva vederla soffrire.

A un certo punto, comunque, Mallory l'avrebbe piantato in asso, perché lei era incredibile e lui era uno stronzo bugiardo. Ma finché quell'uomo non fosse morto – morto al centouno percento senza speranza di resuscitare in alcun modo – lui non sarebbe andato da nessuna parte.

Un brivido lo percorse lungo la schiena e si accigliò mentre scrutava la zona. Sentiva che c'era qualcosa che non andava. Anche quel pedofilo che scopava i ragazzini per divertimento, Rodman, aveva sentito che qualcosa non andava.

Il silenzio dei boschi era opprimente. Era *troppo* tranquillo.

L'intera situazione sembrava una trappola. Ma *se* il killer delle iniziali PR era qui, Alex avrebbe potuto farla finita in pochi minuti. Come era finito Meacher. Finito. Terminato. Morto.

Il mal di testa era tornato. *Merda.* C'era davvero qualcosa che non andava. Si fece indietro lentamente, attento a non fare rumore mentre riscendeva verso la canoa. Poi avanzò remando lungo il lago, facendo tutto il giro prima di arrivare alla riva. Infine remò a gran velocità verso il minimarket e il molo. Non avrebbe ignorato il proprio istinto. Poteva essere fallace, ma il fatto che lui fosse ancora vivo ne testimoniava la validità.

Riportò la canoa al negozio e recuperò il deposito con un sorriso educato. Un uomo dai capelli color argento stava leggendo attentamente le riviste sul retro del locale. Alex sentì un formicolio al collo. Comprò un pacchetto di patatine e una lattina di coca e tornò alla sua auto.

Qualche secondo più tardi, un convoglio di tre veicoli con targhe del governo fece la propria comparsa. Mallory era nell'ultima macchina e lui rimase seduto, immobile come un pezzo di legno, ma lei non lo stava guardando.

Fu investito da un'improvvisa ondata di emozione. Nonostante la certezza che fossero lì per arrestarlo, lui rimase seduto a guardarla. Le prime due auto si svuotarono, ma invece di circondarlo, gli agenti si affrettarono su per i gradini e verso l'uomo dai capelli color argento. Attraverso il vetro, poteva sentirli lamentarsi delle "esercitazioni".

E Alex capì di cosa si trattava. Era una trappola, ma non per lui.

La trappola era per la persona che stava facendo la talpa all'interno dell'FBI.

Con molta calma, e non avendo alcun dubbio sul fatto che avessero già controllato la sua targa, si allontanò. La copertura avrebbe dovuto tenere. Era buona, progettata per proteggere lo stesso governo servito dall'FBI. Non pensava che sospettassero di lui, altrimenti si sarebbe ritrovato a terra, ammanettato, ad aspettare inutilmente di essere salvato dalle persone che avrebbero dovuto coprirgli le spalle.

Con la coda dell'occhio vide Mallory voltarsi e inchiodare lo sguardo sul suo profilo. Il sudore gli colava lungo la schiena. Non per la paura di essere scoperto, ma per aver mentito alla donna che amava con tutta l'anima, per quanto povera e inutile fosse.

Sapeva che non poteva più mentirle.

Guidò verso ovest, tagliando per strade secondarie. Poi accostò e chiamò Jane sulla linea sicura. «Era una trappola.»

«Cosa vuoi dire?»

«Voglio dire che l'FBI è arrivato, ma la casa era vuota. Un diversivo.»

«Magari il killer se l'era appena data a gambe. E magari l'FBI stava già arrivando. Sapevi che non ci sarebbe stato molto tempo...»

«No. Tu non capisci. Penso che questa fosse una trappola per smascherare chi lavora con te all'interno dell'FBI. Se questa persona ti ha contattata, sta per essere fottuta. Non hai modo di avvisarla?»

«Non ha chiamato. Non ha chiamato nessuno. Forse sapeva che era una trappola?» La voce di Jane tremò. «Se ora lo chiamo per controllare, questo potrebbe comprometterci tutti.» Il criptaggio era eccellente, ma tutto poteva essere decifrato se si aveva un punto di partenza.

«Allora forse siamo salvi. Ma qualcuno ci sta alle calcagna e dobbiamo cambiare completamente il nostro modo di operare.» Merda, *Mallory*. Lei aveva fatto ricerche su di loro e poi era stata trasferita all'Unità di Analisi Comportamentale. Stava lavorando con qualcuno all'interno dell'Unità per smascherare il Progetto Portale. Era un tipo sveglio. Un'altra ragione per amarla.

Amarla? *Cavolo*.

«Getta via i tuoi cellulari e distruggi le SIM card, non si sa mai. Tieni un profilo basso finché tutto questo non sarà finito... mi farò sentire.»

Il tono di Jane era incerto. «Dovresti sparire per un po'...»

«Non posso.» Alex riattaccò. Non riusciva neanche a ricordare quanti giorni gli rimanessero ancora da contratto. Sapeva solo che non poteva lasciare Mallory finché il killer delle iniziali PR non fosse morto o in galera.

Poi si rese conto che era solo questione di tempo prima che lei scoprisse tutto; era troppo intelligente per non collegare i vari elementi. La sua schiena s'imperlò di sudore. Doveva dirglielo. Mentirle guardandola negli occhi non era possibile; l'aveva capito quasi dal primo istante in cui l'aveva incontrata. Ma anche andare in prigione e lasciarla senza protezione non era un'opzione.

Idiota. Colpì il volante con il pugno. Aveva capito che qualcuno stava loro addosso ed era stato talmente arrogante da pensare che avrebbe potuto farla franca lo stesso.

Il suo telefono squillò. Mallory. Rispose perché aveva bisogno di sentire la sua voce.

«Alex?»

C'era un motel appena più avanti. «Ho bisogno di vederti. Il posto non è lontano da dove ti trovi in questo momento.» Le diede il nome. «Vieni da sola.»

«Come fai a sapere dove mi trovo in questo momento? Ti ho forse appena visto qui?» Nel tono di Mallory c'era una buona dose di sospetto.

Alex riattaccò. O si fidava di lui, oppure no. Entrò nel parcheggio del motel e analizzò i dati che i suoi programmi avevano raccolto. Forse sarebbe andato in prigione per ciò che aveva fatto per il proprio Paese, ma prima avrebbe salvato la donna che amava.

Come faceva Alex a sapere dove si trovava? Mallory rimase fuori dal minimarket a guardare il telefono confusa. L'aveva forse visto lì, in quel negozio? Camuffato? Alla guida di una macchina che non gli aveva mai visto prima? E le aveva appena attaccato il telefono in faccia.

Ma che cavolo?

Hanrahan era occupato a dire ai suoi agenti che avevano perso una giornata recandosi fin lì per un suo capriccio. Anche loro erano contrariati.

A lei non importava.

Il fatto che Alex conoscesse Jane Sanders, l'assistente di sua madre, e che non gliene avesse fatto menzione, le sembrava sempre più sospetto. Sentiva quell'orribile sensazione alla bocca dello stomaco, come una specie di nausea, solo cento volte peggio perché non se ne andava. Forse lui l'aveva tenuta d'occhio per tutto quel tempo solo perché sua madre lo aveva pagato. Se era vero, non c'era da meravigliarsi che fosse stato così difficile portarselo a letto. Dio, si sentiva male.

O forse l'aveva semplicemente seguita fin lì per proteggerla?

Anche quella era una cosa che lui avrebbe fatto.

C'era un'altra teoria che continuava a rimbalzarle nella mente. Un'idea insidiosa che, ora che aveva messo radici, non voleva andarsene.

Alex era entrato nella sua vita il giorno dopo che Meacher era stato ucciso in North Carolina. E adesso era comparso di nuovo, quando avevano usato un altro serial killer come esca. Poteva essere lui…?

No. Era ridicolo. Lui offriva consulenze all'FBI. Era bravo con i computer. Era un tiratore scelto incredibile. Era stato nell'esercito. Quelle cicatrici maledette… Aveva messo k.o. Frazer senza nemmeno scomporsi. *No. No. No.* Gestiva un'agenzia per la sicurezza. Non avrebbe mai fatto una cosa del genere. Però era in una posizione ideale… per essere il vigilante.

Le tremavano le mani. *Perché* le aveva attaccato il telefono in faccia? *Perché* stava guidando quel vecchio catorcio quando aveva la sua Audi? Il cervello di Mallory stava litigando con se stesso e in quel momento, all'improvviso tutti i pezzi andarono al loro posto. Lui che si trovava a Charlotte. Lui che non si era bloccato quando erano stati aggrediti, ma aveva invece reagito come se fosse addestrato per quel genere di cose, anche molto più di lei. Lui era l'uomo a cui stava dando la caccia.

Era innamorata di un assassino di professione e stava per avere il suo bambino. *Oddio.* La sua bocca si seccò.

Hanrahan stava litigando muso contro muso con Frazer.

«... cosa vuol dire che era un'esercitazione... esercitazione per cosa?» si udì attraverso la radura.

«... mia decisione, non tua...»

Anche la Barton era al telefono. Forse era lei in combutta con il vigilante? Lo stava forse avvertendo? Era Alex?

E poi la consapevolezza la colpì: se Alex era l'uomo che stavano cercando, un uomo che maneggiava la legge a suo piacere e faceva giustizia come credeva opportuno, lei aveva appena messo in moto un'operazione sotto copertura che avrebbe potuto finire con l'implicare se stessa. *Lei* era stata in contatto con il "vigilante".

Una risata isterica le salì alla gola e dovette allontanarsi.

Come desiderava non aver mai avuto quella stupida idea. Avrebbe voluto essere nel suo ufficio, impegnata a difendersi dalle frecciatine della Henderson e a setacciare cestini della carta. Aveva le palpitazioni.

L'aveva forse fatto scoprire?

Non c'era alcuna prova, solo un sospetto.

Barcollò intorno al cofano della macchina, come se fosse ubriaca. Frazer la guardò accigliato. «Ha un aspetto orribile. Deve andare a casa.» Si passò una mano nervosa tra i capelli biondi, scompigliandoli.

Era lui? Era lui la talpa?

Mallory incontrò lo sguardo di Hanrahan.

«Agente Speciale Rooney, se non si sente bene, è meglio che vada a casa.»

Capì che le stava offrendo la via d'uscita di cui aveva disperatamente bisogno e la colse al volo. «Dev'essere qualcosa che ho mangiato a colazione, signore. Cosa sta succedendo?» chiese quasi disperatamente.

«A quanto pare era solo un'esercitazione.» Gli occhi dell'Agente Speciale Supervisore Frazer incontrarono i suoi. Sembrava furioso come un vulcano. Cristo, non vedeva l'ora che scoprisse che quella era stata tutta una sua idea. Le si chiuse lo stomaco.

«Può andare» le disse lui. «Si assicuri di registrarsi quando arriva a Quantico. Non voglio che sparisca dalla circolazione con questo Soggetto Ignoto ancora a piede libero.»

La Barton fece per salire in macchina con lei.

«Lei no, Barton» affermò Hanrahan. «Voglio che lei torni con noi. Avrò bisogno del suo telefono.» L'uomo tese la mano e la Barton lo guardò come se fosse impazzito.

«Cosa? *Perché*?»

«Abbiamo bisogno di tutti i vostri telefoni. Dobbiamo fare un aggiornamento.» Era talmente ovvio che fosse una bugia che la Barton si piantò una mano su un fianco.

«Nel parcheggio di un minimarket?» disse sarcastica.

«Ci vorranno solo pochi minuti.» Probabilmente Hanrahan voleva controllare i registri delle chiamate e confrontarli con i dati del ripetitore per vedere se qualcuno li aveva manomessi. Era una buona idea.

«E lei?» La Barton fece un brusco cenno del capo verso Mallory, che stava prendendo posto dietro al volante.

«L'Agente Rooney non è un membro permanente della squadra. Non ha bisogno dell'aggiornamento. È anche un'agente federale, e sono certo che possa tornare in ufficio senza una guardia del corpo.» Hanrahan parlò bruscamente, ma si stava scusando con gli occhi. Se non avesse sentito di dover vomitare da un momento all'altro, Mallory gli avrebbe battuto il cinque. La Barton contrasse le labbra, poi con un'occhiataccia a entrambi, Hanrahan e Frazer, gli gettò il telefono e rimase lì, furiosa, con le braccia incrociate sul petto.

Mallory continuò a muoversi. Quando l'Agente Speciale Supervisore tese il palmo della mano per avere il telefono di

Frazer, lei pensò che l'uomo stesse per esplodere. Invece, consegnò il proprio telefono. Mallory inserì la retromarcia per voltare la macchina e Frazer restò lì a guardarla come se potesse vedere dentro il suo cervello. Il cuore di Mallory batteva sempre più forte, ma lei non smise mai di guidare. Doveva andarsene da lì. Aveva bisogno di pensare.

20

Mallory non aveva mai compreso il desiderio di sparire dalla faccia della terra. Fino ad allora.

Il motel si trovava a una settantina di chilometri a est di Colby, in West Virginia. Alex le aveva mandato il numero di una camera via messaggio. Alzò lo sguardo verso il modesto edificio, afferrò la borsetta e scese dalla macchina nel parcheggio. Un rumore alle sue spalle la fece voltare di scatto, la mano poggiata saldamente sul calcio della pistola.

Alex.

Cristo, il solo guardarlo le faceva male, ma l'espressione dell'uomo era fredda e lontana.

Era questo il vero Alex? O il vero Alex era l'uomo che aveva fatto l'amore con lei fino a farle ansimare il suo nome? Aveva pensato di conoscerlo, ma mentre lo guardava in quegli occhi diffidenti, capì che aveva soltanto preso in giro se stessa.

Lui le voltò le spalle e si diresse verso una berlina argento; la stessa che aveva visto al minimarket. Mise in moto e attese, entrambe le mani ben visibili sul volante. Lei rimase a fissarlo per dieci secondi buoni, poi lo raggiunse e gli si piantò davanti. Ubriaca di pazzia.

«Togli la SIM e la batteria dal telefono» le disse piano.

«Così puoi portarmi in qualche posto isolato per uccidermi e scaricare il mio corpo senza che nessuno ci segua?»

Lui sostenne il suo sguardo. «Se avessi voluto ucciderti, saresti già morta.»

Un dolore lancinante le attraversò il petto. «Sei tu il vigilante a cui sto dando la caccia?»

Lui si limitò a guardarla e lei si sentì piccola e stupida.

«Ho bisogno di sentirtelo dire, Alex.»

C'era uno sguardo folle nei sui occhi, così lontano dalla freddezza con cui l'aveva accolta e che le aveva quasi fatto fare un passo indietro. «Che ne dici di sentire questo, Mallory? Io ti amo. Ti ho amata fin dal momento in cui ti ho vista con quell'occhio nero e nient'altro nella tua vita se non dare la caccia all'assassino di tua sorella. Ti amo, Mallory Rooney, e ti dirò tutto ciò che hai bisogno di sapere, ma alle mie condizioni.» I suoi occhi si spostarono in modo brusco verso la strada, per vedere se avesse portato con sé rinforzi.

Lei inspirò a fondo. Quelle erano le parole d'amore che aveva desiderato sentire, ma cosa significavano ora? Non aveva negato nessuna delle sue accuse. Il sangue le scorreva nelle vene pulsando quasi dolorosamente. Non avevano alcun futuro. Era andata a letto con un assassino. Aveva condiviso il suo corpo e, peggio ancora, il suo cuore, con un omicida. Si toccò il ventre con la mano e deglutì. Doveva dirgli del bambino?

Un brivido di repulsione l'attraversò da capo a piedi. Alex li avrebbe uccisi entrambi? Oppure lei l'avrebbe consegnato nelle mani delle autorità e un giorno avrebbe dovuto confessare a suo figlio che il padre stava scontando l'ergastolo in prigione – o peggio, che si trovava nel braccio della morte – e che era stata lei a spedircelo?

Gli occhi di Alex si addolcirono e quasi la implorò di salire in macchina. Mallory sentiva la gola bruciare per il singhiozzo che stava reprimendo. Forse era la persona più stupida del mondo. Non riusciva a credere che l'uomo che aveva lottato così duramente per tenerla al sicuro ora potesse farle del male. Ovviamente lei non aveva sospettato la verità fino a quel giorno e lui doveva aver dato per scontato che Mallory avrebbe continuato a vivere nella propria beata ignoranza. Tutta la propria vita era costruita sull'ignoranza e ora si stava sgretolando. Stava crollando come un castello di carte nel bel mezzo di un uragano.

«Mallory.» La voce di Alex si fece dolce. «Per favore, entra in macchina. Andremo da qualche parte a parlare. Ti prometto che non ho intenzione di farti del male.»

Qualcosa nell'espressione dell'uomo le strappò un altro pezzo di cuore. Lo amava, ma non voleva essere stupida. Appoggiò la mano sul bordo del finestrino e lui si allungò e le sfiorò un dito, come se *non* potesse toccarla. Mallory avvertì quella connessione fino alla punta delle dita dei piedi.

«È solo questione di tempo prima che l'FBI scopra che sei coinvolto. L'FBI stava monitorando tutte le chiamate fatte dai propri agenti quando abbiamo organizzato quell'imboscata. Lui o lei farà il tuo nome. Lo sai.»

«Chiunque sia la persona che lavora all'interno dell'Unità di Analisi Comportamentale non conosce la mia identità più di quanto io non conosca la sua. E nessuno mi ha chiamato per darmi quell'informazione. Ho hackerato il telefono di Frazer.»

Una profonda crepa le solcò il cuore. «Allora *sei* tu il vigilante.»

Lui non pronunciò quella parola, ma i suoi occhi le dissero tutto. Forse temeva che stesse indossando un microfono e che ci fossero cinquanta agenti in attesa nell'ombra per fare irruzione e arrestarlo. Quello era ciò che un vero agente dell'FBI avrebbe fatto.

«Non ti farei mai del male, Mallory. Devi credermi. E mi costituirò, ma non finché non sarai al sicuro da quel pezzo di merda che ti sta dando la caccia. Dopodiché non m'importa più di nulla. Ho chiuso.» Quel tono sconfitto le raschiò via un altro strato di cuore. Come poteva amare quest'uomo? Peggio. Come poteva non amarlo?

Era una pazza a credergli, ma salì comunque in macchina. Poi smontò il proprio cellulare, dimostrando così di non essere solo stupida, ma anche completamente folle. Lui partì. Percorsero diverse miglia fino a un altro motel in un silenzio crepitante di tensione. Alex parcheggiò al termine di una fila di auto e girò intorno al veicolo per aprirle la portiera.

Buone maniere per un assassino freddo come la pietra.

Mallory lo seguì su per le scale e fino all'ultima camera in fondo. Lui entrò e chiuse la porta. Lei non sapeva se essere terrorizzata o furiosa. Entrambe le emozioni lottavano dentro di sé e vinse la furia.

La sua mascella s'irrigidì. «Mi hai usata.»

«No.» Alex appoggiò le chiavi della macchina sulla scrivania accanto alla TV e si sedette su una sedia, con la testa tra le mani. «Non ti ho usata. Tu mi hai sedotto e io ci sono cascato in pieno come un cretino.»

Calde lacrime accecanti le riempirono gli occhi. Voleva credergli. Ma non poteva. «Sapevi che ti stavo dando la caccia. Sapevi che avevo fatto una ricerca sui vigilanti sul VICAP.»

Lui non negò.

«Con chi lavori all'interno dell'Unità di Analisi Comportamentale?»

«Te l'ho detto, non lo so.»

«Non sono venuta qui per sentire delle bugie, Alex. Devo consegnarti alle autorità,» le si spezzò la voce, ma fece finta di niente, «non osare mentirmi su questo.» Fece un passo verso di lui e Alex alzò la testa per guardarla. Quando i poteri forti avrebbero scoperto della loro relazione, la sua carriera sarebbe finita. Per l'amor del cielo, stava per avere un bambino. E aveva bisogno del lavoro per scoprire cosa fosse accaduto a Payton, ma tutto perdeva d'importanza se paragonato all'abbandonare l'uomo di cui si era innamorata.

«Non funziona così» disse lui.

Mallory lo guardò con gli occhi stretti in due fessure. «*Cosa* non funziona così?»

«Il Progetto Portale. Non ci vengono svelate le identità delle altre persone coinvolte nell'organizzazione. Abbiamo a che fare con un intermediario.» I suoi occhi erano pieni di segreti.

Sapeva molto di più di quanto stesse dicendo. Oppure era pazzo. O forse era lei a esserlo. «Progetto Portale?»

«È un'organizzazione governativa segreta che usa le persone come me per occuparsi dei criminali violenti in maniera adeguata.»

«Adeguata? Tu gli spari alla testa, maledizione!» Le ginocchia le cedettero e Mallory si lasciò cadere sul letto. Le parole che aveva appena sentito si fecero strada nella sua mente. «Non può essere una cosa approvata dal governo. Abbiamo dei penitenziari e la pena di morte per occuparci di questi casi...»

«Il tuo senso di giustizia è ancora così bianco o nero? Non c'è posto per il grigio, anche dopo tutto ciò che è accaduto alla tua famiglia?»

Mallory rifiutò di rispondere. Rifiutò di discutere.

«Sai per quanto tempo la maggior parte dei familiari delle vittime aspetta che le sentenze di morte vengano applicate? Dopo che gli avvocati hanno affrontato posticipi, il processo, il processo d'appello, l'*habeas corpus*? Ci possono volere anche venticinque *anni*. E questi non sono nemmeno casi in cui la colpevolezza è dubbia. Il sistema giudiziario dovrebbe riequilibrare le cose e invece tortura le famiglie delle vittime per decenni.»

«Non c'è alcuna moralità nell'uccidere qualcuno.»

«E pensi che *io* non lo sappia?» Alex chiuse gli occhi, ma non prima che lei riuscisse a scorgervi il dolore. «Ogni individuo è responsabile delle proprie azioni, compreso me. Non mi piace uccidere, ma è quello che il mio Paese mi ha chiesto di fare, e io lo faccio.» Inspirò profondamente, la voce di nuovo calma. «Hai idea di quanto costi perseguire dei casi capitali? Il settanta percento in più rispetto ai casi non capitali. Dal 1978, l'applicazione della pena di morte è costata 4 miliardi di dollari soltanto in California.»

«Non puoi mettere un prezzo su una vita umana.» Mallory si passò la mano tra i corti capelli.

«Certo che puoi. C'è un costo per i servizi sanitari e per le forze dell'ordine, non è forse vero? Quanti poliziotti in più avrebbero potuto essere assunti per rendere la California più sicura con *quattro miliardi di dollari*?» La piega della sua bocca era come un pugno nello stomaco per Mallory. «È davvero più facile credere che l'uomo che si è innamorato di te sia un assassino spietato invece che una forza dell'ordine in forma diversa?»

«Alex… quello che stai facendo non fa parte dell'essere forze dell'ordine. È omicidio.»

«Servo il mio Paese. Nello stesso modo in cui l'ho servito quando indossavo un'uniforme. E non eseguo gli ordini finché non sono personalmente sicuro al centouno percento che il bersaglio è colpevole. Non sto dicendo che sia giusto, ti sto solo dicendo come funziona.»

Mallory si rese conto che o lui gestiva una truffa elaborata, oppure questa cosa era molto più grossa di quanto Hanrahan avesse mai immaginato. «Chi è a capo del Progetto Portale?»

Si scambiarono uno sguardo silenzioso. Lui non glielo avrebbe detto. *Maledizione.* Il freddo le penetrò attraverso i vestiti e Mallory sentì come se la propria pelle venisse immersa nel ghiaccio.

«Ora devi prendere una decisione» le disse lui.

Istintivamente, Mallory si toccò l'addome. Gli occhi di Alex seguirono il movimento ma lei dubitava che ne avesse capito il significato. «Non posso far finta di non sapere.»

Alcune linee gli comparvero tra le sopracciglia. «Merda, questo lo so. Ma prima che tu ne parli con i tuoi capi dell'FBI, voglio aiutarti a trovare l'uomo che ha rapito tua sorella, l'uomo che ti sta dando la caccia. Poi potrai denunciarmi. E questo dovrebbe salvare la tua carriera.»

Gli occhi di Mallory sfrecciarono verso i suoi. Come faceva a conoscere così bene il suo cuore? Le stava offrendo l'opportunità di dare la caccia all'uomo che aveva distrutto la sua famiglia, il matrimonio dei suoi genitori e la vita di sua sorella, senza nessuna ripercussione per lei. L'idea di ferire il killer, di farlo soffrire e magari di premere il grilletto la seduceva.

E questo cosa faceva di lei?

Un'ipocrita.

Ma dov'era il corpo di sua sorella? Non aveva dubbi che Alex potesse aiutarla a ottenere quell'informazione. La cosa la tentava così tanto. Lui le stava offrendo tutto ciò che Mallory aveva pensato di volere. Ora però desiderava solo lui e il loro bambino e quel tipo di vita ordinaria che molte persone davano per scontato.

Cercò di fare un respiro profondo ma non vi riuscì. Si sentiva come se avesse appena ricevuto un calcio in pieno stomaco da un cavallo. Voleva vedere quel serial killer morto, ma non avrebbe mai permesso ad Alex di ucciderlo per lei. Vendetta aveva un suono meschino. Punizione suonava molto meglio.

La tristezza turbinava nella sua mente. Dopo tutti quegli anni, si stava finalmente avvicinando alla verità su quanto accaduto alla sua gemella, ma ora stava per perdere l'uomo che amava. Non poteva pensare ad Alex. Pensare ad Alex faceva male. Le aveva mentito. L'aveva tradita.

«Sapevi di Payton prima che facessimo sesso?»

Lui la guardò. I suoi occhi erano dello stesso colore grigio fumo che aveva sempre trovato così irresistibile. Il bel viso e le spalle ampie... non era l'aspetto che doveva avere uno spietato assassino. Infine, *lui* annuì e per lei fu come un'altra pugnalata.

«Cos'altro?»

«Ero io uno degli uomini che ti sei trovata a casa tua a Charlotte.» Mentre lei fece per colpirlo, Alex sollevò una mano. «Stavo sorvegliando il posto quando ho visto l'altro uomo forzare la serratura. L'ho seguito per impedirgli di farti del male. Penso fosse lo stesso uomo che ti ha dato la caccia per tutto il tempo.»

«Così mi hai salvata spaventandomi a morte?» Mallory inspirò profondamente con il naso. «Cos'altro?»

Lui si alzò in piedi di scatto. «Ho piazzato delle cimici nell'appartamento di tuo padre, sul tuo portatile e sul cellulare.»

Gli occhi di Mallory si spalancarono; respirare le faceva quasi male. La furia si levò dentro di lei come un drago che serpeggiava tra i suoi polmoni. La violazione della sua vita e della sua privacy era nauseante.

«Ti guardavo lavorare ogni notte alla ricerca di questo bastardo. Senza mai riposarti, senza mai goderti la vita.»

«Era una mia scelta, Alex. Una mia scelta. Non avevi alcun diritto di spiarmi.» Non si era mai sentita tanto arrabbiata prima di allora. La sua pelle era tesa e la testa pesante, con un dolore sordo che pulsava contro il suo cranio.

Lui chiuse gli occhi e deglutì. «Lo so. Ma l'ho fatto comunque.»

Improvvisamente, ci fu un flash accecante di consapevolezza. «Sei stato tu a mandarmi la scatola con le informazioni su tutti quegli altri casi?»

Il sorriso di Alex era sarcastico. «Per quel che è servito.»

La furia esplose, lasciando subito dopo il posto alla desolazione. «Hai cercato una relazione con me perché stavo facendo ricerche sui vigilanti?»

Le sue labbra si contrassero. Labbra che avevano assaggiato ogni centimetro della pelle di lei. «Ho detto a me stesso che era quello il motivo, ma era una bugia.» Alex lanciò un'occhiata all'orologio che aveva al polso. «Ascolta, devi decidere. Non abbiamo molto tempo prima che il nostro tizio se la dia a gambe. I medici avevano in programma di svegliare Kari Regent dal coma oggi.»

«Forse se n'è già andato?»

La bocca di Alex s'indurì. «Non penso.»

Le venne la pelle d'oca. Il killer la stava aspettando e se non fosse stato per Alex, sarebbe già finita in balia di quell'uomo.

«Non lascerò che arrivi a te.» Le prese la mano nella sua e lei vide il luccichio nei suoi occhi, prima di distogliere lo sguardo. Ma poteva essere tutta una farsa. Un modo per manipolarla.

I pensieri le giravano vorticosamente nella testa. Era lacerata. Confusa. Si era innamorata di questo assassino così vulnerabile, ma doveva denunciarlo, giusto? «Le cicatrici sul tuo corpo. Come te le sei procurate?»

«Il regalo di un trafficante d'armi in una prigione del Marocco in cui la CIA mi aveva lasciato a marcire dopo una missione andata male.»

«Tu eri nella CIA.» Ciò spiegava parecchio circa quello che faceva e come lo faceva. L'Agenzia operava secondo regole proprie. Non c'era da meravigliarsi che Alex sapesse come aggirarle. Non c'era da meravigliarsi che non rispettasse l'FBI, era il minimo che la rivalità tra agenzie richiedesse.

«Non riconosceranno nulla di tutto ciò che ho fatto per loro. Il Progetto Portale mi offrì di tirarmi fuori di prigione se gli avessi garantito i miei servizi per tre anni.»

Questo lo rendeva un vile assassino o un patriota? «È illegale agire contro cittadini americani.»

La risata di Alex era tutt'altro che divertita. «Tutti gli omicidi sono illegali, ma in qualche modo, la maggior parte della gente riesce a convivere con il fatto che la CIA faccia fuori minacce sconosciute sul suolo straniero. Almeno nel mio lavoro con il Progetto Portale le uniche persone che ho ucciso erano la feccia della terra e non semplicemente anti-americani.»

«Meacher?»

Lui annuì.

«Che cosa c'entra Jane Sanders con tutto questo?»

«È un'amica, niente di più.» I suoi occhi erano vuoti. «Dopo che ho incontrato te, non c'è più stata nessun'altra. E mai più ci sarà.»

Mallory non riusciva a capire se lui stesse mentendo o no. «Lavora per mia madre.»

«So per chi lavora e no, non sono venuto a letto con te perché tua madre mi ha pagato. Non esiste cifra al mondo che potrebbe farmi prostituire in quel modo.»

«Però uccidere non ti crea problemi?»

Lui rise e annuì rivolto alla Glock di Mallory. «Perché quella che hai tu al fianco cos'è, un puntatore laser?»

Lei incrociò le braccia sul petto. «Io sono un'agente federale. Ho il permesso di portare una pistola per proteggere la gente.»

«E io sparo ai serial killer e ai pedofili per la stessa ragione» rispose lui scandendo le parole lentamente.

Mallory prese a camminare avanti e indietro. L'aveva messa in una posizione insostenibile. Ma il suo cuore soffriva perché, come una pazza, credeva ad ogni parola che lui aveva detto.

«Hai avuto qualcosa a che fare con il mio trasferimento a Quantico?»

Lui scosse la testa.

«Cosa ti ha spinto a entrare nella CIA?»

«La vendetta. Volevo farla pagare alle persone che avevano causato la morte degli uomini nella mia unità.»

«Cosa ti ha spinto a unirti a questo… Portale?»

«La sopravvivenza. Ero rinchiuso in un buco di prigione e non ne sarei mai uscito, non in questo secolo almeno. La CIA aveva negato perfino di conoscermi. Il Progetto Portale mi ha offerto un accordo.»

«Allora tutti quei discorsi sul sistema giudiziario che dovrebbe riequilibrare le cose sono delle stronzate, perché probabilmente pur di uscire di là avresti accettato di sparare perfino al Presidente?»

Lui si strinse nelle spalle. «Forse. Probabilmente.»

«Allora perché proteggere queste persone? Puoi testimoniare per lo Stato e magari ottenere l'immunità.» E dare al loro bambino l'opportunità di conoscere il proprio padre.

Lui chiuse gli occhi. «Io non rompo le promesse, Mallory. Quando vennero da me, pensai che avrei potuto vivere secondo le loro condizioni. Questo è stato prima di conoscere te.» Spostò la mano verso la tasca e lei sussultò, all'improvviso spaventata.

«Cristo, Mallory.» Deglutì ripetutamente, come se facesse fatica a respirare. «Non ti farei mai del male. *Mai.*» Si alzò in piedi, poi si lasciò cadere in ginocchio davanti a lei. Prima ancora che lo vedesse muoversi, Alex aveva preso la pistola di Mallory in mano e se la stava puntando alla tempia. «Preferirei morire piuttosto che lasciare che ti accada qualcosa di brutto. Devi credermi.» Gli occhi gli bruciavano. Le sue mani tremavano. Il freddo assassino era scomparso. L'uomo di fronte a lei era un caos di pura emozione.

Il cuore le martellava nel petto. «Dammi la pistola, Alex.»

«Hai capito? Riesci a capire quello che ti sto dicendo? Non m'importa niente di morire. M'importa solo della tua sicurezza. Ti amo. Ti amo ed erano molti anni che non amavo nessuno. So che non abbiamo un futuro insieme. So che mi odi. Mi costituirei in questo preciso istante, ma non posso correre il rischio che il killer ti metta le mani addosso.»

Sembrava davvero che lui l'amasse e questo le spezzava il cuore. Le aveva dato l'opportunità di tradire i propri ideali, ed era consapevole che lei volesse farlo. Cristo, non sapeva cosa pensare. Ciò non la rendeva migliore di lui.

«Io non ti odio.» Ma avrebbe voluto. «Per favore, metti giù la pistola.» Mallory gli accarezzò il volto con una mano, desiderando di far durare per sempre i momenti che avevano avuto insieme, sapendo che era impossibile. «Non possiamo farci giustizia da soli.»

«Ho l'autorizzazione del governo per spazzare via questo pezzo di merda dalla faccia della terra.» Quei suoi bellissimi occhi si fecero di nuovo freddi. Le porse la pistola e lei la rimise nella fondina. «La legge è limitata dalla burocrazia.»

«Il vigilantismo è *sbagliato*.»

«È giustizia.» Alex si alzò in piedi. «Ma sono stanco di uccidere. Stanco di mentire. Stanco di lavorare per un governo che si rifiuta di riconoscere che il sistema è fallato.»

Mallory era combattuta. Se ora non avesse chiamato il dipartimento per riferire queste informazioni, se non avesse parlato con Hanrahan, avrebbe gettato al vento la sua carriera. Ma perché era entrata nell'fbi, tanto per cominciare? Per scoprire cos'era accaduto a sua sorella. Forse la sua carriera non aveva più importanza. Forse Alex aveva ragione. Forse si trattava di giustizia.

Lo baciò con passione. Il desiderio travolgente di averlo un'ultima volta s'impossessò di lei, facendola pulsare di voglia. Per tutte le cose che non avrebbero mai potuto avere, tutte le cose che avevano perso perché lui non era chi lei pensava che fosse. Lei lo amava. Il suo bacio diceva tutto e Alex ricambiò con la stessa intensità.

Mallory si staccò, consapevole di cosa doveva fare. La sua determinazione crebbe. Allungò una mano nella sua borsa e tirò fuori il TASER. Lo colpì con una scarica prima che potesse cambiare idea. Sapeva quanto lui era capace di muoversi velocemente e non poteva rischiare che la disarmasse. Con uno spasmo, Alex cadde a terra, battendo la testa, in preda alle convulsioni. Nonostante il dolore che gli stava procurando, Mallory lo colpì con un'altra scarica di cinque secondi, finché lui non fu del tutto fuori gioco. Diamine, aveva perso i sensi, forse per il colpo alla testa. Emise un gemito e Mallory si sedette sui talloni. Con tutta probabilità, si sarebbe ripreso e lei si era spinta troppo oltre per tornare indietro. Tirò fuori un paio di manette flessibili e gli legò i polsi al piede del letto, che era saldato al pavimento.

Gli controllò il battito: forte e regolare. Un leggero strato di sudore gli imperlava la fronte. Lo baciò e lo voltò su un fianco, in posizione di sicurezza, poi afferrò le chiavi della macchina con cui erano arrivati.

Per la prima volta nella sua vita, Mallory voleva davvero fare del male a qualcuno. Ironicamente, non era Alex Parker, assassino professionista. A prescindere da tutto, amava quell'uomo. Ma aveva bisogno di mettere fine a quella situazione. Aveva bisogno di capire chi fosse lei veramente. Un'agente dell'FBI dedita al lavoro? O era proprio come Alex, solo che si nascondeva dietro a un distintivo per uccidere?

Aveva bisogno di saperlo.

E quando si trattava di dare la caccia a quel particolare assassino, aveva un vantaggio su chiunque altro. Non aveva bisogno di trovarlo. L'avrebbe trovata lui.

21

Quando si venne a sapere della scomparsa del Tenente Sean Kennedy, in città crebbe la tensione. Lui si era assicurato di difendere il ragazzo all'inizio, ma dentro di sé era dannatamente felice che Kennedy fosse diventato un sospettato per l'aggressione a Keri Regent e per gli altri omicidi. Gli faceva guadagnare tempo.

Tranne per il fatto che il tempo era agli sgoccioli.

Aveva appena saputo che Kari Regent era sveglia e si stava riprendendo all'ospedale. Per quanto desiderasse disperatamente metterle le mani al collo e spezzarle l'osso ioide, le guardie del corpo piazzate da quel pezzo di merda di Alex Parker erano irremovibili, così come i genitori della ragazza al suo capezzale. Forse avrebbe dovuto lasciar vivere Kari con i suoi incubi e consolarsi sapendo che almeno lei non lo avrebbe mai dimenticato. Magari avrebbe potuto aspettare un anno e poi rintracciarla appena lei avesse ricominciato a sentirsi di nuovo al sicuro.

Finì di scrivere il verbale di una multa per eccesso di velocità che aveva comminato quel pomeriggio. L'indomani sarebbe stato il suo giorno libero, ma dato tutto il casino che stava accadendo, aveva tante probabilità di poterselo prendere quante ne aveva l'FBI di risolvere quel caso senza l'aiuto di nessuno. Decisamente improbabile, cazzo. Spense il computer, afferrò la giacca e si diresse alla volta della tavola calda per mangiare qualcosa.

«Il solito?» gli chiese la cameriera con un grosso sorriso. Il locale era affollato, ma una delle cameriere in pausa gli lasciò il proprio posto su uno sgabello. Era ancora caldo.

«Sì, porzione extra-large. Sto morendo di fame.» Nelle ultime settimane aveva mangiato e dormito a malapena. Avrebbe avuto tempo di dormire una volta morto.

«Non avete ancora trovato Kennedy?» chiese la ragazza masticando un chewing gum mentre riempiva la caffettiera per i clienti.

«Non ancora.»

«È vero quello che si dice in giro? Che potrebbe essere lui il serial killer?»

Lui si strinse nelle spalle. Anche se era felice di farla franca per i propri crimini, un po' lo deludeva il fatto che la gente non si rendesse conto di quanto fosse astuto. Almeno finché non era troppo tardi, comunque. Si chiese se Sean fosse ancora vivo. Probabilmente avrebbe dovuto andare a dare un'occhiata prima che il ragazzo cominciasse a puzzare. D'altro canto, perché disturbarsi?

«Non posso dire nulla.»

Spostò lo sguardo su un gruppo di reporter. Una brunetta lo stava guardando come se volesse rimorchiarlo. L'idea di prenderla, di ucciderla, era potente. Distolse lo sguardo. Calma, ragazzo. Il mare era pieno di pesci, ma solo uno era il pesce che desiderava. Avrebbe potuto giocare in un secondo momento.

Il campanello sopra la porta tintinnò e gli occhi della cameriera si spalancarono.

Lui si girò per guardare in direzione dell'ingresso e, dannazione, per poco non cadde dalla sedia. Mallory Rooney era lì, nel bel mezzo della tavola calda. Aveva le braccia strette intorno al petto e i suoi occhi si spostavano da una persona all'altra, senza fermarsi. Quando fu certa di avere l'attenzione di tutti, raggiunse la cassa e ordinò un hamburger da portare via.

Il respiro gli si mozzò in gola. Era così vicina. Cosa diavolo ci faceva lì? Lo scudo dorato del distintivo brillava sul suo fianco e la sua arma era ben visibile. La stampa era in fermento. Tutti i reporter erano al telefono con i loro editori. Se Mallory avesse voluto dichiarare di essere in città, non avrebbe potuto scegliere un posto migliore.

C'erano degli altri agenti all'esterno? Dov'era quella testa di cazzo del suo ragazzo? Aveva chiaramente ordinato per una persona sola. Mallory prese del caffè da portare via e fu fuori dal locale prima ancora che lui venisse servito.

«Mi chiedo cosa ci faccia quassù» mormorò la cameriera, assicurandosi che lui avesse tutto ciò che voleva.

Era venuta per lui. Quella consapevolezza si dispiegò allegramente nel suo stomaco e diffuse un calore in tutto il suo corpo. Era venuta per lui. Ma lo stava aspettando e ciò non avrebbe reso le cose facili.

«Potresti farmi un favore?» gli chiese la cameriera.

Lui si accigliò. La sua vita era un po' complicata per i favori.

«Una delle mie cameriere, Mandy.» La donna indicò con un cenno del capo una ragazza bionda che stava aspettando vicino ai tavoli. «Ho promesso a sua madre che le avrei dato un passaggio a casa, ma sarò qui ancora per alcune ore, con tutti questi reporter intorno.» Sorrise. «Ti dispiacerebbe darle un passaggio a casa al posto mio?»

Lui guardò la giovane donna e sentì che c'era una feroce giustizia in questo mondo. Un minuto prima, si stava preoccupando di come cavolo avrebbe preso Mallory, un minuto dopo, la risposta gli veniva servita su un piatto d'argento. Ricordava con abbastanza chiarezza cos'era successo l'ultima volta. Una vittima viva l'avrebbe completamente distratta. E sicuro, era una cosa che non si sarebbe aspettata. Non se l'era aspettata nemmeno lui. «Certo.»

L'espressione della cameriera era carica di preoccupazione. «Voglio che tutto questo finisca. Rivoglio indietro la mia città.»

Le posò una mano sulla sua. Era fredda, così gliela strofinò per scaldarla. «Non preoccuparti. Presto sarà tutto finito.»

Le labbra della donna tremarono, e gli angoli dei suoi occhi s'incresparono. «Promesso?»

«Croce sul cuore.»

«Per la cena offre la casa.» Gli diede un bacio sulla guancia e gli strinse una spalla. «Sei un brav'uomo. Un gran brav'uomo.»

Lui guardò il cellulare in modo plateale. «Oh, caz... cavolo. Ho una chiamata.» Si alzò in piedi, afferrò il suo panino e lo avvolse in un tovagliolo. «Devo andare. Se la ragazza vuole un passaggio, ha trenta secondi. Vado ad aspettarla in macchina.» E con quelle parole, si diresse fuori.

La macchina si era appena messa in moto quando la ragazza uscì di corsa dalla tavola calda, con in mano la giacca e una borsa. Si catapultò sul sedile del passeggero. Lui mise al massimo l'aria calda, diretta verso i finestrini per disappannare i vetri.

La giovane si strinse nella giacca e sorrise. «Grazie per il passaggio, Agente.» Nei suoi occhi blu brillava una luce che era più vecchia dei suoi anni.

Lui sorrise. Era perfetta per i suoi scopi. «Non si è mai troppo prudenti, di questi tempi. Metti la cintura. Le strade sono scivolose e non voglio incidenti.»

La ragazza obbedì.

Sicuro come la morte, gli piaceva una donna che faceva quello che le veniva detto.

———

Alex riprese i sensi lentamente. Aveva un bernoccolo sulla testa che pulsava con ferocia. Cosa diavolo era successo? Le sue braccia si fermarono di scatto, bloccate dalle legature, e i suoi occhi si spalancarono. Per una frazione di secondo provò il terrore di essere di nuovo in quel buco infernale in nord Africa. Plastica, non catene. Una moquette ammuffita da quattro soldi invece del mero pavimento sporco. Sbatté le palpebre.

Mallory. Lo aveva colpito con il TASER e lo aveva lasciato lì. Scosse la testa pulsante, cercando di schiarirsi le idee. Non aveva alcun senso.

Oh, merda. Sì, che ce l'aveva.

Lanciò un'occhiata al suo orologio. Era stato incosciente per trenta minuti. Cazzo, lo aveva colpito con una scarica elettrica tale da farlo svenire e, considerando ciò che lui aveva fatto, non poteva dire di biasimarla. Si guardò intorno in cerca delle chiavi della macchina, ma le aveva prese Mallory. Allungò le gambe e, usando i piedi, trascinò la borsa con dentro il portatile sul pavimento. Trasalì quando sentì il dispositivo schiantarsi a terra, ma la sua priorità era liberarsi di quelle manette il prima possibile. Maneggiando la borsa tra le ginocchia, strappò il velcro con i denti. Avvicinò la borsa aperta alle proprie mani e abbassò la cerniera di una delle tasche laterali che conteneva alcuni attrezzi base. Gli bastarono un paio di cesoie per slegarsi dal letto. Tre secondi più tardi aveva riposto gli strumenti nella borsa, afferrato la giacca e il computer, ed era uscito dalla porta. Poi osservò il parcheggio. Merda. Niente macchina.

Considerò le proprie possibilità. Anche se rubare un'automobile era la cosa più facile che potesse fare, non voleva ritrovarsi in qualche stupido inseguimento. Si recò alla reception.

«Quella *Focus* là fuori è sua?» chiese alla ragazza dietro al bancone.

«Sì, perché?» Lei lo guardava con aria diffidente.

«Le darò cinquemila dollari se me la presta per ventiquattro ore.»

«Se ne vada.»

«È connessa a Internet?»

Lei annuì.

«Cerchi il numero del Dipartimento dell'FBI di Charlotte e chieda dell'Agente Speciale Lucas Randall.» Ora aveva l'attenzione della ragazza, che fece quanto le aveva chiesto. Probabilmente per quella donna cinquemila bigliettoni erano un sacco di soldi.

Lei coprì con la mano il microfono del telefono. «Stanno inoltrando la mia chiamata. È vera questa storia?»

Alex le mostrò la sua patente di guida. «Gli dica che un tizio di nome Alex Parker le sta offrendo cinquemila dollari per avere in prestito la sua auto e gli chieda se sono affidabile per quanto riguarda i soldi.»

La ragazza obbedì. «Ha detto di dirle di fare diecimila.»

Lui scosse la testa. Era a quello che servivano gli amici. Ma Mallory era là fuori e lui non aveva tempo per negoziare. «D'accordo.» Le porse il suo biglietto da visita. «Chiami il mio ufficio e riferisca loro quanto le ho detto. Qualcuno le farà recapitare un assegno via corriere. Le rimborserò eventuali danni. Dica all'Agente Speciale Randall di chiamarmi subito sul cellulare. Lui ha il mio numero.»

«Okay...»

Tese il palmo e lei gli porse le chiavi. Niente discussioni, niente panico. Le persone erano pazze.

Alex salì in macchina e regolò il sedile. Accese il portatile – che grazie a Dio funzionava ancora – per cercare la posizione di Mallory dal GPS del cellulare o del computer. Niente. Chiuse gli occhi e contò fino a dieci. Il suo computer era a Quantico e lei aveva smontato il telefono perché lui le aveva detto di farlo. Magari però lo avrebbe riacceso più tardi. Considerando che non era ancora stato arrestato, probabilmente il piano di Mallory era andare a Colby e sperare che il killer si facesse vivo. Era ragionevole, viste le circostanze. Ma se il Soggetto Ignoto le avesse teso un'imboscata lungo la strada o l'avesse sopraffatta... forse lui non l'avrebbe rivista mai più. Cominciò a guidare.

Doveva scoprire chi era questo killer.

Il suo telefono squillò. Lucas. «Non riesco a credere che tu l'abbia fatto davvero.»

«Mallory ha preso la mia macchina.»

«Voi due vi frequentate?» Lucas sembrava irritato.

Alex si sentiva anestetizzato. «Non esattamente. Al momento è piuttosto arrabbiata con me e ha preso la mia macchina.»

«L'ha rubata?»

«Presa in prestito.» Senza permesso. «Ho bisogno del tuo aiuto.»

Lucas restò in silenzio, ma Alex sapeva che lo stava ascoltando. «Lindsey Keeble. È stata uccisa dal cosiddetto killer delle iniziali PR.»

«So chi è Lindsey Keeble.» La voce di Lucas si fece più profonda.

«Hanno scoperto qualcosa di nuovo dall'autopsia, o nella sua macchina?»

«Sono informazioni riservate, Alex. Non posso farne parola.»

«Mi hai mandato informazioni riservate da controllare quando mi hai inviato quei dati telefonici…»

«Questo è diverso.» Lucas non si stava smuovendo di un millimetro.

«Dimmi cos'hanno trovato e io ti dirò chi ha ucciso Meacher.»

«Lo sai? No, non lo sai.»

«L'ho scoperto.»

«Merda.» Alex riusciva quasi a vedere Lucas passarsi le dita tra i capelli. Poi lo udì battere sui tasti. «Okay, i risultati del DNA non ci sono ancora. Stando al rapporto, non hanno trovato impronte tranne quelle di Lindsey, di suo padre e del poliziotto che ha trovato la macchina nel bosco. Hanno identificato delle macchioline di vernice nera per auto sotto le unghie di Lindsey. La scientifica sta cercando di risalire al marchio e al modello.»

Alex imprecò. «Le impronte erano dell'agente scomparso?»

«No. Di un tizio di nome Leo Chance.»

Era il tipo che lo aveva interrogato alla stazione di polizia.

Alex accostò e analizzò i dati del cellulare di Chance con i suoi algoritmi e ottenne un paio di riscontri. Niente di conclusivo ma… «Di che colore è la macchina di Leo Chance?»

Ci fu un lungo momento di esitazione, poi un sospiro e di nuovo un battere sui tasti. «Ha un SUV nero.»

Alex rifletté un attimo. Poteva essere lui? L'assassino poteva essere un poliziotto? Le dimensioni e la corporatura dell'uomo corrispondevano. Anche l'età era giusta. E c'era qualcosa, in quell'interrogatorio, che lo aveva inquietato; solo non sapeva dire cosa.

«Kari Regent è già uscita dal coma?»

«È ciò che ho sentito» disse Lucas.

«Puoi inoltrarmi una foto di Leo Chance per email?»

«Pensi davvero che l'assassino sia un poliziotto?»

«Che male può fare se chiedo a Kari Regent se lo riconosce?»

Lucas grugnì. «D'accordo. Ma niente eroismi.»

«Non è il mio stile.»

«Fatto. Okay. Allora, chi ha ucciso Meacher, così posso mettere questo caso nel cassetto?»

«Io.»

«*HaHa*, che ridere, Alex. Merda. Se qualcuno scopre che ti ho rivelato delle informazioni su questo caso…»

Lucas non gli credeva. La cosa era divertente. «Tu non mi hai detto niente, Lucas. Ma potrebbe essere sufficiente.»

Sentì i suoi soci e fece in modo che mandassero i soldi alla ragazza del motel. Non voleva che quest'ultima avesse dei ripensamenti e chiamasse la polizia.

Il tragitto verso l'ospedale durò trenta minuti, durante i quali ogni muscolo nel suo corpo restò contratto per la tensione. Il sole stava tramontando e l'oscurità non gli era amica.

Aveva davvero rovinato le cose con Mallory. L'aveva tradita sotto ogni aspetto, personale e professionale. L'idea che lo perdonasse era ridicola. E non poteva nemmeno minacciare di denunciare i suoi superiori, perché ciò avrebbe distrutto quel poco della sua famiglia che le era rimasto e per niente al mondo le avrebbe fatto una cosa simile. Avrebbe preferito morire impiccato. O magari farsi iniettare un po' di pentobarbital, cosa che era più che possibile nei grandi Stati del North Carolina e della Virginia.

Una nebbia fredda si aggrappava alle montagne e serpeggiava tra gli alberi come una ragnatela tra i rami sottili. Alex non osava fermarsi a contemplare ciò che aveva perso. Ma qualunque cosa ci fosse stata tra loro era morta. L' importante era che la brunetta longilinea dai dolci occhi ambrati superasse la notte sana e salva. Mallory aveva bisogno di chiudere il cerchio per andare avanti con la sua vita e lui intendeva aiutarla a farlo e, allo stesso tempo, offrirle la più grande svolta nella sua carriera. La cattura – vivo o morto – di un serial killer e di un vigilante avrebbe fatto la sua porca figura sul suo curriculum.

Sempre che fosse riuscito a trovarla prima del killer delle iniziali PR.

Arrivò all'ospedale e trovò di guardia uno degli uomini che aveva assunto. Bussò alla porta di Kari e l'uomo lo seguì all'interno.

«Possiamo aiutarla?» Un signore più anziano con una camicia blu si alzò in piedi. Una donna teneva la mano di Kari e un giovane uomo di circa vent'anni era seduto dall'altra parte del letto.

«Mi chiamo Alex Parker...»

«Lei è la persona che ha organizzato la sicurezza?» chiese il padre. «La stessa che ha portato Kari qui?»

«Sì, signore.» Non era andato lì per ricevere ringraziamenti. Guardò in direzione del letto. La testa di Kari era stata rasata ed era bendata, aveva dei tubicini inseriti nelle narici ed era intubata. Teneva gli occhi aperti e lo osservava. «Ho bisogno di farti una domanda, se posso.»

Lei annuì appena e fece una smorfia. Emicranie. Alex poteva affermare con certezza che la ragazza avrebbe avuto molte emicranie in futuro. La contusione dietro la testa gli pulsava in maniera atroce, ma se lo meritava. Si avvicinò a lei, tenendo sollevato il cellulare con la foto di un sorridente Leo Chance sullo schermo. «È questo l'uomo che ti ha fatto del male?»

Le pupille di Kari si dilatarono e le sue pulsazioni accelerarono sensibilmente sul monitor del battito cardiaco. Annuì, anche se non sarebbe stato necessario.

Il padre gli afferrò un braccio. «I poliziotti lo prenderanno, vero?»

«Sì, signore. Ora devo andare.» Alex staccò le dita dell'uomo con delicatezza. Mentre usciva, mostrò la foto di Leo al tizio della sicurezza e gli spiegò chi pensava che fosse.

«È stato qui un paio di volte» gli disse la guardia. I suoi occhi si strinsero. «Non l'ho lasciato entrare.»

«Bene.» Alex annuì verso di lui. «Non abbassare la guardia finché questo figlio di puttana non sarà morto o dietro le sbarre. Non finché non te lo dico io, okay?»

«Sicuro, capo.»

Kari Regent era troppo vulnerabile e aveva sofferto troppo perché loro allentassero le difese proprio ora.

Doveva raggiungere Mallory. In quel momento, probabilmente, era a casa di suo padre ad aspettare quel bastardo. Le inviò un messaggio con l'identità del killer, nella speranza che accendesse il cellulare, poi tornò di corsa alla propria auto. Alex aveva tutta l'intenzione di essere la sua copertura, che le piacesse o meno.

———

Il killer sapeva che lei era lì? Si trovava ancora nei paraggi o era già fuggito?

Mallory non sapeva cos'altro fare per pubblicizzare la propria presenza nella comunità del West Virginia in cui era cresciuta. Forse doveva marciare con una banda o mettere un'insegna al neon in cima alla collina? Far passare un'ultim'ora alla radio locale?

Adesso la neve cadeva più forte, spazzata via dai tergicristalli, solo per attaccarsi di nuovo al parabrezza con ghiacciata disperazione. Mallory guardava la strada attraverso il vetro, mantenendo una velocità regolare e moderata lungo la statale, su cui non erano ancora passati gli spazzaneve. Doveva essere uno del posto. Non credeva che fosse Sean Kennedy – almeno non da solo – anche se affermare che il suo istinto non era al massimo era un eufemismo.

Era innamorata di un ex agente della CIA che eliminava i serial killer nel tempo libero.

Cavolo. Al confronto, un poliziotto serial killer era banale.

Il pasto che aveva acquistato alla tavola calda era sul sedile del passeggero ed emanava aromi così forti da farle rivoltare lo stomaco. Solo la consapevolezza di dover conservare le forze per la sfida che l'attendeva le impedì di gettare il cibo nella spazzatura. Aveva bisogno di mangiare, quindi avrebbe mangiato.

Si mise in bocca una patatina fritta. Sapeva di cartone salato.

Sperava che Alex stesse bene. Il personale del motel lo avrebbe sicuramente trovato e, con un po' di fortuna, lui sarebbe riuscito a scappare prima che Hanrahan riuscisse a rintracciarlo. L'FBI non l'avrebbe mai catturato. Diamine, se stava dicendo la verità sul fatto di lavorare per il governo, probabilmente non ci avrebbero nemmeno provato. Doveva parlarne con Hanrahan. Aveva bisogno di capire quali erano gli specchi per le allodole utilizzati da quell'organizzazione, ma non prima che Alex avesse avuto la possibilità di fuggire. Dentro, si sentiva insensibile. Intorpidita dal dolore per aver perso Alex. Insensibile per quella vita insieme che non avrebbero avuto. Si toccò la pancia. Doveva toglierselo dalla testa e andare avanti per la propria strada, anche se era più facile a dirsi che a farsi, soprattutto quando, come in quel momento, aveva bisogno di lui più che mai.

Ma la pistola che portava sul fianco era una solida entità, come l'arma di riserva che portava alla caviglia. Il suo fidato TASER era nella tasca. Era il più preparata possibile. Dannatamente più preparata di qualsiasi ragazzina. Voltò verso la proprietà di famiglia – qualche anima gentile aveva spalato la neve nel vialetto, probabilmente il giardiniere – e percorse la via circolare fino alla casa della sua infanzia.

La villa di mattoni rossi a tre piani era una gigantesca ombra scura, non più familiare e cara, ma inquietante e piena di segreti. Le finestre luccicavano con aria malevola mentre la luna cominciava a salire oltre gli alberi. La neve ricopriva i gradini davanti all'ingresso; nessuno era entrato da quella porta da quando aveva iniziato a cadere copiosamente nel pomeriggio.

Mallory parcheggiò la macchina, spense il motore e alzò lo sguardo verso il maestoso edificio georgiano che era stato teatro di tanto dolore. Ufficialmente, era ancora una scena del crimine, ma non era un problema per lei. Meno persone innocenti a rischio di farsi male. Afferrò il sacchetto con il cibo e uscì dalla macchina; la neve le coprì subito gli stivaletti, bagnandole i pantaloni neri. Salì gli scalini e batté i piedi, cercando di scrollarsene di dosso quanta più possibile.

La porta d'ingresso era addobbata con una ghirlanda, una nota stranamente stonata di fianco ai nastri che segnalavano una scena del crimine. Prendendo in mano la pistola, Mallory girò la chiave nella serratura e l'aprì. L'allarme non era inserito. Ad ogni modo, non sembrava essere servito a granché, o comunque l'assassino era capace di bypassarlo. Mentre si guardava intorno, non sapeva bene cosa aspettarsi. Tracce di sangue? Un uomo appostato dietro la porta con un coltello?

La luce della luna illuminò l'ingresso, mostrandolo nella sua solita eleganza e maestosità.

Mallory prese la batteria del cellulare e la SIM card e li rimise nel telefono, solo per scoprire che non c'era alcun segnale. «Maledizione.» Doveva essere il tempo.

Premette l'interruttore per accendere il lampadario e ricordò la reazione di Alex quando aveva visto la sua casa. Questo servì solo a stringere un altro nodo nel suo cuore. Scorse il telefono fisso che suo padre si ostinava a mantenere e chiamò Hanrahan. L'uomo rispose al primo squillo. «Dove diavolo è?»

«A Colby. Ha scoperto chi è in combutta con il vigilante?»

«No.» Mallory poteva quasi sentirlo passarsi una mano sulla faccia. «C'erano diverse chiamate, ma il tecnico ha bisogno di tempo per rintracciarle ed è stato preso dal caso di un pedofilo che trasmette in diretta. Priorità... Comunque, la cosa peggiore che può accadere è che questa persona si dia alla fuga, e noi la inseguiremo. Lei è con Parker?»

«Sì.» La voce di Mallory gracchiò come un graffio su un disco in vinile. Hanrahan sapeva di Alex o quella era una semplice domanda? «Siamo a casa di mio padre per controllare una cosa, poi andremo all'ospedale per vedere se Kari Regent ricorda qualcosa.»

«Si è svegliata?»

Mallory non lo sapeva, ma mentì comunque. Stava diventando brava a farlo. «Aspetteremo lì, finché la ragazza non ci darà una descrizione appropriata.»

«Non faccia niente di stupido, Agente Rooney.»

Lei si guardò intorno nella casa vuota. Troppo tardi. «No, signore.» Riattaccò il telefono e mangiò una patatina fredda. *Bleah.* Si diresse in cucina per scaldare il cibo. Lei aveva gettato il guanto di sfida. Ora doveva aspettare che qualcuno lo raccogliesse.

22

Mallory era seduta sul pavimento della cucina, la Glock al suo fianco, e fissava il tavolo dove lei e Payton erano solite prendere posto e implorare la governante per avere dei biscotti. Fu assalita dalla solitudine. Il fantasma di sua sorella era rimasto con lei per anni. A scuola, quando usciva con i ragazzi, durante tutto il periodo di addestramento all'FBI. Al poligono di tiro. Soprattutto al poligono di tiro.

Ma lo spirito di Payton non l'aveva perseguitata quando era con Alex. Lui aveva tolto il dolore che insediava il suo cuore come una carie. Con lui aveva trovato una pace che non aveva mai conosciuto prima. Ora lui non c'era più.

Udì un rumore provenire dalla porta sul retro.

Non aveva paura. Prese in mano la pistola, assaporandone il peso freddo nella propria mano. No, non aveva paura. Era determinata. E nel profondo, era furiosa. Quell'uomo aveva rovinato la vita di sua sorella e voleva rovinare anche la sua.

Quello che lui non sapeva era che la vita di Mallory era già a brandelli. Niente di ciò che lui avrebbe fatto poteva cambiare la verità: lei non avrebbe mai avuto l'uomo che amava. Una consapevolezza che le faceva venir voglia di lasciarsi cadere in ginocchio e piangere, ma non c'era solo la sua vita in gioco. E non aveva alcuna intenzione di lasciar vincere questo maniaco. Voleva fargliela pagare. Senza far rumore, percorse il corridoio fino allo sgabuzzino e trovò la porta sul retro spalancata. Era stata chiusa a chiave, quindi il bastardo doveva averne una copia.

Mise fuori la testa e si guardò intorno, ritirandosi subito all'interno. Ma lui non le avrebbe sparato. La voleva viva. C'era un unico tipo di impronte che veniva e andava dal bosco.

Prendendo una decisione istintiva, Mallory corse verso gli alberi, nel regno di quell'uomo. Ma lei non era una ragazzina disarmata. Era un'agente federale addestrato. S'inoltrò nel bosco, lungo un ampio sentiero spesso usato dai cervi dalla coda bianca. In pochi secondi, i suoi stivaletti furono zuppi. I rami le graffiavano il viso. Era una notte limpida grazie alla luna piena. Mallory doveva concentrarsi su dove metteva i piedi perché il terreno era impervio e irregolare sotto la neve, e lei non aveva alcuna voglia di slogarsi una caviglia. Erano tracce facili da seguire. Forse troppo facili. Rallentò, prendendosi tutto il tempo necessario. Sapendo che non poteva avere uno scontro diretto con questo tizio.

Per la prima volta da quando aveva conosciuto Alex si sentiva completamente sola. Voleva dirgli del bambino, ma avrebbe potuto sopportare lo sguardo sul suo volto quando si sarebbe reso conto che non avrebbe fatto parte delle loro vite?

Infine, arrivò in cima alla collina. Le impronte erano sparse ovunque. Troppo confuse per poterle seguire. Le sue dita erano intorpidite dal freddo mentre stringevano la pistola. La temperatura stava precipitando rapidamente. Si guardò intorno, riuscendo a scorgere il tetto della proprietà in cui erano vissuti i McCafferty. In qualche modo, dovevano essersi messi sul cammino del killer.

Mallory si rese conto che nessuno sapeva dove lei si trovasse e perché. Non avrebbe permesso a quell'uomo di farla franca per i suoi crimini, a prescindere da cosa le sarebbe successo. Si ritrovò in una piccola radura e girò su se stessa per assicurarsi che nessuno le si stesse avvicinando silenziosamente alle spalle.

Il suo telefono vibrò. C'era segnale. Controllò e vide che aveva un messaggio di Alex. "KARI DICE KILLER=VICESCERIFFO LEO CHANCE."

Il suo primo pensiero fu di sollievo per il fatto che Alex fosse scappato dal motel. Il secondo fu il ricordo di aver incontrato Leo Chance senza avere la minima idea che fosse lui l'uomo che aveva ucciso tutte quelle donne innocenti. Il bastardo sarebbe stato preso, a prescindere da cosa sarebbe successo nei boschi quella notte. Kari avrebbe avuto la propria vendetta, così come Payton e Lindsey e tutte le altre ragazze la cui vita era stata distrutta da lui.

Compose il numero di Hanrahan.

«Pronto?» La linea era terribile.

«Il nome del killer delle lettere PR è...» *Merda*, non aveva ancora una prova concreta, se non la parola di Alex, che probabilmente valeva oro quando si trattava di questo genere di cose. «Il Vicesceriffo Leo Chance. Uno dei poliziotti del luogo. In questo momento mi trovo sulle sue tracce, nei boschi dietro a Eastborne.» Mallory riattaccò prima che Hanrahan potesse darle ordini diversi e fece scivolare il telefono in tasca.

Un gufo bubbolò, e un brivido le attraversò il corpo.

Mallory proseguì, poi udì un urlo di dolore. Una donna. *Oh, merda.* Digrignò i denti e si lanciò in avanti, la Glock impugnata a due mani. Il battito cardiaco regolare. La mente concentrata, perché distrarsi in quel momento avrebbe voluto dire farsi ammazzare. Si nascose dietro un grosso albero e si paralizzò. Una ragazza con una corda intorno al collo penzolava sulle punte dei piedi dal ramo di una vecchia quercia americana.

Il cuore di Mallory batté con un enorme tonfo. Sapeva che era una trappola, un diversivo, ma non poteva lasciare quella povera ragazza appesa là. E il bastardo ne era consapevole. Raggiunse di corsa la giovane donna terrorizzata. Imbavagliata. Sanguinante. Le mani legate dietro la schiena, la corda stretta. Spaventata a morte.

«Va tutto bene.» Mallory armeggiò con i nodi, ma erano stretti. Aveva bisogno di entrambe le mani. La ragazza tossì ed emise un verso soffocato e Mallory cercò di sostenerla con il torso mentre lottava per slegare le corde con una mano, perché non voleva lasciar andare la propria arma per niente al mondo. Finalmente, il nodo si allentò e la ragazza cadde sulle ginocchia in mezzo alla neve, tossendo e ansimando. Si udì un rumore e Mallory si sentì stringere il cuore. Sollevò la pistola ma fu colpita da una scarica di elettricità che la fece cadere a terra. Premette il grilletto lasciando partire uno sparo, ma non riusciva a vedere bene, figuriamoci a prendere la mira. La pistola le scivolò dalle dita.

Dio, faceva male! Si contorse in preda all'agonia che le faceva stringere i denti, e pregò che non avesse fatto del male al suo bambino. La neve era gelata contro la faccia, le era entrata nel naso e nella bocca, acqua ghiacciata che colava lungo la pelle nuda del suo collo. Deglutì e girò lentamente la testa per trovarsi faccia a faccia con il rapitore di sua sorella.

———

Leo non riusciva a credere che fosse stato così facile. Dilettante del cazzo. Appena aveva visto qualcuno soffrire si era dimostrata debole e patetica. Aveva dimenticato la scorsa lezione così velocemente?

Già, era così.

Peccato che sarebbe stata l'ultima per lei.

Le rovistò nelle tasche, gettando un cellulare e un TASER nella neve. Quando vide quest'ultimo, sorrise. Grandi menti e tutto il resto. Ormai non importava più che trovassero il rifugio. Una parte di sé era entusiasta dell'idea. Per via dell'orrore che avrebbe evocato, e per l'enormità del suo inganno.

Si issò Mallory su una spalla e si diresse verso la propria baita. La cameriera era raggomitolata su se stessa nella neve e sarebbe probabilmente morta per le intemperie prima di riuscire a liberarsi. Non gli importava. La sua identità era venuta alla luce, ma con Mallory nelle sue mani, avrebbe potuto svignarsela come pianificato. Fece scorrere il palmo della mano sul suo culo. Era della stessa taglia e corporatura di Payton. La strinse forte. Ora l'aveva ritrovata e non l'avrebbe mai lasciata andare.

Girò intorno alla baita e la scaricò nel portabagagli del SUV. La luce della veranda sul retro era accesa e illuminava i lineamenti della donna. *Payton*. Si piegò per metterle dentro il piede, quando lei gli lanciò un calcio con lo stivale, colpendolo dritto in bocca.

Lui barcollò all'indietro. E si ritrovò a guardare dentro la canna di un'altra Glock. *Merda*.

«Fatti indietro» gli ordinò Mallory. Lui si allontanò di qualche passo e lei gettò le gambe fuori dalla macchina, accese la sua torcia e gliela puntò verso gli occhi. *Cagna*.

«Butta il TASER e la pistola d'ordinanza» gli ingiunse.

Lui obbedì, piegando la testa da un lato. «Dov'è il tuo ragazzo?» la schernì.

Lei ignorò la domanda. «Tira fuori le tue manette e mettile.»

Leo si infilò le manette, ma fu molto attento a non chiudere entrambi i lati. «Hai intenzione di uccidermi?»

«Forse.»

Aveva anche la stessa voce di Payton e ciò gli smosse qualcosa nello stomaco.

Doveva essersi mosso.

«Resta dove sei! Pensi che non mi piacerebbe avere una scusa per piantarti un proiettile in mezzo agli occhi?» Lo sguardo di Mallory si fece duro.

«Fallo.» Si protese verso di lei. «Pensi che me ne freghi qualcosa? Credi che possa sopportare di vivere senza tua sorella?» Le dita di Mallory si strinsero sul grilletto, perché lui aveva appena ammesso di essere l'uomo che aveva cercato per tutti quegli anni. Non ne aveva avuto la certezza. Ora lui gliel'aveva confermato.

«Perché l'hai fatto? Perché l'hai rapita? Perché l'hai uccisa?»

«Non l'ho uccisa, stupida puttana. Io l'amavo.»

Un brivido prese a scuoterle il corpo, facendole battere i denti. Non gli credeva. «Voglio sapere dov'è sepolta mia sorella.» La pelle di Mallory era pallida. Le labbra più tendenti al bianco che al rosa e stavano diventando blu. «La rivoglio.»

Un sorriso cominciò a farsi strada dentro di lui, ma non lo diede a vedere. Aveva bisogno di un po' più di tempo perché le reazioni di lei rallentassero ancora, e poi sarebbe stato di nuovo in vantaggio. Mallory non gli avrebbe sparato. Era un'agente federale con un bastone piantato nel culo. E voleva sapere dove aveva seppellito Payton. Glielo avrebbe mostrato.

«Ti ci porterò ma ho bisogno della mia torcia.» Lei gli fece cenno di prenderla e lui eseguì, apprezzando la sensazione del suo peso nelle mani. Nonostante interpretasse la parte della poliziotta tosta, Mallory sapeva che non doveva avvicinarsi abbastanza da permettergli di sopraffarla. Il che significava che non poteva perquisirlo e che non era l'unica ad avere un'arma di riserva.

Lui si mise a camminare, inoltrandosi sempre più nel profondo del bosco, seguendo il sentiero che aveva percorso quasi tutti i giorni durante gli ultimi diciotto anni. Gli alberi scricchiolavano al calare della temperatura e poteva sentire Mallory tremare. Un ramo si ruppe sotto i suoi piedi. Se fosse riuscito a portarla vicino al rifugio, non aveva dubbi che avrebbe potuto toglierle la pistola e sottometterla.

«Sei stato tu a entrare in casa mia a Charlotte, non è così?»

Leo si strinse nelle spalle. «Però non so chi fosse l'altro tizio.» Voltò la testa per lanciarle un'occhiata. «Ora che ci penso, assomigliava molto al tuo ragazzo.»

Mallory strinse le labbra.

«Ti avevo quasi presa quando ti ho sgonfiato le ruote a Quantico. Mi ero fatto prestare un carro attrezzi da un amico per portarti via, ma ancora una volta hai mandato tutto all'aria.»

Lei sbuffò leggermente. «Scusa. Le mie maniere sono orribili quando si tratta di serial killer.»

Questa volta la bocca dell'uomo si irrigidì. Lui non era un pezzo di merda psicopatico. Lui era alla ricerca di qualcosa... di qualcuno. E ora che l'aveva trovata, avrebbe fatto meglio a farsi venire in mente un modo per ribaltare la situazione a suo favore.

«Dove stiamo andando? Quanto è lontano?» chiese lei con tono rabbioso. Ma c'era anche nervosismo nella sua voce. Gli puntò di nuovo la torcia in faccia e la luce gli bruciò la retina.

Cagna. «Non è lontano. Ti mostrerò dov'è sepolta.» *Poi metterò fine a tutto questo.*

«Ho chiamato i rinforzi, quindi non cercare di reagire.»

«Mi dispiace dovertelo dire, Agente Speciale, ma so che sei venuta sola.»

Lei smise di muoversi. Avrebbe avuto le palle di spirargli alla schiena? Ne dubitava. Arrivò alla catasta di legna, scorse un'ascia con la coda dell'occhio.

Si piegò per aprire la serratura del rifugio.

«Cosa stai facendo?» La tensione le faceva vibrare la voce, insieme al freddo. Non ci sarebbe voluto molto prima che non riuscisse più a reggere la pistola.

Doveva farsi più vicino. «Volevi sapere cos'è accaduto a tua sorella e dove si trova, no?» Spalancò il coperchio della botola e puntò la torcia nell'oscurità.

Osservò la sorpresa, e poi l'orrore, delinearsi sui lineamenti di Mallory.

«L'hai tenuta laggiù?» Alzò la voce. «Tutto questo tempo?»

Non gli piaceva il suo tono. «Non è così male.» Anche se di notte aveva un che di sinistro.

«È un lurido buco nella terra. È peggio di una gabbia in uno zoo. Per quanto? Per quanto tempo l'hai tenuta rinchiusa come un cane?»

Una vaga sensazione di vergogna s'impossessò di lui e anche quello non gli piacque. «Mi sono preso cura di lei.» Sfilò cautamente un polso dalle manette.

«L'hai trattata come una bestia!» Mallory gli urlò in faccia, fuori controllo dalla rabbia. Lui si lanciò in avanti, afferrandole il braccio e spostando la pistola di lato mentre lei lasciava partire un colpo. Leo atterrò sopra di lei e fu scioccato di sentirla così simile a Payton. Le sbatté la mano a terra finché non lasciò andare l'arma, poi la tenne ferma, mentre cercava di opporre resistenza. I suoi occhi furiosi e quella bocca pronta a sputare veleno gli dicevano che non era davvero Payton, ma se chiudeva gli occhi e tagliava fuori la sua lingua... Insinuò a forza le ginocchia tra quelle di lei, costringendola ad aprire le gambe, e premette il proprio corpo contro il suo. Era... giusta.

Il respiro di Mallory era caldo contro il suo orecchio e lui rabbrividì per il ricordo.

«Mi fai schifo.» Lei gli diede un forte morso al lobo e lui gridò.

Si ritrasse e le tirò un pugno in faccia. «Cagna. Ora scoprirai ciò che anche le altre hanno scoperto. Ma non importa quanto soffrirai o quanto male patirai, non ti lascerò mai andare. Mai.»

23

Procedendo con i fanali spenti, Alex seguì le tracce di gomme sulla neve; avrebbe desiderato che la macchina della ragazza del motel fosse stata un po' più solida di un'utilitaria. La parte posteriore continuava a slittare sui quindici centimetri di neve fresca che copriva il terreno. Corresse lo sbandamento, e poi lo fece di nuovo, mentre si costringeva a rallentare sulla strada a una corsia che saliva attraverso i boschi. Raggiunse uno stretto spazio tra i cespugli fitti e si fermò, uscendo dall'auto e chiudendola a chiave per bloccare la fuga dell'uomo.

Corse su per la via, con il sudore che cominciava a bagnargli la schiena. In cima alla strada c'era una baita dall'aspetto ordinato, costruita in mezzo al nulla, che il suo GPS aveva identificato come il posto in cui viveva il Vicesceriffo Leo Chance. Era all'estremità meridionale del bosco che circondava sia la proprietà dei McCafferty, sia la tenuta del padre di Mallory. In precedenza era appartenuta allo zio di Leo, che era morto in un incidente agricolo sei mesi dopo il rapimento di Payton Rooney. All'epoca, Leo aveva diciassette anni ed era stato l'unico testimone della morte dell'uomo. Alex non pensava si trattasse di una coincidenza.

Rimase in ascolto per un istante, ma il silenzio gli disse che non c'era nessuno lì. Vide un'auto della polizia parcheggiata da un lato e un SUV con il portabagagli aperto, un sottile strato di neve ricopriva la tappezzeria nera all'interno. Svariate serie di impronte andavano fuori e dentro la baita, e verso i boschi. L'istinto gli diceva di setacciare prima i boschi, ma controllare l'edificio era più logico. Per prima cosa, mise fuori uso il SUV, scollegando la batteria, e fece lo stesso con la macchina di pattuglia. Avrebbe rallentato il bastardo e poi tutto ciò di cui Alex avrebbe avuto bisogno sarebbe stata una buona visuale di tiro.

Tentò di aprire la porta della baita, che non era chiusa a chiave. All'interno, trovò una casa ordinata in maniera meticolosa. Una TV enorme. Vestiti da uomo nell'armadio. Scarpe da uomo taglia quarantasei vicino alla porta. Non c'era solaio, né seminterrato. Nessuna camera degli ospiti.

Ci fu un rumore fuori dalla porta d'ingresso e Alex si mise in posizione, pronto a far fuori il pezzo di merda. L'Agente Speciale Supervisore Frazer entrò nel cottage, la pistola spianata.

«Non spari» disse Alex, facendosi vedere.

Frazer abbassò l'arma. «Dov'è Rooney?»

«Non ne sono sicuro.» Alex ignorò il fatto di avere la bocca secca, tirò fuori il cellulare e tentò di comporre il numero. Nessuna risposta da Mallory e nessun dato del localizzatore. Merda. «Cosa ci fa qui?»

«Mallory ha chiamato Hanrahan, che sta arrivando qui con un elicottero insieme alla Senatrice Tremont.» Frazer sembrava arrabbiato. «Stavo andando a far visita a Kari Regent, sperando di ottenere maggiori informazioni, quando Hanrahan mi ha riferito che Mallory aveva identificato il Vicesceriffo Leo Chance come il killer delle iniziali PR e mi ha detto di muovere il culo e venire qui.»

Allora Mallory aveva ricevuto il suo sms su Leo. *Bene.* Almeno sapeva con chi aveva a che fare. Alex si chiese cos'altro avesse detto a Hanrahan ma in quel momento, finché l'FBI non avesse cercato di fermarlo, non importava.

«Dov'è la polizia locale?»

Frazer strinse lo sguardo lungo quel suo naso affilato come

una lama. «Non sapevo se mi avrebbero creduto o se avrebbero avvisato quel figlio di puttana.»

«Non li ha avvertiti?»

Frazer scosse la testa.

«Dobbiamo ispezionare i boschi.»

«Forse dovremmo aspettare i rinforzi.»

«E ancora una volta, lei è già qui, Agente Frazer. Complesso dell'eroe?»

«Voglio solo acciuffare un assassino, Parker.»

Alex oltrepassò Frazer. «Allora andiamo.»

Frazer lo guardò, considerandolo con attenzione, mentre lo seguiva all'esterno. «Chi diavolo sei tu, veramente?»

L'aria fredda lo colpì di nuovo. Mallory non è vestita adeguatamente per una tormenta di neve, pensò Alex. E la colpa era sua. Aveva fatto una cazzata e non aveva previsto che lei lo colpisse con il TASER. Avrebbe sorriso, se non avesse avuto così paura di non rivederla mai più. «Le dirò tutto *dopo* che avremo trovato Mallory.»

«Bene.» Frazer lo seguì fuori dalla baita. «Perché Mallory pensa che Leo Chance sia il killer delle iniziali PR?»

«Kari Regent lo ha identificato come l'assassino.» Ciò gli fece venire un'idea. Chiamò la guardia del corpo fuori dalla stanza di Kari. «Ho bisogno che tu chieda a Kari un paio di cose per conto mio. Chance l'ha tenuta in qualche edificio?»

La guardia del corpo riferì la domanda. «No. Ha scritto "sotto terra".»

«Sotto terra? Come in un tunnel sotterraneo?»

La guardia rispose, la voce rauca. «No, dice che era in un rifugio, nel bosco.»

Pensare a ciò che quella ragazza aveva sopportato gli fece rivoltare lo stomaco. Alex attaccò il telefono e si voltò verso Frazer. «Ha una specie di nascondiglio sotterraneo qua fuori. Dobbiamo trovarlo.»

Le orme nella neve erano la loro opportunità migliore. Alex camminava a lato delle tracce, cercando di preservare l'integrità delle prove. Frazer indossava scarpe eleganti, ma non si tirò indietro. Questo fece alzare di una tacca la stima di Alex nei suoi confronti.

«Ho fatto qualche ricerca durante il tragitto dall'ospedale. Leo ha ereditato questo posto da suo zio e ci si è trasferito quando aveva diciassette anni. Non ha mai lasciato la zona, non ha mai fatto una vacanza fino a gennaio di quest'anno, quando è andato a Cancun. Indovini un po' cos'altro è successo a Cancun nello stesso periodo?»

Frazer sollevò le sopracciglia.

«Un paio di cadaveri di ragazze con i capelli scuri.»

Una volta lontani dalla baita, si ritrovarono immersi in un'oscurità illuminata solo dal riflesso bianco della neve e nessuno dei due aveva una torcia. Si mossero con prudenza. Mallory era da qualche parte nelle vicinanze con quel figlio di puttana. Alex lo sapeva. Poteva sentirli, lì fuori nell'oscurità. Cosa sarebbe successo se Mallory avesse sparato al tizio a sangue freddo e Frazer avesse assistito? Fece una smorfia, perché l'idea che entrambi potessero diventare dei latitanti in fuga dalla legge lo attirava parecchio ma voleva che lei dovesse vivere in quel modo. Inoltre, lei non lo avrebbe voluto più, non dopo che le aveva mentito riguardo a qualcosa di così terribile.

Ma Mallory non avrebbe ucciso quel bastardo. Poteva pensare di volerlo fare, poteva esserne tentata, ma Alex aveva riconosciuto il suo cuore: era puro. Era una brava persona. Una persona straordinaria. Lui non lo era. Avrebbe ucciso chiunque lo avesse ostacolato nel proteggere Mallory, cosa che non lo rendeva migliore della feccia a cui dava la caccia.

Udì qualcuno urlare ed entrambi presero a muoversi silenziosamente tra gli alberi in direzione del suono. Fece fermare Frazer e rimase ad ascoltare con attenzione. Per sperare di contare su un minimo di effetto sorpresa, dovevano girare intorno al posto e avvicinarsi dalla parte opposta. E dovevano farlo in silenzio, perché Alex non aveva alcuna intenzione di vedere la donna che amava morire per mano di un maniaco.

———

La sensazione di bagnato che le trapassava i vestiti svegliò Mallory dal suo torpore. Qualcuno le afferrò i polsi e prese a legarglieli insieme. Col cavolo. Fece leva sulle gambe e gli diede un forte calcio nelle palle, contorcendosi e alzandosi in piedi. Lui cadde a terra a faccia in giù e Mallory usò un piede per immobilizzargli un braccio, tenendo l'altro piede premuto a lato della gola dell'uomo, e con entrambe le mani gli prese l'altro polso, piegandogli il braccio dietro la schiena.

Lui tentò di reagire e lei premette più forte con il piede, chiudendogli le vie respiratorie. La torcia che l'uomo aveva lasciato cadere a terra mostrava i suoi lineamenti mezzi sepolti nella neve, contratti, mentre cominciava a soffocare.

«Ti piace, Leo?»

Forse Alex aveva ragione. Forse la vendetta era l'unica forma di giustizia vera in un mondo pieno di sadici e assassini, che non mostravano alcuna pietà verso le persone che obbligavano a stare sotto il loro controllo. Spinse il piede con ancora più forza e rimase a guardare l'uomo mentre rantolava per respirare e le sue labbra si facevano cianotiche. L'odio prese vita dentro di lei. Questa era solo una frazione del dolore e della sofferenza che lui aveva causato. Chance rimase immobile e non emise più alcun suono. Accidenti. Mallory allentò la pressione e fu grata quando lo sentì tirare un debole fiato. Un lampo di consapevolezza la illuminò e rabbrividì per il sollievo. Non lo voleva morto. La vendetta personale non era la sua idea di giustizia. L'idea che il governo l'approvasse invece era incredibile, ma sapeva già che la CIA e l'NSA, e perfino l'esercito, agivano in modi che lei non avrebbe mai accettato.

Quindi, se Alex stava dicendo la verità, questo cosa faceva di lui, un vigilante o un soldato?

Mallory intravide la propria pistola nella neve e l'afferrò prima che Leo Chance decidesse di non aver niente da perdere, se avesse reagito. La puntò verso l'uomo accasciato a terra che continuava a tossire. Il dito pronto sul grilletto.

«Non farlo, Mallory.» Una voce calma nell'oscurità. *Alex.* Era venuto per lei quando sarebbe dovuto scappare. «Non vale un pezzo della tua anima.»

Lei scoppiò in una risata sguaiata per nascondere il dolore. «Un po' ironico sentirlo dire da un assassino del governo, non pensi?»

«Conosco il prezzo meglio della maggior parte della gente.» Alex la raggiunse.

Lei imprecò quando vide Frazer dietro di lui. Rivolse ad Alex un sorriso beffardo, come se il suo cuore non fosse in mille pezzi. «Mi sa che ho appena fatto saltare la tua copertura, eh?»

«Gli ho promesso di raccontargli tutto comunque, dopo che ti avessimo trovata. Ti ho detto che non sarei andato da nessuna parte.» Leo Chance giaceva a terra, ansimando e massaggiandosi il collo. Li guardava attentamente attraverso le due fessure che erano i suoi occhi. «Vuoi che lo uccida per te?»

«Frazer?» scherzò lei. Gli occhi di Frazer si spalancarono a quella sua battuta. Se avesse dovuto indovinare, Mallory avrebbe scommesso che non era Frazer l'infiltrato del Progetto Portale.

«Divertente.» Alex sembrava impassibile.

Sapeva che Alex avrebbe ucciso per lei se glielo avesse chiesto, ma Mallory non voleva avere del sangue sulla coscienza. Quella consapevolezza la fece ergersi un po' più a testa alta.

«Voglio che il sistema di giustizia compia il proprio lavoro. Voglio che quest'uomo, che ha tradito la sua uniforme, sia processato per tutto ciò che ha commesso e voglio avere giustizia per tutte le donne a cui ha fatto del male. Per Payton.» Alex le prese la pistola di mano, così lei poté chinarsi e ammanettare Leo. L'uomo giaceva docile sul terreno. Alex gli teneva due armi puntate alla testa e Leo sembrava aver capito che non avrebbe esitato a premere il grilletto se ce ne fosse stato bisogno. *Codardo.*

Quando Mallory ebbe finito, Alex le ridiede la sua pistola, poi si tolse la giacca. Lei scosse la testa, ma lui gliela avvolse sulle spalle lo stesso. Era ancora calda del tepore del suo corpo. Poteva anche essere un assassino, ma fin dal momento in cui l'aveva incontrato, non aveva fatto altro che sostenerla e proteggerla. Non in una maniera soffocante, ma come se lei fosse la persona più importante nel suo mondo. Mallory sapeva che Alex Parker sarebbe stato il padre migliore che un bambino potesse sperare di avere. Quella constatazione la ferì come una pugnalata al cuore, perché era consapevole che lo avrebbe perso.

Aveva smesso di nevicare e le nuvole si erano dissipate nel cielo. La luce argentea della luna colpiva la neve, creando un riflesso che illuminava il bosco intero.

In lontananza si scorsero le luci di alcune torce. Voci ansiose giunsero fino a loro. Poliziotti? Lo scalpiccio dei passi si fece più forte mentre le persone si avvicinavano. Mallory si irrigidì per la trepidazione. Puntò la propria torcia verso i nuovi arrivati.

Cristo, era sua madre quella?

Sua madre corse verso di loro, respirando affannosamente mentre si trascinava in mezzo alla coltre di neve. L'agente Hanrahan la seguiva a passo più lento.

«Mamma?» *Ma che diavolo?* «Cosa ci fai qui?» chiese Mallory.

Ma sua madre non stava guardando lei, stava fissando Alex, la furia che le imperversava negli occhi. «Parker, ti ordino di fargli dire dove si trova la mia bambina.»

Fu allora che Mallory capì. Era sua madre la figura potente che lo aveva tirato fuori da quella prigione in Marocco. Era sua madre la ragione per cui lui non avrebbe mai fatto i nomi dei suoi superiori. Non per la sua lealtà al Progetto Portale, ma per la lealtà che provava verso di *lei*. «Cristo Santo, mamma. Hai creato una tua organizzazione privata di vigilanti?» Merda.

«Ho fatto ciò che le forze dell'ordine non sono state in grado di fare per diciotto anni: dare giustizia alla mia bambina!» La sua voce risuonò per miglia. Sembrava che fosse in procinto di lanciarsi su un'arma e Mallory la teneva d'occhio, lei e anche gli altri. L'unica persona di cui si fidava davvero era Alex, che le guardava le spalle come un'ombra.

«È questo l'uomo che ha preso Payton? Dov'è lei? È viva?» Mallory l'afferrò, così che non si avvicinasse troppo al poliziotto.

«È morta, stupida cagna!» Leo urlò dalla sua posizione sul terreno. «È morta, cazzo, e non è stata colpa mia.»

Lo sguardo della senatrice non si staccò nemmeno un attimo dall'uomo sulla neve. «Parker, se non spari a quel bastardo, lo farò io...»

Alex rispose: «È finita, Senatrice Tremont.»

«Cosa sta succedendo, Agente Rooney?» chiese cautamente l'Agente Speciale Frazer.

«Forza, Margret.» Hanrahan cercò di confortare la donna, ma la senatrice si lanciò sulla pistola dell'uomo e i due finirono per lottare per il possesso dell'arma.

Frazer intervenne e allontanò la madre di Mallory dal suo superiore. «Qualcuno mi spieghi esattamente cosa sta succedendo, o che Dio mi aiuti...»

Mallory gemette. La sua spiegazione poteva spingere le persone che amava di più nel braccio della morte. «È complicato.»

Le sopracciglia dell'uomo si sollevarono. «Di solito riesco a tenere il passo» disse sarcastico.

Alex le toccò una spalla. «Deve sapere cosa sta succedendo, Mallory. Questa storia deve finire.»

Lei gli toccò le dita per un momento, poi lasciò cadere la mano. «Sono stata trasferita all'Unità di Analisi Comportamentale perché l'Agente Speciale Supervisore Hanrahan ed io sospettavamo che qualcuno all'interno dell'FBI stesse rivelando informazioni a un gruppo di vigilanti che ammazzavano sistematicamente i serial killer.»

«È vero?» chiese Frazer a Hanrahan.

Il suo capo dai capelli argentati annuì. Sembrava a disagio sotto i riflettori.

«Il Progetto Portale era sostenuto ufficialmente dai vertici, ma nessuno lo ammetterà mai.» Il labbro di sua madre si arricciò quando guardò Leo Chance.

Lui ricambiò lo sguardo con una tale freddezza che Mallory desiderò di avergli dato dei calci molto più forti.

Alex prese a parlare. «In passato lavoravo per l'Agenzia. La senatrice mi reclutò per lavorare per un'organizzazione chiamata Progetto Portale, organizzazione specializzata nell'identificare i serial killer e i pedofili e... neutralizzarli» spiegò. Il volto di Frazer stava diventando sempre più pallido.

«Questo è interessante, ragazzi» li schernì Chance. «Potremmo fondare un club.»

«Solo che *noi* non uccidiamo donne e bambini innocenti. Noi ci liberiamo soltanto della feccia come te.»

«Ma sei stato beccato, stronzo, e ora morirai proprio come me.» Il labbro di Leo s'incurvò, ma Mallory si ricordò della giovane donna nel bosco. Come aveva potuto dimenticarsi di lei? «Oddio. C'è una ragazza in mezzo al bosco, da qualche parte nella neve. È spaventata, ma viva. Ha bisogno di aiuto.»

«Vado a cercarla» si offrì Hanrahan.

Alex grugnì.

«Aspetti.» Frazer stava visibilmente combattendo per assorbire tutte quelle informazioni. Non era l'unico. «Perché non mi ha parlato dei suoi sospetti, signore?»

Hanrahan si accigliò. «Non sapevo di chi fidarmi...»

Frazer scosse la testa. «Avremmo potuto fare delle intercettazioni telefoniche e organizzare un'operazione sotto copertura.» I suoi occhi si spalancarono. «Il fiasco di stamattina... si trattava di questo?»

«L'idea è stata mia» ammise Mallory. Tanto valeva mettere tutte le carte in tavola.

«E nonostante ciò non è stato effettuato ancora alcun arresto? Ha preso i nostri telefoni, cancellato la cronologia delle chiamate, ma non ha preso in custodia nessuno?» chiese Frazer.

«Nessuno ha chiamato!» esclamò Hanrahan.

«Allora perché cancellare la cronologia delle chiamate?» intervenne Mallory. Perché avrebbe fatto una cosa del genere?

«È lui l'infiltrato» disse Alex. Il suo sguardo ancora fisso su Leo Chance, che stava osservando gli avvenimenti dalla sua posizione prona sul terreno della foresta. «Ma stavano cominciando a saltargli i nervi.»

«È la verità?» chiese Mallory a Hanrahan, l'uomo che ammirava. L'uomo di cui si era fidata e che – lo capiva soltanto ora – l'aveva isolata dai suoi colleghi. «Era lei a passare informazioni al Progetto Portale?»

Hanrahan aveva estratto la pistola e il livello di tensione aumentò a mille. «Sua madre mi ha convinto a rivelare profili e altre informazioni riservate prima che fossero inviate alla polizia. Avevamo implementato un sistema d'allarme, così il suo assassino non sarebbe stato acciuffato dalla polizia e questo era tutto.» Il suo sguardo si spostava freneticamente tra di loro. «Non sapevo che l'assassino fosse il suo ragazzo.» Si passò una mano sulla fronte. «Mi ascolti: ho servito il sistema giudiziario per quasi tre decenni e non è mai migliorato nulla. All'inizio, ho pensato che uccidere questi tizi fosse la scelta giusta, ma poi ho cominciato a preoccuparmi che qualcuno potesse ammazzare una persona innocente e non riuscivo a vivere con questo pensiero.»

Il vento fece frusciare le foglie secche. Mallory sentì freddo fino al midollo.

«Volevo una via d'uscita.» Si strinse nelle spalle, un'espressione di scuse negli occhi. «Ho pensato che il modo più facile sarebbe stato far catturare l'assassino.»

«Così ha cominciato a farmi inviare gli avvertimenti sempre più tardi» disse Alex.

«Perché non me ne hai parlato?» chiese la senatrice a Hanrahan.

Hanrahan scosse la testa, gli occhi che luccicavano di lacrime. «Non avresti sentito ragioni, Margret. Non c'era altro che vendetta nel tuo cuore, e sete di sangue nella tua anima.»

Mallory si rese conto che significavano qualcosa l'uno per l'altra. Qualcosa di speciale. «Siete tutti colpevoli di cospirazione finalizzata all'omicidio» dichiarò. *Cristo.* Doveva arrestarli? Era ovvio che si ritenessero migliori di Alex. Ma astenersi dal fare il lavoro sporco non li rendeva meno colpevoli.

L'espressione di Hanrahan si fece carica di amarezza. «Lei ha intuito come stessero le cose quando nessun altro lo ha fatto. Ho chiesto il suo trasferimento per poterla tener d'occhio.»

«Ma le cose vi si sono ritorte contro quando Rooney si è innamorata del vostro assassino» aggiunse Frazer sommessamente.

Mallory si scambiò un'occhiata con Alex e sentì come se tutto il suo mondo venisse spezzato in due. Frazer era l'unico lì a non essere nella merda fino al collo. Sua madre e l'uomo che amava rischiavano entrambi l'esecuzione, in caso di condanna. Si posò le mani sulla pancia. Frazer era troppo rigido per infrangere le regole. Mallory si sentì male. Stava vivendo il suo peggior incubo.

Alex le strinse le spalle. Lei fremette sotto il suo tocco. «Dobbiamo trovare la ragazza nel bosco e portare in custodia questo stronzo. È ora di decidere di chi deve fidarsi e cosa voglia fare, Frazer.»

Mallory afferrò la mano di Alex e se la premette sulla pancia. «Ti amo.»

Il sorriso di Alex si formò lentamente; le toccò il viso. «È molto più di ciò che merito.»

Frazer digrignò i denti. «Non mi pare il momento.»

Gli occhi di Mallory si riempirono di lacrime, ma si rifiutò di farle scendere. Si sforzò di rispondere. «Probabilmente è l'unico momento che ci rimane. O non l'ha ancora capito?»

———

L'alba cominciò a diffondersi sui monti Appalachi. L'Agente Speciale Lincoln Frazer si trovava nel mezzo di un bosco del West Virginia con la pistola puntata verso un serial killer che aveva ucciso almeno sette persone – per quel che ne sapevano –, con un assassino professionista che probabilmente ne aveva ammazzate di più, una senatrice corrotta, un Agente Speciale Supervisore dell'FBI altrettanto corrotto – che lui aveva cercato di emulare per tutta la sua carriera – e una recluta il cui istinto era dannatamente più fine del suo.

«Ha le sue manette, Rooney?»

«Il Vicesceriffo Chance le sta indossando, signore.»

Il "signore" era stato aggiunto come ripensamento. Non si era guadagnato il rispetto di Mallory. Maledizione. A causa della sua diffidenza lei era quasi stata ammazzata. Si era sbagliato di gran lunga a giudicarla. A giudicare tutti. Aveva con sé un paio di manette e non sapeva chi, tra i suoi avversari, fosse il più pericoloso. In teoria Parker, ma avendo passato del tempo con lui, non riteneva che l'uomo avrebbe fatto qualcosa per mettere la Rooney in pericolo. Sembrava un bravo ragazzo, per essere un assassino.

«Ho bisogno che mi dia la sua arma» disse a Hanrahan, sperando che l'uomo non facesse niente di stupido. «Svuoti la camera e rimuova i proiettili, poi la getti là, sulla neve.»

Le mani di Hanrahan tremavano anche se obbedì.

«Siete tutti rovinati.» Il Vicesceriffo Chance ora era in ginocchio e rideva. «Non vedo l'ora di vedere cosa accadrà quando i media verranno a sapere di tutta questa merda. Ognuno di voi può essere accusato di omicidio o cospirazione finalizzata all'omicidio. Tranne te.» I suoi occhi si voltarono verso Mallory. «Payton sarebbe stata fiera di te per non avermi ucciso. Lei mi amava. Non avrebbe voluto che qualcuno mi facesse del male.»

Cazzone narcisista.

Il dolore sul volto di Mallory gli mozzò il respiro. Ma Frazer vide un'opportunità mentre tutti gli altri erano troppo occupati a soffrire. «Qualcuno dovrà occuparsi della tomba di Payton quando tu sarai in prigione. Dove si trova?»

Gli occhi del Vicesceriffo Chance si diressero verso la catasta di legno.

«È là sotto?» chiese Frazer.

L'Agente Chance annuì e deglutì faticosamente. «Non l'ho

uccisa. È morta.»

«Tu l'hai ammazzata! Hai rapito la mia bambina.» La senatrice si lanciò verso l'uomo, ma Hanrahan l'afferrò.

«Si è ammalata ed è morta, stupida puttana! Se lei non fosse morta, non avrei mai ucciso nessun altro» sputò fuori Chance.

Ora era colpa della ragazza? Una ragazza che lui aveva privato della libertà e, infine, della vita?

«Se l'avessi portata all'ospedale, forse sarebbe sopravvissuta. Non le hai mai dato quella possibilità. L'hai tenuta come un cane per il tuo piacere.» La voce di Mallory s'incrinò e Alex Parker la prese tra le braccia e l'attirò a sé. Quell'uomo la proteggeva con tutte le sue forze, l'avrebbe fatto finché avrebbe potuto.

Dio. Tutti i suoi anni di servizio erano messi alla prova e lui voleva solo che quel casino sparisse. L'idea di mettere in galera queste persone bruciava nello stomaco di Frazer come benzina. Ma non faceva lui le regole, si limitava a seguirle.

«Farò una telefonata. È nel vostro miglior interesse lasciarmela fare.» La senatrice aveva riacquistato la sua solita compostezza arrogante. Tirò fuori il cellulare, stando attenta a non fare alcuna mossa repentina. «Aspettate un momento.»

Rimasero tutti lì in piedi a gelarsi il culo nella neve mentre lei spiegava a qualcuno dall'altra parte del telefono cosa stava succedendo. Poi la senatrice gli porse il cellulare. Frazer si accigliò e lo accostò all'orecchio, con movimenti lenti. La persona chiamata dalla senatrice si identificò, anche se la sua voce era facilmente riconoscibile. Tutta la saliva che Frazer aveva in bocca si prosciugò.

«Se questa storia uscisse, il governo potrebbe cadere.» La voce al telefono era un basso brontolio. «I nostri nemici in tutto il mondo si tufferebbero sullo scandalo, e ciò distruggerebbe l'Unità di Analisi Comportamentale e l'FBI.» Diamine, Frazer voleva chiudere gli occhi, ma non osava perdere di vista gli altri giocatori di quella partita. Questa storia avrebbe distrutto la reputazione dell'Unità di Analisi Comportamentale, qualcosa a cui lui teneva profondamente. Tutte le loro azioni sarebbero state messe sotto scrutinio. Tutti i loro casi sarebbero stati riaperti e riesaminati. Le loro vite dissezionate...

«Nessun altro deve saperne nulla» sibilò l'uomo.

Frazer guardò il gruppo di cinque persone che stava facendo finta di non origliare.

«Capisce?»

Merda. Diceva sul serio? Frazer deglutì a fatica. «Non sono sicuro, signore. Vuole che...»

«Si assicuri che non rimanga niente in sospeso, Agente Speciale Assistente Capo Frazer.» Il tono era duro. «*Niente* in sospeso.»

Agente Speciale Assistente Capo? «E ho la sua benedizione?»

Una pausa, probabilmente era infastidito perché lo aveva costretto a dirlo ad alta voce, anche se aveva appena fatto un corso accelerato in "ragioni per non fidarsi dei tuoi superiori".

«È un mio ordine diretto. E lo esegua prima che la polizia locale faccia la propria comparsa, oppure questa sarà la promozione più breve della storia.»

Frazer fissò il telefono. Ciò che quell'uomo gli stava chiedendo era inconcepibile. Lo avrebbe reso moralmente imperfetto come il resto di quelle persone. Poteva farlo? Poteva compromettere i suoi principi in quel modo? Gettare al vento la sua morale impeccabile? A quale prezzo? Ma quanto sarebbe costato loro quello scandalo? Sarebbe stato sufficiente a far chiudere l'Unità di Analisi Comportamentale per sempre.

Alex Parker si spostò davanti a Mallory. Impugnava ancora la propria arma e Frazer non aveva alcun dubbio che l'avrebbe usata prima di permettere a qualcuno di fare del male alla donna. Quell'uomo aveva un istinto pazzesco. Si considerava un soldato, ma stava lavorando per la squadra sbagliata. Frazer fu colpito dal fatto che Parker, per proteggere se stesso, avrebbe potuto sparargli in qualunque momento da quando si erano incontrati alla baita, ma non l'aveva fatto.

La senatrice sembrava in stato confusionale, una donna a pezzi, ora che i suoi complotti e le sue macchinazioni erano venuti alla luce. Almeno adesso sapeva dov'era sepolta la figlia. Era già qualcosa. Le spalle di Hanrahan erano incurvate, stava senz'altro immaginando il disonore pubblico che l'avrebbe investito e il pericolo – molto reale – di morire o di venire ferito una volta incarcerato.

Leo Chance si alzò barcollando e continuò a ridere. «Siete tutti finiti. Morirete tutti prima di me, ma non preoccupatevi. Ho sentito dire che l'iniezione è relativamente indolore.»

Perché il Bureau seguiva sempre le regole.

Il labbro del killer si piegò all'insù. Era un uomo grosso. Alto quasi uno e novanta. Muscoloso. Le donne che aveva rapito non avevano mai avuto una possibilità. Un uomo dall'intelligenza razionale, ma emotivamente segnato dagli eventi del suo passato. Probabili abusi da parte di qualcuno di cui avrebbe dovuto potersi fidare avevano reso contorta la sua mente, distruggendo la sua capacità di provare empatia. Qualcuno avrebbe potuto provare pietà, ma Chance era un mostro che aveva scelto deliberatamente di infliggere dolore e non avrebbe potuto essere riabilitato. Non c'era possibilità di redenzione per gli stupratori e i killer seriali. Uccidere per piacere non era come uccidere perché ti era stato ordinato di farlo. Lo sguardo di Frazer si posò su Alex Parker e finalmente capì cosa portava un uomo a uccidere a sangue freddo. Capiva Alex Parker.

Frazer alzò la pistola.

Chance fece una smorfia. «Non hai le palle.»

Frazer premette il grilletto e il rumore rimbalzò sulle rocce degli Appalachi, vecchie 480 milioni di anni. Il sangue cremisi si sparse sulla neve. L'aria s'impregnò dell'odore di piscio ed escrementi.

Frazer si aspettava di provare rimorso per aver messo fine a una vita, ma quel tizio era stato malvagio. Si voltò e guardò Parker negli occhi. «Non avrebbe dovuto cercare di scappare.»

Parker non disse nulla. Guardava Frazer con diffidenza. Parker sapeva come andavano di solito quelle cose. Nessun testimone. Più eri potente, più avevi la possibilità di farla franca.

Frazer non era quel tipo di uomo. Aveva metodi migliori che non implicavano altri omicidi.

«Mr Parker, la CIA ha acconsentito a trasferirla all'FBI con un incarico di consulenza.»

«Come?» Mallory fece un passo avanti, gli occhi spalancati.

Alex la spinse di nuovo dietro di sé ed emise un verso che poteva benissimo essere una risata. «La CIA lo avrebbe fatto?»

Il suono di una sirena ululò in lontananza. La cavalleria stava finalmente arrivando.

«Per tappare certi buchi nella sicurezza dell'FBI.» Frazer annuì. «Ha intenzione di accettare il lavoro?»

«Lavorare per i federali?» Alex lanciò un'occhiata alla pistola nelle mani di Frazer. Le sue labbra si mossero appena. «Certo, se Mallory può sopportare di avermi intorno.»

Lei lo fece voltare verso di sé e gli prese il viso tra le mani e lo baciò. Con un occhio, Parker continuò comunque a guardare Frazer. Uomo astuto. Frazer immaginò di avere il loro silenzio.

Si girò a guardare la senatrice «Lei si dimetterà per ragioni di salute. Mi passerà tutte le informazioni in suo possesso sul Progetto Portale e non interferirà mai più con la politica delle forze dell'ordine, o sarà arrestata per cospirazione finalizzata all'omicidio.»

Gli occhi della donna si spostarono sulla catasta di legno. «Io ho chiuso. Voglio solo seppellire la mia bambina. Non dovrà più preoccuparsi di me.»

Hanrahan era rimasto a guardarlo come se avesse vinto alla lotteria. Frazer puntò il dito verso l'uomo. Il suo tradimento lo disgustava.

«Lei è appena andato in pensione. Potrà andare a pubblicizzare i suoi libri e proseguire con il suo fottutissimo circo mediatico, ma se mai farà menzione di tutto questo, se insinuerà anche solo qualcosa riguardo alla presenza di vigilanti o corruzione all'interno dell'Unità di Analisi Comportamentale, le pianterò un proiettile in testa io stesso. Ora prenda la sua pistola e vada a cercare quella ragazza con la senatrice. Voi non eravate qui quando Chance è morto. Non sapete nulla di quanto è accaduto. Siete andati in cerca della ragazza non appena avete saputo che si trovava nel bosco. Andate.»

I due s'incamminarono vacillando sulla neve.

Frazer si voltò verso Mallory Rooney. Cosa poteva dirle? Lei aveva capito che c'era qualcosa sotto nel momento in cui aveva visto il suo primo serial killer morto. Era stata perseguitata da un pazzo, tradita dalla sua famiglia, dal suo amante, dal suo capo. Ed era sopravvissuta per dimostrare che era una persona migliore di tutti loro.

A giudicare dal modo in cui si aggrappava alla mano di Parker, era riuscita a perdonarlo. Frazer aveva appena giustiziato un uomo a sangue freddo davanti ai suoi occhi. Avrebbe perdonato anche lui? O si era spinto troppo oltre?

«Agente Speciale Rooney.»

«Si, signore?» Si raddrizzò, le spalle tese, un'espressione ribelle sul viso insolente.

«Benvenuta nella squadra.»

Lei gli sorrise, un raggio di speranza e gratitudine. Frazer pensò di aver avuto la sua risposta.

Cinque giorni dopo...

Mallory sprofondò con le mani nelle tasche della sua nuova giacca invernale e restò in cima alla collina a guardare il sentiero sottostante che percorreva i boschi fino alla casa della sua infanzia. Il sole stava sorgendo a est e lei pensò alla sua gemella che era stata lì vicino per così tanti anni, ma allo stesso tempo, così lontana. Un giorno forse sarebbe stata in grado di perdonarsi per non averla trovata prima, ma non ancora. Non ancora.

Cominciò a scendere dalla collina, camminando verso il nastro della scena del crimine che circondava il rifugio, desiderando che fosse tutto finito. Aveva bisogno che finisse.

L'Agente Speciale Assistente Capo Frazer, fresco di promozione, aveva escluso lei e Alex dalle indagini e lei gliene era grata. Era grata a Lincoln Frazer per molte cose.

Il Tenente Sean Kennedy era stato trovato vivo all'interno del rifugio. Debilitato dalla disidratazione e dall'ipotermia, era sopravvissuto a quella disavventura e si stava riprendendo in ospedale. Aveva ricevuto varie lodi per essere stato il primo a risolvere il caso, anche se ciò gli era quasi costato la vita. Amanda Collie – la giovane cameriera – era riuscita ad arrivare fino a Eastborne e aveva chiamato la polizia. Era sconvolta, ma Leo Chance non l'aveva violentata. Probabilmente non ne aveva avuto il tempo. La città era inorridita. Lo Sceriffo era andato a trovare Mallory tre volte e ogni volta lei lo aveva trovato sempre più avvilito.

Era dura convivere con il fatto di essere stato preso in giro quando si aveva la responsabilità di tenere la città al sicuro. Mallory sapeva che non si sarebbe ricandidato per fare lo sceriffo. Glielo aveva visto negli occhi. I crimini di Leo Chance avevano distrutto molte vite. Non solo le vittime e le loro famiglie, ma anche la famiglia stessa dell'uomo, che doveva sopportare l'onta della vergogna.

Bryce Keeble aveva trascorso molte ore a farle compagnia durante la veglia. Non si erano parlati, ma si capivano implicitamente.

Il ronzio di un generatore divenne più forte, le luci industriali illuminarono il punto in cui una volta c'era stata la catasta di legno. I federali avevano riposizionato l'intera pila qualche centinaio di metri a ovest, esaminando con attenzione ogni pezzo di legno in cerca di possibili tracce. Il giorno prima, avevano usato un radar che penetrava il terreno per ispezionare il posto che probabilmente custodiva i resti di Payton. Avrebbero cominciato a scavare in giornata.

La neve si era sciolta di nuovo e Mallory arrancò nel fango scuro per riprendere il proprio posto ai margini. L'unica ragione per cui era andata a casa era dormire. Non riusciva a pensare ad altro se non a ritrovare la sua gemella scomparsa. Alex si occupava di tutto il resto, dal procurarle dei vestiti che andassero bene per stare fuori al freddo nei boschi tutto il giorno, al portarle del cibo e all'assicurarsi che nessuna prova potesse ricondurre a loro e distruggere l'accordo che Frazer aveva messo su in maniera tanto intelligente. Si occupava anche di sua madre, che ora si affidava a lui per ogni cosa, dalle risposte da dare alla stampa a quanta caffeina bere. Dalle stelle alle stalle.

Mallory giunse alla radura e notò che avevano già cominciato a scavare. I tecnici della scena del crimine le lanciarono un'occhiata. La sua bocca si fece secca. Le avevano detto che non avrebbero cominciato fino a mezzogiorno ed era solo l'alba. Avevano mentito. Probabilmente avevano cominciato appena lei se n'era andata verso mezzanotte. Una parte di sé era furiosa, anche se li capiva. La sua presenza li metteva a disagio, ma non riusciva a stare lontana.

Percepì la presenza di Alex prima ancora di vederlo. Non gli aveva ancora detto del bambino, ma stavano entrando in acque nuove. E lei voleva navigare con cautela. I suoi sentimenti erano più profondi di quanto aveva creduto possibile. Sapere che qualcuno avrebbe ucciso per te, avrebbe dato la sua vita per te, faceva riflettere. Metteva la loro passione sotto una luce diversa. La rendeva più profonda, più brillante, più solida, più forte.

Non pensava che lui fosse un mostro, ma solo un uomo che aveva imboccato la strada sbagliata mentre soffriva per i terribili effetti del senso di colpa e del disturbo da stress post-traumatico. Sapeva che potevano ancora esserci ricadute. Che magari non sarebbero mai stati completamente al sicuro dalle figure oscure che avevano aiutato sua madre a mettere in piedi quella terrificante organizzazione. Ma Alex diceva che aveva messo a punto alcuni dispositivi di sicurezza per la loro protezione, e che chiunque fosse a capo della cosa doveva sapere che lui non era il tipo di uomo a cui creare problemi, a meno che non fossero disposti a morire per la causa. Considerato che avevano tutti molto da perdere se la cospirazione fosse venuta alla luce, Mallory supponeva che fossero al sicuro, almeno per il momento.

Alex le porse un caffè fumante in una tazza da viaggio.

«Promettimi che non mi mentirai mai più» disse lei piano. Con un tacito accordo, loro cinque avevano concordato di non parlare di quanto accaduto quel giorno nel bosco, ma questo riguardava il futuro, non il passato. «Nemmeno per il mio stesso bene.»

«Hai la mia parola.» Le baciò una tempia, le labbra morbide e calde.

Gli prese la mano tra le sue. Era ora di dirgli la verità. «Prima che tutto andasse al diavolo, ti ricordi che ti avevo chiamato e ti avevo detto che avevo bisogno di parlarti?»

Gli occhi di Alex s'incresparono in maniera infinitesimale agli angoli. «Sì, mi ricordo.» Anche se ovviamente, nel caos se n'era dimenticato.

«Avevo scoperto perché avevo sempre tanta nausea.» Lo vide impallidire mentre i suoi occhi grigi si spalancavano.

«Sei…?» Il pomo d'Adamo gli si muoveva velocemente su e giù. Si passò una delle sue mani grandi sul viso. «Sei incinta? Per tutto il tempo, quando hai dato la caccia a Leo Chance, tu eri incinta e lo sapevi?»

«Sei arrabbiato?»

Lui guardò verso il cielo. «Cazzo. Sì! Con me stesso. Con te.» Chiuse forte gli occhi e l'attirò a sé. «Sei sicura?»

«Quanto posso esserlo con un test di gravidanza positivo e un ciclo saltato.»

«Abbastanza sicura allora» le mormorò tra i capelli mentre la teneva tra le braccia.

Lei rise dolcemente, aggrappandosi alle sue spalle. «Credi di poterlo affrontare?»

Lui si ritrasse e la guardò negli occhi. «Tu sei la mia opportunità per una vita normale, Mal, che non suona molto lusinghiero, a meno che tu non sappia quanto la mia testa sia incasinata. Se puoi fidarti di qualcuno come me per badare a un bambino…»

«Non temo che tu possa fare del male a nostro figlio, Alex. Ma sono preoccupata che tu possa fare qualcosa di stupido seguendo qualche arcaica concezione per proteggerci. Non voglio segreti tra noi. Voglio un nuovo inizio…»

«Vuoi quel primo appuntamento che non abbiamo mai avuto?»

Lei gli accarezzò il viso. «Sì. Ma solo dopo che avremo dato a Payton una degna sepoltura.»

Alex annuì solennemente; c'era una luce nei suoi occhi che non gli aveva mai visto prima. Voleva dargli una speranza per il futuro. Voleva donargli tutta la gioia che lui aveva perso negli anni. Mallory si girò tra le sue braccia e osservò un gruppo di federali ritornare sulla scena con gli occhi assonnati. Loro le lanciarono un'occhiata, poi scesero nel rifugio. Stavano catalogando le prove. DNA. Tracce. Diari, fotografie e quaderni che probabilmente erano appartenuti a Payton. Mallory avrebbe voluto disperatamente vedere quei documenti e leggere ciò che contenevano, ma non sarebbe stato possibile finché non fossero stati registrati e processati. Lo sapeva. Quello era anche il suo lavoro. Ma non rendeva l'attesa più facile.

Il tecnico si piegò sul sito degli scavi più vicino a loro, alzò lo sguardo e chiamò un altro tecnico perché lo raggiungesse. «Ho qualcosa qui.»

Mallory si paralizzò. «Pensi sia lei?» sussurrò.

Le mani di Alex le strinsero le spalle, premendo forte con le dita. «Sì, credo di sì.»

Gli occhi di Mallory si riempirono di lacrime. Il suono remoto della risata di Payton guizzò ai confini della sua mente. Posò la mano sopra quella di lui. Era determinata ad aspettare ancora, determinata a mostrare a sua sorella l'amore e il rispetto che non avevano mai cessato di esistere, indipendentemente da quanti giorni e anni fossero state separate. «Anche io penso che sia lei.» Gli strinse la mano. «È quasi finita.»

Alex fece scivolare entrambe le mani sul ventre di Mallory e lei si appoggiò a lui con la schiena. Qualcosa si agitò dentro di lei. Il sole cominciò ad alzarsi oltre le cime degli alberi, colorando l'alba di drammatiche tinte rosse e rosa. Lei sorrise tra le lacrime. In un qualche modo, sembrava giusto che Payton rivedesse finalmente il sorgere del sole. «Continua a stringermi, Alex» mormorò.

Lui la strinse forte e il suo calore l'avviluppò. «Non mi separerò mai da te, Mallory. Non ti lascerò mai.»

———

Grazie per aver letto *Un Luogo Freddo e Oscuro*. Spero vi sia piaciuto conoscere Alex e Mallory. Li ritroverete come personaggi secondari nei prossimi libri della serie. Pronti per il prossimo capitolo? Non perdetevi *Caccia Fredda*, disponibile subito.

Una madre single, che cerca disperatamente di proteggere il proprio figlio, viene salvata da un profiler dell'FBI fuori servizio, mentre spietati terroristi danno loro la caccia. – Pluripremiato thriller romantico della scrittrice bestseller del *New York Times* Toni Anderson

Vivi Vincent viene catapultata nel peggiore degli incubi quando, insieme al figlio di otto anni, rimane intrappolata in un centro commerciale durante un attacco terroristico. Con l'aiuto di Jed Brennan, un agente dell'FBI in ferie forzate, Vivi e suo figlio sopravvivono all'assalto, ma il pericolo è tutt'altro che scampato.

Durante l'attentato, Michael, il figlio di Vivi, potrebbe essere stato testimone di dettagli critici che riguardano i terroristi e i loro attacchi futuri. Pur essendo muto e traumatizzato, il piccolo diventa quindi un bersaglio vivente. Quando viene sferrato un attacco al rifugio protetto in cui sono stati trasferiti, Jad comincia a temere che i terroristi abbiano un infiltrato e non sa più di chi fidarsi. Decide così di nascondere madre e figlio in una baita nel cuore delle foreste di Northwoods, nel Winsconsin, dove, insieme a Vivi, tenterà di sbloccare le informazioni nella mente del piccolo.

Jed e Vivi lotteranno contro il tempo, ma quello che non hanno messo in conto è l'attrazione rovente che si scatena tra loro e la portata del sinistro complotto, che minaccia di distruggere ogni possibilità per loro di un futuro felice insieme.

L'AUTORE

Toni Anderson scrive thriller romantici grintosi e sexy ambientati nel mondo dell'FBI, ed è un'autrice bestseller del *New York Times* e di *USA Today*. I suoi libri hanno ricevuto molti premi, tra cui: Daphne du Maurier Award for Excellence in Mystery and Suspense, Readers' Choice, Aspen Gold, Book Buyers' Best, Golden Quill, National Excellence in Story Telling Contest e National Excellence in Romance Fiction. È stata finalista al Vivian Contest e al RITA Award della Romance Writers of America. I libri di Toni, spesso in vetta alle classifiche, sono stati tradotti in cinque lingue diverse e sono state scaricate oltre tre milioni di copie.

Nota soprattutto per i libri della serie Cold Justice® (Giustizia Fredda n.d.t), forse non sorprende scoprire che Toni vive in uno dei climi più estremi del pianeta: Manitoba, in Canada. Ex biologa marina, Toni sente ancora la mancanza dell'oceano, ma ha la fortuna di viaggiare per motivi di ricerca. Alla fine del 2015 ha visitato il quartier generale dell'FBI a Washington DC, con tanto di visita al centro informazioni e operazioni strategiche. Spera di non venire arrestata per le sue ricerche su Google.

Vieni a scoprire tutti i libri di Toni sul suo sito (www.toniandersonauthor.com/books-2)

facebook.com/toniandersonauthor

instagram.com/toni_anderson_author